D1734526

Paulina Chiziane

Das siebte Gelöbnis

David, der korrupte und scheinbar allmächtige Leiter eines maroden Staatsbetriebes, ausgestattet mit allen Insignien des modernen, urbanen Erfolgsmenschen, einer gut aussehenden Frau und zwei wohlgeratenen Kindern, sieht sich plötzlich bedroht. Die Arbeiter streiken, seine Machenschaften fliegen auf, und in der Firmenleitung wird offen an seinem Stuhl gesägt.

Einige Niederlagen später findet sich David in einer magischen Session wieder. Die Macht der Geisterwelt, die er in seiner Zeit als Revolutionär noch bekämpft und verachtet hatte, soll nun sein Leben und seinen Reichtum retten.

Im Strudel dieser mächtigen Allianz mit dem »anderen Gesicht der Welt« ist David bereit, über Leichen zu gehen. Jede Moral, jede menschliche Regung, seine Beziehungen, selbst das Leben seiner Angehörigen opfert er seinem Wahn und der Gier nach Profit. Das siebte Gelöbnis seines Lebens ist der Pakt mit dem Bösen.

Verzweifelt sucht schließlich auch Davids Frau Hilfe bei traditionellen Heilern und Sehern, und es kommt zum titanischen Kampf zwischen den Mächten der Finsternis und den Kräften des Guten.

Paulina Chiziane, geboren 1955 in Manjacaze in der Provinz Gaza, zog mit sechs Jahren mit ihren Eltern in die Hauptstadt Lourenço Marques (heute: Maputo). Besuch der Handelsschule, Sekretärin. Linguistikstudium an der Universität Maputo. Tätigkeit in verschiedenen internationalen Organisationen. Schriftstellerin. – Bei Brandes & Apsel liegen auf Deutsch vor: *Wind der Apokalypse* (1997) und *Liebeslied an den Wind* (2001). 2002 wurde in Portugal und Mosambik ihr vierter Roman *Niketche. Uma História de Poligamia* veröffentlicht.

Paulina Chiziane
Das siebte Gelöbnis
Roman

Aus dem mosambikanischen Portugiesisch
von Michael Kegler

Mit einem Nachwort
von Michael Kegler

Brandes & Apsel

Die Übersetzung aus dem Portugiesischen wurde
gefördert vom Instituto Português do Livro e das
Bibliotecas - IPLB, Lissabon. - Edição apoiada pelo
Instituto Português do Livro e das Bibliotecas

Ministério da Cultura

Instituto Português do
Livro e das Bibliotecas

Originalausgabe: Paulina Chiziane, O Sétimo Juramento
© Editorial Caminho SA, Lisboa 2000, Portugal

literarisches programm 100

1. Auflage 2003
© der deutschen Ausgabe by Brandes & Apsel Verlag GmbH,
Frankfurt a. M. – Alle Rechte vorbehalten.
Lektorat/Herstellung: Volkhard Brandes
Umschlaggestaltung: MDDProduktion, Max Novak, Maintal, unter
Verwendung von Fotos von Volkhard Brandes
Foto der Autorin Umschlagrückseite: Rui Sousa
Druck: Tiskarna Ljubljana d. d., Ljubljana. Printed in Slovenia
Gedruckt auf säurefreiem, alterungsbeständigem und chlorfrei
gebleichtem Papier.

Bibliografische Information Der Deutschen Bibliothek
Die Deutsche Bibliothek verzeichnet diese Publikation in der
Deutschen Nationalbibliografie; detaillierte bibliografische Daten sind
im Internet über http://dnb.ddb.de abrufbar

Auf Wunsch informieren wir regelmäßig über das Verlagsprogramm:
Brandes & Apsel Verlag, Scheidswaldstr. 33, D-60385 Frankfurt a. M.
E-Mail: brandes-apsel@t-online.de
Internet: www.brandes-apsel-verlag.de

ISBN 3-86099-500-6

Mit
Amadeu Espírito Santo
Kann ich wandern,
bis zu den tiefsten Mysterien unseres Seins

Hlula mine
U hlula tingonyamo
U ta teka tiko, i dzako!

Besiege mich
Besiege auch die Löwen
Und die Erde wird Dir gehören

Fani Mpfumo

I

Die Illusion eines besseren Morgen ist längst schon verwelkt, deshalb ist das *Msaho* in Zavala gestorben. Überall herrscht die Macht der Waffen und die Piraterie der Waffen. Verdunstet ist das Wasser, das die Geschicke der Menschheit benetzt, alles ist Feuer.

Frau und Mann, stark und schwach, Feuer und Wasser ziehen im Kreis wie die Jahreszeiten. Eins stirbt und ein anderes kommt, niemals gehen sie gemeinsam in Richtung der Harmonie der Natur. Die Worte Hunger, Krieg, Streik, Flucht, Massaker, Raub, Unglück bestimmen heute den Wortschatz der meisten. Die Schritte der Menschen sind keine Spaziergänge mehr, sondern Protestmärsche. Worte wie Macht oder Revolution klingen wie ein Fluch in den Ohren, die taub geworden sind von der Gewalt der Explosionen im Namen der Demokratie.

Das Blutvergießen ist durchdacht, geplant, in guter Absicht und mit einem edlen Ziel. Menschenleben sind Haare, sagen die Krieger, man schneidet einige ab und viele wachsen nach, stärker, gesünder. Tag für Tag gibt es weniger Schulen, weniger Arbeit, weniger Regen, mehr Feuer, mehr Sonne, mehr Waffen. Es gibt mehr Tote als Lebende, aber noch immer ist das Ende der Welt nicht gekommen, das Leben wird siegen dem Sieger zu Ehren. Der Sieger dieses Krieges wird seinen mächtigen Palast aus Menschenknochen errichten, die es im Busch zu Tonnen gibt.

Es regnet. In jedem Winkel verstecken sich Lebewesen und schöpfen neue Kraft. Draußen schneidet die Kälte, gefriert, wie eine geschliffene Klinge. Es ist Winter, es ist Juni. In der Oberstadt wird Strom unter Volldampf verbraucht und beheizt die Häuser der Reichen. Die Armen, sie machen es sich in den Armen ihrer Liebsten bequem. Keine Decke zu haben und keinen

Liebsten um sich zu wärmen, bedeutet, im Juni der Ärmste der Armen zu sein.

Der Himmel klart zögerlich auf, und die Menschen üben das Erwachen. Das Wetter spricht für die Wärme des Bettes, doch der Komfort ist das Vorrecht der Reichen. Die Arbeiter wachen auf. Auch ohne sich das Gesicht zu waschen oder die Zähne zu putzen gehen sie aus dem Haus und strömen zusammmen zum Marsch der Massen auf der großen Straße, denn in wenigen Minuten heulen die Fabirksirenen.

Aus der Menge schauen die Arbeiter nicht zum Himmel hinauf, nicht zur Seite und schon gar nicht in die Gesichter derjenigen, die sich in dieselbe Richtung bewegen. Sie schauen zu Boden, auf schwarzen Asphalt, so schwarz wie die Zukunft, ihre Träume und ihr Leben. Sie schauen nach hinten, suchen Trost in den guten Momenten vergangener Zeiten.

Jemand in dem schweigenden Marsch kommt auf die Idee, sein Radio einzuschalten und hofft, die Musik des erwachenden Morgen zu hören. Das Radio sagt nicht guten Tag zu den Leuten, kein sanftes Wecken, das Hoffnung macht. In der heutigen Zeit machen Radios mit dem Tod gemeinsame Sache. Der Sprecher verkündet den Tod. Von Menschen in Kämpfen, Massakern und Raubzügen. Er redet von Menschen, gestorben an Hunger, an Durst, an der Verzweiflung im Land. Der Sprecher im Radio ist ein Botschafter des Todes, und er macht seine Arbeit voll Einfalt und gewissenhaft. Seine Nachrichtensendung möchte nichts anderes sagen als: Ich bin der Tod! Ich bin der König der Dunkelheit! Wo auch immer du bist, wach auf, hör mir zu, mach dich bereit, denn ich werde auch dich holen, der du noch schläfst und schnarchst.

Heute sagt der Sprecher, der Krieg geht zu Ende. Er spricht überzeugt, vielleicht hat ihm jemand verbindliche Zusagen gemacht. Die Menge hört ihm nicht zu, trottet weiter, denn selbst wenn der Krieg der Waffen aufhört, der Krieg um das Brot und die Rechte der Menschen ist noch lange nicht zu Ende.

Jetzt redet der Sprecher von Streik. Der Arbeiter dreht lauter. Die Menschen bleiben stehen und hören. »Im Volkseigenen Betrieb der Zuckerindustrie sind fünf Männer bei Auseinandersetzungen mit der Polizei ums Leben gekommen. Der stellvertretende Leiter des Betriebes wurde von den Streikenden schwer verletzt. Die Auseinandersetzung ist inzwischen im Sinne der Arbeiter beendet worden, die eine Lohnerhöhung von fünfzig Prozent erhalten.« Die Arbeiter nehmen ihren Gang wieder auf, traurig, denn alle Streiks laufen auf das gleiche hinaus: Demütigung, Kämpfe und Tod. Die fünfzigprozentige Lohnerhöhung ist nur ein scheinbarer Sieg, denn sie wird aufgefressen vom steigenden Brotpreis.

Unter dem schwarzen Boden des Asphalts bedauert die Erde die Menschen, die auf sie treten. Wer zuletzt lacht, lacht am besten. Zu gegebener Zeit wird sie ihren fleischgierigen Schlund aufreißen und diese Elenden aus Muskeln und Wasser mit einem makabren Grinsen verschlingen.

Der Tod kreist über den Männern, die hastig die Straßen der Großstadt bevölkern, doch sie sehen ihn nicht. Sie träumen. Wollen noch mehr Frauen heiraten und mehr Kinder bekommen, damit ihre Generationen sich in alle Ewigkeit fortpflanzen. Die Frauen denken an die Kinder, die Arbeiter von morgen. Bei den Jungen weckt der Traum von der Zukunft heimliche Wut. Um das Morgen zu erringen, muss man die Ärmel aufkrempeln und die Kämpfe des Heute gewinnen.

II

David macht Licht an und schaut auf die Uhr. Es ist halb fünf Uhr morgens. Er schaltet das Radio ein, um die Morgennachrichten zu hören. Der Streik der Arbeiter in der Zuckerindustrie klingt für ihn wie das Klirren von Schwertern.

»Mein Gott, was soll das nur werden?«

Die Verzweiflung ergreift seine Gemüt, wie ein Verurteilter kurz vor dem Tode. Zeichen der Zeit, ärgert er sich, Zeichen des Wandels. Die Vergangenheit spiegelt sich wieder in neuem Gewand. Er geht zum Fenster und schaut nach der Sonne. Der Morgen ist verregnet. Trist. Der Wind scheucht dichte Wolken vor sich her, die unvorstellbare Angst in sein Gemüt dringen lassen. Böse Gedanken quellen heraus, wie ein Brunnen mit fauligem Wasser, sein fetter Körper erschlafft in Sekunden.

Die Gesichter der Arbeiter des Staatsbetriebes, den er leitet, nehmen Gestalt an. Er denkt an seine Arbeit. Seine Leistungen sind kritikwürdig. Er rechnet. Seit vierundzwanzig Monaten haben die Arbeiter in der Zuckerindustrie keinen Lohn mehr erhalten. Seine haben erst seit sechs Monaten keinen Lohn. Eine kurze Zeit. Verglichen mit anderen Direktoren ist er ein Heiliger. Es gibt Gründe für den Rückstand. Er hat einige Mittel entnommen, um ein neues Fahrzeug zu erwerben und den vierzigsten Geburtstag von Vera, seiner Frau, angemessen zu feiern. Andere Mittel hat er entnommen, um Aktien eines großen Unternehmens zu kaufen. Von Unterschlagung oder Diebstahl kann keine Rede sein. Es war eine Transaktion, eine Art Anleihe zur Bildung von Kapital, das zu gegebener Zeit zurückerstattet werden wird. Ein Direktor, der auf sich hält, muss eigenes Kapital haben und eine öffentliche Erscheinung, die seiner Position entspricht.

Er überlegt emotionslos. In dieser Welt ist niemand gut zu anderen. Der eine betrügt den anderen. Weiße Tyrannen ersetzt durch schwarze Tyrannen, das ist die Moral der Geschichte. Tyrannei ist die rechtmäßige Tochter der Macht. Gerechtigkeit, Gleichheit gehen nur Gott etwas an und haben nichts mit den Menschen zu tun.

Bilder einer großen Vergangenheit ziehen durch seine Erinnerung wie Fotografien. Militärische Ausbildung und Krieg gegen den Kolonialismus, Märsche, Gefechte. Sabotage. Versammlungen. Reden. Parolen. Begeisterung, Träume, Überzeugungen. Schließlich der Sieg über den Kolonialismus. Kollektiver Taumel am Tag der Befreiung. Voller Sehnsucht erinnert er sich an die Studienkreise in revolutionärer Politik. Erinnert sich an die Sprache von früher. Genosse Kommandant, Genosse Vater, Genossin Frau, Genosse Chef. Freundschaft, Solidarität, echte Kameradschaft. Damals hatte er ein Herz so groß wie ein Volk, und heute ist es so klein, dass es nur noch sich selbst darin unterbringt. Heute ist das Volk nur noch eine Zahl, ohne Alter oder Geschlecht. Ohne Träume und Wünsche. Reine Statistik.

»In die Revolution habe ich investiert. Jetzt ist die Zeit des Egoismus. Ich will all das ernten, was ich gesät habe. Meine Position als Direktor war kein Geschenk, sondern eine Errungenschaft. Ich habe für die Freiheit dieses Volkes gekämpft.«

Er legt sich wieder ins Bett. Vergräbt den Kopf in den Kissen, entschlossen, seine bösen Gedanken zu vergessen. Er schläft ein.

III

Vera erwacht. Ruhig steht sie auf und geht auf die Veranda, atmet den Duft der Welt, denn jeder Morgen ist eine Wiederauferstehung. Schwärme von Frauen marschieren mit jedem Erwachen. Ewige Sklavinnen der großen Straße. Eine Mutter schleift ihre Kinder mit, die widerstrebend folgen. Der Jüngste weigert sich zu laufen. Vera schaut genau hin und erkennt, dass von Sträuben keine Rede sein kann. Das Kind ist so durchnässt, dass es krampfartig zittert. Dieses Kind wird krank werden und der Sanitäter wird Verdacht auf Lungenentzündung äußern und den Fall an den Arzt überweisen. Der junge Doktor, frisch ausgebildet, wird ihm Aspirin verschreiben, denn die arme Mutter wird kein Geld haben, um Antibiotika zu kaufen oder eine Privatbehandlung zu bezahlen.

Erinnerungen an ihre Kindheit kommen auf. Eine kalte Hütte. Der leere Kochtopf. Das Jammern der Mutter und das Weinen der Kinder, die den Hunger nicht ertrugen und die Kälte. Von ihrem Podest aus lässt sie ihre Seele fliegen und den Geist wandern über die Armut, die auf der großen Straße vorüberzieht. Wie ein Schutzengel umarmt sie jede Seele, die vorübergeht und spürt das Unbehagen der Ungleichheit. Die, die ihr Leben lang arbeiten, erhalten Elend als Lohn, und sie, die nichts tut, hat alles. Sie zuckt die machtlosen Schultern und gibt sich traurigen Gedanken hin. Sie schaut zum Horizont hinauf. Der Regen verteilt einen Gesang der Verzweiflung über die Erde. Das macht sie betroffen.

Sie kehrt zurück in ihre Wirklichkeit und wischt die Tränen weg. Was ist heute bloß los, dass ich mich mit den Problemen dieser Leute beschäftige, tadelt sie sich. Ich bin arm geboren, aber das Elend war nicht meine Bestimmung. Ich habe einen Mann, der mir alles gibt: reichlich Geld am Ende jeden Monats, Sex zur richtigen Zeit, Ehre, sozialen Status. Jede hat ihr eigenes Schicksal und trägt ihr eigenes Kreuz. Diese ziellosen Frauen, die über die große Straße wimmeln und im größten Elend stecken, sind wahrscheinlich alles Geschiedene, pensionierte Prostituierte, lose Frauen, die nicht heiraten wollen, um die Freuden des Lebens in größerer Freiheit zu genießen.

Je heller der Himmel wird, desto mehr Frauen ziehen vorüber. Schauen sie an. Beneiden sie. Sie schaut auf sie herunter und dreht ihnen den Rücken zu. Sie verachtet sie. Spürt in sich selbst eine Wolke, die über den Dingen schwebt und, weil die Probleme der Welt sich weit unterhalb ihrer Fersen abspielen, fleckenlos sauber bleibt. Sie geht zurück ins Bett und umarmt ihren Mann. Sie küssen sich sanft. Ihr Guten-Morgen-Ritual. Die Lust überkommt sie, der Kuss schwillt an und wird länger, bricht aus wie das tosende Wasser im Bett eines Flusses.

IV

Vera geht in die Küche und macht Frühstück. Liebevoll. Sorgfältig. Schmückt den Tisch. Ruft ihren Mann zum Frühstück, bevor es kalt wird. Sie mahnt ihn zur Eile, bald beginnt die Abteilungsleitersitzung in der Firma, in der David den Posten des Direktors inne hat. Schweigend isst er sein Fleisch, die Bratkartoffeln, das Spiegelei und Toast mit Butter. Sie nimmt nur eine Orange zu sich, um kein Fett anzusetzen und ihre Linie zu halten. Sie schaut ihren Mann an und denkt an ihn. Spricht nur zu ihm und regt seinen Appetit an mit zärtlichen Worten, nennt ihn Kind, Kindchen, Kleines, Liebes, Liebling, bei jeder nur möglichen Gelegenheit.

Vera gefällt es, wie sich ihr Mann über seinen vollen Bauch streicht. Wie schön, dass er so gut isst. Er hat alles aufgegessen, alles! Alle Menschen sollten so gut essen. Durch das offene Fenster schweift ihr Blick zum Meer hinaus, bis zum Horizont.

Davids Liebkosung holt sie in die Wirklichkeit zurück.

»Du schaust aufs Meer?«

»Ja, aufs Meer.«

»Träumst du?«

»Nein, ich denke nach.«

»Darf ich erfahren, worüber?«

»Ich habe die Nachrichten um Mitternacht gehört. Die Streiks.

Die toten Arbeiter. Die ausstehenden Löhne. Die Gewalt gegen die Direktoren.«

»Na und?«

»Ich denke an dich.«

»Im Voraus leiden, wozu?«

»Ich habe ein schlechtes Gefühl.«

»Das hat mit uns nichts zu tun.«

»Im Moment noch nicht.«

»Beruhige dich, es gibt nichts zu befürchten. Ich bin ein ehrlicher Mann, das weißt du. Die Arbeiter mögen mich. Sie sind stolz auf mich. Sie brauchen mich, es wird nichts geschehen.«

»Ich habe Angst!«

»Ach, Vera! Ich mag es nicht, wenn du über Politik redest und erst recht nicht über Geschäfte. Davon verstehst du nichts. Sprich lieber über Gott. Von unseren Kindern. Von Gärten und Blumen, denn du gehörst in die Umgebung von Blumen.«

»Du behandelst mich immer wie ein Kind. Dass ich mir Gedanken um dich mache, zählt das nichts?«

»Jetzt halt die Klappe, Vera!«

David schaut böse und steht vom Tisch auf. Vera folgt ihm, wie eine Hündin ihrem Herrn. Sie hilft ihm, sich anzuziehen und die Krawatte zu binden.

Im Zimmer der Kleinen ist Geschrei, eines weint. Vera eilt dem weinenden Kind zu Hilfe. Ihr Mann steht vor dem Spiegel und ruft. Sie lässt das Kind los, um dem Vater zu helfen.

»Du siehst gut aus, Schatz.«

Vera spricht mit der sanftesten Stimme der Welt, um die kleine Unstimmigkeit zu beenden, die ihr Gespräch verursacht hat. David gibt ihr einen Abschiedskuss, es ist Zeit, zur Arbeit zu gehen. Der Kuss wird unterbrochen vom gellenden Schrei des jüngsten Kindes, das eifersüchtig ist und auch einen Kuss haben will. Vera eilt unermüdlich von einem Kuss zum anderen. Der Ehemann und der Junge machen ihr viel Arbeit, aber auch viel Freude. Bantu-Frauen sind so. Sie haben ein viel zu großes Herz, für all die Liebe, all den Schmerz, des Ehemannes, der Kinder und aller Dinge, die in der Welt sind.

V

Clemente steht am Fenster. Von der Mutter hat er die Gewohnheit geerbt, den Duft der Welt einzuatmen. Er liebt es, dem Morgen Geheimnisse anzuvertrauen und seine Wünsche für den Tag zu formulieren. Er richtet die Augen auf den dunklen Himmel. Der Regen hört auf, und die Wolken bilden Angst einflößende Wirbel. Er sieht einen Schwarm ängstlicher Raben in schnellem Flug, schnell und drohend wie die Abfangjäger zu Zeiten des Krieges. Er weicht zurück, verdeckt die Augen mit dem Vorhang, doch die Wolke verfolgt ihn. Er erschrickt und stößt einen höllischen Schrei aus.

Vera liegt in ihrem Zimmer und versucht, sich vom Leben zurückzuziehen und von der Welt. Versucht herauszufinden, was sie bedrückt. Vielleicht das Wetter. Der Regen. Die Kälte. Vielleicht die Unterhaltung beim Frühstück. Erwachsen zu sein und wie eine geistig Zurückgebliebene behandelt zu werden von einem reichen Ehemann, das ist deprimierend. Es gelingt ihr, ein paar Minuten zu schlafen, doch ihre schläfrigen Ohren fangen einen Schrei auf. Wo kommt er her? Sie beruhigt sich wieder. Wer auf dem höchsten Punkt des Berges lebt, ist Gott am nächsten, hört Musik und keine Schreie. Sie denkt an den Regen, die Überschwemmungen. Vom Wasser verschlungene, ertrunkene Menschen. Vielleicht der Hilfeschrei eines Armen, der auf der großen Straße vom Wasser mitgerissen wird. Das Dienstmädchen weckt die Gnädige Frau, die ihrem rasenden Kind zu Hilfe eilt.

»Clemente, mein Clemente! Was ist? Was ist los?«

Ein kalter Windstoß, und die Wolken lösen sich auf in einem Jahrhundertregen. Clemente hört nichts von den Worten der Mutter, denn der Wind hat auf seinem Marsch seine Seele mitgenommen. Seine Augen treten aus ihren Höhlen und verlieren sich im Raum, als seien sie dem Unglaublichen, dem Abscheulichen begegnet. Schatten der verschiedensten Farben und Formen tanzen über das Grau und nehmen die Gestalt an von Schlangen und Furcht erregenden Vögeln. Vera versucht, ihren Sohn in die Wirklichkeit zurückzuholen. Hält ihn an den Schultern, schüttelt ihn.

»Clemente, was ist, was ist los, los, sag es mir!«

Von Schreck erfüllt wandern Clementes Augen über Entfernungen, Abwesenheit, erreichen, überschreiten den düsteren Himmel. In seinem Gesicht ist ein feuriger Hass zu erkennen, ein gewaltiger Kampf, der ihn zu Boden schleudert im Krieg der Jahrhunderte. Unzusammenhängende Bilder blenden seine Sicht wie ein Schleier aus Rauch.

Vera streichelt das Kind und spürt seine feuchte, kalte Haut, die ein Gefühl von Tod in sich birgt. Sie bekommt Panik. Still fleht sie den Sohn an und seufzt.

»Kann ein Kind vor den Augen der Mutter sterben, geht das? Das muss Zauberei sein, Besessenheit, Wahnsinn.«

Vera versucht, um Hilfe zu schreien, doch ihr Hals ist zusammengeschnürt von einer tiefen Angst. Sie reißt sich zusammen und spricht mit tonloser Stimme und ohne Rhythmus wie das Echo in Höhlen.

»Clemente, was ist passiert, was ist los, los, sag es mir!«

Clemente reagiert nicht und hört nicht, seine Aufmerksamkeit richtet sich auf das imaginäre Ziel. Vera hebt das Kind auf die Schultern, will es zum nächsten Krankenhaus bringen und versucht, mit der schweren Last zu gehen. Macht zwei Schritte und hält an. Clemente reißt sich los und rennt wie ein Irrer durchs ganze Haus, als wolle er mit Händen die Geheimnisse der düsteren Welt greifen, die er soeben entdeckt hat. Er rennt zum Fenster, etwas Wunderbares zieht ihn an in der Höhe. Er hebt die Arme und springt wie ein Tarzan in Richtung des himmlischen Grau. Mit dem Kopf schlägt er durch das Glas, das in kleine Scherben zerspringt und ihm an der Stirn eine riesige Wunde reißt, er stürzt, verliert die Sinne. Vera fällt auf die Knie. Sie hebt ihren Sohn auf und streichelt ihn, beobachtet, wie er aus dem Albtraum erwacht. Als er wieder stehen kann, betrachtet Clemente seine blutverschmierte Gestalt und versucht, das Geschehene zu begreifen. Kneift die Augen zusammen, um die Wirklichkeit neu zu erkennen.

Vera zerrt ihren Sohn ins Bett und versucht die Blutspur, die ihm über die Stirn rinnt, aufzuhalten. Sie fragt: »Was hat dich so erschreckt?«

»Der Donner, Mutter.«

»Der Donner?«

»Ja Mutter!«

»Warum denn? Der Donner ist Teil der Natur, er ist der Zwilling des Regens, das weißt du genau. Er kommt von der Elektrizität des Himmels, der Wolken, ist himmlische Musik.«

»Nicht das Donnern selbst, sondern die Bilder, die mit jedem Donnerschlag erscheinen.«

Vera atmet durch. Tief aber ruhig. Letztlich ist alles nicht so schlimm. Einfache Phobien. Blitz und Donner machen vielen Menschen Angst. Dieser kleine Kopf von gerade einmal siebzehn Jahren steckt noch voller Wind. Der Geist ist noch weiß und nicht grau. Die Missachtung, die sein Vater ihm seit seiner Kindheit entgegenbringt, hinterlässt Spuren, Narben, Traumata.

»Bilder? Los, erzähle sie mir.«

»Wenn es donnert, ist da immer eine Wolke, die heraussticht. Eine Reihe von durcheinander wirbelnden Flecken. Ein Wassertropfen schwillt an, schwillt an, bis er so groß ist wie ein Ballon. In dem Ballon ist etwas, das sich bewegt wie ein kleiner Fisch.«

Clemente macht eine Pause, um zu seufzen und die Last der Ermüdung zu lindern. Die Geschichte, die er erzählt, dringt in Veras Hirn wie ein Märchen.

Sie lacht über sich selbst und über die Angst, die sie gerade spürte. Auch sie hatte früher Albträume, wegen der Gespenstergeschichten, der Geschichten von Drachen und Monstern, die man sich am Feuer erzählte.

»Das kommt von den Filmen. Das Fernsehen raubt den Kindern ihre friedlichen Träume. Gewalt und Horror im Fernsehen sind nicht gut, sie machen Albträume wie diesen. Halt dich fern von diesen Dingen, hörst du?«

»Ich habe dir noch nicht alles erzählt, Mutter. In meinem Albtraum habe ich ein Mädchen gesehen, das glücklich durch den Raum flog. Dann kam ein Blitz und trennte ihr die Hände ab. Sie fallen auf den Boden, und sie fliegt weiter durch den Weltraum, und dann verblutet sie und stürzt und stirbt. Ich bin hin gesprungen, um sie zu retten, aber es war zu spät.«

Vera streicht mit der Hand über seine schweißnassen Haare. Es ist keine alltägliche Geschichte, sondern ein Rätsel, das sich hier auftut. Nimmt er Drogen? Ist es Wahnsinn? Besessenheit? Zauberei?

16

»Albträume haben viele Menschen«, tröstet sie ihn. »Vergiss sie. Komm frühstücken, das geht vorbei.«

»Manchmal sehe ich Dinge, die schwer zu erklären sind.«

Vera fürchtet sich vor dem, was sie hören wird, doch sie zwingt sich, ihre Angst zu verbergen.

»Los, erzähle es mir.«

»Das Wasser, Mutter. Die Bilder spiegeln sich in jeder Art von Wasser. Im Dampf eines kochenden Kessels. Am Boden einer Tee- oder Kaffeetasse. Im Aquarium im Wohnzimmer. In der Dusche. In einem Teller Suppe. Im Schwimmbad.« Er macht eine lange Pause, um Atem zu holen. »Anfangs dachte ich, es sei normal, aber ich habe schließlich herausgefunden, dass nicht alle sehen, was ich sehe.«

»Erzähle mir von diesen Bildern.«

»Ich sehe Landschaften, Menschen, Blumen und Dinge ohne Gestalt. Ich sehe Menschen in der Nacht, die nackt herum fliegen, wie Hexen auf Reisigbesen. Ich höre Stimmen, Töne. Ich sehe Bäume, die nur nachts blühen und Früchte tragen.«

»Seit wann?«

»Seit ich klein bin. Im Schwimmbad des Kindergartens sah ich Fische, die für die anderen nicht da waren.«

»Und du hast deine Visionen immer verborgen? Warum?«

»Ich wollte nicht, dass es jemand erfährt. Ich hatte Angst.«

»Wovor?«

»Man hätte mich für verrückt halten können. Es ist schwer zu erklären, was mit mir geschieht, Mutter.«

»Los, erzähle mir alles.«

»Wenn es gewittert, ist da immer eine menschliche Gestalt, die zwischen Feuer und Rauch erscheint, so wunderbar wie in der Geschichte von Aladin und der Wunderlampe. Sie ist sehr alt und groß, sehr dünn und sehr schwarz. Sie sagt mir Dinge, die ich nicht verstehe. Sie verfolgt mich. Manchmal erscheint sie im Aquarium im Wohnzimmer, im Waschbecken, wenn ich mich morgens wasche. Ich habe schon überlegt, ob dieser Mensch in meinem Kopf lebt und dem Lauf meiner Augen folgt. Doch ich glaube, er lebt und entsteht in einer Dimension, die ich nicht erreichen kann.«

Nachdem sie den Sohn beruhigt hat, geht Vera in ihr Zimmer,

zieht einen Stuhl heran, setzt sich, stiert ins Leere und versucht, die Spuren des Albtraumes loszuwerden, den sie soeben durchlebt hat. Draußen lösen sich die Wolken auf in kalten Regen. Sie versucht alles, um glauben zu können, es sei nur ein jugendlicher Albtraum, aus Horrorfilmen entstanden, doch tief in ihrem Denken sträubt sich etwas gegen jegliche derartige Logik. Seit dem Anfang der Welt zaubern Gewitter Bilder des Schreckens in die Köpfe der Menschen.

Clementes Ängste mögen nur Hirngespinste sein, aber ihre eigenen sind echt, mit wirklichen, konkreten Personen. Es reicht, dass der Himmel bewölkt ist, und sie sieht einen Blitz. Und der Blitz bringt das Bild eines offenen Feuers, von Rauch, panischen Schreien und Furcht erregenden Ritualen. Vera war etwa acht Jahre alt. Sie plantschte mit einigen Freundinnen in den schlammigen Tümpeln der Vorstadt, als sie einen Sack bemerkten, der auf dem Wasser schwamm. Aus kindlicher Neugier holten sie ihn an Land und öffneten ihn. Darin waren zwei Kinder, Neugeborene, ertränkt. Dann die Schreierei und die Polizei. Erst meinte man, es sei einer der häufigen Fälle, wo Säuglinge in den Müll geworfen wurden, doch die Untersuchung brachte das Gegenteil zutage: Die Kinder waren dem Gott des Donners geopfert worden, von einem Paar aus der Gegend von Matutine, der Heimat der Donnerbändiger. Dort glaubt man, Zwillinge seien die Freunde des Donners und zögen Blitze auf sich und Unglück.

Ein Tag des Donners ist ein Tag des Entsetzens. Tag der Himmelsschlange Dumezulu. Tag des Schwarzen Hahnes, dem Sieger aller Schlachten. Der Tag an dem Xangô, der schreckliche Gott des Krieges und des Todes die Pfeile des Ogun schleudert, um seine unendliche Macht unter Beweis zu stellen und all diejenigen zu strafen, die seinen Zorn erregen. Am Tag des Donners öffnen alle Heiler ihre *Magonas*, schicken ein Gebet an den Donner und rufen: »Dumezulu, dies sind meine *Magonas*. Schaue sie an mit deinen Augen, meine Seele ist frei. Meine Taten sind wohltätig, ich habe nie jemanden verspeist. Dumezulu, strafe mich nicht, Dumezulu, verschone mich, bestrafe mich nicht, ich bin dein Diener.«

Vera geht in Gedanken weiter zurück und erinnert sich an eine junge Frau, die im Dorf ihrer Mutter lebte und sich Kabbalistin und Zauberin nannte. Wenn der Donner grollte, erschrak sie, entblößte sich und ging auf den Dorfplatz ihre Sünden beichten. Sie schrie, als würde sie von unsichtbaren Peitschen gepeinigt und beichtete unglaubliche Gräuel: »Ich war es, die den Leichnam von diesem und jenem ausgrub. Ich und meine Gefährtinnen haben das Kind der Nachbarin verspeist. Nein, nein, die Rinder habe ich nicht gestohlen, aber die Krankheit von dieser und jener haben wir verursacht, aber wir konnten sie nicht töten, auch nicht essen, denn ihr Fleisch ist zäh und bitter.« Sie schrie um Gnade und sah so elend aus, dass sie einem leid tun konnte. Wenn der Donner vorbei war, zog sie sich verschämt zurück in ihre Hütte und versteckte das Gesicht vor dem gesamten Dorf.

Seit Urzeiten vollzogen die Anhänger der Mysterien das Opfer der Zwillinge zu Ehren des Donnergottes. Mit dem Wandel der Zeiten wurden diese Praktiken verpönt und verboten. Noch heute werden Zwillinge in den entlegeneren Gegenden dieser Welt von den eigenen Eltern geopfert. Beim ersten Anzeichen des Donners werden die Zwillinge ausgesetzt, und alles wird so eingerichtet, dass es wie ein gewöhnlicher Unfall aussieht und nicht von den Behörden verfolgt wird. Normalerweise werden die Kinder von der Strömung mitgerissen und ertrinken. Wenn sie überleben, bekommen sie Krankheiten, die nie behandelt werden, weil sie ja von göttlichen Ritualen herrühren. Seltsame Bräuche. Um einen toten Zwilling wird keine Stunde lang getrauert. Weil zwei in einer einzigen Seele stecken, sagt man. Weil die Trauer den Tod des anderen nach sich ziehen kann.

Vera wird von einem Schauer erfasst, der sie heftig zittern lässt. Verstört versucht sie, einige Bruchstücke ihres Lebens zusammenzusuchen. Uralte Ängste steigen in ihr auf, nehmen Gestalt an, und die Zukunft erscheint hinter einem Schleier.Sie legt sich ins Bett, schließt die Augen und versucht den Problemen der Gegenwart zu entkommen. Sie sind nichts Besonderes, die Phobien meines Clemente, tröstet sie sich, es sind keine Vorboten, keine Prophezeiungen; Kindereien sind es, beängstigende Reaktionen auf einen Horrorfilm. Sie lässt die Gedanken schweifen zwischen Himmel und Erde. Zwischen Licht und Dunkel. Spricht ein Glaubensbekenntnis und erklärt: Ich glaube nur an die Lebenden, an die Toten nicht. Ich glaube nicht an die falsche

Propheten und Seher, seufzt sie. Alle sagen, ich solle die Wahrheit in den okkulten Mysterien suchen, aber ich, Vera, werde niemals das Haus eines Heilers betreten. Um nichts in der Welt.

VI

Großmutter Inês geht zu Clemente ins Zimmer. Weckt ihn auf. Nimmt ihn mit einer ungeheuren Kraft in die Arme, als halte sie die kostbarste der Reliquien. In ihrem Gedächtnis sucht sie nach einem Märchen, doch ihre Erinnerung flieht in die Vergangenheit der Mysterien und der übernatürlichen Wahrheiten. Sie sagt Sprichwörter auf und erzählt Fabeln. Wiegt Clemente in ihren Armen. Sagt, das Leben sei wie Wasser, das seinen Weg nie vergisst. Das Wasser zieht in den Himmel, doch es kehrt immer zur Erde zurück. Es dringt in den Untergrund und kommt doch immer wieder nach oben. Das Leben ist ein ewiges Kommen und Gehen. Der Körper ist nur eine Hülle, in der die Seele ihre Wohnung nimmt. Und dann erzählt sie die schönsten Geschichten von Wiedergeburt und Reinkarnation.

Es war einmal ein kleiner Junge, der Rinder hütete. Eine Mamba hob ihren Kopf neben der Herde, um die Kühe anzugreifen. Der junge Hirte, der das Vieh mehr liebte als sein eigenes Leben, ergriff die Schlange mit bloßen Händen, zerdrückte sie am Fels und tötete sie. Die Leute waren beeindruckt vom Mut des Jungen. Die Mamba verkörpert den Teufel. Nur wer die Macht der Götter besitzt, kann eine Mamba besiegen. Eine Offenbarung. Der Junge wuchs heran, bekam Macht und wurde Herrscher des Landes.

In einem anderen Land fuhr ein anderer Junge mit dem Fahrrad zur Schule, da stand vor ihm ein hungriger Löwe. Der Junge war mutig und hielt das Fahrrad wie ein Gewehr im Anschlag. Er kämpfte mit dem Löwen. Besiegte ihn. Tötete ihn.

Der Junge wurde bejubelt, gefeiert, bewundert, denn einen Löwen kann nur besiegen, wer in sich den Geist des Elefanten trägt. Die Alten sagten ihm Macht und großes Wissen voraus. Der Junge wurde König und lebte bis zu seinem Ende als geachteter Herr.

In einem weiteren Land wurde ein Junge berühmt, weil er die Zauberformel der Verwandlung entdeckt hatte. Wenn es ihm gefiel, verwandelte er sich in einen Fisch oder in eine Ameise, eine Biene, einen Löwen, einen Büffel oder eine Schlange. Die Leute bekamen Angst vor den Zaubereien des Jungen und meinten, er besitze die Kräfte des Bösen. Als Erwachsener zog er Massen von Menschen in seinen Bann und unterdrückte sie auf das Schlimmste.

Erst kürzlich ist ein König gestorben. Als er geboren wurde, befragten die Alten die Knochen und sagten: Hier ist der Krieger, der schon einmal vor hundert Jahren gelebt hat, der mutig war und ein Sieger. Während der Körper des Jungen mit Milch gefüttert wurde, nährte man seine Seele mit Geschichten über Reinkarnationen. Du bist nicht irgendwer, sagten die Frauen. Du trägst den Geist großer Krieger in dir, du darfst nicht weinen, sagten die Männer. Er wurde zu einem starken Mann, mutig und selbstbewusst, denn er glaubte sich im Besitz eines außergewöhnlichen Geistes. Er war verwegen. Überwand alle Hindernisse und wurde zum Krieger. Gewann alle Schlachten und befreite sein Volk aus fünf Jahrhunderten kolonialer Sklaverei.

Clemente hat Spaß an diesen phantastischen Geschichten. Einige hat er schon gehört, sie geistern von Mund zu Mund, aber es ist ihm noch nie gelungen, auch nur eine davon zu glauben.

»Gibt es Wiedergeburt?« fragt Clemente mit spöttischer Miene.

»Natürlich. Du, Clemente trägst in dir einen uralten Geist. Du hast vor hundert Jahren gelebt, warst mutig, ein Krieger. Du bist auf den Grund des Meeres gegangen, und nun tauchst du wieder auf aus den Wassern, um Frieden in dieses Haus zu bringen. Du bist der Erlöser, der die Schulden der Vorfahren begleichen wird. Du bist der Mensch, der für alle Übel Heilung suchen wird. Du wirst an der Seite der Sterne gehen und die Flecken des Mondes rein waschen, denn du hast Regenhände. Dein Wasserlächeln wird das Feuer in den Seelen löschen.«

»Ich?«

»Ja. Du bist Mungoni, der Versprochene.«

»Wem denn versprochen und warum?«

»Das ist Geschichte, so alt wie das Alter unserer Ahnen. Es ist die Vergangenheit, die sich in der Gegenwart spiegelt. Wegen der Schulden. Wegen nicht erfüllter Gelöbnisse. Hass. Rache.«

»Schulden? Welche Schulden?«

»Die früheren Kriege sind die Erbsünde. Das Gebot der Ahnen lautet: Nicht töten. Unter dem Druck der Verhältnisse brachen unsere Ahnen dieses Gebot. Auf ihren Feldzügen töteten sie Ngunis und Ndaus, um ihr Gebiet zu verteidigen. Die Strafe des Höchsten kam über sie, und ein Pakt wurde geschlossen. Unsere Ahnen gelobten, für das Leben der getöteten Feinde mit dem Leben ihrer Nachkommen zu zahlen. So begann die Geschichte der Unterwerfung. Die Seelen dieser herrschsüchtigen Eindringlinge sind mächtig. Sie leben und rächen sich. Sie können wieder auferstehen, sie sind *Mpfukwas*. Sie locken uns ins Meer, fahren in uns. Sie beherrschen uns und machen aus uns ihre ewigen Diener.«

Clemente hört alte Geschichten. Glaubensvorstellungen. Adam und Eva aßen den Apfel, und die Menschheit als ganze büßt für die Untat, die sie nicht beging. Die Ngunis und Ndaus, die das Land erobert haben, sind Kinder der Götter des Schreckens. Deshalb spuken sie und rächen sich an den Tsonga bis in alle Ewigkeit. Christus ist auferstanden, um die Sünden der Welt zu sühnen. Jesu Seele erneuert sich und vervielfältigt sich ohne Unterlass. Sie ruft und bestimmt ihre Diener. Verbietet die irdischen Freuden und zwingt Menschen zum Zölibat. Jesus ist der größte *Mpfukwa* des Universums.

»Das sind Märchen, Oma!«

»Lass es Märchen sein. Das Leben ist ein Märchen. Die Märchen und Mythen sind das Leben. Was wäre das Leben ohne den Mythos?«

Clemente erinnert sich an die Mythen im Geschichtsunterricht. Mythen von Bestien und Heiligen, von Göttern und Dämonen. Mythen der Liebe bei Vollmond. Mythen von Drachen und Gnomen. Der Mythos von Romulus und Remus schuf Rom. Herkules. Zeus. Venus. Der Mythos von Shakas Geburt schuf das Imperium der Zulu. Der Schöpfungsmythos der Genesis beherrscht die Hälfte des Planeten Erde und begründet die Herrschaft des Weißen gegenüber dem Schwarzen, des Mannes gegenüber der Frau. Der Auferstehungsmythos der Mpfukwa macht die Ndau kühn und gefürchtet. Der Mythos der Wiedergeburt beherrscht das Universum der Bantu.

Vera tritt in Clementes Zimmer, um zu schauen, ob er sich ausruht. Trifft Urgroßmutter und Urenkel in trautem Gespräch. Sie fährt dazwischen: »Über was redet ihr?«

»Wir reden über Wiedergeburt.«

»Warum erzählst du diese Geschichten, Großmutter?«

»Dein Sohn ist für das Wasser bestimmt. Das Unwetter zieht ihn in seinen Bann, er ist ein Besessener, Vera.«

»Jetzt stopfe dem Jungen nicht solche Gespinste ins Hirn, Oma. Siehst du nicht, wie verwirrt er ist?«

»Lass mich dir ein paar Geheimnisse des Lebens enthüllen, meine Vera.«

»Jetzt nicht, Großmutter, ich bin müde. Ein andermal.«

Ein Anflug von Traurigkeit huscht über das Gesicht der Alten. Immer wenn sie sich mitteilen möchte, ist kein Platz für sie da. Die Jungen sagen, die Vorstellungen der Alten seien Fabeln, Mythen, Kinderkram. Das moderne Leben zerstört die Verständigung zwischen den Generationen. Die neue Sprache schneidet die Menschen von ihren Ursprüngen ab.

»Macht nichts. An meiner Stelle wird das Leben dir diese Lehre erteilen, aber mit einem bitteren Geschmack. Du wirst dich an meinen Wunsch erinnern, aber mit gebrochenem und geschundenem Herzen. Dann wirst du den Boden meines Grabes zuoberst kehren, um dieses Wissen zu erlangen, das mit mir in die Ewigkeit geht.«

Traurig geht die Alte auf ihr Zimmer.

VII

David trifft in der Fabrik ein wie immer: zwei Stunden zu spät. Er lässt die schwere Aktentasche auf den Tisch fallen und geht zum Spiegel, um sich der wunderbaren Tatsache seiner Anwesenheit zu versichern. Ein guter Leiter muss stets gut gekleidet sein, gut gekämmt, denn in ihm spiegelt sich die Gesellschaft. Er betrachtet sich von vorne, von hinten, im Profil und lächelt: Mir kann keine Frau widerstehen. Diese Größe und dieses Gewicht sind das wahre Abbild des Wohlstandes. Dies ist das Profil eines Bankiers, eines Parlamentariers, eines Ministers oder Staatschefs.

Er geht in sein Arbeitszimmer, wo ihn seine Sekretärin mit einer Mappe mit Dokumenten erwartet. Direktor und Sekretärin grüßen sich mit einem Blick, aus dem sich die herrlichsten Flüge in die entlegensten Winkel des Universums ablesen lassen.

»Du könntest mir einen Kuss geben, Claudia.«

»Ein andermal ja. Jetzt gibt es Dringenderes. Ein Notfall.«

»Nur mit der Ruhe. Die Welt wird schon nicht untergehen.«

»Herr Direktor! ...«

Ihre Nerven liegen blank. David tritt auf sie zu und versucht sie zu umarmen. Sie stößt ihn zurück, als verscheuche sie eine Fliege. Erhebt sich vom Stuhl und tritt zwei Schritte zurück. David macht einen bitteren Scherz.

»Du bist aber garstig heute. Lass mich dir einen Kuss geben, das heitert auf. Du bist schlecht gelaunt aufgewacht, stimmt's? Aus Einsamkeit und weil dein Bett so kalt war in dieser Juninacht. Wegen der unerfüllten Wünsche. Dein Leben ist ein Boot ohne Anker, nicht wahr?«

Sie spürt den Schmerz der Demütigung, doch sie antwortet nicht. Mit dem Handrücken wischt sie sich die schweißnasse Stirn. Ein bitterer Geschmack steigt in ihrem Mund auf. Sie fährt aus der Haut.

»Herr Direktor, hör auf, Witze zu machen und hör mal auf den Lärm der Fabrik. Hörst du was? Alles steht still und wartet auf ein Wort von dir.«

David zieht die Gardine zurück und wirft einen Blick auf die Produktionshalle. Die Maschinen sind verstummt, bewegen sich nicht. Männer und Frauen sitzen herum mit tiefen Ringen unter den Augen.

»Die Maschinen dürfen ruhig ab und zu einmal still stehen, oder?«

»Das ist ein Notfall, Herr Direktor!«

»Ich weiß. In diesem Krieg machen sich die Rebellen einen Spaß daraus, die Elektrizitätswerke zu sabotieren. Die Stromsperre ist wunderbar. Heute kann ich einmal in Ruhe arbeiten ohne den verdammten Lärm der Maschinen.«

»Stille kündet vom Frieden aber auch von Gewitter. Sie sind

nicht nur blind sondern auch taub, Herr Direktor! Wenn Sie der Supermann sind, der Sie sein möchten, krempeln Sie die Ärmel auf und stellen Sie sich den Bestien, die in der Arena auf Sie warten.«

David betritt das Besprechungszimmer, so sicher wie immer. Doch die Blicke, mit denen ihn die Mitglieder der Betriebsleitung empfangen, geben ihm Rätsel auf. Ein Schauer läuft seinen Rücken hinunter. Er stellt den schweren Aktenkoffer auf den Tisch und begrüßt sie. Niemand antwortet. Er steckt sich eine Zigarette an und raucht. Schaut sich nach allen Seiten um. Setzt sich. Die sechs, die um ihn herum sitzen, sind Freunde, Vertraute, er hat nichts zu befürchten, tröstet er sich.

Die sieben bilden eine verschworene Gruppe. Gemeinsam haben sie damals den Wiederaufbau dieser Fabrik geschafft, die von den wütenden Portugiesen in der Stunde ihres Abzugs zerstört worden war. Gemeinsam haben sie ein bisschen unterschlagen, um den Stand ihres Bankkontos etwas aufzubessern. Es muss ein Missverständnis vorliegen, es kann gar keine Missstimmung unter ihnen geben. David überwindet seine Angst und spricht.

»Ein entsetzlicher Tag heute.«

»Entsetzlich, ja«, antwortet der Verwaltungsdirektor. »Es gibt schwerwiegende Probleme in der Firma.«

»Probleme?«

Was David hört, will er nicht glauben. Streik kreist über ihnen. Das Bewusstsein der ausgebeuteten Arbeiter breitet seinen Mantel über das ganze Land. Im Busch herrscht Krieg. Es ist der Jahrhunderte alte Kampf der Sklaven gegen die Unterdrückung. Der Diener gegen die Herren. Die Geschichte wiederholt sich; einen Schritt vor, einen zurück, wie das Pendel der Lebensuhr. Und diese Geschichte wird in Blut abgerechnet, als ob zum allgemeinen Verbluten nicht schon der Krieg genügte, der das ganze Land peinigt.

»Und was fordern sie?«

»Die sechs ausstehenden Monatslöhne.«

»Und habt ihr ihnen nicht erklärt, sie nicht aufgeklärt, nicht appelliert, dass ...«

Er kommt nicht dazu, den Satz zu beenden. Er raucht und

denkt nach. Denkt nach und raucht. Das Benehmen der Leute ist überall auf der Welt gleich. Diese Arbeiter haben sich gegen die Kolonialmacht erhoben. Heute rebellieren sie gegen die Befreier des Vaterlandes. Der typische Undank der Kinder Israel. Das Volk ist ein Wind, der ziellos weht, eine anonyme Masse, die nicht weiß, was sie will. Zehn Jahre dauerte der Kampf um Unabhängigkeit, um das Land zu befreien. Heute hat das Land seine Identität, Freiheit, Status und Souveränität. Einige Arbeiter behaupten sogar, das Leben sei besser gewesen unter den Kolonialisten. Doch wir tragen die größte Schuld, wir die militanten Utopisten, die eine Welt der vollkommenen Gleichheit versprachen. Woher hatten wir diesen Wahnsinn, wo es doch gar keine Gleichheit gibt, nicht einmal im Reich der Ameisen? Die Arbeiter haben auf das gelobte Land gewartet, doch sie sind nicht marschiert. Haben nichts getan, um sich zu verbessern. Sind auf der Stelle getreten.

»Ich hätte gern nähere Informationen über die Forderungen.«

Niemand sagt etwas, und David wird erfasst von einer Welle der Angst. Wie schnell ist sein Name, sein Ansehen besudelt. In seinem Kopf tauchen Bilder aus der Vergangenheit auf: Geheime Versammlungen, von ihm selbst geleitet in den Fabriken, um das System zu sabotieren. Aktivismus an vorderster Front. Hass auf die herrschende Klasse des alten Systems. Heute ist er der Herr, und er spürt, dass er verjagt wird von der Macht, so wie er es mit den Kolonialisten gemacht hat, aus denselben Gründen, auf dieselbe Art. Mit denselben Gesängen und Rufen. Mit denselben Parolen. Mit demselben Hass des unterdrückten Volkes.

»Ich warte auf eure Stellungnahme, Kollegen.«

»Nun gut, Herr Direktor«, sagt der Verwaltungsdirektor schüchtern. »Sie haben die Probleme unseres Staatsbetriebes vernachlässigt. Er wird katastrophal geleitet, und von dem bisschen, das wir produzieren, haben die Arbeiter nichts. Das ist das eigentliche Problem.«

Davids Gesicht verzieht sich in tiefem Schmerz. Die Worte, die er hört, sind eine Kriegserklärung, ein schlechtes Vorzeichen. Er versucht, sich zu beherrschen, es gelingt ihm nicht, er fährt aus der Haut.

»Alle hier kommen aus dem Nichts und haben im Blaumann

angefangen und waren nichts als arme Arbeiter, die Maschinen reparierten und Elend atmeten. Als ich hier begonnen habe, hatten einige von euch gerade mal die Grundschule absolviert. Ich habe euch aufgelesen, habe euch unterrichtet. Heute habt ihr Schulabschlüsse, Fortbildungen im Ausland genossen, dank der Bedingungen, die ich euch schuf. Wie kommt ihr dazu, so mit mir zu sprechen? Eins müsst ihr euch klar machen: Mein Fall ist euer Fall. Wenn hier ein neuer Direktor eingesetzt werden sollte, wird er keine Lakaien seines Vorgängers übernehmen.«

»Aber Herr Direktor«, sagt der Produktionsleiter, »niemand beschuldigt hier jemanden. Wir weisen nur auf einige Punkte hin, die es wert sind, bedacht zu werden. Das ist alles.«

David ordnet eine Unterbrechung der Versammlung an. Sie soll später fortgeführt werden. Er muss Luft holen und die Gedanken ordnen. Er geht in sein Büro zurück, sieht erschöpft aus und ruft seine Sekretärin. Jetzt kommt die Stunde der Wahrheit. Er hängt das Schild »bitte nicht stören« an die Tür und schließt ab. Direktor und Sekretärin setzen sich gegenüber wie zwei Fremde. David spricht nicht und denkt nicht. Er leidet. Die Sekretärin entschließt sich, das Schweigen zu brechen.

»Herr Direktor?«

»Ja?«

»Ich glaube, es ist besser, Sie trinken Ihren Whisky mit Eis, um etwas auszuspannen.«

Er sagt nichts, sie schenkt trotzdem ein. Reicht ihm das Glas.

»Mach' dir auch einen«, befiehlt David.

»Für mich?«

»Ja, für dich.«

»Aber! ...«

»Los!«

Die Sekretärin streichelt die Hand des Direktors. Sie fühlt sich feucht und kalt an.

»Sie haben dich angegriffen, stimmt's?«

»Ach was ...«

»Sie haben dich gebissen.«

»Das können sie nicht. Ich bin ihr Vater, ich bin der Schöpfer. Sie sind, was sie sind, durch meine Arbeit, sie können mich nicht verraten.«

»Das können sie schon.«

»Das sagst du so sicher! Weißt du irgend etwas?«

»Ich kenne das Leben. Den ersten Tritt versetzt das Kind dem Bauch der eigenen Mutter, um die Kraft seiner Muskeln zu erproben. In die Brust der Mutter beißt man zuerst, um die Kraft der Zähne zu erproben. Die Mutter ist die erste, die man beschimpft, um die Macht des Wortes zu erproben.«

»Ganz so ist es nicht ...«

»Sie sollten vorsichtiger sein, Herr Direktor. Sie sollten misstrauischer sein. Sie vertrauen Ihren Untergebenen zu sehr, Herr Direktor. Misstrauen ist manchmal eine gute Sache.«

»Was du sagst, ist vernünftig, aber ich bitte dich, sprich nicht weiter.«

Die feuchten Augen der Sekretärin lassen zwei Tränen fallen.

»Cláudia! Was ist denn?«

»Unsicherheit. Ungewissheit. Angst vor Morgen. Ihr Fall ist auch mein Fall, Herr Direktor.«

Die Wärme der Solidarität umspült Davids Seele wie ein Hauch frischer Luft. Er verspürt eine glühende Zuneigung zu diesem traurigen Gesicht. Schon länger ist ihr Zusammensein nur noch Gegenstand dringender, unaufschiebbarer Angelegenheiten, Erledigungen. Er nimmt sie kräftig und warm in die Arme. Sie hält ihn fest, küsst ihn, erschauert heimlich. Wie schön wäre es, wenn er »ich liebe dich« zu mir sagte. Aber er sagt es nicht. Er wird dieselben Worte sagen wie immer. Du bist schön, du bist gut, du bist nützlich. Wie gut wäre es, wenn diese meine Liebe wirklich erwidert würde. Sie umarmt ihn heiß und verzweifelt. Und sie merkt, wie schwach er ist, wie fiebrig, wie sanft. Sie öffnet sich und verschlingt ihn mit ihrem ganzen Gewicht und ihrer ganzen Kraft, und er passt ganz in sie hinein, denn der Körper einer Frau ist ein elastisches Gebilde, das anschwillt und abnimmt, wie der Magen einer Kröte. Sie fühlt sich verwirklicht, denn wie jede Frau glaubt sie, ein riesiges Herz zu besitzen, das in der Lage ist, alle Tränen dieser Welt zu trocknen. Der Direktor möchte weinen, aber er weint nicht, er phantasiert. Eine Frau ist eine gute Frucht. Eine Frau ist Gemütlichkeit und Frische. Eine Frau ist die schwarze Nacht, die das blendende Licht in Schatten verwandelt. Eine Frau ist Mutter, eine Frau ist die Erde, die Gott dem Mann zur Verfügung gestellt hat als Startrampe für den Flug des Lebens.

VIII

In der Welt der Männermacht sagt man, der Mann sei Gott. Ein Irrtum. Wenn wir die Hälfte der Bewohner dieses Planeten zu den Männern zählten, dann wäre die Erde ein Dschungel der Götzenverehrung, der Gottheiten, Tempel und Altäre. So seltsam es ist, es gibt Männer, die mit affenartigem Eifer in diese Falle hineintappen und ihr ganzes Leben damit zubringen, diese Philosophie des Wahnsinns zu leben.

Man sagt, der Mann sei mutig. Er wird brutalisiert und zu einem Esel gemacht, unfähig, soziale Bedürfnisse zu erkennen; er wird angehalten, alles zu zerstören, um unbekannte Wege zu erschließen. Er wird zu einem überheblichen, irrenden, einsamen Ritter gemacht, der sich mit bloßen Händen, Blut und Schweiß auf die Suche nach dem Unmöglichen macht. Der menschliche Mut speist sich aus der Philosophie des Hasses.

In die Köpfe der Männer wird die Aussicht auf Tyrannei gepflanzt, und er wird Held genannt. So ist leicht zu begreifen, warum die Mehrzahl der Helden in der Geschichte Tyrannen und Mörder sind, die weder das Leben noch die Natur achten. Der Leichnam des Heldenmannes wird der ganzen Welt auf einem goldenen Tablett gereicht wie ein Festmahl. Heldentaten speisen die Zähne und Mägen der Gesellschaft in ihrer Gier nach Eitelkeit und Überheblichkeit.

Man sagt, der Mann sei frei. Philosophie ist Illusion. Wie kann der Mann frei sein, wenn man ihm gleich bei der Geburt Fesseln in den Kopf pflanzt, ihn zum Sklaven macht von Prophezeiungen und Schicksalen, die bereits von mächtigen Unsichtbaren vorgezeichnet sind?

Man sagt, ein Mann weint nicht. Philosophie der Lüge. Wie kann er nicht weinen, wenn er komplett aus Liebe, Leidenschaft, Sinnlichkeit, Illusion, Beben, Farbe, Bewegung, Sieg, Niederlage, Leben und Tod besteht?

In der Welt der Männermacht ist die Frau Sklavin des Mannes

und der Mann Sklave der Gesellschaft. Das Leben der Frau ist Bedeutungslosigkeit und Beleidigung. Doch besser Bedeutungslosigkeit als die schmerzhafte Existenz, die den Männern auferlegt ist durch die Architekten des weltweiten Denkens.

In allen Familien der Welt duellieren sich Männer und Frauen in den eigenen vier Wänden. Sie sprechen nicht dieselbe Sprache, missverstehen sich. Sie haben noch nicht begriffen, dass sowohl Mann als auch Frau Opfer eines Jahrtausende alten Systems sind, entworfen von durchtriebenen, tyrannischen, unmenschlichen Hirnen, die in unerreichbaren Sphären leben.

Die Tradition der Bantu instrumentalisiert den Mann und macht aus ihm einen Kämpfer um nichts. Er arbeitet hart und baut auf. In der Stunde, in der das Unglück an seine Tür klopft und er die Augen für immer schließt, kommt die nächstgelegene Familie im Namen der Tradition, überfällt ihn und beansprucht all seine Güter, die Häuser, die Autos, und die Witwe selbst tut sich mit dem Stärkeren zusammen. In der Bantu-Tradition ist die Frau ein Erbstück, Eigentum, denn sie wird mit dem Brautpreis bezahlt.

Man sagt, die Frauen der Ronga würden stehlen. Philosophie des Machismo. Solange die Ehe hält, zweigen die Ronga-Frauen ein wenig aus dem eigenen Haushalt ab für den Haushalt der Mutter und bereiten sich so auf die Stunde des Schicksals vor. Sie sind schlau und lernen früh, wie die Ameise, im Sommer das Polster für den Winter anzulegen. Von Klein auf bringen ihnen die Mütter bei, sich eine Aussteuer für das Missgeschick zusammenzustellen. Solange das Glück anhält und das Heim, lege heimlich etwas Geld beiseite, ein paar Wertgegenstände, damit du, wenn er dich verlässt oder stirbt oder sich eine andere Frau nimmt, dein neues Leben nicht aus der hohlen Hand beginnen musst. Du kannst vom Pferd auf den Esel kommen, aber niemals vom Pferd ins Nichts gestoßen werden. Genieße das Glück des Augenblicks, aber vergiss nie das Missgeschick des Morgen. Die Ronga-Frauen stehlen nicht, sie nehmen vom eigenen Schweiß und nie vom Schweiß der anderen. Das Heim wird von zweien erbaut, und es gibt keinen Grund, einen der beiden ins Elend fallen zu lassen, wenn das Unglück kommt. Die Haltung der Ronga ist eine Form des Widerstandes gegen die grausame Tradition.

IX

Vera geht zwischen Küche, Flur und Wohnzimmer auf und ab, leicht und anmutig, denn sie empfindet sich als beste Ehefrau der Welt. David wirft ihr einen wütenden, abschätzigen Blick zu. Auf dem Körper dieser seiner Frau glänzen Stickereien, Seide, Schmuck, teure und seltene Parfums, denkt er wütend. Mein Geld geht weg für Lippenstift auf ihren Lippen. Für ihr Make-up. Mein Schweiß landet in ihrem Magen und in dem ihrer Kinder, die immer nur essen, immer nur schlafen, ohne sich eine Vorstellung davon zu machen, wie schwer es ist, Brot auf den Tisch zu bringen. Der Mann kämpft gegen Bestien und Feuer im Streben nach Wohlstand. Erleidet Bisse und Verbrennungen, nur um die Familie zu ernähren. Und überall sind Feministinnen, die Rechte an Dingen einfordern, die sie selbst nicht geschaffen haben.

Das Mittagessen ist fertig, und Vera bittet zu Tisch mit ihrem ewig schönsten Lächeln. David begegnet ihr mit Verachtung. Die zärtlichen, schönen, sensiblen Frauen sind Spinnen. Sie geben dir ihr Katzenlächeln und halten dich dann in ihrem Netz gefangen. Sie versklaven dich. Wie Mitternachtshexen saugen sie dein Blut aus, den Schweiß, und treiben dich zu Wahnsinnstaten aus Liebe zu ihnen.

»Wie war es auf der Arbeit?« fragt Vera vorsichtig. »Du siehst aus, als sei es ein schwerer Tag gewesen!«

Er antwortet nicht. Bebend vor Zorn erhebt er den schweren Körper vom Sofa, steckt die Hände in die Taschen, und mit wütenden Schritten entfernt er sich schimpfend. Wir leben verschiedene Leben. Während sie von Stickereien träumen, sprengen wir Steine und Berge, um das Leben zu bauen. Während wir nach Luft schnappen für unsere Köpfe voller Sorgen, denken sie nur an essen und schlafen. Wir bauen auf, sie zerstören. Wir produzieren, sie konsumieren. Diese Frau kennt nur den Luxus. Wenn ich verarme, ist auch ihre Liebe weg, und sie wirft sich in die Arme eines anderen, der mehr Geld hat, und verlässt mich, der ich immer alles für sie gegeben habe. Es gibt Leute, die behaupten, Frauen seien auf Ausgleich bedacht. Ich gehe hier gleich in die Luft, und sie redet nur über Essen.

»David, jetzt iss schon, bevor es kalt wird.«

Ihre Worte lassen Gewalt in ihm aufsteigen, wie er sie nie zuvor gekannt hatte. David kann nicht an sich halten und brüllt.

»Jetzt unterbrich mich nicht, wenn ich denke. Halt die Klappe. Hat ein Mann denn kein Recht auf Ruhe in seinen eigenen vier Wänden?«

»Entschuldige.«

»Was denn entschuldigen? Hab ich nicht gesagt, du sollst die Klappe halten?«

Vera spürt plötzlich, wie etwas an ihrem seidigen Gesicht zerschellt. Sie stürzt ins Badezimmer und greift nach einem Handtuch, um sich das Blut abzuwischen, das ihr aus der Nase läuft. Im Spiegel erblickt sie ihr Gesicht, das zur Hälfte anschwillt. Die Farbe steigt schnell in das helle Gesicht, bald sieht es aus wie ein roter Apfel. Die Ungewissheit der Zukunft hat bereits den Samen der Gewalt gelegt, der keimen wird und verspricht, Gewalt in Serie hervorzubringen. Der Zwischenfall entzündet ein schwarzes Licht in Veras Kopf: Gewitter, Gewalt und Blut. Was wird als nächstes kommen?

David erschrickt über sich selbst und flieht von der Stätte seiner Tat. Er greift die Jacke und verschwindet, ohne sich zu verabschieden.

X

David rast mit seinem Wagen über die kalte Straße. Die Regentropfen auf der Windschutzscheibe versetzen ihn in einen grenzenlosen Taumel. Er atmet den Hass der nassen Erde, der Schlammpfützen und der Müllhaufen am Straßenrand. Riesige Wellen durchlaufen seine verwirrten Gedanken. Er denkt an den Streik. An seine Folgen. An die wütenden Arme der Arbeiter, die nein brüllen. Wie grüne Blätter des Röhrichts, die sich über das Feuer erheben. Er sieht Polizei, Feuerwehr. Blut. Pulverdampf, der die Fabrik einhüllt. Er sieht Beerdigungen, Tränen, Verzweiflung, Arbeitslosigkeit, Gefangenschaft. Die Gesänge des Schmerzes und der Zerstörung. Das Weinen der Kinder. Das Elend.

Eine unendliche Angst erfasst seine Seele und raubt ihm die

Kraft. Tränen laufen in Strömen über sein verzweifeltes Gesicht. Ein entsetzlicher Schluchzer bricht aus seinem Innersten hervor, er spürt seinen Lebenshauch schwinden. Er seufzt: »Gott im Himmel, hilf mir!«

Er spricht laut mit sich selbst: »Ich muss mit jemandem reden, sonst sterbe ich.«

Davids Augen, rot vor Angst und Tränen, suchen einen Ort, um die Schmach zu verbergen. Er findet keinen. In der Welt der Männermacht gibt es keinen Platz für Männertränen. Überall gibt es dagegen Plätze und Podeste, auf die Männer steigen können, um ihren Mut zu feiern. Schnell entdeckt er, dass eine Bar der Ort ist, den er jetzt braucht, um den Schmerz im Feuer des Alkohols zu verbrennen.

Er parkt den Wagen vor dem Klub der Millionäre, überall glückliche Menschen, die trinken und spielen. In der hinteren Ecke ein einsamer Trinker. Davids Gesicht klart sich auf.

»Lourenço, mein Lourenço der großen Momente. Was für eine wunderbare Überraschung. Dieser Regen und die Kälte waren sicher nur die Boten dieses Zusammentreffens.«

»Du bist fett geworden, David! Wo ist er hin, der Sportler, der stets auf seine Linie achtete?«

»Zum Teufel ist er. Du siehst aus wie immer.«

»Whisky. Viel Whisky und guter Whisky. Ein gutes Getränk. Hält schlank.«

»Wieso bist du alleine, Lourenço?«

»Ich bin nicht alleine. Ich bin mit mir selbst da, lasse mich inspirieren und plane meine nächsten Schritte. Du bist auch alleine. Bei dir stimmt irgend etwas nicht, stimmt's?«

»Die Liebe.«

»Ach, sag' doch nicht so etwas. Frauen gibt es wie Sterne im Himmel, auf der Straße, in der Kirche, auf dem Markt, überall, und alle warten auf erfolgreiche Männer wie uns. Wenn Vera dich langweilt, warum nimmst du dir nicht eine andere, jüngere und hübschere? Ein Mann wie du wird doch nicht traurig sein wegen einer Frau. Es müssen schon wichtigere Dinge sein.«

»Ich habe gehört, du hast gerade einen Streik überstanden.«

»Hab ich, und zwar ziemlich gut.«

»Ich bin gerade in einen hineingeraten.«

»Ich hab es doch gleich an deinem Gesicht gesehen, dass diese Frauengeschichte eine Ausrede war, eine nicht besonders gelungene Ausflucht. Was ist denn los?«

»Es fällt mir schwer, darüber zu sprechen, ich weiß gar nicht recht, wie ich anfangen soll.«

»Du hast recht. Über solche Dinge spricht man nicht in der Bar. Los, komm mit. Bei mir zu Hause ist Platz nur für uns zwei.«

Wenig später stehen sie vor dem herrlichen Haus. David atmet tief ein, um sein Nervenkostüm in Ordnung zu bringen. Selbst aus der Entfernung lässt das Gebäude den Wohlstand dessen erkennen, der darin wohnt. David vergleicht es mit seinem eigenen. Nicht besser und nicht schlechter. Nur anders.

Bankkonten vergleichen, Autos, Ehefrauen, Geliebte, die gesellschaftliche Position, das ist die ewige Gewohnheit der Männer, so wie die Frauen ihre Schuhe vergleichen, ihre Frisuren, ihren Charme und die sexuelle Leistungsfähigkeit der Männer. Es ist ein unaufhörlicher Wettbewerb.

Vor einer riesigen Vitrine nehmen sie das erste Getränk. Die Vitrine ist so hoch wie die Wand und steht voll von Flaschen, Nippes und dekorativen Tellern. Mit stolz geschwellter Brust erläutert Lourenço die Herkunft und die Bedeutung jedes einzelnen Stückes. Die Weine aus Porto, Marseille, Bordeaux. Die Teller aus Peking, Los Angeles, Sydney. Der Wodka aus Moskau. Der Nippes aus Singapur. Der Rum aus Havanna. David heuchelt Lob, denn seine Vitrine ist besser bestückt, mit noch mehr Tellern und Flaschen.

Dieses Regal spiegelt den neuen Intellektualismus der Söhne des Landes, ihre ausgeprägte Vorliebe für alles, was aus dem Ausland kommt, insbesondere wenn es in Flaschen oder auf Tellern daherkommt. Und es entlarvt die Dimension der Hirne aller Intellektuellen und Ökonomen des neuen Menschengeschlechts. Hirne, die Jahrzehnte damit verbracht haben, zu studieren, um eine gute Anstellung zu bekommen, anstatt zu arbeiten. Hirne, die sich nicht aus Wissen speisen, sondern von Tellern und Flaschen, die denken, um zu essen, anstatt zu essen, um denken zu können. Welchen gesellschaftlichen Fortschritt kann man erwarten von einer Generation von Führern, die leben, um zu essen, anstatt zu essen, um zu leben?

»Meine Vitrine ist die ganze Welt im Kleinen. Ich bin sehr stolz auf sie. In jedem Land, das ich betrete, achte ich darauf, mir so ein Erinnerungsstück zu kaufen.«

»Kaufst du keine Bücher auf deinen Reisen?« fragt David halb scherzhaft.

»Eine interessante Frage«, antwortet Lourenço und lacht. »Stell dir vor, das ist mir noch nie in den Sinn gekommen.«

»Aber als guter Ökonom ...!«

»Glaube es, oder glaube es nicht, doch seit meinem Diplom habe ich kein Buch mehr angerührt. Nicht einmal ein Mickymausheft. Mir geht es nur um Geld. Ich kämpfe für das Geld. Ich tue alles, um Kapital zu bilden, mich zu bereichern. Aber lassen wir das und sprechen wir über das, was uns hierher geführt hat.«

»Erzähl von dem Streik, Lourenço. Wie hast du das hinbekommen?«

»Wir sind doch zwei Idioten mit eingekniffenem Schwanz, oder?«

Die beiden Freunde schauen sich schweigend an. Die Probleme, mit denen sie sich auseinandersetzen müssen, sind eine Folge beschämender Ereignisse. Sie nehmen noch ein Getränk und Lourenço ereifert sich:

»Ich sag dir was, mein Freund: Ich bin kein Waisenkind. Ich bin schwarz! Ich habe eigene Wurzeln und weiß, wohin ich gehöre. In mir steckt der jahrtausendealte Imbondobaum. Ich laufe übers Wasser, ohne unterzugehen, laufe übers Feuer, ohne mich zu verbrennen. In dem Betrieb, den ich leite, haben meine Hände im Schlamm gewühlt, aber sie sind nicht schmutzig geworden. In der Auseinandersetzung mit den Arbeitern habe ich sie in Blut getaucht und doch nicht befleckt. Ich bin unverwundbar, erhaben. Ich unterliege keiner Schwerkraft, ich schwebe.«

Lourenço steigert sich in eine obskure, verworrene Rede. Er gerät in Rage, spricht von den Toten und ihren Geistern, spricht von Glück und Pech, vom Schicksal und den unsichtbaren Mächten, sagt, die Verstorbenen könnten beschützen, helfen, heilen, weil sie Schutzengel seien und die wahren Kinder Gottes. Die Toten öffneten den Weg der Blumen oder der Dornen, denn sie herrschten über das Leben. Und er sagt, die Lösung aller Probleme befinde sich um uns herum und nicht außerhalb dieser

Welt. Er sagt, im Streik der Arbeiter seien ihm alle Kräfte der Toten zu Hilfe geeilt.

David trinkt sein Glas aus, um Erstaunen und Unruhe, die in ihm aufsteigen, in den Griff zu bekommen. Er reißt die Augen auf, um besser zu sehen. Das Bild des Freundes erscheint ihm in einer dichten Wolke aus Rauch, magisch und geheimnisvoll. Seine Rede ist märchenhaft, wie aus tausend und einer Nacht.

»Du verblüffst mich. Du bist betrunken, verrückt. Ein normaler Mensch kann gar nicht so viel Unsinn auf einmal reden.«

»Ich bin ein Held. Den Helden ist es gestattet zu töten im Namen gleich welcher Utopie: Demokratie, Freiheit, Unabhängigkeit. Ich habe nicht getötet, aber ich habe gestohlen im Namen einer sehr konkreten Realität. Meiner eigenen Tasche. Von weitem bin ich der heiligste der Helden. Meine Hände sind sauber. Ich bin der unschuldigste Mensch der Welt.«

Jetzt steht Lourenço, lehnt an der Vitrine. David schaut ihn an. Majestätisch und elegant wie immer. Kein Gramm Fett verunstaltet seinen Körper. Nicht eine Falte auf der Stirn oder im Augenwinkel, die sein Alter verraten könnte. Sein Mund, sonst voll von Wahrheiten, Süße und Sicherheit, speit heute Galle über das Leben. David bedauert den Freund: Ein guter Katholik, ein Intellektueller, in einen Irren verwandelt. All seine Erhabenheit ist zu Asche geworden, zu Nichts. Eine Hyäne im Schafsfell. Die Maske fällt und gibt den Blick frei auf das Böse, den Ekel. Als zöge ein Heiliger während der Messe seine Kutte aus und darunter käme das Gesicht des Gewöhnlichen und Bösen zum Vorschein. In jedem Menschen steckt ein heimlicher Schatten, ein unbekanntes Wesen. Niemand kann die Geheimnisse der Seele begreifen.

David nimmt noch ein Getränk, um nicht gleich wahnsinnig zu werden.

»Ich kenne dich heute nicht wieder, alter Freund.«

»Aber du erkennst in mir einen glücklichen Menschen, stimmt es?«

David gibt sich geschlagen, denn es geht seinem Freund, der ihm hier gegenüber sitzt, ganz offensichtlich gut. Schon in der Oberschule und an der Universität hatten die Lehrer versucht, ihm zu gefallen und nicht umgekehrt. Die Frauen schlagen sich und bringen sich sogar gegenseitig um für ihn. Aus einer Menschenmenge sticht er immer heraus, als stünde ein Stern auf seiner Stirn. Seine Gegenwart stellt alle anderen in den Schatten. Er hatte studiert, was er wollte, die Frau geheiratet, die er wollte, das Haus gebaut, das er wollte. Er hat die Arbeit, die er immer angestrebt hatte, und die Autos, die ihm gefallen. In dem soeben beendeten Streik ist er der Verbrecher, doch die Schuld haben sie einem anderen gegeben. Wo er ist, zittern alle vor Angst, vor Ehrfurcht, vor dem Unerklärlichen. Zuviel Glück für einen einzigen Menschen.

»Du machst mir Angst.«

»Du hast recht, ich habe mein verborgenes Gesicht enthüllt.«

David gelingt es nicht, zu verbergen, wie wenig ihm dies alles gefällt, und er sagt mit Bedauern in der Stimme: »Du sprichst von Dingen, die ich nicht verstehe, dabei habe ich dich aufgesucht, um mit dir Lösungen für die Probleme dieser Welt zu beraten.«

»Ich habe Glück, denn ich lebe im Einklang mit allen Kräften der Natur, so dass sie mir in schwierigen Momenten alle zu Hilfe eilen und alle Übel von mir fernhalten.«

»Ich will nichts mehr hören, es reicht für heute.«

»In dem Krieg, der dir bevorsteht, suche Verstärkung im Himmel und auf der Erde. Halt alles fest, was du errungen hast, im Rahmen der Gesetze und außerhalb, und denk daran, wer von einem öffentlichen Sockel fällt, steht nie wieder auf. Ich will an deiner Seite sein, was immer auch geschieht.«

David wendet sich zum Gehen und verlässt, einsamer denn je, den betrunkenen Freund mit seinen verschwommenen Ideen, Spukgeschichten und Albträumen. Er lenkt sein Auto in Richtung Meer. Er will das Meer sehen und seinen Frieden wieder finden. Das Rauschen der Wellen wiegt seine Nerven und beruhigt. Er erreicht das Meer, steigt aus dem Auto und setzt sich in den feuchten Sand. Heute ist das Meer einsam und kalt wie seine Seele. Der Regen hat die jugendlichen Pärchen vertrieben, die ihre Schule schwänzen, um beim romantischen Wehen der Brise aus Sonne und Meer der Liebe zu frönen. Selbst die Seeleute, die ewigen Söhne des Windes, haben das Meer verlassen in seiner Einsamkeit groß wie die Welt.

David übergibt all seine Sorgen dem Meer. Im Verlauf der

Kampagnen für das Ideal des neuen Menschen ist im Land eine revolutionäre Inquisition ausgebrochen. Im Gegensatz zu Europa sind hier Tempel und Kultgegenstände ins Feuer geworfen und die Hexen festgenommen worden, gedemütigt und misshandelt. Doch wie es aussieht, hat sich die Mühe nicht gelohnt. Im Gegenteil, es hat die Sache so interessant gemacht, dass heute Doktoren und Intellektuelle der neuen Generation sich die Freiheit nehmen, sich Hexer zu nennen, Propheten und Herrscher des Unsichtbaren.

Der Wahnsinn des Aberglaubens erschüttert das Universum, und Lourenço ist keine Ausnahme. Mitten im Atomzeitalter hören Leute aus allen Kulturen auf die Sprache der Knochenorakel. Geschäftsleute suchen Astrologen auf und Kartenleger, um die Kursschwankungen von morgen zu erfahren. Mitten im Kasino befragen reiche Spielsüchtige die Muscheln, um ihr Glück im Spiel zu erfahren. Die orientalischen Drei Könige haben auch die Sterne befragt, und ein Stern sagte ihnen: In Bethlehem ist Christus geboren, er wird sterben für die Sünden der Menschen.

Überall beschwören verzweifelte Menschen ihre Vorfahren. An jeder Ecke knien sie vor den Seelen der Heiligen, der Toten, der Jungfrauen, um Glück im Leben zu haben, bei der Arbeit, in der Liebe. Beim kleinsten Anzeichen von Missgeschick werden die Toten bemüht. Um die Zukunft zu meistern, wird die Vergangenheit heraufbeschworen. Die Bantu rufen die toten Verwandten an und rufen Gott an, den Obersten, den Schöpfer aller Vorfahren.

David denkt über das Glück nach und über das Schicksal. Lourenço sagt, die Träume der Menschen verwirklichen sich nur, wenn die Götter sie beschützen. Kann sein. Die olympischen Sportler bereiten sich ihr ganzes Leben auf den Sieg vor, doch einen Millimeter vor dem Ziel stürzen sie. Der Landwirt vollzieht den kompletten Zyklus des Brotes, doch das fällt einen Zentimeter vor dem Mund zu Boden. Die Braut bereitet sich ihr Leben lang auf die Hochzeit vor, und im Moment der Trauung wird sie sitzen gelassen.

»Ich bin Christ.« David denkt wieder laut. »Ich habe geschworen, allen Versuchungen des Teufels zu widerstehen.«

David ist das Nachdenken leid und ärgert sich über sich selbst:

»Wer bin ich denn, dass ich die Geheimnisse des Universums begreifen will?«

Der Regen wird stärker, und David wird nass wie eine Ratte. Er steigt in sein Auto und fährt ziellos herum. Gerät zufällig in die Gegend des Hafens, wo Sex gehandelt wird. Ein gutes Dutzend Mädchen in Miniröcken friert sich die Beine und die Brüste ab, stellt ihre Ware zur Schau. David schaltet einen Gang zurück und genießt den Blick auf den menschlichen Viehmarkt. Die Mädchen stürzen sich auf sein Auto und streiten um den Kunden, der aber nur schauen will und nicht kaufen. An einer Bar hält er an und trinkt einen Whisky, um sich den Leib zu erwärmen. Die Seeleute und die Nutten verstehen einander durch einfache Gesten. David spielt eine Runde Billard und unterhält sich mit den Betrunkenen.

XI

Der Wind facht das Feuer an. Er ist wie der Alkohol. David hat getrunken, um zu vergessen, doch er hat nichts vergessen. Alkohol und der Wind verwehen. Verflüchtigen sich. Die Probleme bleiben. Und das ganze Elend, das die Menschen verursachen, keimt in den unsichtbaren Schatten der Zeit. David schleppt sich zum Auto und fährt unsicher. Heute will er nicht nach Hause zurück, will sich nicht mit unnützen Gesprächen quälen müssen. Die Frauen sind ätzend und fragen zu viel. Bestimmt will Vera wissen, mit wem er unterwegs war, wo und warum.

Er umklammert das Lenkrad und fährt Richtung Vorstadt zum Haus der Zuflucht vor allen Schmerzen. Alles was er will, ist noch mehr trinken, vergessen und sterben. Er kommt an und parkt das Auto vor einem bescheidenen Wohnhaus, dem einzigen mit elektrischem Licht. Durch das geöffnete Fenster erkennt er eine Frau, sie taucht auf und verschwindet, wie eine Nixe, die mal an der Oberfläche schwimmt, mal in den Tiefen des Meeres. Er ist zu müde, um die Tür des Wagens zu öffnen, schließt die Augen und schläft ein.

Drei Schläge klopfen an das Fenster des Autos. Eine fröhliche

Stimme weckt ihn auf, grüßt ihn. Die Tür des Wagens öffnet sich, und eine alte Nixe schenkt ihm ein Lächeln.

»Willkommen, Herr Direktor.«

Die Frau nimmt David an der Hand, streichelt ihn mit mütterlicher Zärtlichkeit, und er fühlt sich geliebt und beschützt wie ein Säugling in einem gestickten Kissen. Im Haus bietet ihm die Frau etwas zu Trinken an.

»Wie schön dich zu sehen, Tante Lúcia!«

»Du bist nicht glücklich heute, mein Kleiner.«

»Das stimmt.«

»Die Sorgen der Welt nehmen kein Ende, lächeln Sie, Herr Direktor.«

»Ich versuche es, aber ich kann nicht.«

»Es ist gut, dass du gekommen bist. Hier im Haus kümmern wir uns um Männer mit der größtmöglichen Verantwortung. Wir sorgen uns um die Gesundheit unserer Kunden.«

»Klar, das weiß ich.«

»Alle Mädchen sind geschult und eingewiesen. In diesem Haus ist Sex so sicher wie nur irgend möglich.«

»Ach ja?«

»Hier ist alles vom Feinsten. Soll ich Ihnen irgend ein Mädchen rufen, oder haben Sie einen besonderen Wunsch?«

»Ich will gar nichts.«

»Herr Direktor, ich mag Sie sehr. Ich denke oft an Sie, und deswegen habe ich Ihnen etwas ganz besonderes reserviert, und sagen Sie mir nicht, dass Sie nicht wollen. Los, weg mit der Traurigkeit aus diesen Augen, entspannen Sie sich! Vergessen Sie die Stürme des Lebens und schauen Sie mal, was ich für Sie habe. Ich schwöre, Sie werden es nicht bereuen.«

»Ist gut, tun Sie, was Sie für richtig halten.«

»Sehr gut!«

Tante Lúcia verlässt den Raum mit wippendem Gang und in der Hoffnung, die verlorene Sinnlichkeit wiederzuerwecken. David erhascht durch die Schlitze des Rockes einen Blick auf ihre Beine: Sie waren einmal schön und appetitlich, das kann man noch erkennen. Nun ist das Fleisch vom Gebrauch weich geworden. Ihre Augen sind chronisch gerötet von all den durchgemachten Nächten mit den Kunden. Ihre Lippen sind schwarz vom Tabak. Die Froschhaut auf den Wangen ist eindeutiger Beweis dafür, dass sie dem Reich der kosmetischen Schönheit angehörte. Wie die Blumen lächelte sie einst und ist nun verwelkt.

David trinkt ein Glas nach dem anderen, öffnet die Augen und schließt sie wieder, schüttelt den Kopf, um die bösen Gedanken zu verscheuchen. Es gelingt ihm nicht. Heute sieht er Dinge, die er nie zuvor sah, und sein Gewissen quält ihn. Mit klammem Herzen denkt er an Tante Lúcia. In der Revolution stritten wir mit dem Leben und der Natur. Wir beurteilten Pflanzen nach der Größe ihrer Früchte, niemand von uns war in der Lage, die Wurzel des Elends zu begreifen. Wir unterdrückten die Unterdrückten. Beuteten die Ausgebeuteten aus. Unsere Laufbahn als Tyrannen hat nicht erst heute begonnen. Anstatt sie wieder aufzurichten, säten wir Menschen in die Gräber, die den Tod bereits in der Seele trugen. Tante Lúcia hat viel gelitten. Sie wurde festgenommen und verschleppt, angeklagt, eine Prostituierte zu sein. Ihr Haus und ihr ganzer Besitz wurden eingezogen. Aus der Verbannung zurückgekehrt, baute sie ihr Haus wieder auf, und hier ist sie nun. Ihr Körper ist alt und müde, doch ihre Seele ist stärker denn je.

David schließt die Augen und befragt sein Gewissen. Im Stillen erklärt er: Ich sündiger Mensch bekenne ...

Alle Versprechen einer besseren Welt, ohne Elend, ohne Hunger und Krankheit, sie alle sind nichts gegen deine Gegenwart, alte Lúcia. Ich, David da Costa Almeida, Kämpfer für den Neuen Menschen, frage mich: Warum wurden all die der Prostitution angeklagten Frauen gefangen genommen und verschleppt? Selbst Christus der Erlöser hat Maria Magdalena beschützt im Augenblick ihrer Verurteilung und die Präfekten aufgefordert, den ersten Stein zu werfen. Die Worte Christi hatten zu raschem Nachdenken geführt, und sie alle waren zu dem Schluss gekommen: Nur Gott ist vollkommen!

Prostitution ist der Verkauf von Sex. Sex ist Körper. Und alle Menschen verkaufen die Fähigkeiten ihres Körpers, um ihren Lebensunterhalt zu verdienen. Der Fußballspieler lebt von seinen Füßen. Die Sängerin von ihrer Stimme. Der Lastenträger von der Kraft seiner Arme. Und die Prostituierten? Sollen sie nicht auch das Recht haben, mit ihrem Körper Geld zu verdienen?

Bibelstellen durchlaufen seinen erleuchteten Geist.

In der Stunde des Urteils sagte Gott: »Dornen und Disteln soll er dir tragen, und du sollst das Kraut auf dem Felde essen. Im Schweiße deines Angesichts sollst du dein Brot essen, bis du wieder zu Erde wirst, davon du genommen bist.«

Seinen Körper jedem anzubieten ist dorniger und bitterer als Disteln. Verkaufte Liebe und gekaufte Liebe treiben Schweiß ins Gesicht. Prostituierte sind Ton, Kraut, irgendwer kauft sie, benutzt sie.

Warum also sperren wir die Prostituierten ein? Warum verschleppen wir sie und misshandeln sie? Wollen wir bessere und gewichtigere Richter sein als Christus? Prostitution ist Verzweiflung. Sex zu verkaufen gegen Brot ist äußerstes Elend, das Elend des Elends. In der Verbannung starben die Prostituierten an Hunger, Sehnsucht, Krankheit, Übergriffen von wilden Tieren und an Verzweiflung.

Nach Inquisition, Sklaverei, den Konzentrationslagern der Nazis, wieso musste man da noch die Geschichte der Welt mit Umerziehungslagern besudeln?

Die Alte macht das Zimmer zurecht. Parfümiert die frisch gebügelten Laken, so wie es der Herr Direktor mag. Auf der Kommode eine Vase mit Rosen für die Stimmung. Das Mädchen sitzt im Nachthemd auf dem Sessel. Tante Lúcia spricht zärtlich mit ihr und macht ihr Versprechungen. Sie sagt, von dem Moment an, in dem es geschieht, wird sie Brot haben, ein Bett zum Schlafen und schönere Kleider als in den Schaufenstern hängen. Das Mädchen weint vor Angst vor dem was geschehen wird und von dem sie nicht einmal eine Ahnung hat, was es ist. Sie weint vor Glück über das, was sie haben wird und jetzt nicht hat. Tante Lúcia schaltet das Radio ein und erfüllt das Zimmer mit fröhlicher Musik. Die Musik, Nahrung der Seele, dient auch dazu, die Schreie und das Stöhnen der allzu lauten Paare zu übertönen. Auf dem Land trommeln die Frauen und täuschen ein Fest vor, um die Schreie der Gebärenden zu ersticken, damit die Kinder nichts von dem Leiden der Frauen bei der Geburt erfahren.

Es ist alles vorbereitet. Tante Lúcia bittet den Herrn Direktor ins Zimmer. Sie zwinkert ihm verschwörerisch zu: »Guten Appetit, Herr Direktor.«

»Vielen Dank.«

»Ach, fast hätte ich es vergessen. Es ist eine Premiere, viel Vergnügen.«

Das Mädchen zittert, als der Mann sich ihr nähert und verdeckt ihr Gesicht mit den Händen. David reißt überrascht die Augen auf. Das Wesen vor ihm ist ein Kind im selben Alter oder vielleicht noch jünger als seine Suzy. Sein Hals wird trocken. Vom Magen her steigt Ekel auf und im Mund der Geschmack von Erbrochenem. Ihm wird schlecht vor sich selbst. Er nimmt all seinen Mut zusammen und spricht: »Wie heißt du, kleines Mädchen?«

»Mimi.«

»Warum bist du hier?«

»Weil ich will.«

»Hast du keine Angst vor mir?«

»Nein, hab ich nicht.«

»Warum?«

»Man hat mir gesagt, Sie geben mir Schokolade, Brot und Kleider.«

David ekelt sich vor sich selbst und ist für einige Momente unschlüssig. Weitermachen oder aufhören? Aber wenn er aufhörte, würde ein anderer dieses Mädchen noch am selben Tag vergewaltigen. Er zieht die Whiskyflasche zu sich heran.

»Willst du einen Schluck?«

»Ja, bitte.«

»Hast du schon einmal so etwas getrunken?«

»Nein, noch nie.«

David setzt das Mädchen auf seinen Schoß und gibt ihm zu trinken, so wie ein guter Arzt seinen Patienten betäubt, um ihn auf eine schmerzhafte Operation vorzubereiten. Sie verzieht das Gesicht und sagt, der Hals tue ihr weh. David lässt das Mädchen aufstehen. Mit einer plötzlichen Bewegung reißt er ihr das durchsichtige Hemd vom Leib und taxiert sie mit seinen Blicken. Eine grüne Mango, bemerkt er. Mit Salz und *Piripiri* sehr gut. Er geht auf sie zu, wirft sie aufs Bett. Das erschrockene Mädchen dachte, es würde schreien, doch es schreit nicht. Es tut sehr weh, doch der Hunger und die Kälte tun noch mehr weh. Wer sollte ihr auch zu Hilfe eilen, selbst wenn sie schrie? Sie weiß, dass sie allein ist in der Welt und hat schon längst alle Hoffnung auf Rettung verloren. Die Eltern hat der Krieg getötet und begraben. Monatelang strich sie durch die Straßen der Stadt ohne Halt, bis Tante Lúcia sie in ihr Nest holte.

Tante Lúcia schaltet das Radio ein, es ist Zeit für die Nachrichten. Und die Nachrichten sind fast immer die gleichen. Immer nur Politik und Politiker. Hierzulande ist Politik Wasser, Brot, Sarg.

Plötzlich macht der Sprecher eine lange kunstvolle Pause. Spricht dann mit besonders kräftiger Stimme weiter, um einer besonderen Nachricht Gewicht zu verleihen und sagt: »Letzte Meldung!« Der Krieg steht vor seinem Ende. Die Kriegsparteien stimmen überein, Verhandlungen aufzunehmen und zum ersten Mal über den Frieden zu verhandeln.

Tante Lúcias Seele erregt sich, während ihre Ohren die Einzelheiten mit aller Aufmerksamkeit aufnehmen. Plötzlich wohnt eine Zukunft in ihrem Bewusstsein für die Zeit nach dem Krieg, wenn die Rohre der Waffen nur noch Nelken und Rosen ausspucken. Sie beginnt nachzudenken, was sie dann tun wird. Nach Südafrika gehen und Ware einkaufen, um sie auf dem Schwarzmarkt zu verkaufen. Ein fruchtbares Stück Land kaufen, um Rinder zu züchten. Ihr fällt ein, dass sie nicht mehr in dem Alter ist, in dem man Reisen unternimmt, der müde Rücken erlaubt ihr keine großen Sprünge. Das Geschäft mit den Mädchen ist eine Goldmine. Doch wenn der Krieg zu Ende ist, wird es keine Waisenmädchen mehr geben, die durch die Straßen ziehen. Die jungen Jungfrauen, woher sollen sie dann kommen? Im Frieden wird es Einwanderer geben, und die Mädchen werden ohne ihre Jungfräulichkeit kommen und voller Krankheiten. Das Geschäft mit den Jungfrauen bringt am meisten Geld und gute Kundschaft, denn Männer mit Geld haben Angst vor erfahrenen Prostituierten, wegen der Jahrhundertkrankheit.

Besser, der Krieg geht weiter für immer und ewig.

XII

Ein Schrei bohrt sich in Veras Kopf. Sie erwacht. Versucht, die Augen zu öffnen und spürt einen stechenden Schmerz in der rechten Gesichtshälfte. Ach ja, das war der Schlag, erinnert sie sich. Sie schaut auf die Uhr. Es ist zwei Uhr in der Frühe. Sie spürt schrecklichen Hunger, und ihr fällt ein, dass sie weder zu Mittag noch zu Abend gegessen hat. Wie konnte sie nur so viel schlafen, dass sie ihre Pflichten im Haus und die Kinder vergessen hat? Sie erinnert sich: Der Whisky, ja der Whisky und die ständige Trunkenheit. Verdammter Alkohol, flucht sie. Sie schaut zur Seite. David ist nicht da, ist noch nicht zurück. Sie vergisst den Schrei und beginnt sich zu sorgen um den verlorenen Mann. Wo mag er sein? Vielleicht in einer Bar, trinkend und tanzend. Vielleicht hatte er einen Unfall und liegt in einem Krankenhausbett. Oder ist gar tot. Sie beginnt nervös zu werden, beherrscht sich aber schnell wieder, es ist schließlich nicht das erste Mal, dass er außer Haus schläft auf der Flucht vor seinem eigenen Gewissen.

Clemente in seinem Zimmer stöhnt und schreit, schlägt gegen die Wände, Fenster, Schränke, Kleider und Vorhänge. Großmutter Inês versucht ihn festzuhalten. Sie ruft. Schreit, um ihn zu beruhigen. Es gelingt ihr nicht. Clemente sieht nichts und hört nichts und scheint sich in einer anderen Dimension zu befinden. Er leidet im Wahn und kämpft gegen einen unsichtbaren Feind und antwortet auf nichts aus dieser Welt. Er ist in Trance.

Mit zwei Schritten erreicht Vera das Kinderzimmer und erlebt ein schauriges Schauspiel. Clemente rast und brüllt, als tanze er im Feuer der Hölle. Vera öffnet den Mund, doch sie schreit nicht, die Adern im Hals hindern sie. Sie spürt einen Taumel und schwankt wie ein Baum, der vom Wind erfasst wird. Großmutter Inês fängt sie auf.

»Los, wach auf, stehe auf, kämpfe! Wer rettet Clemente, wenn du fällst? Die Frau ist das Zentrum der Kraft. Eine Mutter ist der feste Stein, aus dem man Brücken baut, Mauern, Monumente, die das Nest schützen vor Zerstörung und vor bösen Stürmen. Du lebst für deine Kinder, du darfst nicht fallen, Vera!«

In Vera ist eine tiefe Erschöpfung. Eine schwarze Wolke verdeckt den Horizont ihrer Seele. Eine unsichtbare Hand schleift sie der Dunkelheit entgegen. Ein Gefängnis ohne Gitter.

Menschliche Hände schützen. Trösten. Erheben aus der Tiefe auf den Boden, in die Höhe. Selbst die, die schwach scheinen, ohnmächtig, klein, wehren viele Grausamkeiten der Welt ab. Hände sprechen und liebkosen. In melodischen Bewegungen bauen, gestalten, errichten sie Gebäude, formen den Lehm, geben ihm Körper und Seele. Durch ihre Hände lässt Großmutter Inês ihr Bestes fließen, um ihre stürzende Enkelin aufzurichten.

Schon etwas sicherer wiegt Vera ihren weinenden Sohn. Ihre Mutterarme öffnen sich wie Flügel des Adlers und entzünden eine Kerze in den von der Angst verdunkelten Augen. Clemente kommt zur Ruhe.

»Steh auf und hör auf zu weinen, ich bin doch da, mein Clemente. Sag, mein Kind, was ist denn diesmal passiert?«

»Der Vater, er …«

»Ja, dein Vater, aber er ist doch gar nicht da, er ist noch nicht zurück!«

»Aber ich habe ihn gesehen. Er ist in meinem Zimmer erschienen. Hat mich beschimpft. Wollte mich töten. Und ich habe mich verteidigt mit aller Kraft. Erst als ich versucht habe, meine Finger in seinen Hals zu krallen, habe ich gemerkt, dass es nur ein furchtbarer Albtraum war.«

Deutlich beginnt der Lauf des Lebens sich abzuzeichnen. David hatte davon geträumt, Clemente zu Glanz und Ruhm heranzuziehen. Er hatte sich getäuscht. Er hatte sich einen genialen Sohn erträumt, und siehe da, die Natur beschenkte ihn mit einem Irren, einem Besessenen, Abartigen. Der Traum des Menschen zählt nicht gegen die Entscheidung der Natur – stellt Vera verzweifelt fest.

»Clemente, du strapazierst meine Geduld. Überall siehst du Monster und immer nur Monster. Heute Morgen war es der Donner. Jetzt ist es dein Vater. Du hast ein monströses Herz, das überall Monster verstreut. An jedem Tag, der vergeht, erfindest du neue Krankheiten und Traumbilder, nur um von mir beachtet zu werden. Das ist doch alles nur die Angst, erwachsen zu werden, Angst davor, ein Mann zu werden.«

Die Großmutter greift ein, spürt, dass Vera die Grenzen des

Erlaubten überschreitet. Sie schimpft. »Jetzt nenn deinen Sohn nicht Monster. Du musst ihn mit Liebe tadeln. Er ist es, der dir in der Kälte dereinst eine Decke geben wird. Er wird dir ein Glas Wasser reichen, um deine Seele zu erfrischen in der Stunde der Qual.«

»Oma, misch dich nicht ein!«

»Dieser Sohn, den du da anbrüllst, war früher ein Mann, und er war König! Er wird deine Erlösung sein, deine Rettung. Du solltest ihn achten.«

Sie bringt den Urenkel in ihr Bett, er wird bei ihr schlafen. Sie nimmt Vera beiseite.

»Warum schläfst du nicht, Großmutter?«

»Ich habe mit einem Auge geschlafen. Ich bin aufgewacht. Clemente hat mich gebraucht. Auch du brauchst Hilfe.«

»Jetzt opfere dich nicht auf.«

»Das ist kein Opfer. Es ist meine Pflicht, über eure Gesundheit und euer Wohlergehen zu wachen. Ich bin dem Tode nahe, siehst du das nicht? Wenn ich sterbe, werden die, die im Jenseits sind, wissen wollen, wie es denen geht, die ich hier zurückgelassen habe. Was soll ich dann sagen, wenn ich nicht auf euch acht gebe? Dass ich mich nicht um euer Glück gesorgt habe? Willst du, dass ich bestraft werde?«

»Ich schätze es sehr, wie du dich kümmerst. Wenn David zurückkommt, werden wir sehen, was wir tun.«

»Von David wird nur der Körper zurückkommen, sein Geist ist auf eine endlose Reise gegangen.«

»Willst du damit sagen, er hatte einen Unfall?«

»Aber nein, er lebt und es geht ihm gut.«

»Was soll also dieser Spruch?«

Die Alte schüttelt den Kopf und beißt sich auf die Lippen, um ihr Schweigen zu betonen. Alt zu sein heißt Schicksale lesen zu können wie ein offenes Buch, mit dem Wissen, das in so vielen Jahren des Lebens gesammelt wurde. Sie nimmt Veras Hand und zieht sie ins Vertrauen.

»Du musst den Geist beschwören, der Clemente quält. Er muss dringend angehört werden, zufrieden gestellt und beruhigt werden. Geh zu einem Heiler, es ist dringend!«

Veras Augen werden hart, tadelnd. Sie versucht mit Gesten

ihre Worte zu sparen. Es gelingt ihr nicht, und sie schimpft: »Oma Inês: Ist dir klar, was du da sagst? Was das bedeutet? Du weißt genau, wie es ist, hast du es schon vergessen?«

Die Alte legt in ihr Gesicht ein mütterliches Lächeln und lacht.

»Dein Nabel war es, der vom Schmerz gebissen wurde. Dein Leib riss auf und blutete. Begreifst du denn nicht, dass du allein bist in diesem Krieg? Immer wenn Clemente diese Anfälle bekommt, ist David nicht da, und wenn er zurückkommt, misst er der Sache nicht die geringste Bedeutung bei.«

»Ich verstehe schon, Großmutter. Aber ich habe Angst, große Angst.«

»Jede Frau hat ihr Geheimnis, Vera!«

»Wenn David es erfährt …«

»Du darfst niemals Angst vor einem Mann haben. Wir Frauen bringen das Licht in die Welt. Jeder Mann beginnt sein Leben im Leib einer Frau. Wir sind mächtig. Wir machen alle Kraft zunichte und verwandeln jede Spannung in Ruhe und Gelassenheit. Wir sind das Wasser, das das loderndste Feuer erkalten lässt. Mann und Frau sind zwei Steine, auf denen Gott ruht. Ein Mann ist ein Kind, ein Gefährte. Achte ihn. Aber fürchte ihn nie!«

»Einen Seher zu befragen ist eine große Versuchung. Aber ich frage mich auch nach dem Sinn. Muss man wirklich der Wissenschaft den Rücken kehren, die bis heute für alle meine Probleme eine Lösung geboten hat?«

»Diese Wissenschaft, was hat sie denn für Lösungen für Clemente gebracht? Die Psychiatrie vergiftet das Kind mit unnützen Arzneien, sie ist ein Fiasko, sie bewirkt nichts. Es gibt Dinge, die die Wissenschaft nicht erklären kann. Es gibt Krankheiten, die Medikamente nicht heilen. Es gibt Phänomene im Leben, die schlicht nicht zu erklären sind. Es gibt Dinge, die das menschliche Streben niemals erreicht, echte Geheimnisse der Götter. Tochter, wenn die Verzweiflung an die Tür klopft, ist jeder Wahnsinn erlaubt.«

»Ich kann David nicht hintergehen, ich kann es nicht.«

»Ach, Vera, nimm das Beispiel von Eva, der Verräterin. Lerne den Scharfsinn der Schlange. Welche Macht hatte Eva vor Gott oder Adam? Keine. Sie nützte den Verrat, um sich zu rächen. Es gelang ihr, den Zorn Gottes zu wecken, so dass Adam, der geliebtte Sohn, schließlich verdammt wurde. Wenn wir Frauen keine Macht haben, so sei der Verrat unsere Kraft.«

»Ich habe Angst.«

»Einer Mutter ist jeder Wahnsinn vergeben.«

»Glaubst du, es ist Zauberei?«

»Ich glaube nicht. Ich versuche die Sprache zu deuten, die Clemente während des Anfalls spricht. Die Bewegungen im Zustand der Trance. Sein Verhalten im Alltag. Suche mir Worte heraus, sein Essen, wer bei ihm ist. Ich versuche, den Konflikt zu begreifen, der ihn von Vater und Schwester entfernt. Das sind alles Zeichen einer unsichtbaren Natur, Vera.«

»Sag mir, Großmutter, ist mein Sohn besessen, ist das möglich?«

»Die Geister lassen ihre Opfer leiden. Sie eröffnen Wege, verschließen Wege, verändern. Sie kriegen jeden Kopf klein, machen ihn verrückt. Die Geister sind böse, Vera.«

»Großmutter, du hast meine Frage noch nicht beantwortet. glaubst du es, oder nicht?«

»Ich durchforste nur einige Erinnerungen an die alte Zeit, die Wiederholung von allem, was ich erlebt und gesehen habe. Die Seelen sterben nicht, Vera, sie suchen sich einen neuen Körper. Und dieses Kind war nie deins, es hat dir nie gehört. Beginne damit, das Rätsel seines Namens zu entschlüsseln.«

»Des Namens?«

Ja, im Namen steckt die Wurzel des Problems. Die Vorfahren sagten immer A VITO I MPONDO!«

XIII

A vito i mpondo. Name ist Pfund.

In der modernen Gesellschaft hat nur Wert, was einen Preis hat, daher der Vergleich des Namens mit dem Pfund Sterling, dem wertvollsten Geld der Welt. Was keinen Namen hat, ist anonym, und was anonym ist, ist nicht vorhanden, oder so gut wie nicht vorhanden. Ein Name zeugt von der Existenz und der Abgrenzung zu allen anderen Dingen. Was nützte denn die Fortführung der Art, wenn sie nicht auch den Familiennamen fortführte, die Bezeichnung einer Gruppe, einer Ethnie oder einer ganzen Nation? Es gibt viele Millionäre in der Welt, die alles Geld und all ihre Sterling-Pfund dafür gäben, einen Sohn zu bekommen, der den Namen der Familie weiterträgt. Bei den Bantu wird die Geburt einer Tochter ohne Begeisterung zur Kenntnis genommen, denn Töchter führen überhaupt keinen Namen fort.

Vera versucht in ihrer Ecke das Sprichwort der Bantu zu begreifen. Sie durchforstet Geschichten, Erinnerungen, Aufzeichnungen. Sie öffnet die ersten Seiten der Bibel und liest.

In der Stunde der Strafe verurteilte Gott Mann und Frau zu Bitterkeit, Leiden und Sterblichkeit. Er vertrieb sie aus dem Paradies und gab ihnen kurze Arme, auf dass sie die Früchte des Lebensbaumes niemals erreichen sollten, deren Verzehr ihnen ewiges Leben gegeben hätte. Welch riesiger Irrtum von Gott! Die Heldentat des verurteilten Menschen besteht darin, den Namen als Brücke zu benutzen zwischen den Lebenden und den Toten. Der verurteilte Mensch gebraucht Namen und macht sich damit unsterblich. Wer kennt nicht Konfuzius, Galileo, Shaka, Sokrates? Hätte der Mensch nicht die Gabe zu rufen und zu benennen, wäre sein Schatten leichter als eine Brise. Indem er Namen verwendet, wird er zu Samen, der sich erneuert von Generation zu Generation, bestehen bleibt, sich anpasst und sich verwandelt.

Die Hellseher sagen, die Welt gehe unter. Wenn dies wahr wäre, müsste ein neues Eden entstehen. Ein Hinweis an den Schöpfer: Wenn er den Tod als Strafe beibehalten möchte, muss er dem Menschen das Recht nehmen, sich zu benennen, damit er sich nicht unsterblich macht.

Vera konzentriert sich auf ihre Lektüre und sucht nach dem Schlüssel der Namensrätsel.

Am Anfang sagte Gott: Du sollst dich Adam nennen, denn du bist Herr über die Natur. Der Mann sah die Frau und sagte: Du sollst dich Eva nennen, denn du bist Mutter, Dienerin, Sekundantin, Verräterin. Noch im Anfang sagte Gott: Ich werde dich nicht Abram nennen, sondern Abraham, denn ich mache aus dir den Vater gewaltiger Völker. Deine Frau wirst du nicht mehr Sarai nennen, sondern Sara, sie wird gesegnet durch mich und zur Mutter der Nationen werden. Er machte Zacharias und Isabel seine Aufwartung und verkündete, dass sie einen Sohn haben

50

würden, den sie Johannes und nicht Zacharias nennen sollten, im Bruch mit den Traditionen des Paares. Und so geschah es. Johannes wurde geboren, wuchs auf, wurde stark. Als Erwachsener führte er die Schritte der Menschen, wurde zum Licht in der Finsternis, verbreitete die Saat des Guten und taufte Christus.

Die Bantu stellen das menschliche Leben über alle Dinge. Sie sagen, Kinder sind mehr wert als jedes Vermögen. Und dass ein Name mehr wert ist als das Pfund, die stärkste Währung der Welt. Ein Bantu, der auf sich hält, hat viele Kinder, um ihnen die Namen seiner Vorfahren zu geben und alle entschlafenen Toten wieder zur Erde zu bringen. In der Welt der Bantu wird ein Mensch nicht geboren. Er wird wiedergeboren. Und er erhält den Namen eines alten Toten, denn der Name ist das Mittel der Reinkarnation.

Name ist Persönlichkeit, Schicksal, Religion, Geschlecht. Es gibt Namen, die Ausdruck von Glück sind oder von Bitterkeit. Traumnamen. Namen der Enttäuschung und der Verzweiflung. Des Mutes. Der Feigheit. Der Größe. Der Bescheidenheit. Maria das Dores der Schmerzen. Maria Tristeza der Traurigkeit. Maria dos Remédios der Heilung. Victoria. Jorge Guerra bedeutet Krieg. António Bravo heißt Mut. José Pequenino der kleine. Nguenha Krokodil. Chivite Angst. Thandi Liebling. Shaka König der Zulu. Mundungazi Provokateur. Ngungunhane Zerstörer. Mundau Geist der Ndau. Mungoni Geist der Nguni. Valoi Hexer. Nhancuave Novizin.

Vera streift über die Straße ihrer Vergangenheit und erinnert sich an Geburtsrituale. Als Suzana geboren wurde, sprachen die Knochen: *Xonguela nsava!* Sie wird der Welt Glück bringen! Und sie gaben ihr den Namen Xonguissa, was so viel bedeutet wie: Verschönere! Schau dir Suzy heute an. Eine schöne Frau. Eine Blume. Eine Brise. Eine Gestalt, die die Welt verschönert. Bei ihrer ersten Schwangerschaft besahen sich die Alten den Bauch und sagten voraus: Es wird ein Junge. Er wird das Salz des Lebens, das Licht in der Dunkelheit. Er wird die alten Gelübde und Schulden einlösen. Er wird die Heimtücke der Himmelsschlange Dumuzelu besiegen, wenn sie das gesamte Universum quält mit ihrem bösartigen Dröhnen. Er soll Mungoni heißen, der Krieger! David hatte sofort nein gesagt. Mit der Vergangenheit der Geister, der Toten, des Zaubers und der Mysterien wollte er nichts mehr zu tun haben. Was er nicht wusste, war, dass seine Ablehnung nichts gilt gegen die Wünsche der Ahnen. Clemente kam gesund und stark zur Welt. Bei der Taufe ging die Kerze dreimal aus. Eine Kerze, die bei der Taufe verlischt, ist ein schlechtes Vorzeichen, sagen die Eingeweihten. Dreimal entfernt vom Reich des Himmels, denn er gehört zur Erde, sagte eine Seherin. Die Toten lehnen diese Taufe ab und haben die Kerzen gelöscht. Der Junge wird viel leiden im Leben. Der Zorn der Toten wird ihn treffen wegen der nicht eingelösten Gelübde. Bis zur Jugend wird er gut gedeihen, aber dann kommt die Stunde …

Sollte die Stunde nun gekommen sein?

Das menschliche Leben hat immer zwei Seiten. Steht ewig zwischen Himmel und Erde, zwischen den Göttern und den Dämonen. Afrikanisches Leben, stets voller Götter. Wie lange noch wird der Mensch zwischen Wurzel und Zeit verbringen, zwischen den Lebenden und den Toten? Viele behaupten, ich glaube nur an die Lebenden, nicht an die Toten. Erst recht nicht an Heilige oder an Wunder. Erst recht nicht an Seher und Heiler. Doch der Glaube kommt von weit her, aus einer weit zurückliegenden Vergangenheit.

Vera taucht ein in ein Meer der Verzweiflung. Die Luft bleibt ihr weg. Sie geht unter. Zum ersten Mal lernt sie den Taumel des Todes kennen.

»Diese Nacht, diese Stunde noch würde ich gerne einen Heiler aufsuchen, aber ich kann nicht. Wegen der Position meines Mannes. Wegen der Verpflichtung gegenüber Religionen, die mit meiner Herkunft nichts zu tun haben. Glücklicher sind die, die an die magische Kraft der Schmetterlinge glauben, denn sie kennen keine Verzweiflung. Gesegnet seien alle Religionen, die die Freiheit gestatten, den Sonnengott anzurufen, den Gott Wolke und den Gott des Donners.«

Sie denkt an ihren Mann, der immer noch nicht zurück ist. Sie haben beide den Willen der Verstorbenen zurückgewiesen, nun ist der Zeitpunkt der Rache durch die Geister gekommen, die Axt schlägt schon am Fuß des Baumes. Sie spürt, dass sie in Kürze von ihrem Sockel hinabsteigen wird, um auf den Flügeln der Hühner Botschaften ins Jenseits zu versenden. Sie wird um Vergebung bitten und um Segen, mit Weihrauch und Rauch. Sie wird das Wüten der Götter mit Tüchern und bunten Glasperlen besänftigen.

Sie wirft sich auf die Knie und versucht zu beten. Im vergeblichen Kampf gegen die Schreckensbilder, die ihr im Kopf herumgehen. Sie sucht positive Gedanken. Tröstet sich. Clementes Ängste sind nichts Besonderes. Es sind Alpträume, so erschreckend wie das Unwetter selbst. Es sind keine Vorboten oder Prophezeihungen, es sind die beunruhigenden Nachwirkungen eines Horrorfilms. Sie lässt ihren Geist schweben im Raum. Die ferne Zukunft bringt ihr Worte der Verwünschung. Sie phantasiert: Man sagt, die Sterne in ihrem Lauf setzen sich ein für die ehrlichen Menschen. Vergeblich sucht sie den Stern, der für sie kämpft. Und doch überlässt sie ihr Schicksal der Gnade dieses unsichtbaren Sterns.

XIV

Man sagt, Jungfrauen übertragen Jugend und Kraft. Das stimmt. David hat in sich den schlummernden Riesen wieder erweckt und ist bereit, die Welt zu erobern. Er spürt viel Luft in den Lungen, viel Kraft in den Muskeln. Er schaut Mimi an, die ruhig schläft. Sie ist klein, hübsch, hell und sanft. David weckt sie und gibt ihr einen Kuss auf die Stirn. Sie lächelt und zittert, ist immer noch ganz erschrocken. Er beruhigt sie und staunt. Dieser kleine Baum hat genug Schatten, um den müdesten Reisenden Ruhe zu schenken. Er ist begeistert. Und schwört, aus ihr eine Dame zu machen. Sie zur Schule schicken. Ihr beizubringen, sich auszudrücken. Zu kochen. Den Tisch zu decken, am Tisch zu sitzen, am Tisch zu essen. Er wird aus ihr eine schöne, elegante Dame machen, eine Prostituierte der höheren Gesellschaft.

Mit geschlossenen Augen denkt David über die Frauen nach. Eine Prostituierte, eine schmutzige Frau in den Augen der Welt, ist innen ganz Honig, ganz Meer, in das der Mann all seine Bitternis tauchen und wo er sich erfrischen kann. Eine verheiratete Frau ist eine mutige Palme, die alles Äußere weg fegt in ihrem

Tanz. Sauber und hübsch von außen, stets neue Garderobe, Frisur, Aussehen, doch innen gedeihen Gift und Stacheln.

David zieht sich an und verlässt das Zimmer. Er ruft nach Tante Lúcia, die prompt herbei eilt. Er steckt die Hand in die Hosentasche und zieht ein Bündel Geldscheine heraus. Zählt nicht.

»Bitte, Tante Lúcia.«

Die Alte schaut zufrieden auf die Uhr. Das Geschäft mit den Jungfrauen lohnt sich. Der Herr Direktor bezahlt die Jungfräulichkeit des Mädchens, die Stunden der Ruhe, für Bett und Laken, für den Parkplatz seines Autos in ihrem Hof, für den Whisky, das Bad und das Frühstück und alle Lust, die er erhalten hat, für alles.

»Einen guten Tag, Herr Direktor, ich sehe, Sie haben gut geschlafen.«

»Das hier ist für das Mädchen.« Er überreicht ihr ein Bündel Geldscheine. »Sobald die Geschäfte öffnen, kaufe ihr Schuhe und anständige Kleider. Bring sie zu einem Frisör, damit diese Negerkrause verschwindet.«

»Sie sind sehr großzügig, Herr Direktor.«

Tante Lúcia streicht zärtlich über die Geldscheine, und David errät ihre Absicht.

»Noch heute morgen rufe ich an um zu erfahren, wie es steht, und nachmittags komme ich schauen, was eingekauft wurde. Es soll alles vom Feinsten und Besten sein.«

»Jawohl, Herr Direktor.«

»Und noch etwas. Reserviere sie nur für mich. Ich will nicht hören, dass hier noch andere Gockel vorbeikommen.«

»Sie können ganz beruhigt sein, Herr Direktor.«

»Dann ist es ja gut.«

»Allerdings … Herr Direktor! …«

»Was gibt es denn noch?«

»Ihre Rechnung, Herr Direktor. Für diese Nacht. Sie haben gut und zufrieden geschlafen, ich werde Ihnen den Preis eines Luxushotels berechnen.«

»Ist in Ordnung.«

»Und noch etwas: Für die Reservierung müssen Sie im Voraus bezahlen.«

»Wieviel?«

»Das muss ich noch ausrechnen. Ich muss ermitteln, was sie pro Tag einbringen würde, wenn sie ganz arbeiten würde. Dann muss ich auch noch den Preis für Kost und Logis ausrechnen und die Kosten für ihre Gesundheit.«

»Ist gut. Gib mir alles heute nachmittag, wenn ich zurückkomme.«

»Ja, Herr Direktor.«

»Gut, jetzt fahre ich heim zu meiner Bestie.«

»Viel Glück, Herr Direktor.«

»Glück werde ich wirklich brauchen.«

»Frohe Verrichtung, Herr Direktor.«

XV

Eine Welle der Jugend trägt David in die Welt des nicht enden wollenden Glücks. Er arbeitet und singt. Tritt ans Fenster, um etwas von der Frische des Windes zu genießen. Er liebt den Winter mit den dunklen Tagen. Er atmet die Gerüche, die sich im Himmel des Industriegebiets mischen. Backwaren. Kokos-Mark. Weizen in der Mühle. Erdöl in der Raffinerie. Der regenfeuchte Boden. Seine Augen schauen sich um. Er sieht Dächer, Schornsteine, Bäume mit rußschwarzen Blättern. Schwarze Menschen in Bewegung laden und entladen Bündel.

Aus einer fernen Welt vernimmt er süßen, getragenen Gesang. Ein Lied, das Leben und Tod durchzieht. Ein Lied von Auferstehung, Leiden, Revolte. Und er lässt sich treiben in der der Süße des Gesangs und entsinnt sich. Es ist das Lied der Zwangsarbeiter. Der Verurteilten auf dem Weg in die Verbannung. Es ist das Lied der …

Die Sekretärin tritt ein ohne anzuklopfen. Und sie ist aufgeregt, als hätte sie den Teufel persönlich gesehen.

»Der Streik, Herr Direktor.«

»Der Streik?«

»Hören Sie diese Stimmen und diese Gesänge. Die Maschinen stehen alle still. Die Arme der Männer sind müde, sie hängen herunter, enttäuscht.«

David lauscht. Er hört nur die Stimmen der Vergangenheit,

der vom Winde verwehten Zeiten. Seine schlafwandelnden Ohren stecken noch immer im gestrigen Traum. Die aufgeregte Stimme der Sekretärin ruft ihn in die Realität zurück.

»Der Streik ist ausgebrochen, sagst du? Aber das ist verboten. Sie haben uns eine Frist von drei Tagen gesetzt, von gestern an, und seitdem sind nicht einmal vierundzwanzig Stunden vergangen. Warum nun dieser Aufruhr?«

»Der Hunger wartet nicht, Herr Direktor.«

»Sie sollten doch wissen, dass es in diesem Land Gesetze gibt und Regeln. Und dass es in diesem Betrieb einen verantwortungsbewussten Direktor gibt.«

»Ich habe die Polizei bereits angerufen, um uns zu schützen, falls nötig.«

»Auf wessen Anordnung?«

»Es ist ein Notfall, Herr Direktor.«

»Ungehorsam. Das wird Folgen haben.«

Die Sekretärin wird wütend.

»Sie können mich entlassen, wenn Sie wollen. Heute stehe ich auf der Seite der Arbeiter. Niemand wird Sie hier vermissen. Noch nie haben Sie ein Problem gelöst. Sie kommen immer zu spät oder gar nicht. Sie wissen doch nicht einmal, was wir produzieren. Noch nie haben Sie sich darum gekümmert, wie es den Arbeitern geht. Sie sind immer weg oder abwesend. Sie sehen nichts und hören auf niemanden. Entlassen Sie mich und seien Sie gewiss, dass auch Sie bald entlassen sind.«

An der Tür sind heftige Schläge zu hören, dann Schreie und Schimpfworte. Die wütenden Arbeiter brechen die Tür auf.

»Herr Direktor.«

»Ja bitte.«

»Vergessen Sie meinen Wutausbruch. Wir sitzen beide in diesem Boot. Ich habe die Polizei gerufen, denn dieser Krieg wird heftig.«

»Lass sie eintreten, bevor Schlimmeres geschieht.«

Die vier von der Verhandlungskommission klopfen ihre Kleidung ab, bevor sie an einem runden Tisch Platz nehmen. Drei sind Männer, die älter aussehen, als sie vermutlich sind. Die Frau ist dick, über vierzig und sehr geschwätzig, wie es die meisten organisierten Frauen sind. Sehr formell stellt die Sekretärin einen nach dem anderen und seine jeweilige Funktion in der Verhandlungskommission vor. David betrachtet ihre Gesichter: wütende Gesten, wütende Augen. Wut. Die Verhandlungen werden nicht leicht.

»Guten Tag, Herr Direktor.«

»Guten Tag, ja.«

Davids Stimme ist trocken, kalt, ängstlich. Es gibt eine lange Pause, niemand entschließt sich, das Gespräch zu beginnen, bis David Mut schöpft und das Kommando übernimmt.

»Ich erwarte Ihre Stellungnahme.«

»Wir kommen in Frieden, Herr Direktor.«

»Ja, in Frieden. Dann lassen Sie uns über Frieden reden.«

»Wir wollen Frieden für uns alle, Herr Direktor. Wir wollen Zärtlichkeit für unsere Kinder, Glück für die Erwachsenen, Ruhe für die Alten.«

»Ruhe, Glück, schöne Worte, ohne Zweifel. Ich hoffe, Ihre Anwesenheit hier beschert mir Ruhe.«

In Davids Antwort schwingt Überheblichkeit.

»Das wird sie bringen, Herr Direktor«, antwortet der älteste. »Wir sind keine Egoisten. In unseren Forderungen denken wir nicht nur an uns. Wir denken auch an Sie. Wir wollen tiefes Wasser sein, wo du, großer Hai, tauchen kannst. Wir wollen die Brise sein, die dich erfrischt, wenn die Hitze drückt. Der Wind, der dich wiegt im Glück an einem jeden Morgen, üppiges Kraut. Doch für all dein Glück brauchen wir Kraft. Kraft, die vom Brot kommt. Wir sind gekommen, um die ausstehenden Löhne einzufordern.«

»Ich verstehe Sie nicht. Sie haben von Ruhe gesprochen.«

»Ja, von verlorener Ruhe. Einer unserer Arbeiter wurde ins Gefängnis gesteckt wegen Totschlags an seiner Ehefrau, im Streit um etwas Essen. Der Maschinenführer hat sich umgebracht, weil er seine Frau in flagranti erwischte, beim Ehebruch, mit dem sie etwas Geld verdienen wollte. Keines unserer Kinder geht zur Schule oder isst oder spielt, und unsere schwangeren Frauen haben keine medizinische Betreuung, weil wir schon seit sechs Monaten keinen Lohn mehr erhalten. Wir sind gekommen, um unseren Lohn einzufordern.«

David versucht zu antworten, zu argumentieren. Die Stimme

bleibt ihm weg, sein Hals ist trocken. Er erhebt sich, macht einige nervöse Schritte auf und ab vor den Männern, die sprechen. Er denkt nach. Diese Männer sind gekommen, mich zum Feind der Allgemeinheit zu erklären, mich mit Steinen zu bewerfen. Sie wollen mich von hier vertreiben. Er schaut zur Wand, wo sein herrliches Porträt prangt. Wenn sie mich von hier vertreiben, wird das Foto dort wegkommen. Er schaut auf den weichen Chefsessel. Wenn das hier eskaliert, werden meine Nieren bald Bekanntschaft mit harten Gefängnisstühlen machen. Es ist wohl besser, diese Verhandlungen zu einem guten Ende zu führen, um das Schlimmste zu verhindern. Das Böse ist unterwegs. Die Luft ist schwarz und kann sich schnell in Blut verwandeln.

David tobt. Der Streik ist illegal. Sie haben ihn nicht unterrichtet, keinen Forderungskatalog vorgelegt. Sie haben das Dekret soundso des Arbeitsgesetzes missachtet, haben nicht das Gespräch gesucht, keine Beschwerde eingereicht. Das haben sie nicht getan. Nein, nein, nein ... Seine Rede entwickelt sich zu einer Aneinanderreihung von Neins, die beleidigen, erzürnen, langweilen und die Gemüter zum Kochen bringen.

»Ich weiß nicht, warum Sie nicht schon viel früher mit mir gesprochen haben. Schließlich waren Sie es selbst, die mich zum Direktor dieses Unternehmens gewählt haben. Aus welchem Grund haben Sie Ihre Sorgen so lange für sich behalten? Wie konnte es kommen, dass wir uns derart voneinander entfernt haben?«

Die von der Verhandlungskommission geben sich alle Mühe, den Sinn der Worte des Herrn Direktor zu begreifen. Gerechtigkeit. Gesetz. Schöne Worte, in die sich die Menschen auf ewig verliebt haben. Doch die Gerechtigkeit wird von den Edlen gemacht, von denen, an die kein Übel herankommt. Es ist ein Pingpong-Spiel, mit dem die Richter sich vergnügen, die Unschuldige verurteilen und die übelsten Verbrecher freisprechen. Das Gesetz wird ausgeübt von denen, die weder der Hunger quält noch die Kälte.

»Du bist schwarz«, sagt die dicke Frau. »Du kamst von unserem Leib und wir liebten dich. In unseren Augen standst du für die Generation der Sklaven, die sich selbst befreit hat. Du warst unser Stolz. Mit deinen Augen sahen wir die Welt, die uns über

Jahrhunderte verwehrt worden war. Wenn du ins Ausland gereist bist, beteten wir für dich, denn du warst unser Vertreter in der Geschichte der Welt. Du warst die Kultur, von der wir immer träumten und die uns von der Geschichte vorenthalten wurde. Du hast uns verlassen. Du bist ein Tyrann.«

»Bitte, übertreiben Sie nicht. Ich bin Revolutionär. Das ist bekannt. Ich bin Demokrat, niemals wäre ich Tyrann.«

»Für uns, aus heutiger Sicht, ist die Revolution die proletarische Form der Tyrannei. Der Kapitalismus ist die bourgeoise Version der Tyrannei. Demokratie ist die subtile Variante dieser Tyrannei. Alles ist Tyrannei.«

»Ist es wirklich das, was Sie von mir denken?« fragt David erschrocken.

»Alles hat sich verändert, Herr Direktor«, sagt ein anderer, »die Usurpation des Rechts auf Leben ist in Mode, Sie sind einer ihrer Akteure. Heute bist du der Feind der Menschheit, und wir haben uns entschlossen, dich als Feind zu sehen. Du hast Würde und Ehrlichkeit verloren, und deswegen behandeln wir dich ohne Respekt. Wir wollen unsere Löhne.«

»Aber die Fabrik produziert nur sehr wenig.«

»Weil du nachlässig bist. Weil du nur an dich selbst denkst und nicht ans Kollektiv. Ein Egoist bist du. Du solltest von allem profitieren, aber ohne dabei die Firma oder die Arbeiter zu schädigen. Wer sich ins Meer begibt, macht sich nass, das wissen wir. Du solltest das bisschen, das produziert wird, durch alle teilen und das meiste für dich behalten. Doch von dem bisschen, das da ist, verschlingen Sie alles, Herr Direktor.«

Die Stimmen der Arbeiter zischen wie Feuergeschosse. Und die Augen, rötliche Spiegel, werfen ihm ein Bild der Bosheit zu. Er legt die Hand aufs Gewissen. Sucht in seinem Gesicht das Bild, das lächeln ließ, Vertrauen erweckte und Hoffnung. Er findet es nicht. Aber wann habe ich es verloren? – fragt er sich. Niemand kann ihm diese Antwort geben, nur er selbst. Das süße Bild entstammte der Solidarität mit der Sache der Menschheit. Reichtum und Macht aber gaben ihm eine neue Sicht auf das Leben, die ihn von der Mehrheit entfernte.

»Ich verstehe Sie. Nur weiß ich nicht, was ich im Augenblick tun soll. Ich brauche Zeit, nachzudenken.«

»Wir sind gekommen, den Beginn des Streiks zu verkünden. Wir geben Ihnen eine Frist von zweiundsiebzig Stunden, um uns die Löhne zu übergeben.«

»Finden Sie nicht, dass dies eine sehr knappe Zeit ist?«

»Wir warten seit über sechs Monaten.«

»Ihr habt den Verstand verloren, liebe Leute. Drei Tage ist viel zu kurz.«

»Wir sind nur Sprecher. Die Mehrheit, die diese Frist gesetzt hat, erwartet eine Antwort, dort draußen. Wir können es nicht ändern.«

»Sind Sie verrückt geworden? Kennen Sie denn nicht die wirtschaftliche Situation unseres Unternehmens?«

»Wenn hier jemand jedes Maß verloren hat, dann sind Sie es, nicht die Arbeiter. Nun, Sie können gut lesen, dann werfen Sie einmal einen Blick in diese Papiere.«

David verliert vollständig die Kontrolle. Alle Beweise seiner Verbrechen sind in den Händen der Arbeiter. Kopien von vertraulichen Dokumenten. Kontoauszüge von ausländischen Banken, Rechnungen von Material, das im Namen der Firma gekauft, aber nie geliefert worden ist, fingierte Rechungen. Ein heftiger Taumel erfasst ihn. Wie konnte das in die Hände dieser Leute geraten? Wer hat ihnen Zugang zu diesen Dingen verschafft, wo diese Dinge doch nur der Leiter der Buchhaltung kennt? Er brüllt nach der Sekretärin.

»Ruf mir sofort die Abteilungsleiter zusammen.«

»Sie sind nicht im Haus, Herr Direktor.«

»Wo sind sie hin?«

»Es ist noch keiner erschienen.«

»Dann sind sie wohl zu Hause.«

»Ich habe soeben telefoniert. Keiner von ihnen ist zu Hause.«

»Verrat. Es kann nur Verrat sein.«

David schließt die Augen und erinnert sich an alte Sprichworte. Wer Wind sät, wird Sturm ernten. Fremder Schweiß verbrennt Glut wie Feuer. Johannes die Ratte, der gierige Dieb, beendet sein Leben im Magen der Katze. Er öffnet die Augen. Das Büro hat kolossale Ausmaße angenommen, und die Arbeiter sind Supermänner. Die dicke Frau ist unglaublich fett geworden, alles ist gewachsen und er ist geschrumpft.

»Wir erwarten ein Wort von Ihnen, Herr Direktor.«

»Die Arbeiter dort draußen wollen ein Wort von Ihnen hören, Herr Direktor.«

»Alle Arbeiter?«

»Alle. Treten Sie aus Ihrem Büro und sprechen Sie zu ihnen. Sagen Sie ihnen etwas, haben Sie keine Angst. Sie sind friedlich, Herr Direktor. Nur zu.«

Vor den Arbeitern spricht David seine Worte in einer unzusammenhängenden Sprache. Das Schweigen der Arbeiter lässt ihn schwitzen aus allen Poren wie ein gehetztes Pferd. Die Verzweiflung erfasst seine ganze Person. Aus seinem aufgewühlten Hirn kommen nur Worte des Gebetes: Mein Gott, lass ein Wunder geschehen.

»Liebe Leute«, brüllt David, »Ich muss meine Gedanken ordnen, lasst uns in Ruhe sprechen, aber morgen.«

»Aber wir verhungern schon heute«, brüllen fast alle zugleich, »Heute ist der Schmerz am größten, heute wollen wir unsere Löhne. Heute!«

»Liebe Leute!« David bemüht sich, die Menge zu beruhigen. »Ich verstehe eure Beklemmung. Lasst uns in Ruhe sprechen, denn im Dialog liegt das Geheimnis der Harmonie.«

Die Arbeiter reden, beschweren sich. David hört bewegende Reden und beklagt das Los der Armen. Er schwört, dass aus seiner Nachkommenschaft niemals ein Arbeiter kommen soll. Am Baum des Lebens will er der höchste der Zweige sein, um dem Elend zu entfliehen. Und sein Nest wird er noch höher hängen, damit seine Nachkommen nicht von Staub belästigt werden. Er will eine Generation von Küken erschaffen und begründen, die ihre Füße allenfalls auf die Erde setzen, um ein Sandbad zu nehmen.

Die Rede der Frauen bewegt ihn noch mehr. Mit dem Gestus der Emanzipation kämpfen sie, um mit den Männern gleichzuziehen, sie sogar zu übertrumpfen. Sie tragen Hosen, steigen die Gerüste hinauf mit Eimern voll Zement und einem fünf Monate alten Kind im Leib. Und nach dreißig Tagen eines jeden Monats steht der Ehemann oder ihr Lude auf der Matte, um ohne Gnade das bisschen Geld an sich zu reißen, das die Aufopferung der Gefährtin erwirtschaftet hat.

Die Arbeiter erschöpfen sich in Worten und erwarten eine Antwort auf ihre Forderungen. David sagt nichts, er weiß nicht, was er sagen soll, noch nicht.

Ein wütender Arbeiter ruft ein paar Schimpfworte. Dieser offene Funke reicht aus, um die Zündschnur in Brand zu setzen, die die Arbeiter in kollektive Rage bringt. Ein Knall, lauter als eine Bombe, lässt David erzittern. Steine in allen Größen fliegen wie Kugeln in seine Richtung. Im gleichen Augenblick zerfetzen echte Patronen die Luft, die Decke, die Wände. Es riecht nach Pulver. Panik. Schreie. Die Situation wird zum Chaos.

Ein Mann wird überrannt und bricht sich ein Bein. Eine Frau wird an der Schulter getroffen. David wird schwindelig. Er fällt. Ein Stein hat ihn am Kopf getroffen. Auf dem Werksgelände liegt noch ein Mann, aber er blutet nicht. Das Herz ist ihm wohl stehen geblieben vor Schreck. Eine Sirene ertönt laut in der von Pulver durchsetzten Luft.

David wird von der Polizei in Empfang genommen, die ihn in seinem Büro beschützt. Er untersucht seinen Körper. Ein paar Schrammen, es lohnt nicht, zur Notaufnahme zu gehen.

Er lernt die Lektion des Lebens. Derjenige, der sich deinem Ohr nähert und sagt, ich liebe dich, lügt, denn er spiegelt in dir lediglich seine Eigenliebe. Niemals hat eine gesunde Person einem Leprakranken ihre Liebe erklärt. Auch kein Lebender einem Toten. Schon gar nicht ein Reicher einem Bettler. Nur in den Märchen liebt die Prinzessin den einsamen Schreiner, der nichts besitzt. Der, der sich dein Freund nennt, ist sein eigener Freund. Misstraue stets dem, der in dein Ohr flüstert: nimm dich in acht, denn dieser oder jener will dich umbringen, misshandeln, bezwingen. Woher kommt dieses Interesse an deinem Leben? Wieso nähert er sich nicht dem Täter sondern dem Opfer? Das war es, was die Mitglieder der Betriebsleitung getan haben. Ihn vor diesem und jenem gewarnt, ihm dieses oder jenes geraten, ihn von der Wirklichkeit entfernt, eine Kluft geschaffen zwischen Betriebsleitung und Arbeitern. Ein Schlachtfeld haben sie geschaffen und einen Putsch vorbereitet.

Er schaut auf seinen Chefsessel. Bequem. Gut. Weich. Auf diesen Sessel habe ich mich gesetzt, mich verwirklicht und mich mit mir selbst im Einklang gefühlt. Meine Untergebenen wollen ihn mir entziehen, und alles ist vorbereitet für das große Ereignis. In Amerika oder in anderen Ländern der Ersten Welt tritt ein Leiter freiwillig zurück bei einem Skandal. Was heute passiert ist, war ein Skandal. Soll ich zurücktreten? Diesen Stuhl verlassen und ihn freimachen für irgendeinen anderen Hintern? Wenn ich zurücktrete, werde ich wieder ein kleiner Angestellter in einem Betrieb sein ohne ein Mindestmaß an Sicherheit und schlecht bezahlt. Und wenn ich gefeuert werde, werde ich mich niemals wieder aufrichten können und aufs Neue diesen Status erringen. Und wenn ich ins Gefängnis muss, dann adieu Leben!

Nein, von hier gehe ich nicht weg, hier holt mich niemand weg!

Er denkt an Lourenço. Das Gespräch, das bizarr erschienen war, erweist sich heute als wichtig. In den Toten ist meine Hoffnung. In der Zauberei meine Sicherheit. Ich muss meinen verlorenen Schatten wieder finden, um mich gegen die Wut der Arbeiter zu wehren. Meine Verbrechen sind entdeckt worden, ich habe keinen Schutz, weder durch die Kirche, noch durch das Gesetz, noch durch die Gesellschaft, noch durch die Familie. Die Weißen wurden für den Himmel geschaffen, für die Wolken und die himmlischen Götter, die Schwarzen aber wurden für die Toten geschaffen, die Wurzeln und die Götter der Erde. Die schwarze Magie ist der einzige Weg, der mir bleibt.

XVI

Es wird Nacht, und der Schlaf kommt nicht. David lehnt sich ans Fenster und zählt in seiner Verzweiflung die Sterne im Himmel.

Ich will bei dir sein, was immer auch geschieht.

Die Erinnerung an diesen Satz trägt einen Funken Hoffnung in sich. Doch ein Versprechen ist noch keine Hochzeit, sagt der Sprichwortschatz. Auf dem göttlichen Altar lassen sich die schönsten Glücksversprechen machen, doch der nächste Schritt ist der Betrug. Ob Lourenços Wort wohl auf die Waagschale zu legen ist?

Er greift zum Telefon und wählt die Nummer.

»Lourenço?«

»Ja!«

»Mein Schatten ist zu leicht.«

»Hä?«

»Ich will keinen zu leichten Schatten haben.«

»Ach du, David, was ist los?«

»Ich bin eine Feder. Schwach. Verletzlich. Wehrlos.«

»Es ist also passiert. Und jetzt?«

»Ich brauche Schutz. Durch einen wirklichen Schatten wie den deinen.«

»Du steckst in der Klemme.«

»Du hast es mir versprochen.«

»Ich will es auch halten. Aber weißt du, um was du da bittest?«

»Nein. Und ich will es auch gar nicht wissen.«

»Du verlangst einen Strick für deinen eigenen Galgen.«

»Das ist egal.«

»Ich wiederhole. Du weißt nicht, um was du da bittest.«

»Ich weiß. Ich nicht. Ich will nur davonkommen.«

»Vom Ofen in den Tiefkühlschrank.«

»Und wenn schon.«

»Du wirst einen Wahnsinn begehen.«

»Der Flecken, mein Freund, der Schmutz, der mich umgibt und meine Ehre besudelt.«

»Die Flecken lassen sich mit Putzmittel wegmachen. Mit der Zeit. Mit dem Vergessen. Die Welt, in die du eintreten willst, ist voller Wahnsinn, Rätsel und versteckter Geheimnisse. Gelöbnisse müssen gemacht werden, Gebote sind zu erfüllen, einige davon wiegen schwer, sehr schwer.«

»Schwer ist die Schande, verstehst du mich denn nicht?«

»Ich beneide dich um deine Freiheit, weißt du das? Ich, Lourenço, würde nur allzu gerne mein Leben als König hingeben, um ohne Gesetze und Gebote leben zu können. Ich wäre gerne ein Schmetterling, um im Wind zu fliegen und das Vergnügen eines kurzen Lebens zu genießen.«

»Ach, was bist du kompliziert. Du hast mir deine Geheimnisse enthüllt. Du hast ein Versprechen gegeben. Du widersprichst dir, bist wortbrüchig.«

»Ich werde mein Wort halten. Ich wollte dich nur warnen. Du hast noch die ganze Nacht zum Nachdenken. Und wenn du eine

Entscheidung getroffen hast, ruf mich an, egal um welche Uhrzeit. Wenn du willst, dass ich dich an einen gewissen Ort mitnehme, muss das sehr früh vor dem Sonnenaufgang geschehen.«

»Du kannst sicher sein, dass ich mich melden werde.«

Sie verabschieden sich. Lourenço versinkt in tiefe Trauer. Der neue Gläubige hat den Ruf vernommen, er kommt gelaufen und wird von seiner rechten Hand zum Altar geführt werden.

XVI

Es wird Morgen, und David macht sich bereit, zum ersten Mal in seinem Leben einen Seher aufzusuchen. Er geht zum Kleiderschrank und sucht nach geeigneter Kleidung. Findet keine. Er stürmt hinter das Haus und weckt den Gärtner, der ihm ein paar Kleidungsstücke ausleiht. Die zieht er an. Er tritt vor den Spiegel und lächelt, die Verkleidung ist perfekt: Zerlumpt, zerzaust und mit dunkler Sonnenbrille, in nichts zu unterscheiden von den Arbeitern, die die große Straße bevölkern.

Er schaut auf die Uhr. Es ist vier Uhr. Während er auf den Führer wartet, der ihn zurück zu seinen Wurzeln bringen soll, denkt er an das Paradies der Vergangenheit. Wie war das Leben? Er sieht nackte Kinder im Busch. Er sieht Palmen. Hütten. Frauen mit hängenden Brüsten. Kannibalen. Wilde Schwarze in Schurz und mit Speer, die um ein Feuer tanzen. Menschen, die mit den Händen essen. Dichten Urwald. Tarzan. Knurren. Das Brüllen der Kühe. Glasperlen und Masken. Liebende, die es im Mondschein treiben. Syphilis. Skepsis steigt in ihm auf. Ob diese elende Vergangenheit die Probleme eines reichen Mannes lösen kann?

Ein heiseres Hupen tönt von der Straße her. Es ist das Signal zum Aufbruch. Sein Herzschlag lässt seinen Körper zittern, der noch schwach ist von der durchwachten Nacht. Er begibt sich auf die Straße, wo Lourenço ihn erwartet. Erleichtert seufzt er, denn er fühlt den Anfang vom Ende nahen. In wenigen Augenblicken wird er vor den magischen Lösungen stehen, die alle seine Probleme erledigen werden.

»Guten Morgen!«

»Findest du den Morgen gut?«

Statt einer Antwort taxiert Lourenço den Zustand des Freundes und meint: »Du hast schlecht geschlafen!«

»Ich? Natürlich. Ich hatte den Teufel zu Gast. Albträume, Gespenster, Ohrensausen. Böse Geister, Angst, Gänsehaut.«

Davids Stimme klingt traurig und heiser und spricht nur von Enttäuschung.

»Mein Freund. Die Verkleidung steht dir gut. Du siehst aus wie jemand anderes«, sagt Lourenço und lacht.

»Sie stinkt nach Bockmist und stört mich.«

»Also, also! Wer ins Bergwerk fährt, parfümiert sich nicht und putzt sich nicht heraus.«

»Ich wünschte, ich führe ins Bergwerk.«

»Aber sicher. Auf der Suche nach einem Schatz, einer Medizin, einer Lösung. Du fährst unter Tage, ganz sicher.«

»Ich hätte mir nie träumen lassen, dass ich einmal das Haus verlassen würde, wie auf der Flucht. Mich zu verkleiden in der Kleidung meines Dienstboten, wie ein Räuber das Gesicht vor der Welt zu verstecken.«

»Du bist ein Dieb, sicher. Wir beide sind es, ich und du. Wir alle habe ein bisschen gestohlen, um leben zu können. In dieser brutalen Gesellschaft ist Ehrlichkeit ein Verbrechen, und wer nicht stiehlt, wird bestohlen.«

Das Auto setzt sich in Bewegung, und nach wenigen Minuten erreichen sie eine Vorstadt. David spürt einen starken Schauer die Wirbelsäule hinabziehen. Wegen der Kälte. Der Dunkelheit. Dem dichten Nebel, der wie Schnee herabfällt. Weil keine Lichter den Weg beleuchten. Er macht sich Vorwürfe. Er hasst sich selbst in diesem Morgengrauen, weil er in sich selbst seinen eigenen Feind entdeckt hat, wegen seiner Taten, seiner Gesten, seiner Laster. Gott hat ihn erblickt mit seinem allmächtigen Auge und bereitet seine Bestrafung vor. Davids Blick schweift hinaus auf das Land, über dem es langsam hell wird. Die Vorstadt bietet ein Bild des Elends. David bemüht sich, die bösen Gedanken zu verdrängen. Es gelingt ihm nicht. Wasser rinnt aus seinen schlaflosen Augen, die Angst der Arbeiter erschüttert seinen Geist. Die Bilder drehen sich im Kreis, reißen seinen Kopf in einen taumelnden Tanz. Er schließt die Augen und reist wie ein Blinder auf der Suche nach der Sicherheit der Toten, von Verzweiflung getrieben.

Der Wagen verliert an Fahrt und kommt zum Stehen. David öffnet die Augen und sieht vor sich einen riesigen Garten. Er erkennt die Landschaft: Obst- und Gemüsegärten. Bauernland. Das Tor öffnet sich, und eine junge Frau begrüßt die beiden mit dem Lächeln der Sonne eines kalten Morgens. Sie treten ein. Davids Augen ertasten die Umrisse und die Sinnlichkeit des wohlgestalteten Körpers. Schönheit. Schmuck. Ein bunter Wickelrock. Nackte Füße auf dem kalten Boden. Ist sie die Tochter des Sehers? Dem Schmuck nach zu urteilen, den sie trägt, handelt es sich um seine Schülerin, die sich darauf vorbereitet, Heilerin zu werden.

Das Mädchen führt sie zur Hütte mitten im Hof. Vor der Tür hält sie an, kniet nieder und bittet um Einlass.

»Hodi!«

Die schwere Stimme dringt aus dem Innern der Hütte.

»Ja, lass sie eintreten.«

Die zwei Freunde streifen ihre Schuhe ab und kommen auf Knien herein. Im Innern der Hütte erwartet ein Mann im mittleren Alter die Besucher. Magnetische Wellen strömen aus den Augen des Sehers. David betrachtet seine Züge. Ein nackter Oberkörper trotz der Kälte. Ein dicker Leib, typisch für einen erfolgreichen Mann. Die Haltung eines Königs. Eines Vaters. Eines Patriarchen. Der gelassene Blick desjenigen, der Macht hat über Geheimnisse, Sicherheit, Wissen. Er trägt ein Tuch und sitzt in der Hocke wie ein buddhistischer Priester.

»Willkommen im Tempel des Nguanisse!«

Die Stimme des Mannes ist ruhig. Sein Lächeln ist sanft, gütig. David gewinnt größtes Vertrauen: Dieser Mann muss ein guter Heiler sein.

Der Seher untersucht den Geisteszustand seines neuen Kunden. Der Mann, den er vor sich hat, ist die personifizierte Verzweiflung. Tiefe Ringe unter den Augen, wie jemand, der die Nacht weinend verbracht hat. Trunkener Gang, wie jemand, der Glas um Glas der Bitternis geschluckt hat. Schwach. Gebrochen. Müde. Ein Monument der Verzweiflung. Der Seher spricht zu sich selbst: Das Leben ist schön, vollkommen. An einem Tag schwingt es dich in die höchsten Sphären, an einem anderen stößt es dich von deinem Sockel auf den Boden und zwingt dich zum Gespräch mit deinem eigenen Gewissen.

An die Hinzugekommenen richtet er nur belanglose Worte. David erwidert die Begrüßung nicht, seine Kehle ist blockiert. Er atmet tief ein. Seufzt. Schwitzt.

»Du bist zu aufgeregt, Mann, trink einen Schluck und erzähle mir, was los ist.«

Der Seher reicht ihm eine Flasche besten Whiskys. Die drei stoßen an und trinken, trotz des leeren Magens. David spürt eine wohltuende Wärme ins Gesicht steigen und fasst Mut.

»Hast du schon einmal die Knochen und Muscheln befragt?«

»Nein, niemals.«

»Und warum suchst du mich auf?«

»Ich bin verzweifelt, verloren.«

»Du bist auf der Suche nach dem Weg. Du bist nicht verloren. Nur wer den Weg kennt, kann sich verlaufen.«

David beginnt eine fiebernde und unzusammenhängende Rede. Er wiederholt einzelne Worte wie Verfolgung, Neid, Unverständnis. Es ist schwer, seine Seele einem Unbekannten bereits bei der ersten Begegnung zu öffnen.

»Alle Menschen müssen irgend jemandem vertrauen«, sagt der Seher. »Wir sind geistige Ratgeber und geben innere Sicherheit denen, die uns aufsuchen.«

David schaut seinen Freund an und sucht bei ihm Sicherheit und Mut. Lourenço lächelt.

»Sag mir nun: Was bedrückt dich?«

»Ich bin unglücklich.«

»Dann brauchst du also die Formel des Glücks.«

»Ja.«

»Das ist einfach. Glück ist, alles zu tun, nach dem dir der Sinn steht. Es bedeutet, dem Leben mit eisernen Fäusten zu begegnen, ohne zu ermüden. Willst du glücklich sein? Trinke, tanze, spiele verrückt, doch werde nie müde. Nimm mächtige Geister in dir auf: Pharao, Salomon, Shaka. Nimm dir ein Beispiel an ihnen und fliege. Schütze deinen Körper mit bleiernen Panzern. Tauche ein in deine Seele und kehre fort den Müll, der dich traurig macht. Sei wieder Fötus und genieße das Vergnügen, im Mutterleib zu schweben. Wasch dein Gesicht in Essig und Pfeffer. Wache auf. Entwirf ein Bild von dir im Schlaf. Reise. Sei Egoist von Zeit zu Zeit. Teile mit niemandem deine Wege, Träume oder Pläne. Befreie dich und fliege wie die Vögel.

Der Zauber des Sehers beginnt seine Wirkung zu entfalten. David lächelt. Ihm gefallen die Worte, der Klang, die Art, wie die Worte gesagt werden. Der Seher spricht weiter.

»Das Glück zu bewahren, heißt vertrauen und misstrauen. Den Acker bewachen und vor schädlichen Kräutern zu schützen. Ab und zu das Verbotene suchen, um zu erfahren, warum das Verbotene verboten ist.«

Dieser Seher kann zaubern. Er hat Macht, die Seele aus dem tiefsten der Brunnen heraufzuholen. Dieser Heiler weiß viel über das menschliche Verhalten. Er ist Psychologe, Psychiater. David stellt seine Erinnerung auf die Zeiten der Revolution ein. Als Kämpfer für eine neue Welt befehligte er Brände, die nie verlöschten, verbrannte *Mutundos*, *Magonas* und Kultstätten, um die Welt von der Anbetung der Finsternis zu befreien. Das Gewissen drückt ihn entsetzlich. Er denkt über sich nach. Was wäre mein Leben jetzt, wenn Seher und Heiler von der Erde verschwunden wären? Er fühlt sich bemüßigt, die alten Verbrechen zu beichten. Er nimmt seinen Mut zusammen, legt los. Der Seher beruhigt ihn.

»Das war der Wahnsinn jener Zeit«, sagt der Seher lachend. »Es gab Heiler, die ihre eigenen *Ndombas* verbrannten. Doch die Vernunft siegt, und hier sind wir wieder. Unsere Verfolgung beginnt nicht erst heute. Wir wurden verachtet, erniedrigt, bekämpft, aber wir haben widerstanden. Wir haben den politischen Regimes, die uns bekämpften, unsere Unterstützung gegeben. Den alten und den modernen Kriegern haben wir Kraft gegeben. In den Kriegen gegen die Kolonialregimes haben wir die Moral der Kämpfer gestärkt. Heute geben wir den Politikern geistigen Beistand, die uns damals bekämpften. Wir geben ihn Pfarrern, Ministern, Bankiers und sogar hochrangigen Akademikern. Wir betreiben die psychologische Rehabilitierung der Kriegsverbrecher. Wir trösten das Volk in Zeiten der Krise. Für die Gesellschaft waren wir immer von höchster Bedeutung. Solange es die Welt gibt, wird es auch uns geben, denn das Heilertum ist ein Werk Gottes und keine Erfindung der Menschen.«

»Sie sind ein bemerkenswerter Arzt.«

»Das Wort Arzt kommt aus den Akademien und Universitäten. Unser Wissen kommt aus einem System, das sich auf die afrikanische Tradition stützt. Das Gebiet des Arztes ist das Licht und das Leben. Unseres ist das Licht und der Schatten, Leben und Tod. Arzt ist Arzt, *Nyanga* ist *Nyanga*. Wir haben unterschiedliche Positionen, unterschiedliche Methoden und unterschiedliche Kundschaft. Nenne mich Anwalt, das ist der Grad, den ich auf den europäischen Akademien erworben habe.«

»Anwalt?«

»Ja, ich habe in Frankreich und den USA studiert. Fünf Jahre lang habe ich den Beruf ausgeübt, doch dann musste ich alle meine Ambitionen aufgeben, um dem Ruf der Geister zu folgen. Wenn ich gewusst hätte, dass das Schicksal mir diese Bestimmung gegeben hat, hätte ich mich von klein an darauf vorbereitet und keine Zeit vergeudet, Träumen hinterherzurennen.«

David lächelt gezwungen, er glaubt nicht, was er da hört. Der Seher versteht die Botschaft und greift zu einer Mappe. Er zeigt Zeugnisse, Pässe. Das letzte Dokument ist das überzeugendste. Der Seher präsentiert den Mitgliedsausweis der Anwaltsvereinigung, deren Beiträge er regelmäßig zahlt. David bekommt einen Schreck und gibt sich geschlagen von der Macht der Indizien. Wenn es Geister gibt, sind sie grausam, und imstande, einen Menschen vom höchsten der Podeste herunterzustoßen. Er bedauert den Seher.

Der kalte Wind weht. David holt tief Luft, der ersehnte Moment ist gekommen. Die inzwischen erwachten Augen betrachten die rituellen Gesten, denn nun kommt das Wissen der Toten ans Licht. Der Seher legt die Muscheln zurecht wie ein Kartenspiel. Er bittet um eine Silbermünze und bestreut sie mit Schnupftabak. Das ist Vorschrift. Der Tabak verscheucht die bösen Geister und reinigt. Für Tote ist alles Geld unrein, man weiß nie, woher es kommt, wie es gekommen ist oder wer damit umgegangen ist.

»Lasst uns also sehen, was die Götter sagen. Bitte, sage jetzt deinen Namen.«

»David da Costa Almeida e Silva.«

»Dieser Name gilt nicht vor den Göttern.«

70

»Ich bin David und nichts weiter.«

»Streng dich an, los, man kann die Götter nicht mit einem fremden Namen anrufen. Los, sag mir den Namen, ohne den diese Sitzung nicht möglich ist.«

»Die Alten nannten mich Magagule.«

»Sie nannten dich so und nennen dich immer noch so. Sag mir nun den Namen deines Vaters und deinen Nachnamen.«

»Magagule Machaza Cossa. Ein langer und hässlicher Name, finden Sie nicht?«

»Ein Name ist ein heiliges Erbe. Materie, Geist, Leben und Tod. Über ihn fahren die Toten ins Leben zurück und über ihn wandern die Seelen der Lebenden. Der Name ist Vorher und Nachher. Kurzum, er ist das gesamte Universum in wenigen Worten. Du weißt es nicht, doch ich verstehe dich. Die Geschichte war zu grausam für unsere Völker.«

Der Seher bereitet den ersten Wurf vor. Er spricht Worte der Beschwörung wie ein Singsang. Heilige Worte. Es herrscht eine schwere, knisternde Stille. Der Seher wirft die Knochen und Muscheln, die in einer stummen Sprache über die Matte kugeln.

Davids Augen folgen dem Wurf, als könnte er seine Botschaft, seine Ergebnisse vorhersehen.

Der Seher erhebt seine Stimme, feierlich wie ein Rezitator.

»Dies ist der Wurf der Gesundheit. Es ist Gesundheit im Körper, doch nicht in der Seele. Alles was hier getan wird, wird hier bezahlt, das ist Nguanisses Urteil.«

David versucht, die Botschaft zu entschlüsseln. Anklagend ist sie und strafend, wie der Spruch eines Gerichts. Verurteilt ihn der Seher? Er hatte einen Komplizen gesucht und gerät nun in die Fänge eines Richters. Seine Hoffnung schwindet. Eine gefährliche Fahrt im kalten Morgengrauen, um sich dann richten und verurteilen zu lassen. Der Besuch endet in einem Fiasko. David möchte nachfragen, widersprechen, aber er sagt nichts. Hört nur zu.

Der Seher macht einen Wurf für das Glück und das Geschick und sagt einen gedrängten Satz.

»König ist König, schicksalshaft. Zauberer sein ist Schule und Natur. Mutterleib ist Gabe, keine Wahl.«

Das Spiel der Worte bildet einen Wall, der die Botschaft unentschlüsselbar macht. Spricht der Mann von der Gegenwart oder der Vergangenheit?

Der Seher spürt die Skepsis seines Kunden und bemüht sich, die Wahrhaftigkeit seiner Worte mit Bildern und Fakten zu untermauern. Er deutet auf die Knochen und erklärt:»Sechs Männer umgeben dich. Untergebene, die dir Tribut zollen. Sechs Männer, die dich beneiden. Feinde. Da ist eine Menschenmenge, die dir zujubelt: Diener, Bewunderer. Du bist König! Du wirst noch reicher werden und wirst viele Männer unter deinem Kommando haben.«

»Schwer zu glauben!«

David reißt die Pupillen auf vor Verblüffung und Schreck. Mit der Handfläche reibt er sich die Augen. Ich glaube, ich sehe nicht recht. Ich glaube, ich höre nicht recht. Er reißt sich zusammen und konzentriert sich.

»Diese ist eine der schönsten und deutlichsten Botschaften, die ich je gesehen habe. Der Zauber breitet sich aus, wie ein Seestern. Die Feinde fliehen in wildem Durcheinander. Es gibt einen Sieg. Macht. Geld.«

David spürt, dass er bei jemandem gelandet ist, der Glück aus fremdem Unglück macht, mit der ältesten Strategie der Welt. Täuschen und überzeugen, um zu kassieren. Es gibt fanatische Menschen, die riesige Summen zahlen für eine einfache Lüge, überbracht von den fliegenden Händlern des Glaubens. Er spürt den plötzlichen Drang, dieses Haus zu verlassen, um nichts mehr zu hören. Er spürt den Drang, ins Meer seines Kummers einzutauchen. Sich zu ertränken. Sich umzubringen. Der Taumel einer wahnsinnigen Idee steigt ihm zu Kopfe. Er verliert die Kontrolle. Reagiert. Protestiert.

»Der Hund ist König der Nacht, wenn er Mülltonnen durchstöbert. Die Ratte ist König auf ihrem Thron aus Abfall, und der Bettler ist König des Elends in allen Ecken. Im Augenblick bin auch ich König, allerdings der Verzweiflung.«

Es entsteht ein Klima der Spannung. Für einen Moment steigt Wut in dem Seher auf, die er schnell wieder verbirgt. Für die, die sich für Kenner des Universums halten, ist die Sprache der Knochen nichts als Aufschneiderei. Doch der Seher verzeiht. Versteht. Der neue Kunde ist initiiert.

Er beschließt eine Befragung, um den Dialog zu erleichtern.

»Mein Herr, schauen Sie sich all diese Dinge an, die am Boden verstreut sind.«

»Ich sehe sie.«

»Sagen Sie mir alles, was Sie sehen.«

»Wozu?«

»Los, sagen Sie!«

»Wenn Sie es unbedingt wollen, sage ich es. Ich sehe ein paar Knöchlein, Muscheln, Steine, Wurzeln, Münzen, Glasperlen.«

»All diese kleinen Dinge symbolisieren die Natur in ihrer Gesamtheit auf der Suche nach Antwort auf die Probleme der Menschheit. Die Muscheln vermitteln die Geheimnisse des Meeres und des Wassers. Die Steine sprechen von den Bergen, vom Boden, von der Erde. Knochen und Pflanzen verkörpern die Natur der Tiere und Pflanzen. Geld ist Feuer, ist Kraft. Jedes Ding ist eine Stimme, die Botschaften aus allen Zeiten verkündet. Schauen Sie sich die Muscheln an. Sagen sie mir, wie sie angeordnet sind.«

»Sie bilden einen Kreis, den Sie als *Ndomba* oder Seestern bezeichnen. Der Rest ist zufällig verstreut. Aber warum fragen Sie mich das alles?«

»Los, antworten Sie!«

»Sie liegen mit der Öffnung nach oben.«

»Sehr gut: Nguanisse kommt aus dem Meer und spricht aus den Wellen. Die Muscheln sind Sprecher der Götter und Botschafter des Glücks. Nun, damit du nicht weiter zweifelst, schlage ich vor, dass du den Wurf selbst wiederholst. Los, sammle alles ein, mische es und wirf alles mit deinen eigenen Händen.«

»Ich?«

»Ja, ich muss dein Schicksal bestätigt wissen.«

David nimmt die Muscheln und Knochen. Befühlt sie. Eine kalte Welle durchläuft seinen Körper. Es muss ein psychologisches Phänomen sein, denkt er. Er schließt die Augen. Konzentriert sich. Taucht ein in einen seltsamen, unbeschreiblichen Zustand. Er fühlt seine Hände zu Eis werden, bewegungsunfähig, als ob diese nichtigen Dinge magnetische Kräfte besäßen. Ein Stück Überzeugung keimt auf. Die Steinchen sind keine gewöhnlichen Steine. Sie haben Macht, bergen Geheimnisse, Rätsel.

»Los, wirf sie, wie ein Würfelspieler.«

Er wirft und beobachtet: Alles verteilt sich, doch die Muscheln bilden wieder einen Kreis. Der Seher lässt ihn den Wurf noch dreimal wiederholen. Der Kreis ist mit jedem Mal deutlicher, vollkommener zu sehen. David wird panisch.

»Was bedeutet das alles?«

»Der Kreis kann eine Umschließung bedeuten, Sicherheit, Zentrum, Bewegung.«

»Von okkulter Geometrie verstehe ich nichts.«

»Ich sagte es bereits: Es ist die Stimme aus dem Wasser, aus den Wellen. Es ist die Stimme Nguanisses aus dem Mund der Muscheln.«

»Und das stimmt?«

»Lassen wir die Vermutungen sein und reden wir über konkretere Dingen. Von deiner Arbeit und von denen, die von dir abhängen. Wer ist das?«

»Ach, eine Menge. Fast tausend Arbeiter.«

»Und die, die sich an deinem Tisch niederlassen, wer hat Interesse an deiner Position?«

David denkt an die Arbeiter, die Techniker, an die Abteilungen. An die Chefsekretärin. Er denkt an die sieben Muscheln und sucht nach sieben Männern. Wer könnten sie sein? Er überlegt und erkennt: Mein Gott! Sechs Muscheln im Kreis umrunden eine. Die sechs Abteilungsleiter um ihren Generaldirektor. Wie konnte ich so blind sein, das Offensichtliche nicht zu erkennen?

Der Seher ist zufrieden mit dem Kunden und bereitet sich auf eine neue Runde vor.

»*Ncanhi*, dreimal *Ncanhi*. Sieh mit deinen eigenen Augen. Du bist hier, hier und hier.«

»Aber ... *Ncanhi*. Ich? Warum?«

»Du bist der Baum mit der fleischigen Rinde, so bitter, dass niemand sie beißt. Du bist *Canhi*, süße, duftende Frucht. Geistiges Getränk, anregendes Getränk, das Mann und Frau sich vereinigen lässt in göttlicher Liebe. Du bist Medizin und Zauber. Du bist der Baum der Vorfahren, vereinst in dir Mächte des Guten und des Bösen.«

Der Seher sammelt die Muscheln wieder ein und fragt nach der Zukunft. Die Muscheln durchqueren die Nächte. Die Tage.

Die Sterne. Die Jahreszeiten. Sie durchlaufen die Wege des Kommenden auf der Suche nach Antworten, um das Sehnen eines verzweifelten Mannes zu stillen. Der Richtspruch kommt.

»Gesundheit, Geld und Liebe. Du wirst vier Frauen haben, vier Säulen, die dich auf den höchsten der Berge heben werden. Du wirst ihnen nicht entgegenkommen, und sie werden dich nicht suchen. Sie werden dir auf den Kreuzungen des Lebens begegnen. Und sie werden ihr Leben für dich geben.«

»Vier Frauen?«

»Ja, vier. So sagen es die Muscheln deines Schicksals. Eine gute Zahl. Vier Glieder hat der Mensch. Vier Pfoten haben die stärksten Tiere in der Natur. Vier Wände hat ein Gebäude. Vier Räder hat ein Wagen. Vier ist die Zahl der Stabilität.«

Die Diagnose ist fertig. Nun fehlen die Rezepte und die Heilung. David atmet tief, denn seine Qual steht kurz vor ihrem Ende. Der Seher sammelt die Knochen ein. Beschwört sie. Befragt sie. Wirft. Die Stellung der Muscheln verändert sich völlig.

»Welche Macht ist das? Wo kommt sie her? Aus dem Licht oder dem Schatten? Nguanisse, stimmt es, was du mir sagst?«

Die Augen des Sehers bekommen einen verschlagenen, abwesenden, überraschten, angstvollen Ausdruck. Sie verabschieden sich von der Welt und tauchen ein in die Tiefe des Meeres, unternehmen eine endlose Suche nach dem verlorenen Schatz. Er wiederholt den Wurf. Wirft. Wirft erneut. Dieselbe Antwort, dasselbe Rätsel. David verzweifelt zu Tode. Seine Hände zittern. Sein Körper schwitzt in der Kälte des Morgens.

»Unglaublich!« sagt der Seher.

»Was ist unglaublich?«

»Hier ist der, der mit der Stimme des *Halacavuma* spricht, der niemals lügt. Die Angelegenheit ist so rätselhaft, so schwierig, dass nicht einmal Nguanisse sie entschlüsseln kann.«

David sieht den Seher an, dann Lourenço, dann die Muscheln, die Wand, und sucht einen Halt. Die Muscheln haben die Kraft, den stärksten der Männer ans Licht zu holen oder in den Abgrund zu werfen. Wer sie befragt, endet in ihrem Netz wie ein Fisch an der Angel. Die Muscheln haben soeben seine Seele in die Tiefe des Meeres gezogen. Seine Verzweiflung ist grenzenlos.

Die Seher benutzen eine rätselhafte Sprache, um ihre Welt unzugänglich zu machen. Die Ärzte tun dasselbe. Sie verstopfen die Ohren ihrer Kranken mit lateinischen Schimpfworten, die sie lange Lehrjahre gekostet haben, nur um damit ihr Wissen zur Schau zu stellen und ihre Ausstrahlung. David sucht Trost bei sich selbst. Die Muscheln haben nicht von Tod gesprochen, sondern vom Leben. Nicht von Verzweiflung, sondern von einer unter Rätseln verborgenen Hoffnung.

»Und jetzt, was mache ich?«

»Ich weiß nicht, ich weiß nicht.«

»Ich hatte begonnen, an Ihre magischen Kräfte zu glauben. Im Herzen hatte ich die Hoffnung, einen Ausweg zu finden und meine Zukunft zu entschlüsseln.«

»Der Bettler träumt davon, König zu sein und stirbt doch als Bettler. Wir alle träumen von Liebe, doch die errungene Liebe endet immer im Schmerz. Viele schlagen sich um Brot, doch unzählige Male ist der Kampf vergeblich. Die Geister sind die Herren aller Wege.«

Der Heiler spricht tiefe Wahrheiten aus. Für David sind sie jedoch unnütze Wahrheiten, die ihm bei der Lösung seines Problems nicht helfen.

»Sie sind der erste und einzige Seher, den ich kenne. Sie haben mich soviel Zeit verschwenden lassen, um am Ende ...«

»Das tut mir leid. Nguanisse sagt, er kann nicht in Ihren Körper wechseln und schon gar nicht zurückkommen, um nach dieser Sitzung noch eine zu machen. Nguanisse ist aus dem stillen Meer, er ist gut. Seine Spezialität ist es, die Schutzlosen zu beschützen, die Verfolgten, die Kranken und die vom Glück im Stich Gelassenen. Er rät Ihnen, sich jemanden zu suchen, der Ihren Mächten gewachsen ist.«

»Aber wo? Die Arbeiter haben mir ein Ultimatum gestellt, dort in der Fabrik, die ich leite. Wenn ich bis morgen keine Lösung habe, wird alles brennen, auch mein Ruf und alles, was ich aufgebaut habe.«

»Ganz ruhig Mann, ganz ruhig. Es ist gut, dass du mich gerade heute aufgesucht hast. Heute Nacht wird derjenige hier sein, der dein Geheimnis lüften wird. Komm wieder. Bring zwei Meter weißes Leintuch mit, sechs Kerzen und genügend Geld, um, falls nötig, das Opfertier zu bezahlen.«

»Vielen Dank für Ihre Mühe. Aber warum ausgerechnet heute Nacht? Es ist nicht einfach, um jene Zeit durch die Vorstadt zu kommen.«

»Ich rate Ihnen, zu kommen, denn es wird eine spirituelle Feier geben, die Heiler der verschiedensten Richtungen zusammenbringt.«

»Eine Feier?«

»Ja, heute werde ich das *Lobolo*, die spirituelle Verlobung meiner dritten Ehefrau begehen.«

»Spirituelle Verlobung, *Lobolo*?«

David verlässt das Haus des Sehers vollkommen verändert. Die Ereignisse überschlagen sich in einer solchen Geschwindigkeit, dass er seine Gefühle schon lange nicht mehr im Griff hat. Er hatte ein Problem lösen wollen und wurde in ein weitaus größeres hineingezogen. Ich habe Wind gesät und Sturm geerntet. Wer sagt mir, ob heute Nacht die Lösung kommen wird?

Er verlässt den Seher mit seinen Geheimnissen und Rätseln und eilt in die Arme der Großmutter Inês, um das Rätsel des *Lobolo* zu entschlüsseln.

XVIII

Lobolo, ein Bantu-Wort, hat eine Vielzahl von Bedeutungen. Als Wort lässt es an Wärme und Licht denken. Als Handlung steht es für Würde, Einheit, Vereinigung und Prestige. *Lobolo* als Wort und als Handlung ist von jeher falsch verstanden und von daher bekämpft worden. Doch es umschließt in einem Begriff Wohlstand und Leben. Duft und Reichtum. Es ist vollkommen und vollständig. Bringt mehr Glück als Unglück. Solange es Dinge gibt, die es zu loben lohnt, wird es *Lobolo* geben.

Alle Frauen mögen *Lobolo*, auch die radikalen Feministinnen. Denn es verleiht Würde. Verleiht Status. Prestige. Am Tag der *Lobolo*-Hochzeit tritt die Frau aus ihrer Unsichtbarkeit, aus der Anonymität und wird zum Mittelpunkt der Handlung, einmal im Leben zur Königin. Denn die ganze Gesellschaft erfährt, dass sie mit einer weiteren erwachsenen, wirklichen, würdigen Frau rechnen kann, mit einer weiteren Familie, einem Heim. Was die

Extremistinnen in diesem Fall nicht verstehen, ist, dass nicht *Lobolo* das Gefängnis der Frau ist, sondern das ganze Gesellschaftssystem.

Lobolo bedeutet Hochzeit. Und wie alle Hochzeiten überall auf der Welt, ist es ein Vertrag auf Ungleichheit und Ungerechtigkeit, in dem der Mann gelobt, die Frau zu beherrschen, und die Frau gelobt, sich zu unterwerfen und zu gehorchen bis ans Ende ihrer Tage. In dieser Zeremonie singen die Frauen und weinen, denn die *Lobolo*-Hochzeit ist ein Adieu an das Leben und die Fröhlichkeit. Wie bei allen Hochzeiten auf der ganzen Welt sind die *Lobolo*-Lieder traurig. Sie sprechen von Schmerz und von Leiden. Von der Sehnsucht nach der Mutter, der Großmutter, dem Vater, den Geschwistern. Sie sprechen von Aufbruch und Reise auf unbekannten Wegen. Die Frau, für die der *Lobolo*-Brautpreis entrichtet wird, weint auch wegen Bitternissen, die sie noch nicht kennen gelernt hat, doch von denen sie weiß, dass sie sie kennen lernen wird.

Lobolo ist Adoption. Annahme an Kindes statt und Suche nach Gesellschaft. Reiche Witwen mit Kindern, die bereits selbst verheiratet sind und weit weg wohnen, entrichten *Lobolo* an schutzlose Waisenkinder, die Brot und Unterkunft erhalten im Tausch gegen ihre Gesellschaft und menschliche Wärme. Unfruchtbare Frauen entrichten *Lobolo* an schutzlose Waisenkinder, um den Fortbestand der Familie zu sichern, in einer Zeremonie, die sich Adoption nennt. Der Mann entrichtet dem eigenen Kind *Lobolo*, wenn das Kind in der Stunde der Geburt abgelehnt und erst sehr viel später als Tochter erkannt wird.

In der Welt der Geister ist *Lobolo* die Bekräftigung des Glaubens an den Dienst der Toten. Ein Dank für erhaltene Gnade. Eine Allianz zwischen Geistern der verschiedensten Ausrichtungen. Schlüssel und Formel zum Eintritt in neue spirituelle Gefilde. Die Geister der Nguni entrichten *Lobolo* an die Ndau und umgekehrt und vereinigen so ihre Kräfte und Schwächen im Ringen um bessere Lösungen für die Probleme der Welt. Ein Mann, der mit einem Medium verheiratet ist, entrichtet zweimal *Lobolo*. Er zahlt für den Körper und zahlt für den Geist, um zu einem wirklichen, körperlichen wie spirituellen Ehemann zu werden.

Lobolo ist Preis, ist Geschenk. Es ist die Überraschungskiste, die der Mann zum Geburtstag geschenkt bekommt. Ist der Verlobungsring. Der Strauß Blumen am Valentinstag.

Lobolo ist *Mhamba*, die Einheit zwischen den Lebenden und den Toten, den höheren Göttern und den geringeren. *Lobolo* ist eine religiöse Zeremonie *par excellence*.

Die Verweltlichung des Religiösen ist ein weltweiter Prozess. Das Weihnachten der Christen ist ein kommerzielles Fest mit Weihnachtsmann, Geschenken und rauschenden Festen, auf denen die Menschen sich der Ausschweifung hingeben, trinken, stehlen, töten, und die ganze Gesellschaft in absolute Barbarei versinkt. Das Fest der Taufe, selbst eines Säuglings, wird begangen mit Orgien und Alkohol. In dieser Gesellschaft der Dekadenz wird alles verkauft. Die Arbeitskraft, Sex, die Kinder, die Töchter. Das *Lobolo* konnte diesem Prinzip nicht entkommen. Von einer religiösen, gesellschaftlichen Zeremonie ist es zu einem, bisweilen grausamen, Geschäft geworden.

XIX

Es wird Nacht. David bereitet seinen Geist darauf vor, die geheimnisvollen Stimmen der Götter zu hören. Er macht sich bereit, aus unsichtbaren Händen das Bad und die mächtigen Tätowierungen zu erhalten, die den Körper unverwundbar wie einen Panzer machen. Er bereitet sich vor auf den Segen des langen Lebens, der Unsterblichkeit und der ewigen Jugend. Er macht sich bereit, mehr Glück in der Liebe zu erhalten, größere Potenz, mehr Macht und mehr Geld.

Gegen sieben Uhr abends trifft er im Haus des Sehers ein. Er klopft an die Tür. Der Seher empfängt ihn und führt ihn wieder zum Tempel des Nguanisse. Elektrisches Licht beleuchtet den ganzen Garten. Geschäftige Frauen kochen in riesigen Töpfen. Köstlicher Duft liegt in der Luft. Heute gibt es ein wildes Fest, stellt er fest. Im Innern der *Ndomba* erliegt David der Müdigkeit und der durchwachten vergangenen Nacht. Er nickt ein. Der Schlaf kommt und der ersehnte Friede. David träumt von weichen Händen, die seinen Körper streicheln. Er entspannt sich.

Hört Stimmen, die ihm süße Dinge sagen. Er träumt und erfreut sich an imaginärer Lust. Eine Hand schüttelt ihn sanft.

Er steht auf von der Matte. Was er sieht, lässt ihn erschrecken. Ist es eine Erscheinung? Ein Trugbild? Ein erotischer Traum aus der Jugend? Er reibt sich die Augen, um sicher zu sein, dass sie nicht mehr schlafen. Schaut noch einmal hin. Sechs Mädchen, alle gleich angezogen, sechs echte menschliche Wesen aus Fleisch und Blut, lächeln ihn an. Er versucht sie einzuschätzen. Die pure Jungfräulichkeit. Schönheit. Erotik. Das Verderben des Mannes im irdischen Paradies. Panik überkommt ihn: Welche Art Orgie wird hier vorbereitet? Eines der Mädchen befiehlt freundlich: »Ziehen Sie sich aus.«

»Mich ausziehen?«

David erinnert sich an frühere Orgien. Liebe zu viert, Partnertausch. Alkohol, *Soruma* und Tabak. Gefährliche Abenteuer. Sie schauen sich an. Flüstern. Kichern und lachen ihn aus. Das Mädchen, das vor ihm kniet, wiederholt den Befehl.

»Haben Sie keine Angst. Ziehen Sie sich aus.«

»Angst? Wovor?«

David denkt an seine Karriere als Mann, an die kleinen und großen Affären. Noch keine Frau hat ihm jemals befohlen, sich auszuziehen. In seinem ganzen Leben noch nicht. Er fühlt sich erniedrigt, lässt es sich aber nicht anmerken.

»Wovor sollte ich denn Angst haben, Mädels?«

»Man kann nie wissen. Vielleicht haben Sie böse Gedanken.«

»Was für ein Gedanke. Ihr seid alle so hübsch!«

»Es lohnt sich nicht, sich zu verlieben, mein Herr.«

»Warum?«

»Weil wir vergeben sind.«

»Wer sind denn die glücklichen Verlobten?«

»Nicht Verlobte, Ehemänner.«

»Ihr lügt, ihr habt nicht einmal einen Freund!«

»Wir sind Frauen der Geister.«

»Kann ein Geist verheiratet sein?«

»Wie Sie sehen. Und sie mögen schöne Jungfrauen wie uns, genau so. Sie machen sich nichts aus den Alten voller Krankheiten und Laster.«

»Ist das wahr?«

David versteht. Die sechs Mädchen sind *Nhancuaves*, auserwählte Ehefrauen der Geister, zukünftige Priesterinnen. Sie sind gewöhnlichen Männern verboten, denn ihr Körper ist ein Altar und dazu bestimmt, von den Geistern der Vorfahren besessen zu werden.

»Ach, Mädels! Ihr müsst wissen, dass selbst verheiratete Frauen geraubt werden, wenn die Liebe nur stark genug ist.«

»Und dazu wären Sie fähig?« fragt eine von ihnen. »Versuchen Sie es mit mir, und Sie werden sehen, was passiert.«

»Es wird eine gewaltige Liebe sein, unglaublich! Ich könnte dich lieben, weißt du?«

»Ein Geist als Ehemann ist besitzergreifend, stark und rachsüchtig. Noch bevor Sie mir den ersten Kuss geben, wird er Sie mit der Lanze des Todes erstechen.«

»Und du wirst selbstverständlich um mich weinen.«

»Wenn ich Zeit habe.«

»Natürlich wirst du Zeit haben.«

»Nein, denn ich würde verflucht werden und aus der Welt der Geister verstoßen. Ich würde nie mehr heiraten können und Kinder bekommen. Ich würde seltsame Krankheiten bekommen, die kein menschliches Wesen je heilen könnte.«

»Was also erwartest du? Ein enthaltsames Leben zu führen bis zum Tod? Du bist noch sehr jung, weißt du?«

»Unser Schicksal ist vorbestimmt. Zu gegebener Zeit werden sie entscheiden, ob wir heiraten oder nicht. Dann werden sie selbst uns einen Mann zuweisen, der ihnen gefällt.«

»Dann werdet ihr zwei Ehemänner haben. Einen toten und einen lebenden.«

»Nicht ganz. Das sind Geheimnisse, die Sie niemals begreifen werden.«

In ihren resignierten Stimmen verbirgt sich der Traum der Freiheit. David hat das traurige Gefühl, einem Gefangenenchor zuzuhören. Er schaut sie an und bedauert ihr Schicksal. Andere resignieren nicht, sondern kämpfen. Alle Mädchen in diesem Alter haben Träume, leben Träume, verwirklichen Träume. Diese hier dürfen nicht einmal träumen. Das geistige Gefängnis ist der übelste der Kerker.

Er konzentriert sich auf das Ritual, das nun folgt. Er entschließt sich, den Befehl zu befolgen und schämt sich nicht, sich auszuziehen, denn er bemerkt, dass er umgeben ist von Wesen aus einer anderen Welt. Eines der Mädchen wickelt ihm ein weißes Tuch um den Bauch. Ein anderes wäscht ihm die Füße, das Gesicht und die Hände mit lauwarmem Wasser. Ein drittes kämmt ihm die Haare, und schließlich werden ihm alle rituellen Ornamente angebracht. Er genießt die Vorstellung, in einem Harem mit tausend Ehefrauen zu sein. Sie geleiten ihn in den Garten, der voll von Gästen ist. Er empfindet eine unglaubliche Helligkeit, und eine schwebende Leichtigkeit lässt ihn gehen, als würde er fliegen. Es ist, als habe ein Zauberbesen alle seine Probleme hinweg gefegt. Was haben sie aus mir gemacht, diese Hexen? Ich habe nichts getrunken, nichts geraucht, nichts durch die Nase gezogen.

Er macht es sich in einer Ecke bequem und wartet auf das Erscheinen der Götter. Er schaut sich um und bekommt das Gefühl, nicht in einer Landschaft dieser Welt zu sein, sondern in einem Märchen aus der Vergangenheit. Und er beobachtet, wie sich Mythen, Legenden, vergangene und gegenwärtige Geschichte in der Kleidung, den Gesten und der Sprache der meisten Anwesenden wiederspiegeln.

David spürt, dass er sich auf einem Kongress von Spezialisten für das Okkulte befindet. Über den ganzen Garten verteilt stehen *Ndombas*, heilige Hütten. Muschelketten, Knochenketten, Ketten aus *Missangas*. Trommeln. Speere. Felle seltenster Tiere. Antilopengeweihe. Elfenbein. Reliquien. Anhänger alter okkulter Schulen. Kleider mit Sternensymbolen und Totemtieren. Schwarz, Weiß, Blutrot. Geheime Dinge, die nur sie allein kennen.

Er fühlt sich wohl in dieser Szene, als sei er schon einmal dort gewesen. Er hört Gesprächsfetzen hier und da. Die Männer reden über Fußball, Politik, Zeitgeschehen. Die Frauen über Kochrezepte, Kinder, Mode. Doch irgendwann münden alle Gespräche in Zauberei. Er erkennt das Ambiente. Gut genährte Menschen, wohlhabend, die aussehen wie wichtige Geschäftsleute. Magere Leute, rachitisch, unterernährt. Logisch. Es gibt keine Arme ohne Reiche. Sie trinken und essen, als würden sie warten. Ein Mann, der Fleisch verteilt, kommt auf ihn zu. David schaut in die Schüssel. Blutige Fleischstücke und gut durchgebratene Stücke.

Er erhält sein Stück gebratenen Fleisches und ein milchiges Bier. Er riecht daran. Ist es aus Getreide oder aus Obst? Eine Zeitlang denkt er nach: Essen oder nicht essen? Die Choleraepidemie hinterlässt Tote überall im Land. Ob das Getränk wohl mit der gebotenen Hygiene desinfiziert wurde?

»Iss! Es ist gut«, sagt die Frau neben ihm.

Er hebt den Becher zum Mund, doch die Hand verharrt in der Luft.

»Iss, es ist gut.«

Diesmal hört er eine männliche Stimme hinter sich. Er dreht den Kopf und erkennt den Seher. Er holt tief Luft und zwingt sich, das Stück zu essen, das sich als sehr schmackhaft erweist.

»Du bist gekommen«, sagt der Seher.

»Ich bin gekommen.«

»Das ist gut.«

»Dauert es lange?«

»Kommt drauf an.«

»Worauf?«

»Darauf, was die Geister entscheiden.«

»Es ist halb zwölf Uhr nachts.«

»Die Götter bestimmen die Stunde, doch es dauert nicht mehr lange. Bald werden wir wissen, was uns die Geister sagen.«

Wieder diese Sprache voller Geheimnisse und Rätsel. David ärgert sich und hebt den Becher zum Mund. Das Getränk riecht unangenehm. Es ist sauer, bitter, warm. Er trinkt den Becher leer und fühlt sich vollkommen leicht.

»Hast du eine solche Zeremonie schon einmal erlebt?«

»Ich habe schon einmal eine spiritistische Feier gesehen, aber nie eine Verlobung.«

»Hier ist schon der Mensch, von dem ich dir erzählt habe. Er muss seine Macht zeigen und sein Wissen, und nichts ist besser geeignet als dein Fall, um sich daran zu erproben.«

»!?«

»Die Steine deines Schicksals haben es so festgelegt.«

David hat das unangenehme Gefühl, nicht mehr Subjekt zu sein, sondern Gegenstand einer Arbeit. Lehrmaterial. Fallstudie, wie ein Medizinstudent den Körper eines Toten seziert, um in der Prüfung sein Wissen unter Beweis zu stellen. Er bekommt eine Gänsehaut bei diesem Gedanken und beschließt ihn zu vergessen. Als Tölpel mit eingezogenem Schwanz hat er keine Möglichkeit, den Gang der Dinge zu ändern. Er selbst hat als Student der Ökonomie Geschäftsleute, Straßenhändler, Schmuggler belästigt, um die Zirkulation von Kapital zu untersuchen.

In diesen muscheln- und federngeschmückten Köpfen brauen sich ungeahnte Mysterien zusammen. Welch rätselhafte Götter verstecken sich hier, die Böse und Gut in friedlicher Koexistenz vereinen, Macht zuteilen, um aufzubauen, aber auch um zu zerstören? Aus welch seltsamem Versteck wird der Gott kommen, der meine Sünden absichern wird?

Diese Leute fordern die Logik heraus. Sie überschreiten die Grenzen des Verbotenen und reisen in der Vergangenheit und in der Zukunft und gebrauchen dazu die Macht der Gedanken. Gebildete Leute nennen sich Motor der Entwicklung bei Tageslicht, doch in der Nacht feiern sie schwarze Messen. Feuer brennen. Trommeln stören die nächtliche Ruhe. Schatten tanzen, die aus der Tiefe der Erde stammen.

»Wir alle brauchen die Toten, wie die Saat den Regen braucht«, sagt der Seher. »Die Blume blüht nur, wenn die Sonne lacht. In jeder Jahreszeit werden wir geboren und sterben wie die Blätter des Cajubaumes. Du bist noch nicht zur Welt gekommen, David. Du hast einen Körper, doch du hast keinen Schatten. Keinen Namen. Kein Geschlecht. Du bist erst ein kleiner Wind auf der Suche nach Raum.«

David lässt sich von der bilderreichen Sprache einlullen. Er denkt nach. Priester, Philosophen, Heiler, Psychologen sind Mitglieder derselben Bruderschaft. Bisweilen verbergen sie ihre Unfähigkeit, Probleme zu lösen, indem sie Dinge sagen, die niemand versteht. Flüchten sich in die Festung der Sprache, um unangreifbar zu werden.

»Sie sagten mir heute morgen, dass es eine *Lobolo*-Zeremonie geben würde.«

»Stimmt. Ich verlobe mich mit einem Schutzgeist.«

»Merkwürdig. Von so etwas habe ich noch nie gehört!«

»Die Hexer entweihen die Tempel meiner Götter Nacht für Nacht und besudeln meine *Magonas*. Ich brauche einen bösen Geist, um alle meine Besitztümer zu schützen.«

Es gibt keine Logik in dem, was David da hört. Ein Hexer verteidigt das Heilige. Ein Teufel verteidigt die Engel statt sie zu bekehren. Das Böse dient dem Guten. Dennoch ergibt es einen Sinn, irgendwie. Es ist der bissige Hund, der die Ruhe des Heims hütet. Es sind die Feuerwaffen, die den Räuber, den Feind entwaffnen und töten. Gut und Böse vereinen sich im Kampf um Frieden auf Erden.

»Ich dachte, eine Frau heiratet man nur aus Liebe?«

»Liebe? Dass ich nicht lache. Ich habe schon zwei Ehefrauen und kann sie nicht lieben wegen der Geister. Unser Geschlechtsleben ist auf Null, und sie leiden unendlich, die Armen!«

David möchte lachen angesichts dieses unglaublichen Anblicks. Ein Mann, der zugibt, impotent zu sein auf dem Fest seiner eigenen Hochzeit, das ist wirklich komisch.

Ein leichter Trommelwirbel richtet die Aufmerksamkeit der Anwesenden auf den Beginn der Veranstaltung, und alle Augen starren in Richtung der Töne. Eine größere Zahl Frauen marschiert auf, die auf dem Kopf *Mutundos* der verschiedensten Größen tragen und unter einem kleinen Baum absetzen, feierlich, wie geweihte Objekte vor einem Altar.

Die Trommeln spielen nun ganz leise, und die Stimmung wird feierlich, ernst, konzentriert. Eine alte Frau eröffnet die Sitzung in einer liturgischen Sprache. Die Gedanken und Gefühle vereinigen sich rund um das Wort und die Trommelschläge und errichten die Brücke zwischen den Lebenden und den Toten. David erinnert sich an die katholischen Messen und den Ablauf in allen Schritten.

Die Gebete sind gleich in allen Spielarten des Glaubens. Der Mensch betet um Brot und Frieden, um Liebe, Regen und Fruchtbarkeit. David sucht unter den Anwesenden die Hauptperson dieses Festes. Wie wohl eine Zauberin als Braut aussieht? Alt und hässlich, wie die Hexen aus den Märchen? Oder schön und elegant wie eine Prinzessin? Von der Erscheinung her besitzt keine der Frauen, ob alt oder jung, die Haltung, die Schüchternheit, die Ergriffenheit einer Braut. Vielleicht ist dies nur ein Ritual zur Vorbereitung, denkt David, und die Braut kommt erst später, wie es in vielen Traditionen üblich ist. Er lenkt seinen Blick auf die Körbe, die am Boden stehen. Es sind *Mutundos*, in denen vielleicht die Ausstattung der Braut aufbewahrt wird. Aber aus was besteht die Ausstattung einer Hexenbraut? *Capulanas* und *Missangas*? Kalebassen? Schlangen und Kröten? Magische Gegenstände? Das Volk sagt, der *Mutundo* einer Zauberin sei ein Schlangennest voll von Totenschädeln und Fröschen, Zaubertränken, die die gesamte Menschheit ins Unglück stürzen könnten. Vielleicht ist diese Braut ja in einem der schweren Körbe, die am Fuß des Baumes abgestellt werden.

Wenn der Heiler einen Schutzgeist braucht, wieso heiratet er dann eine Zauberin und schließt nicht einen Dienstleistungsvertrag mit einem männlichen Zauberer? David denkt nach und kommt zu dem Schluss: Der Körper einer Frau ist Arbeitskraft und Lust. Aus dem Leib dieser Frau entstehen kleine Zauberer, und es wird nicht mehr nötig sein, sich weitere Zauberinnen dazuzuheiraten.

Das Schlagen der Trommeln schwillt an und ist so laut wie der Weckruf zum Krieg. Die afrikanischen Götter sind Götter der Schwingungen, der Töne und der Bewegung und erscheinen nur zum Klang kriegerischer Musik. David reißt sich aus seinen Gedanken, denn er spürt, dass die große Stunde gekommen ist. Niemand widersteht dem magischen Schlag der Trommel, und alle tauchen ein in den Tanz der Geister. Nach kurzer Zeit sind alle in kollektivem Taumel. Einige zittern im Krampf. Einige rülpsen. Ein Mädchen springt und vollführt akrobatische Tänze der Tiere des Waldes. Die meisten halten inne im Tanz und treten zurück, um ihr Platz zu machen. Die Trommeln schlagen stärker, und die Versammlung klatscht dazu. David hält den Atem an: Ist das denn möglich? Diese Braut ist eines der Mädchen, die ihn vor kurzem gezwungen hatten, sich auszuziehen. Welche besonderen Kräfte kann schon ein Mädchen besitzen, das nicht einmal fünfzehn Jahre alt ist?

Das Mädchen tanzt, entrückt von Zeit und Raum, mit der Leichtigkeit einer Feder. Es stößt einen kehligen Schrei aus und vollführt einen Salto. Fällt zu Boden und wird ohnmächtig. Die Trommeln verstummen, die Stimmen. Das Mädchen wurde schwer verletzt durch ein unsichtbares Messer. Niemand eilt der Armen zu Hilfe, im Gegenteil, die Zuschauenden treten noch mehr zurück, als fürchteten sie eine Ansteckung durch das Opfer.

David betrachtet die Gesichter. Die meisten lächeln. Mein Gott, warum sind diese Leute so glücklich? Verstehen sie nicht, dass die junge Frau ohnmächtig ist und Gefahr läuft, einen tödlichen Herzstillstand zu erleiden?

Langsam kommt sie wieder zu sich, sehr langsam, als steige sie aus einem Grab. Sie richtet sich auf. Grüßt alle Anwesenden, einen nach dem anderen, errät ihre Vergangenheit und Zukunft. Sie kommt auf David zu und schaut ihn fest an. Ihre Gegenwart löst etwas aus in ihm, das nicht von dieser Welt ist. Ihr Blick lässt ihn in Welten tauchen, von denen er nie zuvor auch nur geträumt hatte. Sie spricht zu ihm mit einer Stimme, die sanfter und verführerischer ist als alle Flöten des Landes. Diese Stimme gefällt. Sie macht trunken. Hypnotisiert. Davids Seele schlägt mit den Flügeln, erhebt sich. Die Wolken öffnen sich. David spürt in seinem Inneren einen Stern, der in Siegerpose durch das Herz des Olymp spaziert an der Hand einer Göttin.

Plötzlich ist der Zauber vorbei, und die Göttin bricht wie ohnmächtig zusammen. David hält sie fest in seinen starken Armen, damit sie nicht stirbt. Die Gruppe der Helfer kommt der Zauberin zu Hilfe. Sie strecken ihre Arme, die Beine, die Finger. Sie massieren ihren Körper und die Wirbelsäule. Sie tauchen die *Tchowa*, den Schwanz der Hyäne, in ein Becken mit Wasser und besprengen den Körper der Zauberin mit dem Wasser der Götter. Sie erwacht und schaut auf alles, was sie umgibt, wie jemand, der aus einem Albtraum erwacht. Ihr Gesichtsausdruck zeugt von vollkommener Unkenntnis dessen, was sie getan und gesagt hat und von allem, was geschehen ist.

David bemerkt, dass er zum Mittelpunkt des Geschehens geworden ist. Die Versammlung hat alle Augen auf ihn gerichtet. Er bemerkt, dass sich die Menschen gegenseitig etwas ins Ohr flüstern, als sei etwas Außergewöhnliches geschehen, und ihn dabei freundlich und herzlich anlächeln.

»Sie sind ein Glückspilz«, murmeln einige der Umstehenden. »Sehr viel Glück, wirklich. Dieser Geist spricht nicht mit jedem. Er hat Ihre Arme gewählt, um sich auszuruhen. Das ist ein Zeichen des Glücks. Bestimmt.«

David wundert sich nicht über das, was er hört. Die *Xingombela* wird in der Familie getanzt, Gevatter und Gevatterin als Paar – sagen die Leute. Gleich und Gleich gesellt sich gern. Sag mir, mit wem du gehst, und ich sage dir, wer du bist.

Die Helferinnen bringen die Braut in eine Ecke und ziehen sie um. Vielleicht um die Identität des Geistes zu wechseln, der sich ihrer bemächtigt? Man sagt, ein einziger Körper könne zugleich von einem Heiligen und einem Dämon besessen sein. Von einer Jungfrau und einer Hure. Wenn jeder Geist seine *Ndomba* verlangt, wie soll man es dann verstehen, dass verschieden gesinnte Geister in einem einzigen Körper harmonisch zusammenleben?

Die Trommeln ertönen wieder in kriegerischem, höllischem Rhythmus. Die Braut springt in die Mitte des Kreises und tanzt mit einzigartigen, auffälligen Bewegungen. Ein großer Teil der Zuschauer begleitet die verlobte Zauberin singend und klatschend und tanzend.

Die Kommunikation zwischen Mensch und Gott geschieht immer mit großem Getöse. Fast scheint es, als gefalle es Gott, sich im Lärm seiner Anhänger zu beweisen. So war Babel und Zion. An Pfingsten. Die Chöre in der Kirche, Glocken, Klaviere, Orgeln, Trommelwirbel. Die hysterischen Schreie der Besessenen. Lustschreie gibt es nur in der Liebe, und bei der Geburt schreien die Frauen vor Lust und vor Schmerz.

Die Besessene stößt einen letzten Schrei aus und fällt entkräftet zu Boden. Die Trommeln verstummen und lassen auch die Stimmen der Menschen verstummen. Wie zuvor eilt niemand der Unglücklichen zu Hilfe. Wenige Minuten später erhebt sie sich und verkörpert eine neue Identität. Welche ist es dieses Mal? Der Geist eines Mörders oder eines Heiligen? Wer auch immer, es ist ein Geist der Qual, ein Kinderschänder, der in die Körper der Opfer fährt, ohne Rücksicht auf das Alter oder den Familienstand, ohne um Erlaubnis zu fragen; es ist ein Geist, der die Körper in Besitz nimmt mit einer brutalen Gewalt, sie als Gegenstand benutzt ohne jede Würde. Die Götter dieser Bruderschaft sind Irre, Tyrannen. Sie beunruhigen statt Ruhe zu schenken. Sie wecken statt in den Schlaf zu singen. Sie hauchen dem Körper Schmerz ein und nicht Glück.

David schaut die Zauberin an und erschrickt bei dem Anblick.

Das süße, sanfte Gesicht ist nun grobschlächtig geworden und bedrohlich wie das eines Höhlenmonsters. Die Totenaugen des neuen weiblichen Monstrums blicken um sich, als wollten sie etwas wiedererkennen, als suchten sie etwas, das verloren ging in der Zeit. Davids Angst steigert sich ins Unermessliche. Er schließt seine verängstigten Augen und ruft sich die Mythen in Erinnerung, die von Besessenen handeln, die ihre Opfer erwürgen, Blut trinken, Männer vergewaltigen.

Zaghaft öffnet David die Augen wieder und bemerkt, dass das Gesicht der Besessenen eine neue Wandlung erfahren hat. Ihre Stimme ist sanft, und die Augen sind flehend. Der Geist, der nun in sie gefahren ist, muss der der großen Mutter sein, der Schöpferin aller Natur. Wenn es der Geist des Teufels ist, dann in Gestalt einer Gönnerin der allergrößten Lust dieser Welt. Die Besessene kniet vor ihm nieder und spricht zu ihm in einer unbekannten Sprache, die simultan von den Übersetzerinnen vermittelt wird.

»Ich habe dich überall gesucht, habe so sehr auf dich gewartet, wusstest du nicht, dass ich dich erwartete? Warum bist du erst heute gekommen, warum?«

Sie knurrt wie eine Raubkatze, und David entdeckt ihren übernatürlichen Blick. Alle Angst verfliegt, als er in den finsteren Augen Wunder erblickt. Er spürt, dass sich tief in seinem Inneren etwas bewegt und ihn zu einem mächtigen Magnetfeld hinzieht. Er fällt in Verwirrung. Die Stimme der Besessenen wird zu einem Murmeln, einem sehnsuchtsvollen Jammern. Eine gewaltige Stille macht sich breit, und David überlegt schnell. Diese Stimme hat er irgendwo schon einmal gehört. Er kennt dieses Gesicht, diese Augen, er erinnert sich nur nicht mehr woher. Vielleicht aus den Träumen. Vielleicht von der Straße, aus der Stadt, aus der Schulzeit, der Kindheit. Vielleicht sogar aus der Phantasie oder einer anderen Dimension. Und er spürt, dass auch er auf sie gewartet hat, und die Gewissheit dieses Wiedersehens in seinem Unterbewusstsein wohnte.

»Ich wusste, dass du mich erwartet hast, ja, das wusste ich. Doch ich musste den Ruf der Götter abwarten, denn das Schicksal bestimmt die Stunde.«

Götter? Schicksal? David wundert sich über sich selbst. War er es wirklich selbst gewesen, der diese Worte gesprochen hatte? Er nicht. Das war nicht möglich. Er spürt, dass in ihm selbst noch ein anderer ist, der ihn treibt, ihm die genauen Worte, die er sprechen soll, ins Ohr flüstert und seltsame Antworten eingibt.

»Dein Leib ist schmutzig. Doch wer hat es gewagt, Zauber auf die Schultern meines Herrn zu legen, wer? Ich sehe seine Spuren. Es sind sechs. Sie alle haben einen Knoten in dasselbe Seil gemacht, doch die Verschwörung wird wie ein Stück altes Tuch reißen, das über dem Feuer verbrennt. Sie werden sich selbst beschuldigen als Feiglinge in Anwesenheit deiner erhabenen Gestalt. Bestrafe sie. Man verschont nicht die Schlange, nur weil sie dem Tode geweiht ist.«

In einer plötzlichen Bewegung entreißt sie den Händen der Helferin die *Tchowa* und beginnt mit der Reinigung. Sie fegt die Zaubermale vom Körper ihres Herrn mit einer Leichtigkeit, mit der man Läuse fängt. Sie gebraucht die *Tchowa* und ihre Nase, biologische Werkzeuge zum Erschnüffeln bösen Zaubers und böser Seelen, das nasale Stethoskop, Breitbandantibiotikum gegen magische, übernatürliche Bakterien.

Nun lächelt die Zauberin, ihr Mann ist etwas sauberer geworden. Sie lässt David für einige Augenblicke allein, hält hier und dort an, redet mit diesem oder jenem, und alle grüßen sie und erwidern ihr Lächeln. Mit ihrem unschuldigsten Gesicht befiehlt sie den Trommlern, die Abschiedsmusik anzustimmen. Diesmal ist der Tanz sanft und ruhig, wie Wasser, das in frischer Brise plätschert.

David kann den Schlägen der Geister nicht standhalten. Er spürt, wie ein ganzer Ameisenschwarm sein Hirn angreift. Er kniet nieder und stößt markerschütternde Schreie aus. Steht auf und wirbelt den Kopf herum, um die Ameisen loszuwerden. Tanzt. Er spürt, dass ihm aus den Füßen Federn wachsen und aus den Armen lange Flügel. Er schwebt im Raum ohne Schwerkraft. Er schwirrt herum in der Arena wie ein Kreisel, erstarrt dann in der Bewegung und fällt zu Boden.

»Mein Gott«, schreit der Seher. »Die Geister haben mir am Morgen erstaunliche Dinge gesagt, doch was ich hier sehe, ist noch seltsamer. Es scheint, mein Klient hat mächtigere Geister als jeder der hier Anwesenden. Er ist mehr als ein *Nyanga*, ein Seher, ein Zauberer. Welche Überraschungen wird mir dieser Beruf des Sehers denn noch bieten? Wer auch immer er sein mag, die Götter sollen ihm seine besondere Bestimmung erläutern.«

Angeleitet von der Zauberin treten die Helferinnen auf David zu. Sie schütteln ihn. Wecken ihn auf. Waschen ihm die Füße, die Hände und das Gesicht mit fettig riechender Seife. Sie lassen ihn einen Stab mit *Missangas* halten. Dieser Stab vermittelt ihm ein neues Gefühl von Macht und Geheimnis. Macht des Guten oder des Bösen?

David kommt wieder zu sich und versucht, seine Umgebung zu begreifen. Er sieht glühenden Weihrauch, der die Umgebung verändert. Der Duft von Tabak, *Soruma*, Alkohol macht ihn vollkommen trunken. Bilder des *Candomblé* und der *Quimbanda* kommen ihm in den Sinn. Er schaut die vor ihm kniende junge Zauberin an. Sie muss eine gefürchtete und begehrte Göttin sein, die den rasendsten Herkules in ein Nichts verwandelt. Sie muss eine Nixe sein, ein Nymphe. Diana. Venus von Milo oder Erzulie, Göttin der tausend Ehemänner oder auch die unersättliche Zauberin des Sex. Er taucht ein in Träume des Verbotenen und des Erlaubten.

»Im Augenblick bin ich nicht ich«, sagt David über sich selbst zu sich selbst, »da ist ein anderer, der in mir wohnt, mich überflutet, mich als Kommunikationsmittel nutzt. In mir ist ein unbekanntes Wesen, das eine unbekannte Sprache spricht.«

»Du bist stark, du bist schön!« sagt die Zauberin.

David strengt sich an und steht auf, die magische Göttin bleibt vor ihm knien.

»Du hast in Ndau gesprochen, mein Ritter. Du bist es wirklich, der Mann, den ich erwarte. Du hast mir soeben bewiesen, dass du derjenige bist, der am Ufer des wilden Flusses lebt. Du hast mich bei meinem Namen genannt und mir gesagt, was ich zu tun hatte.«

Gott ist weit weg von hier, sagt man. Nicht einmal die Vögel oder Raumschiffe werden ihn jemals erreichen können. Die Menschen haben den Mond erreicht und seine Gefilde überschritten und haben Gott nicht gefunden, ein Beweis für seine Unnahbarkeit. Und selbst wenn er erreichbar wäre, er wäre so beschäftigt mit den Gebeten einer jeden einzelnen Seele, dass er

Millionen Lichtjahre benötigte, um sich den Anliegen jedes einzelnen Bewohners des Sonnensystems zu widmen.

Daher hat er die Ahnen als seine wichtigsten Minister eingesetzt. Er hat die Verstorbenen und andere Götter auf Augenhöhe der Menschen gestellt, damit sie auf die Probleme der Welt schnell reagieren können. Ihnen kommt die Rolle der Mittler zu zwischen den Menschen und dem höchsten Gott. Im Gebiet der Tsonga sprechen die Besessenen Ndau, Zulu und Nguni. Aber warum diese Sprachen und nicht die Muttersprache der Besessenen, die wirkliche Sprache ihrer Ahnen? David denkt zurück an die katholische Schule seiner Kindheit. In den fünfziger Jahren predigten die Patres in keiner anderen Sprache als in Latein. Denn es war die Sprache der Reinheit. Des Papstes. Die Sprache des Himmels. Die Sprache Gottes.

Wenn die Toten mit den Erdenwesen in Zulu, Ndau und Nguni sprechen, bedeutet dies, dass sie in diesen Sprachen auch mit dem höchsten Gott reden, wenn die Zeit der Abrechnung gekommen ist. Gott muss Ndau sein. Oder Nguni. Oder Zulu. Mit einem Wort, der höchste Gott spricht die Sprachen der Bantu. Also ist er auch Bantu.

Nun schlagen die Trommeln im Rhythmus des Wahns. Der Tanz wird sinnlich, diabolisch. Die Frau verlangt, fleht, dass man sie anfasst, hier und dort. Niemand berührt den Körper einer Frau und lässt ihn wieder los, ohne das Unternehmen bis zum Ende zu führen. David wirft einen flehenden Blick in die Runde wie einen Hilferuf. Die Anwesenden lächeln nur und klatschen und sagen kein Wort. David bemüht sich, den Gang der Dinge aufzuhalten und den entscheidenden Schritt zu vermeiden, der ihn zum Tod oder zum Sieg führen wird.

»Umarme mich fest, mein Ritter.«

David ist nicht in der Lage, die Aufforderung abzulehnen, aus Angst, von den Klauen der Bestie zerfetzt zu werden. Gemeinsam in der Arena, tun sie anmutige Schritte im Tanz der Lebenden und der Toten. Das Lächeln in den Gesichtern der Anwesenden schwillt an. Aber was ist das für ein Ritual? Wohin wird mich dieses Abenteuer noch führen? Plötzlich spürt David, dass die Besessene Wünsche in ihm wach ruft, denen er sich nicht gewachsen fühlt. Er wirft einen letzten verzweifelten Blick in die

Runde. Der Seher lächelt erschrocken zurück, verstohlen, offenbar frei von Wut oder Eifersucht.

»Ich bin ihr Ehemann und habe ihren *Lobolo* gezahlt, doch im Moment bin ich nur Diener. Befreie dich. Werde verrückt. Flieg. Mach', dass die Götter all ihre Macht offenbaren.«

David befreit sich und hebt ab. Sein Körper verliert seine Anwesenheit, seine Abwesenheit und alles, was sein Wesen ausmacht und verwandelt sich in ein Objekt der Götter. Er spürt, dass er sich im Reich der Magie befindet, des Spirituellen und des Okkulten. Er spürt, dass er zwar nicht Gott aber doch Werkzeug der Götter ist. Er ist soeben in eine Welt eingetreten, in der das Nichtbefolgen der wichtigsten Regeln zum Wahnsinn, zum Tod und ins vollkommene Elend führt.

»Du bist gut, mein Ritter, und du tanzt wie kein zweiter. Dein ist das Reich der Lust und des Reichtums, der Macht und des langen Lebens. Ich würde gerne noch bleiben, doch ich bin müde, will gehen. Zuvor aber bade mit mir, um das Vergnügen meiner Anwesenheit hier auf diesem Fest zu vollenden.«

David atmet tief durch, denn der Albtraum steht kurz vor seinem Ende. Der Gedanke an das Bad ist gut und erfrischend. David schaut in die dem Ende entgegen gehende Nacht, es sind nur noch wenige Stunden bis zur Versammlung der Betriebsleitung. Seine müden Augen versuchen, das Haus zu finden, wo das Bad stattfinden wird. Er entdeckt zwei. Ein altes und ein neues um einen kleinen Baum herum. Ein leichter Schauer erfasst seinen Körper. Sie werden zu zweit baden. Was wird danach kommen? Er lässt zu, dass die Besessene ihn zum Schafott führt, als Opfer seines eigenen Verlangens. Kaum kommt er in die Nähe des Badehauses, umspielt seine Nase ein Geruch, der nichts zu tun hat mit dem Bad und noch weniger mit Reinheit. Und er hört ein Brüllen. Von einem kleinen Baum hängt ein schwarzer Ziegenbock herab, den Kopf nach unten und die Beine am nächsten Ast angebunden. David schaut in das Badhaus. Es gibt keine Dusche, keinen Wasserhahn, keinen Eimer mit Wasser. Überall liegen rituelle Geräte herum oder sind gegen die Wand gelehnt. Sie zieht sich aus. Und zieht ihn aus. Und streichelt seinen ganzen Körper, als wollte sie ihn mit den Händen reinigen. Und er lässt sich streicheln, vollkommen kalt und reglos, als hätte er jedes Gefühl verloren und sein Körper sich in irgendetwas verwandelt, was nicht mehr sein Körper ist. Sie bittet ihn, sich unter den Kopf des sterbenden Tieres zu knien, das in Todesgewissheit zu stöhnen beginnt. Und sie baden in heißem Blut, das wie eine Dusche aus dem Körper des verurteilten Opfers rinnt.

David schließt entsetzt seine Augen. Der Bock, die schwarze Macht der Grabstätten. Ein männliches Tier und kein weibliches. Ein schwarzes Tier und kein weißes. Das Bad in heißem Blut aus einem sterbenden Tier, Übertragung von Leben aus einem Körper auf einen anderen, echte Energietransfusion. Er erinnert sich an die Schlachten der Vergangenheit: Kugeln, Messer, Bajonette. Die gellenden Schreie der Sterbenden. Die Ströme von Blut, die die Erde verklebten. Die Gesten der Sterbenden in der Stunde des Abschieds. Die hervortretenden ausdruckslosen Augen. Die heraustretenden Zungen und die erstarrten Muskeln der Leichen. David bekommt das entsetzliche Gefühl, von menschlichem Blut übergossen zu werden. Der Kampf des Tieres in der Stunde des Todes ist wie der Todeskampf des Menschen. Dieselben Bewegungen. Derselbe Schmerz. Dieselbe Angst im Gesicht.

Blut, Strom des Lebens. Kelch von rotem Wein, Blut des menschgewordenen Sohnes Gottes. Blut, das vergossen wird zur Verteidigung der Heimat, der Freiheit, des Brotes und des Friedens. Rotes Blut auf allen Fahnen der Welt. Blut spenden heißt Leben retten in Zeiten der Krise. Blut vom Hahn, vom Huhn, Blut des Ziegenbocks, der Schildkröte, der Schlange, des Chamäleons. Blut, heiliger Trank der irdischen Götter. Wieso bekommt aber, im Krieg wie im Frieden, der Sieg des Menschen immer ein Siegel aus Blut?

David lässt seinen Körper gehen, sein Bewusstsein, seine Seele. Er spürt, wie er alles bekommt. Macht, Reichtum, langes Leben. Diese Frau ist nicht Venus und nicht Aphrodite, denn sie ist schwarz und sehr heiß. Er ist in der Hand von Erzulie, der Göttin der tausend Männer. Er befindet sich in der Gegenwart Oshums, der Göttin der Liebe und des Goldes. Er ist bei Esu, der Gottheit, die, manchmal Mann, manchmal Frau, die mächtigste afrikanische Gottheit ist, ausgestattet mit Kräften des Guten wie des Bösen.

»Lebe wohl, mein Herr. Bis bald. Wir werden zusammenkommen am Tag deines Gelöbnisses?«

»Gelöbnis?«

Es gelingt ihm nicht, eine Antwort zu bekommen, denn der Geist geht endgültig seiner Bestimmung entgegen. Sie hat bis bald gesagt, und das ist gut so. Der Heiler hatte ihm eine einzigartige Erfahrung versprochen. Er hatte Recht. Einmal ist keinmal, und wenigstens einmal würde er die Erfahrung gern wiederholen.

Ihr nächstes Zusammentreffen soll am Tag des Gelöbnisses sein. Doch welches Gelöbnis? Das Gelöbnis in dieser Gemeinschaft ist vermutlich die Übergabe der Seele an den Teufel.

Die Gehilfinnen begleiten die Zauberin nach draußen, und David bekommt ein sauberes Bad. Man gibt ihm einen Eimer Wasser mit Ölen, grünen Blättern und das Fell des geopferten Tieres. Danach eine Kalebasse mit frischem Blut und die Empfehlung, es zu trinken, um jegliche Einfallstüren für gleich welchen Zauber zu schließen.

In einem Zug und ohne mit der Wimper zu zucken trinkt er das Blut, und erst dann fällt ihm ein: Kalebasse mit Ziegenblut, Kommunion der Auserwählten in der Gemeinschaft der Hexer. Abgelehnt werden alle, die sich nach dem Trinken erbrechen, und er will abgelehnt werden. Er spürt heftigen Ekel und steckt sich die Finger tief in den Hals, um erbrechen zu können. Die Hand erstarrt wie von einem elektrischen Schlag gelähmt. Er gibt auf. Fügt sich.

Während er sich wäscht, rasen seine Gedanken. Er zieht Bilanz des Geschehenen. Die verlobte Zauberin, die in ihrer Hochzeitsnacht mit einem Fremden schläft. Und sie war Jungfrau, sehr Jungfrau sogar. Was wird geschehen, wenn die Saat dieser Begegnung aufgeht? Wird das Mädchen ein Kind großziehen wollen, an dessen Zeugung sie nicht einmal eine Erinnerung hat, das sie empfing im Zustand der totalen Bewusstlosigkeit? Mein Gott, mach, dass dieses Kind nicht zur Welt kommt, fleht David. Gott vergib mir all die Wahnsinnstaten, die soeben geschehen sind. Ich bin mit eigenen Füßen in diesen Pfuhl gesprungen, ich weiß selbst nicht warum.

Dann erhält er beschützende Tinkturen und die Amulette. Er

erhält auch Instruktionen, und zum Schluss wird er mit den besten Wünschen verabschiedet.

Die Sonne geht auf, und David zieht in den Kampf. Der Geruch frischen Blutes am ganzen Körper. Kann der Tod eines Tieres das Leben eines Menschen retten?

XX

Nur noch fünfzehn Minuten bis zur Sitzung der Betriebsleitung. David tritt ins Besprechungszimmer, den Kopf voller Gedanken. Wenn heute ein Glückstag ist, werden sich die Probleme mit Leichtigkeit lösen lassen. Wenn es ein Unglückstag ist, wird man meine Knochen zermahlen, werde ich *Nyamayavu* sein, das große Festessen der Mondnächte, doch vorher werde ich sie wenigstens einmal die Kraft meines Zornes spüren lassen. Ich werde sie beschimpfen, so wie sie es verdienen. Dem, der mich beißen möchte, werde ich einen steinernen Rücken entgegen strecken, dass das Elfenbein seiner Zähne zerspringt. Und wer mich verspeisen möchte, der bekommt saures und bitteres Fleisch, an dem er sich vergiftet.

An der Tür des Besprechungszimmers hält er inne und ruft sich die Anweisungen der Zauberin in Erinnerung. Er öffnet seinen schweren Aktenkoffer und wirft einen Blick auf die Talismane und Amulette. Skepsis zieht in ihm auf. Dieser Schnickschnack wurde von Höhlenmenschen benutzt, von den Vorfahren in primitiven Zeiten. Nun geht er damit um. Er lacht über sich selbst und folgt dabei akribisch einer Zauberformel. Ein verzweifelter Mensch ist gehorsam, denn ihm bleibt weder die Wahl noch die Entscheidung über sein eigenes Leben.

In der Reihenfolge ihres Eintreffens nehmen die Mitglieder der Betriebsleitung ihre Plätze an dem runden Tisch ein. Die Stimmung ist düster, bleiern, eisig. Aufrecht, in einer Ecke stehend, erhebt David seine todgeweihte Stimme und stellt fest: »Gut. Wir sind vollzählig. Denjenigen, der meine Nachfolge antreten will, bitte ich, diese Sitzung zu leiten.«

Die Offensive beginnt mit einer Schlacht der Worte. Davids Bild wächst an zu erhabener Größe, lässt alle Anwesenden zur

Bedeutungslosigkeit schrumpfen. Die Mitglieder der Betriebsleitung fühlen sich wie Vögel vor der Schlange. Hypnotisiert. Gefangen. Stumm. Wieder ertönt Davids Stimme: »Wer will an meine Stelle treten, wo ist er, wer ist es?«

Stille. Alle starren ihren Generaldirektor an. Harte Blicke. Trüb. Glühend. Die Worte stechen wie Dornen, und die sechs Männer erzittern. Versuchen gegen den Strom zu schwimmen und gehen unter.

»Herr Verwaltungsdirektor, willst du meine Stelle einnehmen?«

»Nein, natürlich nicht.«

»Nein?«

»Fragen Sie doch den Produktionsleiter, ich weiß von nichts.«

»Vielen Dank.«

Den Produktionsleiter trifft es unerwartet. Er beginnt zu zittern. Atmet tief ein und versucht etwas zu sagen. Stottert.

»In dieser Sache hat keiner von uns eine weiße Weste. Wir stecken alle mit drin, Herr Direktor.«

Mit gesenktem Kopf hört David zu. Bittere Worte zerschneiden die Luft wie Steinwürfe. Gegenseitige Anschuldigungen. Scharfe Reden voller Namen, Orte, Daten, Fakten, die die Verschwörung eindrucksvoll in sich zusammenfallen lassen. Beleidigungen. Gebrüll. Wütende Gesten als Ausdruck schwacher Charaktere. Frontale Angriffe. Gespannte Muskeln leiten die Wut ab. Bittere Kehlen, die schäumen wie Pferde in tödlicher Verzweiflung. Nach der Schlacht die Erschöpfung und Stille.

David blickt auf seine Gefährten und deutet ein trauriges Lächeln an. Sie erscheinen ihm wie welke Pflanzen, Kraut, Gras, das man niedertritt auf dem Weg in die Schlacht.

»Wir sind sieben in diesem Raum«, sagt David mit angstvoller Stimme. »Sieben Könige, sieben Götter, sieben Sterne, sieben Mächte der Hölle rund um denselben Thron. Von den sieben bin ich die Wurzel und der Stamm. Gräbt man die Wurzel aus, stirbt der Baum. Ich werde fortgehen. Von den hier Anwesenden werden nur ein oder zwei davonkommen. Lasst uns also unser Ende feiern.«

Die sechs spüren das Beben des fallenden Baumes. Niemand verliert gern. Sie beugen sich und bitten um Gnade.

»Jawohl, Herr Direktor, wir sind auch nur Menschen, wir haben Fehler gemacht. Es gab Momente des Strebens, der Täuschung. Wir dachten, wir würden Sie nicht brauchen. Wir dachten, Sie wären nachlässig und wir könnten es besser.«

»Seien wir ehrlich: Wir sind ein Team, und hier ist keiner besser als der andere. Nun gut, tötet mich, lasst mich verbluten und bringt diese Folter zu einem schnellen Ende. Hier stehe ich, unbewaffnet und wehrlos.«

Niemand sagt etwas. Tod und Blut sind Worte, die Gänsehaut machen, Mauern aus Hass errichten, aus Rache, Zorn und Zerstörung. In der Schlacht des Hasses können nur wenige gewinnen. Es herrscht Stille. David versucht der Wirklichkeit zu entfliehen, die ihn umgibt. Doch er stürzt in die tiefsten Abgründe seines Ich, dort wo die Gefühle im Streit miteinander liegen.

»Niemand steigt aus Freundlichkeit auf«, hatte der Seher gesagt. »Um voranzukommen, muss man einen Weg eröffnen. Einen Weg eröffnen heißt, die Erde verletzen, die dich trägt und die Natur, die dich schützt. Mut bedeutet töten um zu leben. Sieg heißt Stärke verkünden über dem Leichnam des Feindes. Die sterbende Schlange erfährt keine Schonung, sie wird getötet. Lösche sie aus«, hatte die Zauberin gesagt. Würde er den Mut dazu haben?

Die Macht zwingt den Menschen, tief in den Schmutz hinabzusteigen. Mein Leben hat mit dem Abstieg begonnen. Meine Nacht zieht herauf. Ich muss eine Bresche schlagen zwischen ihnen und mir, um in Sicherheit zu sein.

Er erhebt seine Stimme und spricht sanft und traurig.

»Warum habt ihr das mit mir gemacht, warum?«

»Weil wir auch nur Menschen sind.«

»Soll ich das glauben?«

»Es gibt keine andere Erklärung, Herr Direktor.«

Der Verratene sagt immer: Ihr hättet das nicht mit mir tun dürfen, gerade jetzt nicht. Doch gerade jetzt ist die Stunde des Verrates. Und wer sonst soll dich verraten, wenn nicht der, der dir Treue geschworen hat und an deiner Seite lebt? Der untröstliche Witwer neben der Leiche seiner Frau sagt: So früh bist du gegangen, meine Liebe. Doch das Schicksal bestimmt die Stunde, und jede Stunde ist ein guter Zeitpunkt zu gehen, zu kommen, zu sterben und geboren zu werden. Zu lieben und zu hassen. Zu töten und zu erschaffen. Morgen verraten zu werden, bedeutet, noch einen Tag in Illusion leben zu können. Besser, der Verrat geschieht heute, und morgen herrscht Treue. Der Hass soll heute kommen, damit die Liebe morgen umso süßer ist.

David holt Luft und sagt: »Dieser Vertrauensbruch bringt nichts, er schadet nur. Wer auch immer dafür verantwortlich ist, ist ein schlechter Stratege, denn der Zeitpunkt ist denkbar ungeeignet.«

XXI

Die Arbeiter versammeln sich im Hof. Es sind fast tausend. Sie brennen darauf, die Stimme desjenigen zu hören, der hier befiehlt und sich zu ihren Forderungen äußert. David versucht, die Lage einzuschätzen. Das Gesicht des Elends, das seine Geschäftsführung hervorgebracht hat, tut sich vor seinen Augen auf. Einige dieser Arbeiter waren Kampfgefährten in den Streiks von gestern. Diese Männer waren einmal echte Generäle des Proletariats, mutige Kämpfer, wie man sie in der heutigen Zeit nicht mehr findet. Leute mit großen Führungsqualitäten, wirkliche Denker. Sie sind vermutlich die Anführer des Streiks. David überlegt, wie er sie los werden kann. Er wird schon einen Weg finden. Die Solidarität der Arbeiter ist in seinen Augen ein wakkeliges Gebäude, das wie ein Häufchen Sand zwischen den Fingern zerrieben werden kann.

Dann kommt der Moment der Reden, und die Arbeiter spitzen die Ohren für die große Neuigkeit. Der Verwaltungsdirektor, Sprecher der Betriebsleitung, erhebt seine Stimme, damit ihn die Menge hören kann, doch sie ist heiser wie der Klang einer geborstenen Flöte. Er gibt sich Mühe, Dinge zu erklären, die niemand versteht, und seine Rede endet in einem Krautsalat ohne Salz oder Pfeffer.

David greift in die Trickkiste. Politiker sind Schauspieler. Alle Anführer, gleich welcher Sache, sind Schauspieler. Das Leben ist eine riesige Bühne, und jeder Mensch ist ein Schauspieler, ein

Zuschauer. Eine gute Bühnenrede ist die Lösung für alles, denn die Arbeiter hungern nach Brot aber auch nach süßen Worten.

Er kaut die Zauberwurzel, die die Stimme sauber, hörbar und überzeugend macht. Er lässt seine magische Stimme los, seine hypnotisierende, ergreifende Stimme. Er spricht. Er verspricht, die Arbeitsbedingungen zu verbessern, den Lohn zu erhöhen, soziale Sicherheit, medizinische Versorgung und eine Unzahl von Vergünstigungen. Er macht die Mitglieder der Betriebsleitung lächerlich und beschuldigt sie, die Hauptverantwortlichen für das Geschehene zu sein. Er macht Versprechungen. Jedes Wort ist ein Wassertropfen auf den heißen Stein. Die Arbeiter wiegen ihre Köpfe, eingelullt in die Schönheit der Rede, und klatschen Applaus. Kein Herz kann einer Honigrede widerstehen.

Worte. Tote Worte füllen Leere, leere Räume. Süße Worte, Lob. Kalte Worte, Heuchelei. David spricht Worte, die wohl tun. Die Propheten haben ihr Leben lang nur Worte gesprochen und wurden unsterblich dadurch.

David macht eine Pause, um Luft zu holen und lächelt zufrieden. Das Volk ist eine anonyme Masse, unberechenbar und immer dem jeweiligen Wind ausgesetzt. Glücklos sind die Politiker, die auf die Bühne des Lebens steigen und die Massen beschimpfen.

Anstelle von Streit endet die Betriebsversammlung in einem grandiosen Finale ohne das kleinste Fünkchen einer Missstimmung.

Heute ist mein Glückstag. Weder die Mitglieder der Betriebsleitung noch die Arbeiter haben den Mund aufgemacht. Alle haben die Waffen gestreckt und sich gebeugt vor seiner Vaterfigur.

Zurück in seinem Büro feiert David den Sieg dieses Tages. Er trinkt einen Schluck zur Entspannung und überlegt seinen nächsten Schritt. Er wird eine Abteilung schließen, die Maschinen verkaufen, einige Arbeiter entlassen und Löhne auszahlen. Jede Maßnahme, jede Handlung wird von nun an weh tun, Blut vergießen, töten, ohne jedoch auf den besten aller Tyrannen zurückzufallen. Sich mit Klauen und Zähnen ans Podest klammern, um den schlimmsten der Stürme zu überstehen. In seinem Sockel sieht er die Heimat, die es zu retten, die Fahne, die es zu verteidigen gilt, auch wenn es Blut oder das Leben kosten sollte. Ideen,

Worte, Gedanken, Bilder, Erinnerungen durchstreifen seinen Kopf wie Wasser einer gewaltigen Welle. Auf dem Boden des Zaubers werden alle seine Kräfte wach, und David schwört: Ich werde siegen!

Er dankt allen Toten, die er angerufen hat. Seine Beweglichkeit war eingeschränkt gewesen durch den Teufel, doch die Kraft der Toten hat ihn befreit. Er versucht die Welt zu begreifen, die er entdeckt hat. Trommeln und gellende Schreie, die neue Wege eröffnen. Kerzen und Feuer, die Böses vertreiben und Glück auf sich ziehen. Reichtum durch das Blut von Ziegen und Hühnern. Zaubersprüche, Amulette, Rauch, die Geschicke und Lebenswege umkehren können. Das Feuer hat sich in Rauch und Asche verwandelt. Die Steine wurden zu Staub und das Eis zu frischem Wasser. Er begreift: Magie steckt im Verborgenen und wartet dort auf die Mutigsten. Jahrhunderte, Epochen, Generationen, Geschlechter bedienten sich magischer Kräfte um zu überleben.

Die okkulte Gemeinschaft frohlockt. Sie hat einen neuen Anhänger gewonnen. Doch es gibt gesunden Glauben und gefährlichen Glauben. Es gibt Visionen, die blind machen, Worte, die taub machen, und Gesten, die in den Wahnsinn führen. Die Mütter sollten ihre Kinder die Furcht vor der Zauberei lehren, denn es gibt Wahrheiten, die nicht enthüllt werden sollten, niemals!

David hat die Tabus gebrochen, hat ein paar Schritte in Richtung des Verbotenen getan und davon gekostet. Er hat die Lust an den verborgenen Dingen genossen. Er hat kein Verbrechen begangen. Er ist nur die Wege der Ahnen gegangen. Er ist einer von Milliarden und Abermilliarden Menschen, die täglich das Verbotene versuchen. Adam hat den ersten Gesetzesbruch begangen. Eva den ersten Verrat. Kain hat als erster etwas gefordert und das erste Verbrechen begangen. David schwört, seine Feinde zu vernichten, denn das Verbrechen ist älter als das Leben.

In der Geschichte der Menschheit heißt erobern töten und Angst machen. Von den Ärmsten nehmen, damit der Reiche noch reicher wird. Die gerechte Verteilung der Güter ist ein Traum Gottes und hat nichts mit den Menschen zu tun.

Der Mensch von heute besitzt keine Seele. Er behandelt Maschinen wie Menschen und die Menschen wie Maschinen. Er hat jeden Sinn für Moral verloren.

David macht sich Gedanken über Moral. Erzählungen im Mondlicht oder am Lagerfeuer, aus dem Mund seiner Großmutter, die vor langer Zeit schon gestorben ist. Er ruft sich die Grundsätze der christlichen Lehre in Erinnerung. Die Lektionen aus der Fibel von João de Deus. Die Fabeln von La Fontaine. Er beginnt die Nutzlosigkeit der moralischen Lektionen zu erkennen. Moral hätte nur einen Wert, wenn es in der Welt keine Schlechtigkeit gäbe. Wer nur auf die Moral schaut, wird in bitterer Armut enden. Der Moralist erreicht überhaupt nichts. Wenn man ihm die eine Wange zerschmettert, hält er die andere hin. Er ist ein erniedrigtes Wesen, immer auf Knien, der die Bitterkeit der Erde in den Himmel trägt.

Moral bedeutet, schwach zu sein, klein, minderwertig. Unmoral bedeutet zu hassen, Ungleichgewicht. Erwachen. Beben. Leben. Kriege führen. Siegen. Es bedeutet, die Schwächsten in Staub zu verwandeln, in nichts. Ohne Hass und Tyrannei wären die Pyramiden Ägyptens nie erbaut worden, und auch keine Straßen, keine Brücken, keine Eisenbahnen, keine Klöster, und nicht einmal Amerika hätte sich entwickelt ohne den Schweiß der Schwarzen. Veränderung braucht Bewegung, das Kind des Hasses.

David durchlebt einen Moment des Hasses und des Wahnsinns. Er denkt über die Volksweisheit nach, dass das Zicklein dort isst, wo es angebunden ist, und die Menge der Nahrung von der Länge des Seils abhängt. Und dass das Zicklein, das zuerst erwacht und zuerst kommt, zuerst frisst. Nach und nach verwandelt sich diese Erkenntnis zur Philosophie: den Zicklismus. Die Menschen der neuen Generation verwandeln sich in Zicklein, nagen alles an, sogar die Steine am Berg, und hinterlassen die Erde im bittersten Elend. In diesem Land muss der Mensch ein mieser Bock sein um zu überleben. David ist nicht der erste Bock. Und nicht der einzige. Und nicht der letzte. Er folgt nur dem Weg, den viele andere bereits ausgetreten haben, denen die Gerechtigkeit vergessen hat, eine Quittung auszustellen. Die Welt ist ein Irrenhaus.

XXII

Auf der Terrasse von Tanta Lúcia genießt Mimi die tropische
Wintersonne. Sie bringt ihre Haare in Ordnung, kämmt sie, flicht
neue Zöpfe, öffnet sie wieder und kämmt sie erneut, flicht sie
wieder zusammen. Träumt. Ihr Schicksal ist so übel nicht. Wäre
sie nicht gezwungen, sich auszuziehen, um einem ziemlich alten
Mann zu gefallen, könnte man sagen, sie sei nun sehr glücklich.
Im Geäst des vertrockneten Baumes singt ein Vogel ein nicht
enden wollendes Lied. Ein altes Lied fällt ihr ein: Mein Elend ist,
nichts zu haben, wo ich Ruhe finde. Wenn ich ein Vöglein wär ...
Eine endlose Sehnsucht steigt in ihr auf. Sie erinnert sich an
Vater, die Mutter, Geschwister, die alle Gott weiß wo verschollen
sind. Nicht einmal ihr wirkliches Alter kennt sie. Das Alter ist
auch nicht so wichtig, denn es gibt Erwachsene, die sich benehmen wie Kinder. Sie denkt daran, wo sie her kommt. Sie kommt
von weit her, von einem Ort ohne Zeit und Erinnerung. Was sie
schon gelitten hat, haben viele Erwachsene noch nie erlebt: Die
Flucht vor immer neuer Gefahr, endlose Straßen entlang, den
Hunger ertragen, den Regen, die Kälte. An ihren Geburtsort
erinnert sie sich wie an ein Paradies, das vom Feuer des Krieges
in eine Hölle verwandelt wurde. Mit ihrem wirklichen Namen
verbindet sie wenig. Tante Lúcia nennt sie Mimi. Nicht schlecht.
Hört sich an wie eine Katze, eine Puppe, ein Filmstar. Im Herzen
trägt sie die Stimme des Vaters, der sie Mutter nannte. Mutter,
weil sie den Namen der Großmutter geerbt hat. Sie hat sich aus
Abfall ernährt, hat in Hauseingängen übernachtet, hat Kinder-
banden kennen gelernt, die sie vor Übergriffen der Polizei
beschützt haben. Mit einigen Jungs probierte sie Liebesspiele. Es
hat ihr gefallen. Sie küssten sie und berührten sie zärtlich.

Sie denkt an den Mann, den Tante Lúcia ihr gegeben hat, der
tausendmal schwerer ist als sie selbst, der ihren ganzen Körper
hin und her schüttelt und seinen großen Mund auf ihren kleinen
Mund drückt mit seinem erstickenden Kuss. Ihr wird schlecht.

Man hört ein leises Quietschen der Gartentür. Wenn man vom
Teufel spricht, kommt er herbei. Mimi schüttelt den Kopf und
reibt sich die Augen, um die Vision zu vertreiben, die ihre Gedanken stört.

David bleibt an der Türschwelle stehen wie ein Künstler vor seiner Skulptur. Er geht auf Mimi zu wie eine Katze sich dem Vogel nähert. Er hebt sie hoch und nimmt sie in seine Arme. Sie erzittert leicht, doch schnell vergisst sie die Angst und genießt die Wärme der Umarmung.

David spürt, wie die Stimme des Gewissens seine Seele heimsucht. Kinderprostitution ist ein Verbrechen, das nicht einmal Gott verzeiht. Diejenigen, die Moral predigen, tun nichts, um die Dinge zu verändern. Dieses Kind wurde dazu gebracht, Sex zu verkaufen im Tausch gegen Brot, seine einzige Möglichkeit zu überleben. Dem armen Kind Sex abzukaufen, ist sogar Hilfe, ein Akt der Barmherzigkeit. Kann man ihn dafür verurteilen?

David sieht das Geschöpf an, das ihn anlächelt, und er spürt ein irres Verlangen, es in Stücke zu reißen. Das ist es, worauf er Lust hat, das ist es, was er tun wird. Wenn er ihr Blessuren beibringt, wird er für die Schäden aufkommen und für den Arzt, denn wer bezahlt, darf im Übrigen auch das Bezahlte nutzen, und ein bisschen was zusätzlich springen lassen für den Missbrauch. Dieses Mädchen ist eine Nutte. Ich habe sie gekauft.

Er überschüttet sie mit all der Wut seines Lebens. Die Vorwürfe der Arbeiter in der Firma, die er leitet, die Angst vor den Zaubersprüchen und den bösen Geistern. Zugleich feiert er damit seine Siege über die Feinde. Er hebt ab und befreit sich von allen Problemen der Welt. Das Mädchen wimmert den Schmerz einer bitteren Seele, einer abgebrochenen Kindheit, des Verlassenseins, den Schmerz eines Daseins als Waise, der totalen Verzweiflung in Krieg und Massaker, im Hunger, der Einsamkeit, der Notwendigkeit zu überleben. David hält die Luft an und horcht. Wimmern und Stöhnen bedeutet auch Lust. Er beschließt zu trinken, sich zu betrinken, um die Ohren vor seinem Gewissen zu verschließen.

»Mimi, trink mit mir.«

»Ich habe keine Lust zu trinken.«

»Ich befehle es dir. Trink.«

»Ich kann nicht, ich vertrage es nicht, mir wird schlecht. Mir wird bei allem schlecht. Beim Trinken, beim Essen, sogar auf Wasser.«

»Dir wird schlecht?«

»Ja, ich übergebe mich sogar.«

Wenn einem Mann schlecht wird, ist es Malaria, Fieber, eine tropische Krankheit, aber bei Frauen ist es immer eine Schwangerschaft. Die Dinge nehmen langsam Gestalt an. In der Nacht der Magie und der Zauberei hat die Zauberin von Schwangerschaft gesprochen und von einer zweiten Ehefrau. David erzittert.

»Mimi, sag mir die Wahrheit. Bist du schwanger?«

»Ich weiß nicht.«

»Bekommst du regelmäßig deine Tage?«

»Nein, hat das was zu bedeuten?«

»Mein Gott, warum hast du mir das nicht gleich gesagt?«

»Ich habe mir nichts dabei gedacht. Ich dachte, das sei normal.«

»Und Tante Lúcia, hat sie nicht mit dir über Schwangerschaft gesprochen?«

»Schon, und sie hat mir Tabletten gegeben, die ich nehmen sollte. Ein paar Tage habe ich sie genommen, und dann habe ich es gelassen. Ich war doch nicht krank, warum sollte ich da Tabletten nehmen?«

Wütend brüllt David nach Tante Lúcia.

»Jawohl Herr Direktor!«

»Tante Lúcia, was hast du aus meinem Leben gemacht?«

Tanta Lúcia erkundigt sich, was vorgefallen ist. David zieht sich in sich zurück und antwortet nicht. In seinem Geist ziehen Bilder vorüber, Landschaften, Töne. Weißer Sand, Wellen, Meer, der erste Kuss. Ein Zimmer in der Vorstadt, eine Matte, Trunkenheit, Wein, Liebe zu dritt. Die erste Liebe, Blut, Begräbnis. Tränen, viele Tränen.

»Sie ist schwanger!«

»Schwanger?«

Die alte Lúcia bestätigt die Diagnose durch einfaches Abtasten. Sie ist selbst nervös, beruhigt aber ihren Kunden. Bittet ihn um Verzeihung für die Entgleisung und versichert, es werde kein Problem geben. Die Wissenschaft stehe im Dienst der Menschheit: Eine gute Klinik, magische Hände, Antibiotika. Heutzutage sei eine Abtreibung leichter als Pickel ausdrücken.

»Rühr sie nicht an, du Mörderin!«

»Und ich rühre sie wohl an. Ich bin hier, um Probleme zu lösen, und nicht um neue entstehen zu lassen. Es war mein Fehler, und ich werde es wieder in Ordnung bringen.«

»Rühr sie nicht an, sage ich. Rühr sie an, und du wirst sehen, was passiert.«

»Sie sprechen, als seien Sie sicher, dass das Kind von Ihnen ist. Das hier ist ein Geschäftshaus, und sie kann ja auch andere Kontakte gehabt haben.«

»Ich weiß, dass das Kind von mir ist, Tante Lúcia, und ich habe keine Lust, das jetzt zu diskutieren.«

»Sie werden Schwierigkeiten bekommen, Herr Direktor.«

»Das weiß ich.«

»Überlegen Sie es sich gut, Herr Direktor.«

»Ich habe es mir schon überlegt. Ich werde mich um sie kümmern. Ich möchte keine Abtreibungen mehr auf meinem Weg, ich will nicht.«

»Herr Direktor …«

Er denkt an seine erste Liebe, die bei einer Abtreibung gestorben ist. In Erinnerung an die tote Geliebte erneuert er das Gelübde: Dieser Albtraum darf sich nicht wiederholen. Ich habe Geld. Ich werde sie zu meiner zweiten Ehefrau machen. Von nun an bin ich eben polygam. Vera wird darunter leiden, aber sie wird es einsehen müssen. Wir sind Bantus, und Polygamie ist unsere Kultur. Sie wird schließlich dankbar sein für diesen Moment, denn sie wird jemanden haben, mit dem sie mein Gewicht und meine Größe teilen kann. Sie werden zu zweit sein. Eine wird der anderen helfen, wie Schwestern, in der Erfüllung meiner Wünsche als Mann.

Er wirft dem Mädchen ein strahlendes Lächeln zu. Sie ist die Rosenknospe, die ich mit meinem Sonnenstrahl erblühen ließ. Ich werde ihr Wohnung und Komfort bieten. Ich werde sie heiraten, doch das christliche Gebot verbietet es. Ich bin schon verheiratet. Also muss ich sie kaufen. *Lobolo.*

»Ich werde sie mitnehmen, Tante Lúcia.«

»Kein Gedanke, Herr Direktor. Ich brauche sie. Ohne sie muss ich verhungern, sie ist meine Einkommensquelle.«

»Du hast noch mehr Mädchen.«

»Sie sind alt und verbraucht.«

»Ich nehme sie mit, auf der Stelle.«

»Du nimmst sie nicht mit!«

»Ich kaufe sie.«

»Ich verkaufe sie nicht.«

»Ich werde dich anzeigen.«

»Ich habe Beschützer.«

»Meine Beziehungen sind stärker als deine Beziehungen. Ich habe Geld, Macht, Ansehen. Ich kann dich fertig machen.«

»Ich möchte nur, dass Sie verstehen, ich habe nichts dagegen, wenn ich eine Entschädigung bekomme.«

»Ich habe bereits gesagt, ich kaufe sie.«

»Und mit gutem Geld bitte. Dollar oder Pfund.«

»Ich zahle in der Währung, die du willst. In Möbeln oder Immobilien. Alles.«

»Und wenn ich sage, ich möchte ein Appartement in Polana, in der reichsten Gegend der Stadt?«

»Ist es das, was du willst?«

»Sagen wir mal, ja.«

»Abgemacht. Morgen kümmere ich mich darum. Du wirst bekommen, was du willst und wo du es willst.«

»Wirklich?«

»Mein Wort gilt.«

»Sie sind zu großzügig, Herr Direktor.«

»Und du bist eine große Hündin.«

»Auch eine Hündin ist ein Geschöpf Gottes, Herr Direktor.«

»Mörderin! Kinderhändlerin.«

»Egal, welchen Namen Sie mir geben, ich danke Ihnen von Herzen, Herr Direktor. Gott hat gut und böse geschaffen und alle unsere Wege. Wenn er mich auf die Seite des Verbrechens gestellt hat, was kann ich denn dafür? Ich habe nur Ihnen zu danken und dem Schicksal. Herzlichen Dank, Herr Direktor.«

»Ich will sie hier wegschaffen.«

»Wohin denn, um diese Uhrzeit? Sie könnten sie für heute noch hier lassen.«

»Ich kenne deine Sorte Leute. Hier bleibt sie nicht eine Sekunde länger.«

»Nimm sie mit.«

»Pack ihren Koffer.«

»Aber, Herr Direktor?«

»Was willst du noch?«

»Ich habe mächtige Freunde.«

»Na und?«

»Wenn Sie ihr Wort nicht halten, mache ich einen öffentlichen Skandal, und man wird Sie wegen Vergewaltigung Minderjähriger verurteilen. Am Ende verlieren wir beide.«

»Du Hündin!«

XXIII

Es sind schon vier Monate vergangen. Die Gewalt der Arbeiter wurde begraben im feuchten Boden der Erde. Alle Gefühle sind neu. In den einst aufgewühlten Köpfen wogen nun Träume des Friedens.

David erwacht mit einem leichten Jucken in der Handfläche. Das ist die Macht, die sich ankündigt. Es ist das Geld, das kommen wird. Es ist der Brief aus fernen Landen. Es ist die frohe Botschaft. Er denkt an seine Stellung als Polygamist und fühlt sich als potentester Mann des Universums. Er denkt an Mimi, seine neue Frau. Seit sie mir über den Weg lief, lösen sich all meine Probleme. Sie ist mein Segen, mein Glücksstern. Diese Frau wird die Säule sein, an die du dich in Momenten der Verzweiflung klammern wirst, hatte der Astrologe gesagt. Auf der Sternkarte kreuzen sich eure Wege, ihr wart bereits Mann und Frau in einem früheren Leben.

Er schaut in den nebligen Morgen hinaus. Wird munter. Denkt an die Macht seiner Ahnen. Er lobt ihre Macht. Spricht leise Gedichte des Lobes. Götter der Erde, gute Götter. Geister, Kinder der Menschen, der Büsche und des Windes, die die Natur lieben und in ihr leben. Romantische Götter, die in der Brise der Flüsse und des Meeres schweben, im weißen Licht des Mondes und in der Frische des jahrhundertealten Baumes. Die aus dem Sand, dem Schatten, ihren heiligen Altar errichten. Götter ohne Sockel oder Sakristei, ohne steinerne Altäre, ohne Größenwahn. Die ihre Bräute unter den Schönsten erwählen, die essen und trinken und wunderschön tanzen. Freundliche Götter, Familie, Schutz zu jeder Zeit, wirkliche Schutzengel, was wäre ich ohne eure Macht, meine Beschützer?

Er kniet nieder und brabbelt dankbare Zaubersprüche. Unterwirft sich. Steht wieder auf und beginnt seinen Alltag, angetrieben von der Leichtigkeit seiner Seele. Er ist ein Fanatiker geworden.

Er empfängt Menschen, gewährt Audienzen, und sie bringen ihm frohe Botschaften. Dubiose Schuldner tauchen wieder auf und zahlen alte Rechnungen. Die Käufer des überflüssig gewordenen Materials überreichen fette Schecks, wahre Vermögen. Das Geld aus Bestellungen und Aufträgen trifft ein. Er unterzeichnet neue und gute Verträge. Die Fabrik, die am Ende war, schwimmt nun in gutem Geld, echtem Geld, Dollar, Pfund. David reibt sich die fetten Hände und lächelt. Adieu Krise, die Situation normalisiert sich. Es ist Geld da für Gehälter und Löhne der nächsten Monate, für Material, für die laufenden Kosten, für alles.

Er unternimmt eine Reise in den Himmel der Götter. Überholt den Flug der Wolken und wird zu einem Stern. Im Inneren des Sterns ist Licht, viel Licht. Er singt. Pfeift. Er hat das Paradies errungen und schwebt bei den Engeln.

Die Chefsekretärin schaut herein, möchte den Grund für die Fröhlichkeit wissen.

»Cláudia, Cláudia, gute Nachrichten. Uns geht es hervorragend.«

»Wie schön, Sie so glücklich zu sehen, Herr Direktor!«

»Ruf die Geschäftsleitung zusammen. Wir wollen feiern.«

Die Chefsekretärin lacht kurz. Geheimnisvoll. David versteht nicht, was das bedeuten soll. Fröhlichkeit, Nervosität?

»Das ist der David, den ich kenne. Immer teilt er seine guten Ideeen, seine Gefühle, Gedanken mit anderen. Ist immer für eine Feier zu haben. Ach, Herr Direktor!«

»Wieso, Cláudia, wieso?«

»Ach, nur so.«

»Los, sag mir, warum?«

»Ich hab's nur so daher gesagt.«

»Sprich, Cláudia!«

»Sie haben dich ins Feuer geschickt. Haben dich verletzt, mit Schimpf und Schande, mit Lepra überzogen. Du hast dich hingeschleppt im Tanz der Schlange. Nun, wo alles wieder gut ist, reichst du ihnen das Glück auf einem Tablett. Warum?«

»Du hast recht, aber ich glaube, es ist kein Fehler, was meinst du?«

»Harmonie bedeutet Geben und Nehmen. Sie geben immer, bekommen aber nichts zurück. Die anderen verstecken Dokumente, Informationen, Probleme. Sie verursachen Skandale und lassen Sie damit alleine zurück. Und wo stecken sie jetzt? Nicht ein einziger ist bis jetzt eingetroffen. Sie, Herr Direktor, machen ihre Arbeit und möchten sie auch noch daran teilhaben lassen? Direktor, nimm diesen Schleier der Blindheit ab. Vorsicht heißt Vertrauen und Misstrauen zugleich.«

»Hmm...«

»Sei Egoist, wenigstens manchmal!«

Die Sekretärin geht aus dem Zimmer, weil das Telefon klingelt. David schaut weiter in den Himmel. Er denkt nach. Die Männer kennen die Welt und die Frauen das Leben, aus dem Bauch heraus. Hier ist ein Beweis. Cláudia, die Sekretärin. Klein, unbedeutend. Sie denkt mehr als man denkt.

Er schaut weiter auf die Bilanzen der Firma. Geld. Weiche Geldscheine gleiten durch seine Finger. Er denkt an seine fette Brieftasche, die schwer in der Hosentasche wiegt. Das Bild von Sicherheit und Wohlergehen eines reichen Mannes, in den feinsten Häusern der Stadt. Die Versuchung ist groß, und er kämpft gegen sie an. Er widersteht. Er hört eine Stimme, viele Stimmen, die anschwellen, wie die Trommeln zur Mitternacht. Wirre Gedanken schießen ziellos durch seinen Kopf. Ein plötzlicher Taumel, ihm wird schwarz vor den Augen. Er schließt die Augen und zittert, mein Gott, wohin wird all das führen? Hitze macht sich in seinem Körper breit, und ein Jucken erfasst seine Poren, als hätten alle Termitenvölker der Welt jede Handbreit seiner Haut unterwandert. Er windet sich. Wimmert. Das Bild der Hexenbraut baut sich vor ihm auf. Sie lächelt mit der ganzen Süße der Welt. Er will besser sehen, doch das Bild verschwindet wie durch ein Wunder. In seinem Kopf ist eine ferne Stimme, die befiehlt: »Das Geld gehört uns, gib es uns.« Er wundert sich. Woher kommt diese Stimme? Von den Göttern am Ende der Welt? Es muss die Stimme einer anderen Dimension sein, die in meinem Unterbewusstsein lebt. David weist den Ruf des Unsichtbaren zurück. Er steht auf und versucht zu flüchten, wie ein Soldat vor einem mächtigen Feind. Er spürt eine feste Hand, die ihn zurückhält, an der Flucht hindert. Die Stimme lässt sich wieder vernehmen. Bedrohlich: Bring es. Er entschließt sich, dem Befehl zu gehorchen. Er legt die Hand an die Banknoten, die ihm süß durch die Finger gleiten, wie frisches Wasser. Er ordnet einige Papiere. Unterzeichnet Papiere. Versteckt Papiere. Verbrennt Papiere. Er geht zu den Banken und überweist alles Geld der Fabrik auf geheime Konten, lässt nur die Löhne der Arbeiter zurück. Der tödliche Schlag ist getan.

Es wird spät. David erwacht aus seinem Wahn und zieht Bilanz. Keine Scham, keine Reue, keine Gewissensbisse. Nur Freude und gute Stimmung. Er denkt an die Zukunft. In der nächtlichen Sitzung sagten sie mir, ich würde vier Ehefrauen haben. Glaube ich nicht. Aber sollte dieses Unglück doch geschehen, möchte ich einen königlichen Palast für jede von ihnen. Ich will soziale Sicherheit und ein Bankkonto für jedes Kind, das zur Welt kommt. Das Geld, das ich hatte, reicht für all das nicht aus. Ich musste es aufstocken.

XXIV

Fünf Uhr morgens. David geht in den Schuppen hinter dem Haus, die Geister des erwachenden Morgen zu grüßen und um ihren Segen für den Tag zu bitten. Er kniet nieder. Zündet eine weiße Kerze an, die den Weg ebnen soll. Er entzündet Weihrauch, um die bösen Geister des Mittwoch zu vertreiben. Er spricht ein kurzes Gebet als Bitte um Segen und Erfolg für diesen Tag. Ein kalter Wind bläst durch die halb geöffnete Tür. Der Weihrauch und die Kerze verlöschen. Geisterglaube und Angst nehmen den Raum ein und lassen David erschauern. Eine erloschene Kerze ist ein schlechtes Zeichen. Er wird nervös. Flucht. Der Wind sollte das Gebet an die Toten achten. In einer zornigen Bewegung greift David die Schüssel mit den Essenzen für das Bad, doch sie fällt um und ergießt sich auf den Boden.

»Das alles macht mir Angst, große Angst. Warum habe ich

mich auf die Welt der Angst und des Schreckens eingelassen. Wozu brauche ich dieses ganze Zeug? Ich habe keine Probleme mehr mit den Arbeitern, die ausstehenden Löhne sind bezahlt. Mein Körper ist gut gewappnet, gestählt, niemand kann mir mehr etwas. Ich bin der, der übers Wasser läuft, ohne unterzugehen. Wenn mich einer verklagen will, kaufe ich das Gericht mit dem Geld, das ich habe. Ich brauche diese Rituale nicht mehr. Ich habe es satt, in jedem Schatten Zauberei zu wittern, jeden Morgen den Teufel anzurufen. Tabak zu rauchen und Schnaps zu trinken. Dinge vor anderen zu verheimlichen. Die Freiheit habe ich gesucht, doch nun bin ich Gefangener meines eigenen Ich. Dem Feuer bin ich entkommen, doch nun stecke ich im Brunnen. Ich dachte, ich würde im Leben aufsteigen, aber ich bin nicht aufgestiegen, ich bin gefallen.

David beschließt, in sein altes Leben zurückzukehren. Es ist schön, frei die Brise des Meeres zu atmen. Den Müll von der Brust zu wischen und die innere Reinheit der Ozeane zu erlangen. Die Seele mit reinem Wasser zu waschen, kristallklarem Wasser. Die Kraft freizusetzen und das Leben mit Händen zu greifen wie ein Mann.

Er betrachtet die Objekte mit Ekel im Gesicht. Er säubert den Boden und lässt die Spuren des Rituals verschwinden, entschlossen, diese Welt des Wahnsinns hinter sich zu lassen. Er steckt alles in eine Plastiktüte, um den Kram auf der Straße in eine Mülltonne zu werfen.

Er kehrt ins Haus zurück, sich zu waschen und den Körper von den bösartigen Ölungen zu reinigen. Er dreht den Wasserhahn auf. Das Wasser fließt ins Becken. Es ist einladend heiß. David wirft einen Blick durch das Fenster. Es regnet.

Hinten klingelt das Telefon. Er schaut auf die Uhr. Es ist noch früh. Niemand ruft um diese Zeit an, um nur einmal von sich hören zu lassen. Er erschrickt. Welche Botschaft wird durch diese Leitung kommen?

»Hallo? Wer spricht?«

»Cláudia. Guten Morgen, Herr Direktor.«

»Du? Bist du verrückt geworden? Warum hast du mich aus dem Schlaf gerissen?«

»Mach' dich auf eine neue Intrige gefasst.«

»Intrige?«

Er spürt die Panik im Zittern der Stimme auf der anderen Seite der Leitung und einen bitteren Geschmack in jeder Pause. Jedes Wort hat ein eigenes Gewicht und steckt voller Angst, großer Angst. Dieser Anruf ist der Hauch des Bösen. Gefahr ist unterwegs.

»Los, sag schon.«

»Die Betriebsleitung hat heute Nacht in Ihrem Büro getagt, Herr Direktor.«

»In meinem Büro?«

»Ja. Der Wachmann von der Nachtschicht sagt, sie hätten sich mit jemandem vom Justizministerium getroffen. Die Worte verhaften, verurteilen, entlassen, war alles, was er hören konnte.«

»Und wie hat er das alles hören können?«

»Er hat Kaffee und Brötchen serviert.«

»Sie können ja auch über etwas anderes geredet haben, nicht unbedingt über mich. Ich sehe keinen Grund, mir Sorgen zu machen.«

»Sie erscheinen tags nicht bei der Arbeit, und in der Nacht treffen sie sich, und noch dazu in Ihrem Büro.«

»Logisch. Da ist es am bequemsten.«

»Er sagt, sie hätten den Tresor geöffnet und in Ihren Papieren geschnüffelt.«

»Hm, das ist interessant.«

»Und er hat Trinkgeld bekommen.«

»Trinkgeld?«

»Ja.«

»Stell ihm einen Scheck in dreifacher Höhe seines Lohns aus und überlass den Rest mir.«

»Entschuldigen Sie die Störung, Herr Direktor. Vielleicht ist es tatsächlich viel Rauch um nichts.«

»Was auch immer dahinter steckt, es war gut, dass du mich gewarnt hast.«

Die Ereignisse überschlagen sich. Es wird heiß.

Die Feinde stochern in seinem Inneren, als suchten sie Ratten im Müll. Sein Gewissen streift durch die Dunkelheit wie ein steuerloses Schiff. Ob ich mich aus dieser Falle retten kann?

Vera ist aus dem Schlaf hochgefahren, als das Telefon klingelte. Nun sitzt sie auf dem Bett und wartet gespannt darauf, dass David ihr den Grund dieses Anrufs mitteilt.

»Irgendein Notfall?«

»Nein, nichts Wichtiges.«

»Nichts?«

»Natürlich nichts.«

»Du hast dich verändert, Liebling, du schläfst schlecht, wachst früh auf und hast Albträume. Warum?«

»Die Firma läuft schlecht. Die Maschinen sind alt und gehen ständig kaputt.«

»Das glaube ich nicht. Niemand ruft wegen nichts und wieder nichts an. Der Anruf hat dich beunruhigt, nicht wahr?«

»Hör auf mit diesen Vermutungen.«

»Das Schweigen ist ein bösartiger Tumor. Öffne dich, sprich, ich bin da, um dir zuzuhören!«

»Lass diese Geschichten, Vera. Geh schlafen, los.«

David fühlt sich klein, zusammengeschrumpft, in diesem Moment. Seine Kraft und Begeisterung schwinden wie ein Ballon, der Luft verliert. Ich bin nicht mehr groß und nicht frei und kein Mann. Ich bin nicht in der Lage, mein Leben zu meistern, bin ein Sklave der Geister. Ich bin nichts.

Er nimmt die Plastiktüte mit den Kultobjekten und geht auf die Straße, entschlossen, sich von ihnen zu befreien, ganz weit weg von zu Hause.

Ohne festes Ziel lenkt er seinen Wagen. Er durchquert die Stadt und kommt in die Vorstadt. Er sieht Rauch aus den Dächern der Hütten ziehen. Keine fröhlichen Farben. Kohle. Haufenweise Müll. Einzelne traurige Bäume. Streunende Hunde steif von der Kälte. Menschlicher Müll, Dreck, ein idealer Ort, um den Dreck loszuwerden, den er in der Plastiktüte hat. Er hält an. Öffnet die Tür seines Wagens und geht zwei Schritte. Die Wachhunde bellen unerbittlich. Sie springen ihn an. Die Hunde riechen den Zauber. Sie greifen an und siegen. Er flüchtet ins Auto und gibt Gas ohne Ziel, auf der Flucht vor der Meute, die ihn verfolgt.

Er fährt weiter, und ganz in der Ferne sieht er einen grünen Schleier über der Erde, grüner Mais, beackerte Erde, eine Landschaft, die dem Auge wohl tut. Er steigt aus und verschwindet im

Busch. Öffnet die Plastiktüte und wirft einen letzten Blick hinein, wie jemand, der sich von einem Gefährten verabschiedet. Er senkt die Hand, will die Tüte fallen lassen, da hört er eine Stimme, die seinen Namen ruft.

»David, hör auf damit. David, tu das nicht.«

Er zieht die Hand zurück, erschrocken. Wendet den Kopf zu der Stimme. Es sind zwei kleine Jungen, die sich um irgend etwas balgen, und einer von ihnen heißt David. Seine Angst wächst. Warum nur haben diese Jungen ausgerechnet jetzt zu streiten begonnen? Warum nur heißt einer von ihnen David und wird getadelt mit Worten, die auch ihm gelten könnten? Er beschließt, ein Gebet zu sprechen und um Hilfe in diesem Moment zu bitten, doch die Worte bleiben ihm im Hals stecken. Er hebt den Blick zum Himmel, bittet um Kraft und Erbarmen. Er sieht die Sonne aufgehen und die Bäume den Walzer der Ewigkeit tanzen. Er senkt die Hand, um die Tüte fallen zu lassen, hier mitten im Gebüsch. Die schwarze Mamba hebt drohend den Kopf. David springt auf und rennt zu seinem Auto.

»Die Toten wollen nicht, dass ich ihnen ihre Habseligkeiten zurückgebe«, bemerkt er. »Mein Gott, ich bin verloren.«

Er setzt das Auto in Gang und gleitet über den Asphalt ohne Hast, versucht, den Kopf klar zu bekommen. An einer Bar hält er an und bestellt einen Whisky, der ihm den Hals hinabfließt, wie Öl in ein Feuer. Er fährt zum Haus des Sehers, um die Hexenbraut zu befragen. Die schlägt ihm die Tür vor der Nase zu. Aus Eifersucht.

Verzweifelt ruft er Lourenço an, und der eilt ihm zu Hilfe.

David und Lourenço sprechen von Herz zu Herz. Von Welt zu Welt. Bauen Mauern in ihrer Sprache, die niemand durchbricht. Es riecht nach Bier in der Luft, die Bar ist voll von Leuten. Sie sitzen sich gegenüber, an einem Tisch in der Ecke. Die Arme verschränkt. Whisky. Zigaretten. Die Gesichter voller Spannung. Die Huren des Morgens halten Ausschau nach möglichen Kunden. Sie haben Angst und kommen nicht näher. Wenn zwei Männer zusammenhocken, treten sogar die Götter zurück.

»Der Wind weht meine Träume wie Sandburgen weg. Ich habe mich mitreißen lassen von den Worten des Okkulten, und mein Leben hat sich verändert, ich bin nicht mehr derselbe.«

David erzählt alles. Die Nacht des Rituals. Die Probleme im Betrieb. Die erloschenen Kerzen und die Angst am Morgen. Die neue Verschwörung gegen ihn. Er redet sich in Rage. Die Worte strömen aus ihm hinaus, wie ein Schwall trüben Wassers. Seine Tränen rollen sanft, wie kleine Wellen im Wind. Er schnäuzt sich.

»Nicht verzweifeln, Mann.«

»Ich habe die Verlockungen des Okkulten entdeckt, aber ich habe mich in der Weite meiner Entdeckung verloren. In der nächtlichen Feier haben die Geister mir die Ehre erwiesen, sahen in mir einen im Raum verlorenen Gott. Die Seher sprachen von einem günstigen Schicksal, einem glücklichen Schicksal. Sie gaben mir die Gewissheit, dass da ein Reich sei, in dem ich Herrscher werden würde. Sie sagten, das Gold würde durch meine Händen fließen wie das Wasser im Fluss, aber sie verrieten mir nicht seine Quelle. Die einzige Mine, die ich kenne, ist die Kasse meiner Firma, verstehst du Lourenço?«

»Ja, ja, ich verstehe.«

»Eines schönen Tages war ich glücklich und voll Zuversicht. Ich spürte eine Kraft, die nicht meine war und aus meinem Inneren heraus sprach. Eine seltsame Kraft, die mich mit sich riss, mich führte, mich besaß, mich unterwarf, mich ritt. Da nahm ich alles Geld, das da war. Verstehst du?«

»Ja, natürlich, ich verstehe.«

»In meinem Körper stecken zwei. Ich und der unsichtbare Geist, wir teilen diesen Körper im Kampf gegeneinander. Nicht ich habe gestohlen, sondern der andere, der sich in mir in der verhängnisvollen Stunde eingenistet hat. Der Moment der Abrechnung ist nah. Der andere, der unsichtbare, ist nicht da, doch ich bin da, und ich werde mit meinem eigenen Körper bezahlen für Dinge, die ich nicht wissentlich tat. Ist dir das klar?«

»Ist es, bestimmt.«

»Die Geister sind unverantwortliche Wesen, Feiglinge. Sie sind falsch, untreu und des Vertrauens eines Körpers nicht würdig. Sie haben mich hereingelegt. Nun werden sich die Finger der Anklage gegen mich richten. Gestern Nacht haben sich die Sechs mit den Anklägern getroffen. Ich komme ins Gefängnis, mein alter Freund. Ich würde dem Gericht gern erklären, dass nicht ich gestohlen habe, sondern der Geist, der in einem finsteren Augenblick von mir Besitz ergriffen hat. Kann man das verstehen, geht das?«

»Nicht verzweifeln! Es gibt immer einen Grund für eine Tat. Die Geister regieren unser Leben.«

»Ich bin ganz durcheinander, verloren. Ich weiß schon nicht mehr, was gut ist und was schlecht. Ich weiß überhaupt nichts mehr …«

»Lass uns die Dinge Punkt für Punkt untersuchen. Den Königen opfert man in der Krönungszeremonie *Hamba kufuma* ein Schaf. Dein Problem hat mit Macht zu tun, man hätte dich mit einem Schaf behandeln müssen. Der Bock verkörpert auch Kraft und Macht. Ein schwarzer Bock verkörpert außer Macht und Kraft auch den Fluch. Als Mann hätte man dich mit einem weiblichen Tier behandeln müssen und nicht mit einem Männchen. Wer zum Heiler geht, trägt dunkle Schatten auf Körper und Seele. Weiß reinigt Schwarz. Du kamst dorthin, bedeckt von Schwarz, und sie haben dir ein noch stärkeres Schwarz aufgelegt. Dein Fall ist außergewöhnlich. Ich verstehe ihn nicht.«

»Und nun, was mache ich jetzt?«

»Jedes Übel wird nach einer Diagnose behandelt. Es gibt ein Geheimnis in dieser Sache.«

»Wie kann man das Geheimnis lüften?«

»Gehe auf die Suche. Suche die Wahrheit überall. Entdecke die Farbe deines Schicksals und gehe ohne Angst.«

»Noch einmal? Ich bin verloren.«

»Du bist überhaupt nicht verloren, mein alter Freund. Du wirst weder Entehrung noch Gefangenschaft erfahren, das kann ich dir versprechen. Was geschehen ist, muss ein Zeichen sein, eine Art Ruf. Die Toten müssen dir diesen Weg eröffnet haben, damit du ihn gehst, wer weiß?«

»Du meinst also, ich soll mit diesem Seher weitermachen?«

»Nein.«

»Warum nicht?«

»Erloschene Kerze, verschlossene Tür. Du musst einen neuen Weg finden.«

»Kennst du jemanden?«

»Außerhalb der Stadt können wir ihn finden.«

»Wann?«

»Jetzt und heute.«

»Gib mir noch Zeit, ins Büro zu gehen und ein paar Anweisungen zu geben.«

»Das kannst du telefonisch tun. Setze dich keiner Gefahr aus. Deine Kerze ist erloschen, du hast keinen Schutz mehr. Es wäre so, als trätest du dem mächtigen Feind unbewaffnet und wehrlos gegenüber. Wenn du jetzt in die Firma gehst, wird dies dein Ende sein, und nichts kann dich mehr retten.«

XXV

David geht in der Hoffnung auf Rettung durch die Dunkelheit. Er möchte stehlen, ohne bestraft zu werden, vergewaltigen, ohne verurteilt zu werden. Misshandeln. Er möchte aufsteigen in Dimensionen, die niemand zuvor je erreicht hat. Lourenço sagt nicht einmal, wohin sie gehen. Es wäre auch sinnlos. Man sagt einem freien Menschen nicht, dass er den Korridor des Todes durchquert, und einem Verurteilten lässt man keine Wahl, keine Entscheidung. Man wird getrieben. Zur Rettung wie zur Vergebung.

»Aber wo finden wir denn nun den neuen Propheten?«

Lourenço, am Steuer des Nissan Patrol, hört nicht auf das Jammern des Freundes. Es ist ein wahres Todesgestammel. Sie verlassen die Stadt und nehmen die Nationalstraße Nummer eins. Fünf Kilometer. Zehn. Zwanzig. Nach Kilometer zwanzig tauchen sie ein in eine Welt, in der nur noch der Krieg regiert. Todesszenen ohne Ende, niederschmetternde, wahre Geschichten. Aasgeier, streunende Hunde, verwesende menschliche Kadaver, Patronenhülsen über den Boden verstreut. Militärfahrzeuge fahren pfeilschnell hin und her. Betrunkene Soldaten patrouillieren an der Straße, furchterregende Engel des Todes. David bekommt kaum Luft vor Hitze, Staub und Angst auf dieser nicht enden wollenden Reise. Er zündet eine Zigarette an und raucht gierig. Er denkt nach über den Grund der absonderlichen Reise. Dieser Lourenço hat sich entschieden, sein Leben für mich zu riskieren. Es gibt Blutsbrüder. Brüder durch Beschneidung. Zellengenossen, Kampfesbrüder. Diese Verbindung, dieses gegenseitige

Kümmern übersteigt jede Brüderlichkeit. Wie soll man sie nennen? Braucht sie überhaupt einen Namen?

»Aber wohin fahren wir nun?«

»Nach Massinga, dem Land der großen Zauberer.«

»Wozu das ganze Risiko?«

»Jede Zeit ist gut um zu sterben oder zur Welt zu kommen. Bei der Kriminalität, die überall in unserem Land herrscht, kann man beim Spazierengehen sterben, beim Essen, überall, zu jeder Tageszeit. Da ist es besser, man stirbt im Kampf.«

Der Abend grüßt die Natur mit einer heftigen frischen Brise. David schielt auf die Uhr. Sie sind schon fünf Stunden unterwegs. Wie viele Kilometer sie wohl schon gefahren sind? Er schaut sich um. Sieht eine in Fetzen gerissene Hündin. Am Straßenrand ein von der Zeit zerfressenes Schild, auf dem man gerade noch lesen kann: Massinga. Er öffnet die Augen und versucht zu erkennen. Ein Kind hier und dort, ein alter Mann, eine Frau, eine Katze und ein Hund, die versuchen, in den Trümmern zu überleben.

Eine tiefe Traurigkeit überfällt David, ein maßloser Schmerz. Wo ist er hin, der Stolz der Palmen, der ewig einladenden Palmen, deren Saft den Durst der Vorüberziehenden stillte? Wo sind die dicken Frauen, die mit dem Hintern wackelten, um die Männer zu locken, während sie Gebratenes und Gekochtes an Straßenecken verkauften, und jedem, der vorüberging, lächelnd einen guten Tag wünschten?

Sie lassen das Dorf hinter sich und biegen in einen vergessenen Pfad ein. Ganz in der Ferne, hoch oben, steht ein majestätisches Gebäude in altem Stil. Wem mag dieses Denkmal gehören? Vielleicht ist es die frühere Residenz des Verwalters aus der Kolonialzeit. Vielleicht ein Landsitz, den sein reicher Eigentümer aufgegeben hat. Die Kinder des Landes haben weder Geld noch Geschmack, solche Kunstwerke zu bauen. Die neue Elite des Landes, die sich aus dessen Bevölkerung selbst rekrutiert, ist immer noch geblendet von den Lichtern der Städte und verachtet ihr eigenes Land. Lourenço lenkt den Wagen zum Tor des erhabenen Anwesens. Aber wer wohnt hier inmitten der Einöde? Wer auch immer es ist, es muss eine bedeutende Person sein mit einem erlesenen Geschmack, aber auch ziemlich verrückt, um in diesem

Inferno zu leben. Allerdings ist die Welt voll von Verrückten, für die Leben und Sterben nur zwei Seiten derselben Medaille sind. Der Wagen hält vor dem Gebäude, und eine wunderbare Welt beginnt sich vor Davids Augen aufzutun. Seltene Pflanzen, sorgfältig gepflegt. Lebendiges Grün. Obstbäume der verschiedensten Arten. Woher kommt das Wasser, wo das Land doch die größte Trockenheit aller Zeiten erleidet? Vielleicht haben sie Zisternen oder Brunnen und ein gutes Bewässerungssystem. Die Bewohner des Palastes müssen gute Bauern sein und sich auf die Landwirtschaft in trockenen Zonen verstehen.

Sollte die entsetzliche Reise tatsächlich zu Ende sein?

Auf den ersten Blick wohnt hier kein Heiler, sondern ein König. Die Heiler sind wie die Pfarrer, sie mögen keinen Luxus, kleiden sich schlicht, essen Gemüse und gehen barfuß.

Die Tür des Palastes öffnet sich, und zwei alte und müde Gestalten treten hinaus. Ein Paar wohlhabender Schwarzer, Herren des Landes und der Welt. Wer mögen sie sein?

Lourenço eilt ihnen entgegen und umarmt sie. Nach den Umarmungen stellt er sie vor. Meine Eltern, sagt Lourenço. Die alte Mutter wischt eine Träne der Rührung weg, und der Vater lässt aus seiner Pfeife ein glückliches Wölkchen aufsteigen.

Das Innere des Hauses ist mit aller Sorgfalt der Welt eingerichtet. Nach dem Bad die rituelle Begrüßung, frisches Wasser, ein Imbiss. David wird nicht müde, den Komfort des Palastes zu loben, doch all seine Worte münden in einen Punkt.

»Aber wo wohnt denn nun dieser Heiler, den wir suchen?«

»Hier irgendwo. Im Wald, in den Bergen. Wir sind schon in seinem Revier, und bald werden wir in seinem Tempel sein. Geh etwas spazieren und ruhe dich aus. Die Stunde ist nah.«

»Spazierengehen, jetzt, nach all dieser Anstrengung?«

»Es ist Teil der Tradition dieses Hauses, die Umgebung kennen zu lernen, bevor man sich ausruht. Los. Ich komme nicht mit, denn ich bin zu müde. Außerdem bin ich ja hier zu Hause. Geh schon, und einer der Wächter wird dir den Weg zeigen.«

»Mensch, du hast mir nie erzählt, dass du blaues Blut hast. Deine Eltern sind echte Könige dieses Landes. Mein Gott, was für ein Luxus!«

»Ich wollte dich überraschen. Meine Eltern sind mächtig, das ist wahr, sie besitzen eine Macht, die uns ein Vermögen gekostet hat.«

»Wieso?«

»Bald wirst du es wissen.«

»Erzähle mir von deiner Familie.«

»Wir sind drei. Die Alten und ich.«

»Einzelkind?«

»Sieben Schwestern sind gestorben.«

»An was?«

»Jetzt, wo du hier bist, wirst du es selbst erfahren. Ich bin der Überlebende, und wie es aussieht, der Erbe dieses verfluchten Vermögens.«

»Verflucht? Dass ich nicht lache. Ich gäbe was drum, das alles hier zu erben. Geld ist immer willkommen, woher ist doch egal.«

Lourenço zündet sich eine Zigarette an und hüllt sich in bitteres, leidendes Schweigen. David beginnt zu ahnen, dass es ein Geheimnis um die toten Schwestern gibt. Ein Vermögen wie das dieser Alten lässt sich nicht nur mit Arbeit erringen.

»Mein Beileid. Und entschuldige, dass ich dich an so traurige Dinge erinnert habe.«

Der Diener, der David führt, ist kurz angebunden und antwortet auf alles nur mit ja oder nein. David beschleicht ein ungutes Gefühl, und tausend Fragen türmen sich in seinem Kopf. So viel Reichtum, woher bloß? Er fasst Mut und fragt.

»Der Besitzer dieses Hauses ist ein König oder ein Häuptling, nicht wahr?«

»Wie schade! Sie kamen her, ohne zu wissen, wo Sie zu Gast sein würden? Dann sage ich Ihnen jetzt, dass Sie sich im Reich des Makhulu Mamba befinden, der mit nur einem Zahn Fleisch und Knochen zerteilt.«

»Und wer ist Makhulu Mamba?«

»Der Hausherr. Sagen Sie bloß, Sie wussten das nicht?«

»Ich habe den Namen schon einmal gehört.«

»Ein berühmter Name, mein Herr.«

»Berühmt ja. Aber wo habe ich ihn denn schon einmal gehört?«

»Fragen Sie Ihren Freund.«

Davids Erinnerung wandert zurück. Er versucht sich an Märchen, Fabeln und Geistergeschichten zu erinnern. Makhulu Mamba heiß eine Figur aus den Schreckensmärchen der Tsonga, die den Kindern nachts Fieber und Alpträume bescheren. Makhulu Mamba, ist das eine Märchenfigur, oder gibt es sie wirklich? Davids Unsicherheit wächst. Ist Lourenço etwa der Sohn eines Zauberers? So muss es wohl sein. Er ist ein guter Christ, aber er schwimmt wie ein Fisch in der Welt des Okkulten. Viele treue Kirchgänger benützen die Bibel, um Zauberei zu vertuschen. Christen am Tag und Zauberer nachts. David denkt wieder über den Reichtum nach. Die Kolonialzeit hat keine schwarzen Doktoren hervorgebracht und auch keine reichen Schwarzen. Die *Assimilados* lebten in Blechhütten und die große Mehrheit der Bevölkerung in Hütten aus Strohgeflecht und Lehm; diese hier aber haben ein Haus errichtet, das bei weitem prächtiger ist, als es die Häuser der Kolonialherren waren.

Das Abendessen wird um achtzehn Uhr aufgetischt. Das Essen bei Tageslicht erinnert an die Zeit in der Schule. David versteht, es ist Krieg, und aus Sicherheitsgründen darf nachts kein Licht im Haus brennen. Auf dem Land gehen sowieso alle früh schlafen, sie müssen früh aufstehen. Das Abendessen ist ein Traum. David isst mit Genuss und ohne jedes Maß. Um neunzehn Uhr gibt der alte Vater Befehl, sich zurückzuziehen, und Stille zu halten. Es ist Zeit, schlafen zu gehen.

»Lourenço!«

»Ja, Vater.«

»Vergiss nicht die Verhaltensregeln für unseren Gast.«

»Nein, ich vergesse sie nicht.«

»Bestens, und pass auf ihn auf, damit ihm nichts passiert.«

»Du kannst ganz beruhigt sein, Vater.«

»Nun, dann gute Nacht und angenehme Ruhe.«

»Danke, Vater, bis morgen.«

Die zwei Freunde begeben sich auf dasselbe Zimmer. Obwohl es zahllose Zimmer im Haus gibt, beschließt Lourenço, dass sie beide im selben Bett schlafen sollen. Warum?

»Nicht erschrecken, alter Freund. Wir schlafen im selben Bett, wie Schulkinder.«

»Neben dir schlafen, was für ein seltsamer Gedanke.«

David lacht irritiert, lässt sein Unbehagen erkennen. Der Hausdiener bringt zwei Eimer, Waschschüsseln und weiße Handtücher. Ein anderer Diener bringt Tonscherben mit glühenden Kohlen, auf die er Fett träufelt, es brennt ab und erfüllt das Zimmer mit Rauch.

»Das ist so Sitte in diesem Haus«, sagt der Diener. »Wir reinigen die Zimmer vor dem Schlafengehen, um Albträume fernzuhalten.«

Stockend erklärt Lourenço dem verwirrten David eine Reihe von Dingen.

»Wie du schon bemerkt haben dürftest, gibt es einige außergewöhnliche Dinge im Leben unserer Familie. In der Nacht wirst du vieles sehen und hören. Sprich nichts und frage nichts, bis die Sonne aufgeht. Wenn eine Stimme dich rufen sollte, antworte nicht; warum, werde ich dir erst morgen erklären können. Ich habe dich in diesen Palast mitgeschleift, nicht, um dir den Reichtum meiner Familie vorzuführen, sondern um eine Lösung für die Probleme zu finden, die dich bedrücken. In dieser Nacht wirst du Dinge sehen und hören, die für gewöhnliche Augen nicht alltäglich sind. Dir wird nichts geschehen, denn du bist bei mir. Hier sind Eimer und ein Nachtgeschirr für alle Fälle. In diesem Haus, ob Krieg oder nicht Krieg, steckt niemand in der Nacht seinen Kopf nach draußen. Selbst im Haus bewegt sich niemand.

»Aber!...«

»Sei still und sag nichts.«

»Du machst mir Angst.«

»Fürchte dich nicht allzu sehr. Es gibt Dinge der Sonne, und es gibt Dinge der Nacht.«

»Ich habe bereits im Blut eines Ziegenbocks gebadet, und ich kenne den Geschmack von Ziegenblut. Ich habe den Mitternachtstanz kennen gelernt. Was gibt es denn noch, was ich nicht gesehen habe?«

»Heute wirst du das ganze Ausmaß des Wortes Geheimnis kennen lernen.«

»Das halte ich nicht aus.«

»Benimm dich wie ein Mann.«

Im Palast des Makhulu Mamba schlafen alle und träumen. Alle außer David. Während die Bewohner der Sonne schlafen und schnarchen, erwachen die Wesen der Dunkelheit, gähnen, strecken sich und machen sich bereit für das Leben. Die Stimmen der Natur wogen durch den Raum und brechen die Stille. Das Käuzchen ruft. David schaut durch den dünnen Vorhang in den Himmel und sieht nichts als die matte Helligkeit der Mondnacht.

Plötzlich hört er das zaghafte Schlagen einer Trommel. David horcht. Wie spät mag es sein? Er spitzt die Ohren. Es ist kein Rhythmus des Tanzes, sondern eines energischen, kriegerischen Marsches. Er schaut zu Lourenço hinüber, der schläft und schnarcht. Hört er etwa nichts?

Wieder schaut David zum Fenster und sieht eine Helligkeit, die ihn fast blind macht. Das kräftige Trommeln steigert sich ins Unerträgliche, erreicht, überschreitet die Dimension des Unendlichen. Er vergisst die Ermahnungen des Freundes und denkt: der Krieg. Der Blitz kam bestimmt von einer Feuerwaffe. Wir werden bombardiert. Eine gewaltige Menschenmenge marschiert und lässt Wand und Boden erzittern. Es sind Soldaten, die in den Kampf ziehen. Ins Massaker. Die Instruktionen des Krieges kommen ihm in den Sinn. Im Graben Schutz suchen. Die Bewegung des Feindes beobachten. Schleichen. In einer raschen Bewegung versucht er aufzustehen, um zu fliehen, sich im nächsten Busch zu verstecken, doch Lourenços wache Arme halten ihn fest. Seine schwere Hand knebelt ihm den Mund und erstickt seinen Schrei.

Menschliche Stimmen schwirren durch die Luft, brechen auf in die Unendlichkeit. Vielleicht vom Wind, aus dem Himmel, dem Meer. Die Stimmen sind das Rauschen der Vergänglichkeit, ein feierlicher Gesang, unterwürfig, makaber, ein Gruß des Teufels. David erlebt eine apokalyptische Angst vor dem Ende der Welt. Er sieht Gestalten ohne Farbe, ohne Gesicht, ohne Leben. Gestalten, die sich wie Sklaven bewegen und arbeiten. Und David schaukelt zitternd im Tanz seiner Angst.

Oh ndingue / Oh großer
Oh Makhulu Mamba
Oh ndingue
Oh, Makhulu Mamba!

Die Türen des Hauses stehen weit offen. Man hört Schritte im Flur, in der Küche, im Bad, im Salon. Besen kehren durch alle

Räume des Hauses. In der Küche klappert Geschirr, die Bestecke klirren, das Wasser läuft, jemand wäscht ab. David spürt, dass jemand im Zimmer ist und irgendetwas im Kleiderschrank räumt, alles anfasst. Sanfte Stimmen, bösartige Stimmen, männliche und weibliche Stimmen ertönen überall auf dem Anwesen:

A meno lakona / dieser Zahn
Meno la maphora nhama / dieser fleischmahlende Zahn
Li phora nhama ya wena / zermahlt dein Fleisch
Oh, Makhulu Mamba

Dicke Wassertropfen beginnen in regelmäßigen Abständen auf die Pflanzen zu fallen. Das kann kein Regen sein. Es klingt wie Menschen, die die Felder von Hand gießen. Weiter entfernt hört man Axtschläge auf Holz. Von der Rückwand des Hauses fallen Dinge herunter. Wie Baumstämme. Wie Steine. Vielleicht Brennholz.

A voko lakona / dieser Arm
voko la ku djaya nhama / Arm, der Fleisch töten kann
li djaya mamba y wena / tötet deinen Kopf
Oh Makhulu Mamba

Dieser Albtraum ist lang. Genauso lange dauert der Gesang. Er klingt wie ein Protestgesang, wie die Gesänge am Ersten Mai. Plötzlich nehmen die Stimmen ab, verschwinden

Oh ndingue
Oh Makhulu Mamba

Es wird vollkommen still, und der Albtraum hört auf.

Davids Muskeln beginnen sich zu entspannen, er entspannt sich in vollständiger Ruhe. Der Schlaf kommt mit seinem ganzen Gewicht, doch beim ersten Sonnenstrahl weckt ihn Lourenço schon wieder.

»Guten Morgen, Genosse. Ich hoffe, du hattest eine geruhsame Nacht. In dieser Jahreszeit ist es ziemlich kühl, und die Nächte sind angenehm.«

David wacht auf und reibt sich die Augen, um die Person, die zu ihm spricht, besser sehen zu können. Er schaut Lourenço fest an, erkennt ihn aber noch nicht. Sein Kopf ist noch zu verwirrt von dem Albtraum, der erst ein paar Stunden zurückliegt. Er bewegt sich und spürt überall Schmerzen.

»Wach auf, und mach dich bereit. Der Morgen ist herrlich, von

125

der Höhe aus betrachtet. Das dürfen wir uns nicht entgehen lassen.«

David steht auf, und in diesem Moment geht es ihm unendlich schlecht. Er wirft einen Blick auf das Zimmer. Seine Kleider liegen ordentlich im Kleiderschrank. Seine Schuhe sind geputzt. Die Eimer, Handtücher und Nachtgeschirre sind abgeholt worden. Er geht aus dem Zimmer und wirft einen Blick in die anderen Räume des Hauses. Das Geschirr ist gespült und die Küche aufgeräumt. Der Boden ist frisch gebohnert und glänzt. Der Tisch ist gedeckt. Lourenço lädt ihn ein, vor dem Hinausgehen zu duschen und zu frühstücken. Eine Frage brennt in David: Wer hat dieses Frühstück gemacht, als alle noch schliefen. Wer? Der Kaffee ist viel besser, als der, den er tagtäglich trinkt. Es gibt frisch gepressten Saft, wunderbar kühl, Spiegeleier, Joghurt, Käse, Milch, Früchte und gebratenes Fleisch. Das haben die Geister der Nacht zubereitet. Gewiss! Dieses duftende Fleisch, das so wunderbar zubereitet ist, dass es den müdesten Appetit anregt, von welchem Tier stammt es? In dem Gesang der Nacht erzählten die Geister, der Zahn des Makhulu Mamba zermalme dein Fleisch, also Menschenfleisch. Sie sangen, der Arm des Makhulu Mamba tötet dein Fleisch, deinen Kopf. Dieses wunderbar duftende Fleisch hat Makhulu Mamba gejagt, das esse ich nicht. Gestern abend habe ich viel Fleisch gegessen, ohne einen Gedanken daran zu verschwenden, wie sie hier in diesem verdammten Palast leben. David wird übel, und er hastet ins Badezimmer. Er erbricht sich. Dann nimmt er ein Bad und entspannt sich dabei. Zurück am Tisch beschließt er, nur Kaffee und Saft zu sich zu nehmen.

»Die Hausangestellten stehen früh auf«, sagt Lourenço, um seine Zweifel zu zerstreuen. »Andere arbeiten lieber nachts. Der Koch arbeitet, während wir schlafen.«

Der Koch erscheint mit der Kaffeekanne und füllt die Tassen.

»Guten Morgen, Herr. Haben Sie gut geschlafen?«

»Sehr gut. Was ist das für ein Fleisch?«

»Kaninchen. Ich habe das gemacht, was Sie am liebsten essen.«

David atmet auf. Seine Befürchtungen sind unbegründet. Das Fleisch ist wirklich Kaninchen, wie man an den kleinen Knochen erkennt.

126

»Denk nicht soviel, David. Das Frühstück wird dir noch kalt. Los, iss schnell.«

David hat Angst, die Tasse zu berühren, den Löffel, den Teller, er hat Angst vor dem Fleisch und vor dem Ei. Er reißt sich zusammen und isst, dem Gastgeber zuliebe.

Dann gehen sie eine Runde durch den Garten. Der Boden und die Beete sind feucht von den Wassertropfen, die man auf der Erde noch gut erkennt. Hinter dem Haus ist ein Haufen Brennholz aufgetürmt, der gestern noch nicht da war. Die Fässer, die gestern noch leer und trocken waren, sind nun bis oben mit Wasser gefüllt. Die beiden Freunde machen einen großen Spaziergang über die Felder, sie sind alle gut bewässert. Das Unbegreifliche zieht an Davids Augen vorbei. Sein Mund, sonst immer zu allen möglichen Fragen aufgelegt, bleibt geschlossen. Sein Freund versucht ihn aufzumuntern.

»David?«

»Ja.«

»Hast du es gesehen?«

»Ja.«

»Was denkst du?«

»Nichts.«

»Keine Ausflüchte. Sag es ganz offen.«

»Ich habe es gesehen. Zaubergeschichten habe ich schon viele gehört, aber nichts von dem, was ich kannte, lässt sich hiermit vergleichen. Es ist wie im Film, wie im Märchen: Wunderdinge, Phantasiewelten. Sag mir, dass ich geträumt habe, Lourenço, los sag es. Das kann doch nicht echt sein!«

»Du bist ganz schön durcheinander, mein Alter. Deine Augen sind es gewohnt, lebende Menschen bei der Arbeit zu sehen, in Raum und Zeit. Du bist gewohnt, nur das zu glauben, was du siehst, wie Thomas der Apostel. Doch die Intelligenz des Menschen kennt keine Grenze, und seit Jahrmillionen kennen höhere Wesen eine Art zu leben ohne zu leiden.«

»Aber wer sind sie? Tote? Lebende?«

»Weder tot noch lebendig.«

»Zombies?«

»Du kannst sie *Xigonos*, Gespenster nennen.«

»Das kann ich nicht glauben.«

»Auf der Welt gibt es Wesen, deren Existenz auf keiner Karte verzeichnet ist. Es gibt eine Dimension des Lebens, die parallel zu der unseren verläuft, mit ihren eigenen Gesetzen und ihrer eigenen Dynamik.«

»Mein Gott, das ist ja entsetzlich!«

»Die Welt ist eine Quelle der Möglichkeiten, deren Dimensionen nicht erfassbar sind. Wir wissen sehr wenig vom Leben, mein alter Freund.«

»Wie seid ihr zu dieser Einsicht gekommen?«

»Wir sind hier hineingeboren, haben es geerbt, aber bitte frag mich nicht mehr, denn du weißt es bereits. Du hast schon viele dieser Geschichten gehört.«

David versucht die magische Geographie seines Landes zu ergründen. Alles, was ihm phantastisch erschien, beginnt Form anzunehmen. Geschichten von Menschen, die von der Landkarte des Lebens verschwanden, aber als Sklaven auf den Reisfeldern von Zambézia landeten. Geschichten von menschlichen Krokodilen im Tal des Sambesi. Mythen von Menschen, die sich in Hyänen verwandelten und in Flusspferde, weil sie den Pakt mit den Zauberern nicht erfüllten. Menschen, die sich in Löwen verwandelten, in Schlangen, um die Vögel und die Rinder der Bauern von Tete zu stehlen. Geschichten von Menschen, die in Affen verwandelt wurden, um in den Palmen von Inhambane Kokosnüsse zu pflücken. Geschichten von menschlichen Skeletten auf dem Boden der Boote, um einen besseren Fang in den Gewässern von Pemba und Nampula zu machen. Geschichten von Inzest und Menschenopfern für bessere Löhne oder beruflichen Fortgang in Gaza oder Maputo. Geschichten von Menschen, die sich in Fische verwandeln, und von Fischen, die sich in Menschen verwandeln am Niassa-See. Geschichten von Menschen, die Löwen und Elefanten mit einem Fingerzeig oder der bloßen Faust erlegen in den Savannen von Cabo Delgado. Die Magie der Menschen von Angónia und Matutuine, die das Gewitter steuern können, um ihre Feinde zu strafen. Die Mythen der Chope-Frauen, die aus Liebe jeden Mann töten, der ihnen nahe kommt, mit ihrem Zaubertrank aus *Munhandzi*, dem schmackhaften Öl aus der Frucht des Karapabaums. Die legendäre Geschichte von den *Mpfukwa* der Ndaus, dem einzigen Volk auf der Erde, das wie Christus nach dem Tod wieder aufersteht und über die Erde wandelt, um eigenhändig posthume Rache zu üben.

Die Geschichten von lebendigen Toten sind sehr verbreitet in den Gebieten der Großen Berge von Manica. Man sagt, die Leute stünden unter Drogen, seien scheinbar tot und würden begraben. In der Stille der Nacht aber werden sie ausgegraben, wiederbelebt und erneut unter Drogen gesetzt, damit sie das Gedächtnis verlieren. Sie werden zu Wesen ohne Bezugspunkte, ohne Vergangenheit, ohne Gegenwart. Sie werden zu menschlichen Maschinen. Robotern. Tagsüber versteckt in den Höhlen der hohen Berge und nachts unterwegs. Sklaven.

»Wie seid ihr dazu gekommen?«

»Das weiß nicht einmal ich«, antwortet Lourenço mit trauriger Stimme. »Auch ich leide daran. An diesen *Xigonos*. Auch ich bin ein Sklave der Traditionen, aus denen ich mich nicht befreien kann.«

»Schwer zu verstehen.«

»Du stehst zwei Schritte vor deinem ersten Flug. Noch vor morgen früh wirst du es besser verstehen.«

»Ich suche doch nur eine Lösung für mein Problem.«

»Du wirst eine geeignete Behandlung bekommen.«

»Lourenço, wer bist du, welche Rolle spielst du in dieser Geschichte.«

»Das wirst du bald wissen.«

XXVI

David spaziert über die Felder. Vor seinen Augen ist alles schwarz. Eine Welle der Angst reißt ihn in tiefste Verzweiflung hinab. Das Leben ist unheimlich. Der Tod ist unheimlich. Die ganze Existenz ist unheimlich. Er beginnt von einer Welt ohne Leben zu träumen, eine Welt ohne Tod, ohne Leiden. Er möchte aufhören zu existieren. Er betrachtet seinen Lebensweg. Eine Nacht wie diese gab es noch nie. Er zündet sich eine Zigarette an. Der Duft des Tabaks freut und beruhigt ihn, wenn auch nur für kurze Zeit. Er denkt an den Krieg und an die Minen überall im Feld.

Er dreht sich um und geht zurück zum Haus. An der Türschwelle empfängt ihn Makhulu Mamba mit einem Lächeln.

» Du bist früh von deinem Spaziergang zurück.«

»Ja, ich habe Angst vor den Minen.«

»Solange ich hier bin, kommt kein Kämpfer in diese Gegend. Dieser Ort ist mythisch und wird von allen respektiert. Es ist ein heiliger Ort.«

Makhulu Mambas Augen betrachten David wie ein Stück Vieh auf dem Markt.

»Nun, mein Sohn, hast du gut geschlafen?«

Das Lächeln des Alten ist so breit, dass es sich von Ohr zu Ohr erstreckt. In den Gesängen der Nacht sprachen die Gespenster davon, Makhulu Mamba habe nur einen Zahn, doch der hier hat ein volles Gebiss und so weiß wie reines Elfenbein.

David bemüht sich, ruhig zu bleiben, aber es gelingt ihm nicht. Der Blick des Alten ist furchterregend, rätselhaft und dringt in ihn ein, hypnotisiert ihn und lässt ihn erschauern.

»Nun, mein Junge, was hältst du vom Leben in dieser Ecke der Welt?«

David fällt es schwer zu antworten. Er sucht nach freundlichen Worten. Doch aus seinem Mund kommen nur undeutliche, nutzlose Töne.

»Interessant, sehr interessant.«

»Wir sind anders als die meisten Sterblichen. Sehr anders.«

»Das habe ich schon bemerkt.«

»Auch du bist besonders.«

»Ich?«

»Mein Sohn, niemand besucht Makhulu Mamba nur aus Sympathie oder Freundschaft. Niemand schläft in meinem Haus, ohne etwas Besonderes zu sein.«

»An mir ist aber nichts Besonderes. Ich habe Sorgen, und darum bin ich hier. Sonst nichts.«

»Zum Heiler gehen die Armen, die Enterbten und Unglücklichen, die auf der Suche nach Hoffnung sind, nach all dem, was sie nicht haben. Die Reichen und Mächtigen gehen, um ihre Macht und ihren Reichtum zu erhalten, und um zu verhindern, dass sie in Armut und Leiden abstürzen.«

»In der Tat. Es war die Angst, zu verlieren, die mich das erste

Mal zum Heiler geführt hat. Magie kannte ich nur aus den Märchen, sonst wusste ich nichts darüber.«

»Erzähle mir deine Probleme.«

David erzählt ihm einen Teil seiner Geschichte. Sorgen, Ängste, Rätsel schwingen mit im Fluss seiner Worte. Die Spannung löst sich. Makhulu Mamba hört aufmerksam zu.

»Beruhige dich. Du hast gestohlen, das stimmt, aber doch nicht mit Absicht. Die Götter bestimmen das Schicksal der Menschen. Berufen wird man auf ganz unterschiedliche Art, junger Mann. Du hast eine Mission zu erfüllen auf dieser Erde.«

»Eine Mission?«

»Du musst nichts verstehen, jetzt noch nicht. Aber bald wirst du es wissen. Siehst du, wie der Mond runder und weißer wird? Heute wird die große Nacht des Makhulu Mamba gefeiert, die Nacht des großen Geistes.«

In Davids Kopf tobt ein Orkan. Wirre Gedanken wirbeln in seinem erschöpften Gehirn. Makhulu Mamba legt die Axt an die Wurzeln seiner Prinzipien, lässt die Grundfesten des Seins zu Boden stürzen. In allen Gesellschaften ist Diebstahl ein Verbrechen, wird das Gute belohnt und das Böse bestraft. In der Welt des Makhulu Mamba ist das Böse der Weg zur Erleuchtung.

Der Diener bringt Bier. Kaltes Bier. Er schenkt ein. Makhulu Mamba trinkt ein Glas und noch eines und noch eines. Angeheitert, beginnt er mit lauter Stimme zu sprechen. David hat nicht einmal die Kraft, sein Glas zu erheben. Ein furchtbarer Knoten hat sich in seiner Kehle festgesetzt.

»Du trägst ein Geheimnis in deinen Adern«, sagt Makhulu Mamba, schon halb betrunken.

»Wieso?«

»Dies kann die Nacht deiner Krönung sein. Ich sehe offene Wege in deinem weiteren Schicksal. Auf deiner Reise werden alle deine Wünsche wahr werden. Du wirst König sein.«

»Aber … warum?«

Die Verkündigungen des Alten sind wie Lanzen, die immer mehr Gift in Davids Seele tragen. David verspürt ein leichtes Jucken an den Ohren. Die Spannung steigt immer mehr. Er schließt seine Augen und klammert sich an den Stuhl, um nicht vor Schwindel zu Boden zu gehen.

»Du bist krank, mein Sohn, geht es dir gut?«

»Nein. Dies alles verwirrt mich.«

»Los, trink einen Schluck, um den Kopf abzukühlen. Während du trinkst, erkläre ich dir einiges.«

David erhebt sein Glas und trinkt. Er findet Geschmack an dem kühlen Bier. Der Schweiß rinnt an ihm herab wie Regen. Die Hitze verschwindet aus seinem Körper. Sein Herz nimmt den normalen Rhythmus wieder auf, und der Schwindel verfliegt. Der Alte beginnt wieder zu sprechen.

»Die Bibel behauptet, der Mensch sei verurteilt, von seinem eigenen Schweiß zu leben. Eine Lüge. Die Könige tun nicht das Geringste und haben doch Macht und Vermögen.«

David legt sein Gesicht in Falten, wie ein Sandstrand im Sturm. Seine Angst wird zur Verzweiflung. Er hört Worte, die ihm zu denken geben. Dogmen, die sich umkehren und töten. Tückische Wahrheiten. Jedes menschliche Tun erfordert Schweiß und Opfer. Jeder Reichtum kommt von schmutzigen Händen. Töten ist ein Opfer, sterben ist ein Opfer, stehlen ist ein Opfer. Einfach und ohne Mühe zu leben ist leeres Geschwätz, denn alles im Leben hat seinen Preis.

»Ich wüsste nun gerne, wie meine Probleme gelöst werden sollen.«

»Zunächst wirst du einer Mutprobe unterworfen. Du legst ein Gelöbnis ab. Dann folgt die Behandlung.«

In der Nacht des ersten Rituals sagte die Zauberin: Wir werden uns am Tag deines Gelöbnisses wieder sehen. Makhulu Mamba spricht nun von Gelöbnis. Ist die Stunde gekommen? David hört auf nachzudenken und bekommt eine Gänsehaut. Schon wieder in Ziegenblut baden? Mein Gott, nein!

»Eine Mutprobe?«

»Ja.«

»Was für eine Mutprobe?«

»Ja, es ist eine Formalität, die alle durchlaufen müssen, die den Schutz von Makhulu Mamba suchen.«

»Und wenn ich sie nicht bestehe?«

»Du bist ein Mann, der Achtung verdient. Nicht jeder schafft es, das Leben von mehr als tausend Arbeitern zu ruinieren, in einer einzigen Firma. Du hast Mut und Kraft eines Löwen.«

David erinnert sich an die Prüfungen in den alten Bräuchen. Barfuß durchs Feuer gehen. Einen Löwen in erbittertem Kampf besiegen. Den Kopf des Feindes von Rumpf trennen und wie die Trophäe der Salome dem König überreichen. Eine Mamba mit bloßen Händen töten. In ein Wildschweingehege hineingehen. Den Himmel herausfordern, die Erde, die Wolken, den Donner. *Ngalanga* tanzen auf dem Leichnam des Feindes. Den König töten und vor aller Augen mit der Königin schlafen.

»Was für ein Gelöbnis?«

Der Alte antwortet nicht, lacht nur. Diesmal ist sein Lachen lauter und länger. Der Alkohol tut seine Wirkung.

»Hast du noch nie im Leben etwas geschworen?«

David nickt mit dem Kopf. Das Leben ist voller Gelöbnisse. Die Alten geloben und die Jungen. Brautleute schwören vor dem Altar, doch die ewige Liebe zerbricht schon an der ersten Hürde. Wir brechen das Gelöbnis, wenn die Liebe sich in Hass verwandelt und das Glück in Schmerz, das Leben in Folter und Tod. David denkt an sich selbst. Er hat geschworen, nicht zu stehlen und hat doch gestohlen. Stehlen wurde für ihn überlebenswichtig.

»Nun sag mir nicht, du hättest noch nie ein Gelöbnis abgelegt, mein Junge.«

»Doch, natürlich.«

»Wann?«

»Zur Taufe, den Fahneneid, meine Hochzeit. Ich habe geschworen, der Revolution zu dienen und für die Unabhängigkeit zu kämpfen. Bei meiner Abschlußfeier an der Universität habe ich geschworen, dem Land zu dienen. Ich habe Einsatz und Qualifikation gelobt, als ich Direktor meiner Firma wurde.«

»Dann hast du ja sechs große Gelöbnisse abgelegt. Hast du sie alle erfüllt?«

»Ab und an mal ein Fehltritt.«

»Dieses Gelöbnis wird also das siebte in deinem Leben sein?«

»Ja, wenn ich es leiste.«

»Es wird alles gut gehen. Sieben ist eine Glückszahl.«

»Glauben Sie?«

Makhulu Mamba lächelt. Die Zahlen sind magisch, und sieben ist die magische Zahl überhaupt. Sieben Tage hat die Woche und jede Phase des Mondes. Sieben Türen verschließen das Unbekannte. Die siebte Kunst. Der siebte Himmel. Der Werwolf ist das siebte Kind des siebten Kindes eines siebten Kindes. Sieben Weltwunder. Vier mal sieben im Zyklus der Frau. Sieben Leben hat die Katze, und der Mensch sieben Vorboten des Todes. Sieben Götter haben die afrikanischen Mächte. Sieben fette Kühe und sieben magere sind der Traum des Pharao. Im Garten von Makhulu Mamba liegen sieben Gräber von sieben Töchtern, die nach sieben Ritualen in sieben aufeinander folgenden Jahren gestorben sind. Heute wird David das siebte Gelöbnis seines Lebens leisten.

XXVII

Vera betrachtet die Tauben, die in den trockenen Ästen des Cajubaums sitzen, und lächelt. Das Leben zu zweit ist wirklich schön. Eine tiefe Sehnsucht steigt in ihr auf nach dem Mann, der verreist ist nach irgendwohin. Ein Haus ohne Mann ist ein leeres Haus, im Bett allein ist es kalt. Die Musik des Lebens ist Harmonie, wenn Gesang da ist und Begleitmusik. Doch das Schlimmste ist die Einsamkeit zu zweit.

Von der Straße her hört sie das Rufen der Frauen, die vorübergehen und Gemüse, Fisch, Kohlen verkaufen. Vera verschließt ihre Ohren gegenüber den Lauten der Armut. Sie verschließt auch ihre Augen, die es leid sind, so viel quirliges Elend zu sehen. Ganz in ihrer Nähe ist ein Schrei zu hören, so laut wie der Schrei des Todes. Die Köchin kommt und reißt sie aus ihren Gedanken.

»Frau Vera, Frau Vera.«

»Was ist denn?«

»Ihr Sohn.«

»Schon wieder?«

Köchin und Hausherrin stürzen Hand in Hand zu dem verzweifelten Kind. Clemente schreit und rast mit noch größerer Wut als sonst. Er stürzt auf den trockenen Cajubaum zu. Klettert hinauf, klettert hinab. Reißt große und kleine Zweige ab. Schlägt auf den Boden, gegen die Gartenmauer, die Wände des Hauses.

Er sagt, er tötet Schlangen in verschiedenen Farben und Größen, die durch alle Öffnungen des Hauses hinaus und wieder hinein schlüpfen. Er sieht furchterregende Tiere aus früheren Zeiten. Feuer. Blut. Käuzchen und Eulen. Vampire. Jahrtausendealte Ungeheuer. Eine schwarze Masse, die die Sonne verdeckt. Wälder aus Feuer. Höhlen, aus denen imaginäre Menschen kommen. Der Köchin gelingt es, ihn festzuhalten, zu bändigen und ins hintere Zimmer zu schleifen, wo sie ihn mit viel Weihrauch benebelt. Er wird ruhig und entspannt sich. Die bösen Visionen verlassen ihn.

»Clemente!«

»Ich spüre das Rufen der Käuzchen. Es ist der Tod, der ums Haus schleicht. Mutter, ich spüre, der Tod ist in unserer Nähe. Vater ist den Tod suchen gegangen, und wir werden sterben, Mutter!«

»Aber warum denn?«

»Der trockene Baum dort bekommt in der Nacht Saft und Leben. Nachts bekommt er tausende Blätter und Blüten, die wieder verschwinden, wenn die Sonne aufgeht. Vor kurzem habe ich ihn wieder angeschaut, und habe im hellsten Sonnenlicht seine Blätter und Blüten gesehen. Und ich sah etwas Merkwürdiges, Weiches, Fließendes, das durch die Zweige zog. Als es sich ertappt sah, sickerte es hinab und schien in meine Richtung zu kriechen. Ich sah Gestalten auf dem Dach, in den Zimmern, im Hof und im Garten.«

Vera richtet ihren Blick auf den Baum. Er ist alt und trocken wie immer. Ich muss ihn entfernen lassen, beschließt sie.

»Gerade eben habe ich ein entsetzliches Bild gesehen. Am Anfang war es nur so groß wie ein Passfoto und ist größer und größer geworden. Und dann wurde es lebendig, blieb aber stumm. Es war eine Frau. Ich sah ihre langen Haare, die mit Lehm gefärbt waren, und ihr Körper war ganz weiß von Asche und Kalk. Sie trug eine lange Tunika aus Fellen. In der rechten Hand hielt sie ein großes Zepter aus Gold und lächelte mich an mit dem Lächeln des Todes. Sie war ein Ungeheuer des Waldes, die Hüterin der Grabstätten, die namenlose Zauberin der Jahrhunderte aus den Geschichten, die Großmutter Inês immer erzählt. Ich schloss die Augen vor Angst, und als ich sie wieder öffnete, war die Zauberin Suzy. Als sie sah, dass ich sie erkannt hatte, ließ sie ihren

Umhang aus Wölfen los, die mich verfolgten. Ich rannte wie ein Verrückter.«

Im Stillen versucht Vera sich ein Bild der Verzweiflung zu machen. Das Unglück ist in dieses Haus eingedrungen. Der Mann immer unterwegs, ständig Probleme. Clemente und Susana hassen sich und streiten ununterbrochen. Was nützt es, viel Geld zu besitzen, wenn Glück fehlt. Ein guter Psychiater wäre die Lösung. Doch leider stellt der Psychiater immer nur dieselben Fragen und gibt immer dieselben Antworten, verschreibt immer nur dieselbe Medizin. Anstatt einer Besserung werden die Dinge immer schlimmer.

»Clemente, meinst du nicht, du übertreibst es mit deiner Schwester, und auch mit deinem Vater?«

»Mutter, ich sehe, was andere nicht sehen. Ich spüre, was andere nicht spüren. Ich erleide, was andere nicht erleiden. Die Natur spielt mir eine andere Musik. Die Steine, die Bäume und alle unbelebten Wesen werden lebendig und sprechen zu mir. Dann nimmt mein Kopf Bilder auf, die weit entfernt sind und weit strahlende Wellen aussenden. Mutter, ich will dir nur sagen, Vater ist nicht im Ausland. Er ist hier im Land, aber weit weg von hier. Auf dem Land, sehr weit weg, und er begeht einen unglaublichen Wahnsinn.«

»Jetzt machst du es wie Suzy. Du lügst. Also lass dir gesagt sein, dass dein Vater ein ehrenwerter Mann ist. Warum sollte er mich betrügen?«

»Ich sehe unsere Bilder im Weltraum und sehe uns zum Sterben bestimmt. Jemand wird von unserem Tod profitieren.«

»Ach, mein Sohn, Junge. Der Tod bringt niemandem etwas. Nur die alten Helden stiegen gemeinsam mit anderen Menschen, lebendigen Menschen, ins Grab!«

»Mutter, ich bin nicht verrückt.«

Ihr sechster Sinn macht sich noch stärker bemerkbar. Vera spürt, dass ihr Sohn nicht lügt, und tatsächlich irgendetwas wahrnimmt. Sie klammert sich an die Köchin, sucht Zuflucht für ihren Körper, der schreckensstarr zittert. Ein übernatürlicher Sohn und die Tochter eine Hexe, das ist zuviel Leid für einen einzigen Körper. Nein, das ist nicht wahr, das darf nicht wahr sein. Das ist nur eine Provokation, das kann nur eine Provokation sein. Es ist

136

ein Test meiner Fähigkeiten als Mutter. An dem Tag, an dem es mir gelingt, all diese Probleme zu überwinden, werde ich mich zur Frau aller Frauen erklären. Von den Kindern lernt eine Mutter, mehr Frau zu sein. Verwegen zu sein. Zu springen und Gefahren zu überwinden. Zu weinen und zu lächeln. Zu leiden und zu verzeihen. Den Schmerz mit Stolz zu ertragen. Die Kinder sind Reichtum, Ungemach, Segen und Fluch. Wer Kinder hat, hat Sorgen. *Kuyambala mavala, kuveleka wukossi*: Sich kleiden ist Farbe und Phantasie, Kinder zu haben ist Reichtum.

XXVIII

David unternimmt einen weiteren Spaziergang durch den Busch, um sich zu beruhigen. Mit hängendem Kopf trottet er vorwärts, ein geschlagener Soldat aus der grausamen Schlacht des Lebens.

Nein, ich werde das Gelöbnis nicht leisten.

Während er geht, kramt er in seinem Kopf nach Fakten, nach Mythen, phantastischen Geschichten von Zauberei. Zwei berühmte Lieder kommen ihm in den Sinn. Eines erzählt von einer Frau namens Sabina, die mit einem Krokodil auf dem Rücken in der Manhiça-Bahn reiste. Die Leute dachten, es sei ein Kind, doch als sie ertappt wurde, gab die Frau zu, dass ihr das Krokodil zum Zaubern diente. Das andere Lied ist einer Frau namens Lídia gewidmet, die in aller Öffentlichkeit gestanden hatte, den Geist der Nachbarstochter verspeist zu haben und dafür zu einer grausamen Strafe verurteilt wurde: Sich völlig nackt mit der ganzen Familie auf dem Platz zur Schau zu stellen. Was die Zauberin dann auch an einem Sonntagmorgen tat. Diese wunderschönen Lieder kann man noch immer im ganzen Land im Radio hören.

Aus seiner Kindheit in der Vorstadt erinnert David sich an das Bild eines alten Junggesellen, eines wohlhabenden Geschäftsmannes. Alle Welt erzählte sich, er habe seine eigenen Hoden gegessen, um ein Gelübde zu erfüllen, das er den Göttern des Reichtums geleistet hatte.

»Und wenn sie mich auffordern, einen der Meinen zu töten, wer wird dann mein Opfer sein? Nein, ich werde das Gelöbnis nicht leisten. Ich werde keine Prüfung ablegen, die ich nicht kenne. Lieber gehe ich nach Hause zurück mit all meinen Sorgen, trage die Konsequenzen meines Tuns und gehe kein Gelöbnis ein.«

Müde geworden vom vielen Grübeln über Zauber und Mysterien, setzt er sich in den Schatten eines Baumes. Er schläft ein und schnarcht. Und träumt in bunten Bildern, wirr und unentzifferbar. Es wird Abend und kalt. Er hätte ewig geschlafen, wenn er nicht von dem unfreundlichen Geräusch eines Motors geweckt worden wäre. Ein Fahrzeug? Aber von woher und wohin, wo doch diese Gegend nichts weiter ist als verbrannte Wüste? Wahrscheinlich ein Panzer, der zum Camp zurückfährt. Vielleicht ein Bomber. Der Krieg tobt heftig in der letzten Zeit. David horcht aufmerksam. Es ist ein Auto. Nicht eines, es sind zwei und zwar vom Typ Nissan Patrol. Er reibt sich die Augen, um besser zu sehen und schaut in Richtung der Straße. Makhulu Mamba bekommt hohen Besuch. Nur hochgestellte Persönlichkeiten fahren in solchen Luxuskarossen. An der Tür des Palastes halten sie an. Steigen aus.

David beobachtet sie. Es sind Leute, die Macht haben und diese behalten wollen. Leute, die etwas auf dem Kerbholz haben wie er selbst und nach der Zauberformel suchen, um der Justiz zu entgehen. Er sieht die soeben angekommenen Gestalten und meint, sie zu kennen. Irgendwo hat er sie schon einmal gesehen.

David stützt seinen Kopf in die Hände, denn er ist schwer und heiß, und wieder taucht er ein in den Taumel der Angst. Er richtet die Augen auf den weiten Horizont, wo es dunkel wird. Der Tag wird sich bald verabschieden. Die Stunde des Albtraums ist nah. Was wird wohl diesmal geschehen?

Eine alte Frau, faltig und finster, steht plötzlich vor ihm und fordert ihn auf, sich der Gruppe der neu Eingetroffenen anzuschließen. Der unvermeidliche Moment ist gekommen. Diese Dienerin besitzt weder die Freundlichkeit noch die Anmut der anderen, die er in der Nacht des *Lobolo* kennen gelernt hatte. Die Entscheidung, das Gelöbnis nicht zu leisten, lässt ihn sicher auftreten, trotz aller Erschöpfung.

Im riesigen Saal des Wohnhauses von Makhulu Mamba stellen sich die neu Eingetroffenen vor. David lässt sich von seinem Erstaunen überwältigen und verliert jede Kontrolle. Die sieben Männer kennt er. Ein Banker, ein Pfarrer, zwei Politiker, zwei

Akademiker. Der Verkaufsleiter seiner Firma, sein Feind Nummer eins, der nach seinem Posten trachtet und ihn mit Krieg überzieht, steht dort, vor seinen Augen. Ein nie dagewesener Zorn steigt in ihm auf. Er reibt sich die Augen und kämpft gegen die Dunkelheit, die sich seiner bemächtigt. Die Götter haben sie hier zusammengeführt, damit sie sich gegenseitig ihre Geheimnisse entlocken, weit entfernt von dem Ort, wo der eine Chef und der andere Untergebener ist. Die Götter waren es auch, die sie vor demselben Altar zusammenführten, für den Segen, den Fluch, zur Kommunion aus demselben Kelch voller Gift und um aus demselben Arsenal die Waffen zu wählen, mit dem sie sich zu Tode duellieren. David schwört im Geheimen: »Du wirst mich nicht im Gefängnis sehen. Auf meinen Direktorensessel wird alle Welt sich setzen, nur du nicht, du missgünstiger Verräter.«

Makhulu Mamba versammelt seine Gäste um den Esstisch herum und wünscht ihnen allen einen guten Appetit, denn die Nacht wird lang werden. Sie essen und unterhalten sich. Sprechen über alltägliche Dinge, Eindrücke von der Reise, vom Krieg und den Überfällen am Rande der Straße. Dann reden sie über Politik. Makhulu Mamba sagt, dass Afrika von den Supermächten als Arena benützt wird. Sie staunen über den alten Zauberer, der Deutsch spricht und Englisch und eine Satellitenanlage besitzt, dort in der hintersten Savanne der Welt. Sie unterhalten sich angeregt, nur nicht David und sein Verkaufsleiter. Es ist leicht zu erraten, was sich zwischen den beiden abspielt. Die Götter wollten, dass sie sich gegenüberstehen zur Nagelprobe. Wer wird der Sieger sein?

Verletzt und voll Zorn blickt David den Pfarrer an. Über vierzig Jahre hat er nun das Dogma des einzigen Gottes, des einzigen Weges, gehört, und davon, dem einzigen König zu dienen. Diese Heuchler dienen dem Herren des Lichts, aber wenn es Nacht wird, suchen sie den Schutz der Schatten. Mit Verachtung betrachtet David auch die Politiker. Leute mit dicken Hälsen, unnützen Händen, die vom Reden leben und von fremder Leute Schweiß. Sie kommen, den Schutz der Toten zu erbitten, um die nächste Wahl zu gewinnen. Die Akademiker sind Herren des Wissens und der Logik. Was suchen sie in der Welt des Irrationalen?

Das Essen geht zu Ende, und Makhulu Mamba geleitet die Gäste in die Hütte an der Rückseite des Hauses. Er richtet spirituelle Grußworte an die Anwesenden. Alle antworten mit lauter Stimme, sind motivierte Soldaten, glauben, zwei Schritte vor dem Schatz zu stehen. Räucherstäbchen, Tabak und Essenzen eröffnen die Nacht der Magie. Die liturgische Rede ist zugleich auch Lehrstunde und Unterweisung für die weniger Umsichtigen.

»Seid willkommen im Reich des Makhulu Mamba!«

Die Anwesenden antworten mit religiöser Feierlichkeit.

»Ihr seid alle begüterte Leute, vom Leben gesegnet. Ihr seid hierher gekommen aus freiem Entschluss. Niemand hat Werbung für die Mächte des Makhulu Mamba gemacht. Der Weg zu diesem Haus findet sich auf keiner Landkarte dieser Erde, doch ihr habt ihn gesucht und gefunden. Genau deswegen seid ihr willkommen.«

»Nochmals einen herzlichen Dank«, antworten die Anwesenden.

Makhulu Mambas Gesicht bekommt einen festen Ausdruck, und seine Stimme klingt feierlich und voller Inbrunst.

»Es gibt neugierige Menschen, die nur kommen, um zu sehen. Leute, die mich herausfordern wollen, die mich beherrschen wollen. Ich möchte schon jetzt darauf hinweisen, dass im Hause des Makhulu Mamba Neugier nicht gerne gesehen ist. In dieses Reich kommen nur jene, die sich des Vertrauens der Götter würdig erweisen.«

Es entsteht ein Moment gespannter Erwartung. Die Worte des Makhulu Mamba fallen wie ein schwarzes Schwert nieder auf die Nacken der Zuhörer. Jeder sucht Ermutigung und Gemeinsamkeit in den Blicken des anderen.

»Ihr alle seid hierhergekommen auf der Suche nach Schutz für eure Geschäfte und noch mehr Macht über andere Menschen. Ich warne euch bereits jetzt. Ich habe kein Glück zu verteilen, an niemanden. Ich bin nur Medium, ich errichte die Verständigung zwischen euch und euren Toten.«

Niemand sagt ein Wort, und es entsteht eine teuflische Stille.

»Wer von euch hat die Genesis gelesen in der Heiligen Bibel? Sie sind doch Pfarrer, können Sie uns das Urteil aller Urteile in Erinnerung rufen?«

Der Pfarrer antwortet mit einer Stimme, aus der jede Farbe und jeder Rhythmus gewichen sind.

»Mann und Frau wurden verurteilt, von ihrem eigenen Schweiß zu leben.«

»Genau das ist es. Alles muss errungen werden. Ein Lohn, eine Trophäe, ein Preis, ein Pokal, ein Knochen, ein Teller Suppe. Im Reich des Makhulu Mamba wird nichts geschenkt, alles muss errungen werden. Jeder von euch wird einer Prüfung unterzogen. Ich will eure Schwächen kennen lernen, eure Stärken, um euch dann Lösungen zu zeigen, die im Einklang mit euren Fähigkeiten stehen.«

Die Stunde der Wahrheit ist gekommen, und die Männer sterben vor Angst. Sie senken ihre Köpfe bis auf die Brust hinab. Aus ihren Poren rinnt kalter Schweiß wie Tau im Winter.

»Ich bin nicht allmächtig. Wie jeder Mensch bin ich aus dem Leib einer Frau geboren worden. Ich habe die Schule des Lebens besucht, habe mich qualifiziert und biete nun Dienstleistungen an. Ich werde die Türen des Jenseits öffnen, damit jeder von euch mit seinen Toten in Verbindung tritt und in ihnen die Anregung findet, die er benötigt. Unterhaltet euch mit ihnen. Eure Hände sollen es sein, die die Lösungen für eure Probleme finden.«

Eine seltsame Rede des Makhulu Mamba. Enttäuschung und Desillusionierung. Sie alle sind mit großen Erwartungen gekommen, aber ihre Träume sind zu Asche geworden und ihr Mut wurde zu Angst.

»Ich werde die Verbindung schaffen zu den Tiefen des Seins. Ihr werdet euer Innerstes sehen, wie jemand, der in den Spiegel schaut. Ihr werdet eure Ängste vorüberziehen sehen, eure Schwächen und eure Stärken.«

Makhulu Mamba befiehlt, die bequeme Kleidung durch ein Stück Stoff zu ersetzen, das nur das Nötigste bedeckt. Sie knien vor ihm nieder. Makhulu Mamba beginnt mit dem großen Ritual. Er streut Asche auf jede Stirn und betet:

»Dich, o Gott der Macht und des Reichtums, dich rufen wir an in diesem Augenblick. In dieser Mondnacht werden sieben Männer unterwegs sein, um deinen Segen zu empfangen. Sie wollen die Form des Daseins erlangen, die sich alle sterblichen Menschen wünschen. Gib jedem von ihnen die Macht, die seinem

Mut und seiner Kraft entspricht. Sei milde mit ihnen, so wie du es zu mir bist und zu allen deinen Getreuen.«

Er befiehlt ihnen, sich zu erheben und überreicht jedem einen kleinen Wurfspeer.

»Geht! Jagt in den Wäldern der Menschheit. Bringt Beute an diese Feuerstelle, damit sich die Götter an gutem Fleisch laben können, in dieser Nacht der Initiation. Zuerst werdet ihr dem Atem der Götter begegnen, der euer Gewicht prüfen wird. Anschließend werdet ihr den Diener der Götter kennen lernen, der euch nach dem Leben trachtet. Schließlich stellt euch die Kraft der Götter auf die Probe des Todes.«

Jagen in den Wäldern der Menschheit? Bedeutet dies, einen Menschen zu töten? Nein, das kann es nicht sein. Wir sind die einzigen Menschen in diesem Busch. David überlegt. Er hat noch nie im Leben getötet. Kein Huhn, kein Rind, keinen Menschen. In der Armee hat er viele Kugeln verschossen, aber niemals etwas getroffen.

Sie erheben sich und verlassen den Tempel. Makhulu Mamba weist ihnen den Weg, den sie nehmen müssen, und er zeigt ihnen das Ziel. Der Alte gibt letzte Anweisungen: »Folgt dem Weg in Richtung Sonnenuntergang. Geht und jagt alle Tiere, große und kleine, die euren Weg queren und bringt sie mit als Zeichen eurer Kraft.«

Dann macht er eine Pause und warnt: »Was von jetzt an geschehen wird, ist kein Kinderspiel. Geht! Wer keinen Mut hat, den bitte ich aufzugeben!«

Die Männer kommen um vor Angst. Aus all ihren Poren strömt heißer Tau wie aus sprudelnd kochenden Bechern. Und doch zeigen sich alle entschlossen, den Marsch auf sich zu nehmen bis zur Schatzhöhle. Sie sind von weit her gekommen, haben Überfälle und viele Gefahren überstanden, warum sollten sie jetzt aufgeben?

Der Alte lächelt zufrieden. Er zündet sich eine Pfeife an. Raucht.

»Jagen mitten im Krieg?« fragt sich David. »Was sollen wir denn jagen mit einem einfachen Wurfspieß? Bevor wir irgendetwas erlegen, sind wir die Gejagten. Er nimmt den Speer, prüft ihn. Er ist verrostet. Alt. Müde. Ob er einem alten Krieger gehört hat? Er sieht nicht so aus. Er sieht aus wie von einem schlechten Handwerker gemacht. David hält den Speer fester. Spürt, dass eine fremde Macht in seinen Körper dringt. Spürt in sich einen alten Krieger wiederauferstehen.

Der Marsch beginnt. Die Männer machen zwei Schritte, vier Schritte, schauen sich um. Dieselbe niedrige Vegetation, dieselben Büsche, kleine und große. Stille. Plötzlich eine starke Brise. Ein Windstoß. Viele Windstöße, die sich in einem furchtbaren Wirbelsturm vereinen, der die Erde tanzen lässt. Die Bäume werden entwurzelt und fliegen zum Himmel empor. Die Hütten verschwinden. Eine Staubwolke erhebt sich und trübt das weiße Licht des Mondes. Die Tangas der Männer werden weggerissen; sie stehen nackt da, mit ihren Speeren in der Hand. Einige Männer werden in die Höhe gehoben und fliegen wie Hexen auf ihren Strohbesen umher, um dann brutal zu Boden geschleudert zu werden. David stürzt zu einem mächtigen Baum hin und klammert sich daran fest. Er hält aus. Dieser Wind ist der Atem Luzifers. Es ist der *Xihuhuro*, der verfluchte Wirbelwind, der entsteht, wenn Zauberer in Wettstreit treten. Zwei der Teilnehmer kehren um und suchen Schutz in der Hütte von Makhulu Mamba. Sie geben auf.

Der plötzliche Wind hat die Erde gefegt und die ursprüngliche Landschaft zum Vorschein gebracht. Ausgestorbene Tiere kommen aus ihren Löchern. Dinosaurier. Insekten so groß wie Vögel. Flugsaurier. Fleisch fressende Pflanzen. Ein See, dessen klares Wasser durchsichtiger ist als die Luft. In dieser Landschaft wird der Körper des Makhulu Mamba zum unbesiegbaren Koloss. Dies ist der Wald der Menschheit, wo die Tiere gejagt werden. Die Männer wählen ihre Beute aus, bereiten sich vor zum Angriff, doch als sie zuschlagen wollen, bekommen die Ungeheuer die Züge von bekannten Menschen: Kinder, Ehefrauen, Mütter, Schwestern und sogar Geliebte. Einige Männer erschrecken. Zwei legen die Waffen nieder, treten zurück und geben auf, entsetzt über ihre Visionen. Andere greifen an, töten und bestehen.

David sieht ein Ungeheuer mit dem Gesicht von Clemente. Wütend greift er es an, als hätte er sein ganzes Leben lang auf diese Gelegenheit gewartet, sich des ungeliebten Sohnes zu entledigen. Doch er verfehlt sein Ziel, und das Bild verschwindet. Er geht weiter und sieht zwei Schafe mit zwei neugeborenen Lämmern. Da bekommen die Mutterschafe menschliche Gesichter. Er erkennt die Gesichter. Es ist Mimi und ihr neugeborenes Kind. Es ist Cláudia, seine Sekretärin. Er erschrickt. Was hat das Lamm zu bedeuten, außer, dass sie schwanger ist? Er bekommt Panik, will die Prüfung abbrechen. Tritt einen Schritt zurück, doch dann nimmt er die Jagd wieder auf. Er ist auf der Jagd nach dem Schatz, er kann den Vormarsch nicht wegen ein paar Visionen abbrechen. Er stürmt vor, greift an, tötet. Seine Haare sträuben sich, er schließt die Augen, ist bereit zu sterben. Die schreckliche Schlange erscheint, sie ist tückisch. Sie schlingen sich ineinander im Kampf der Jahrhunderte. Anstatt zu zischen, lacht die Schlange und stöhnt. David bricht den Kampf ab und öffnet die Augen. Wie im Märchen verwandelt sich die Bestie in die schöne Suzy, seine geliebte Tochter. David senkt die Waffe zu Boden, greift nicht an. Verzweifelt schreit er wie ein Irrer. Er eilt zu seinen Schicksalsgenossen, um sein Herz auszuschütten. Sie alle erleiden dieselben Visionen. Ungeheuer, die sich in Menschen verwandeln. Bilder der Schönen und des Biests. Menschen, die fliegen, Menschen, die sterben. Menschen, die noch einmal davonkommen.

Einer von ihnen spricht mit sich selbst und sagt, er will kein Untier jagen, auch keinen Vogel, erst recht keinen Menschen. Ein anderer erzählt von dem Bären, den er aus Angst vor Makhulu Mambas Strafe erlegt hat, obwohl er in ihm das Gesicht seines jüngsten Kindes erkannt habe. Ein anderer sagt, er habe sich in einen Löwen verwandelt und sei bei seiner Löwin gewesen. Beim Liebesspiel habe sich das Gesicht der Bestie in das seiner Mutter verwandelt. Er sei entsetzt gewesen, habe aber weitergemacht, denn seine Probleme seien größer als das Leben seines Vaters oder der Mutter. David sagt nichts, er hat keine Kraft mehr, auch nur ein einziges Wort herauszubringen. Seine Augen suchen Makhulu Mamba, er soll ihn aus seiner Qual erlösen, doch der Alte ist nicht da, er hat sie ihrem Schicksal überlassen, allein mit ihrem Streben und ihren Illusionen.

Noch mehr Bilder der Angst tanzen vor Davids Augen. Eine Löwin taucht vor ihm auf, bedrohlich. Ihr Leib erbebt wie ein mächtiger Baum, der zu Boden fällt. Die Löwin ist der Widerschein des Todes, der wahrhaftige Tod. David versucht zu fliehen, ermattet. Wohin fliehen? Er denkt an die Macht und den Mut der römischen Gladiatoren. An die Prüfungen der Bantu-Könige bei ihrer Krönung. An die *Mambos* und *Monomotapas*, die Löwen mit der Hand erlegten als Zeichen ihrer Kraft. Er denkt an die Zauberworte der unbesiegbaren Kämpfer im Ringen um Leben und Tod.

Besiege mich
Besiege auch die Löwen
Und die Erde wird Dir gehören

David hält den Speer wie ein guter Artillerist, stößt die eiserne Spitze in den Schlund der Bestie, verletzt ihre Zunge, den Rachen. Die Löwin brüllt im Todeskampf.

Besiege mich, und die Erde wird Dir gehören

Die Bestie kann sich von dem Speer befreien, dann stürzt sie zurück, wie ein verletztes Tier, das zum Angriff übergeht. David befällt ein unendlicher Taumel. Alle Kräfte verlassen seinem Körper, und er brüllt mit ermatteter Stimme. Ich kann nicht mehr, ich sterbe. Er fällt in Ohnmacht.

Er spürt, wie ein Ameisenhaufen in seinem Kopf krabbelt, sein Blut zirkuliert wieder, belebt seine Sinne. Das Schlagen der Trommeln weckt das Universum und macht schlaflos ohne Ende.

Du hast gewonnen!

Er erwacht in die Wirklichkeit. Er schaut auf seine blutigen Knie, und ihm wird klar, dass er in einen wirklichen, wahrhaftigen Kampf verwickelt war. Aber gegen wen? Es ist kein Löwe zu sehen, kein lebender und kein toter, und die Gegend sieht aus wie immer, und in dieser Steppe gab es noch nie Löwen, keine einzige Art.

»Du hast die Löwen besiegt!«

»Gehört mir nun die Welt?«

David erlangt die Kontrolle über seinen Kopf wieder. Er merkt, dass er in die Hütte gebracht wird, von den Getreuen, so wie es Helden ergeht. Die Bruderschaft der Zauberer tritt auf ihn zu. Lourenço und seine Mutter, die Gläubigen, Diener und Köche des großen Hauses, die Arbeiter von der Plantage und viele unbekannte Gesichter. Makhulu Mamba führt sie an und brüllt Litaneien. Noch ganz benebelt im Kopf erkennt David seine Umgebung: Die Gesänge sind Gesänge für den Teufel. Gebete an den Teufel. Die Zeremonie, mit der dem Teufel die Seelen übergeben werden.

Die Feier verstummt, und an ihre Stelle tritt eine neue Messe. Makhulu Mamba bleibt mit den frisch Initiierten in der Hütte und zieht die Bilanz der vergangenen Nacht.

»An die beiden, die die Prüfung des Windes nicht bestanden haben: Eure Bestimmung ist es, unsichtbar wie der Wind zu sein. Namenlos. Ewige Diener, im Leben wie im Tod. Ihr erhaltet keinerlei Macht von Makhulu Mamba. Ihr werdet nur dienen. In dieser Prüfung hat euer Geist weder Kraft noch Mut bewiesen. Den dreien, die die Prüfung des Lebens nicht bestanden haben: Euer Platz ist am unteren Ende der Macht. Eure Anführerschaft wird tausend Kopf Mensch nicht überschreiten. Wir haben eure Fähigkeit erprobt, das Leben zu opfern um eines edlen Zieles willen. Ihr habt versagt. Ihr sollt wissen, dass die Familie eine Herde ist, aus der man Opfer auswählt zu Ehren der Götter. In der eigenen Herde zu jagen bedeutet, fähig zu sein für die Jagd in anderen Herden. Die Treue beginnt zu Hause. Der Verrat beginnt zu Hause. Der Mut beginnt zu Hause. Den Vater töten oder die Mutter gibt Mut, die ganze Welt zu zerstampfen. Denen, die die Prüfung des Lebens und des Todes bestanden haben, sei gesagt: Ihr erhaltet von den Göttern die Macht, langes Leben. Ihr werdet die Macht der Nationen haben, so wie es euren Ansprüchen genügt. Ihr werdet Menschenmassen führen und in Gold schwimmen, solange ihr eure Verpflichtungen erfüllt. Ihr habt das Verbotene besiegt, das Verachtenswerte, das Schreckliche und das Unmögliche – mit der Kraft eurer eigenen Fäuste. Mein Glückwunsch!«

Die Männer, die nicht bestanden haben, widersprechen. Fragen.

»Warum sind die Prüfungen so schrecklich?«

»Die modernen Schulen machen psychologische Tests, um Fähigkeiten, Neigungen, Können einzuschätzen. Ihr wart nicht einmal in der Lage, einfache, von eurem eigenen Bewusstsein geschaffene Visionen zu ertragen. In dieser Prüfung hat jeder seiner eigenen Angst freien Lauf gelassen, seinen Träume, und sie in drei Dimensionen projiziert, ihnen Leben und Bewegung gegeben. Einige waren in der Lage, sich zu beherrschen, doch andere haben sich mitreißen lassen von ihren eigenen Ängsten. Das ist alles, was ich sagen kann.«

Sie hören zu, doch sie verstehen nichts. Sie schimpfen, beschweren sich.

Anstatt zu antworten stellt Makhulu Mamba eine weitere Frage.

»Hab ihr schon einmal von Zauberei gehört?«

Alle antworten mit ja.

»Zauberei hat nichts mit Natur zu tun«, antwortet Makhulu Mamba. »Es ist eine Schule, in der die weniger Fähigen geistig außer Kontrolle geraten, verrückt werden oder gar sterben. Deshalb verlangen wir Eingangsprüfungen. Harte Prüfungen, schreckliche Prüfungen. Wir wählen die aus, die die Fähigkeit aufweisen, in Verteidigung eines Ideals zu töten und zu sterben, so wie beim Fahneneid. Wir wählen diejenigen aus, die fähig sind, schreckliche Dinge zu tun. Wir nehmen auch die auf, die zum Mut fähig sind.«

»Aber wozu eine Schule der Zauberei?«

»Die Zauberei ist eine Schule der Herrscher des Lebens. Wir bereiten unsere Schüler auf die Macht vor, und müssen sicherstellen, dass diese Macht in zuverlässige Hände kommt. Der Tod folgt den Regierenden auf Schritt und Tritt. Manchmal muss man töten, um ein Ideal zu bewahren oder den Lauf der Geschichte zu ändern. Die Welt ist voller Schulen der Liebe, doch wer regiert, braucht eine Schule des Hasses, um Fähigkeiten zu entwickeln für das Erbauen und für das Zerstören. Töten oder retten. Das Leben eines Führers braucht die Schule der Liebe und die des Hasses, denn mit der Macht ist nicht zu spaßen.«

In seiner Erschöpfung versucht David die Worte, die er hört, zu begreifen. Töten, lieben und hassen. Bilder des Universums kommen ihm in den Sinn. Opfern um zu retten. Gott und Christus. Den Vater töten und die Mutter heiraten. Königin Iokaste. Ödipus, König und Prinz. Den Sohn töten, um ein Gelübde zu erfüllen. Shaka. Inzest um der Fruchtbarkeit des Landes willen. *Mambos. Monomotapas.* Blutopfer für die Fruchtbarkeit des Bodens. Bantu-Könige. Menschliche Schädel als Trophäen. Johannes der Täufer, Salome die Tänzerin, König Herodes. Holocaust an Millionen für die Ideale des Wahnsinns. Hitler, die Juden, der Weltkrieg.

»Die Prüfungen waren so hart, dass sie echt schienen.«

»Ach, ihr Menschen. Eine Vision kann nie schlimmer sein als das Leben.«

Makhulu Mamba verteilt die Männer, je nach Ergebnis ihrer Prüfung, auf verschiedene Hütten. David kommt allein in eine Hütte.

»Mein Sohn, du glaubst nicht, wie glücklich du mich machst. Du hast die Prüfungen mit Würde bestanden.«

Die Worte des Alten rinnen in seine Ohren wie ein fernes Murmeln. Davids Stimme antwortet einsilbig.

»Ja.«

»Heute hast du dein Paradies erobert und wirst in göttlichen Armen schlafen, doch zuvor musst du geloben, dass du Blut in Gold verwandeln wirst.«

»Ich schwöre es, ja. Ich töte meine Mutter, meine Kinder und alle, die ich liebe, wenn dies der Wunsch der Götter ist. Ich werde ihr Blut in Gold verwandeln, auf dass der Reichtum in den Händen der Götter rinne wie die Wasser eines Flusses.«

»Vor diesem Gott wiederhole dein siebtes Gelöbnis. Sag ihm alles, was du willst und alles, was du träumst. Gelobe ihm Treue, Liebe und Unterwerfung. Gelobe, alle seine Wünsche zu erfüllen.«

»Ja.«

David verharrt in Erwartung. Endlich werden seine menschlichen Augen Gott sehen. Der Moment ist gekommen, sein Gesicht kennen zu lernen, seinen Namen, seine Dogmen, seine Gebote.

Draußen ein Zischen. Ein Schleichen. David scheint, dass dieser Gott hinkt oder keine festen Füße hat. Er schließt die Augen, um nicht schon wieder Zeuge des Wahnsinns zu werden. Doch die Neugier siegt. Er öffnet die Augen und sieht vor sich ein Monument. Eine Schlange von unvorstellbaren Ausmaßen kriecht durch die Hütte. Er hat schreckliche Angst, doch schnell beruhigt er sich wieder. Angst vor was denn? Meine Not ist schlimmer als alle Angst dieser Welt. Ich habe den Tod besiegt und das Unwetter. Was den Mut angeht, fehlt mir nichts mehr, ich werde mich doch nicht vor einer einfachen Schlange fürchten.

Er hält Zwiesprache mit sich selbst. Aber wieso wird die Schlange immer in Verbindung gebracht mit Verführung, mit Vermögen und langem Leben? Er versucht sich zu erinnern. Durchquert Generationen, Grenzen, Täler und Berge. Er hört die Stimme Gottes, die sagt: Moses, mache dir eine eherne Schlange und richte sie an einer Stange hoch auf. Wer gebissen ist und sie ansieht, der soll leben. Da machte Moses eine eherne Schlange und richtete sie hoch auf. Und wenn jemanden eine Schlange biss, so sah er die eherne Schlange an und blieb leben. Die Schlange, das Phallussymbol in der Heiligen Schrift. Die Schlange, in vielen Völkern der Erde Symbol männlicher Kraft. Schlangen, Götter der Fruchtbarkeit und Lebensspender. Erlöserschlange, Verräterschlange, gütige Schlange, die die Haut der Frau seidig macht und anziehend, die den Männern Macht und Geld gibt. Heilige Schlangen, bösartige Schlangen. Christus am Kreuz ist die Schlange, die das Leben spendet.

Die göttliche Schlange windet sich an Davids Körper empor, packt ihn kraftvoll. David staunt. Man sagt, Schlangen seien kalt, aber diese ist warm. Man sagt, Schlangen verursachten Gänsehaut, aber diese ist angenehm. Ein Gefühl der Leichtigkeit überfällt ihn, er lacht, stöhnt, bebt. Er lässt sich gehen und schließt die Augen.

Noch nie hat er sich so gefühlt. Nicht bei der Liebe, nicht beim Trinken, nicht beim Kiffen in der Jugend. Er schwebt. Sieht Licht, Genuss und Reichtum im Paradies von *Nwamilambo*, der Schlange. Er stammelt Gebete und Schwüre. Er schwört, alles zu opfern, alle Rituale aller Götter zu erfüllen. Er öffnet seine Seele, um diesen mächtigen Gott zu sehen und entdeckt, dass die Schlange die Hexenbraut ist.

»Hä, … wie kommst du hierher?«

»Ich habe versprochen zu kommen, erinnerst du dich?«

»Ah! …«

»Ich habe die Kerzen gelöscht, an dem entscheidenden Morgen. Ich habe die schwarze Schlange an den Ort geschickt, wo du die Kultobjekte wegwerfen wolltest. Ich habe dir geholfen, den Tresor der Fabrik zu öffnen und das Geld zu nehmen. Ich habe den Krieg ferngehalten auf deiner Reise.«

»Wozu das alles?«

»Weil die Zeit gekommen ist, dass du die Macht übernimmst in der Bruderschaft des Okkulten.«

»Mein Verkaufsleiter ist hier, und zum Glück hat er keine einzige Prüfung bestanden. Wie werden wir in Zukunft zueinander stehen?«

»Ich habe ihn hierher gelockt, damit er seine Aufgabe erfüllt.«

»Wenn du meine Kräfte bereits kanntest, warum hast du mich durch diese schrecklichen Prüfungen geschickt?«

»Formalitäten. Rituale. Du musstest Gelegenheit bekommen, mit deinem Bewusstsein zu reden.«

»Bist du eine Göttin?«

»Die Götter sind unsichtbar. Ich bin nur Dienerin.«

David versteht gar nichts mehr. Er lässt sich einlullen und schläft ein. Der Morgen kommt. Makhulu Mamba geht zu Davids Hütte, um ihm den versprochenen Besuch abzustatten. Er weckt ihn auf.

»Hast du gut geschlafen, mein lieber Sohn?«

»Ich hätte nie geglaubt, dass man so gut schlafen kann, ohne Bett oder Komfort.«

» Der Mensch lebt nicht nur vom Komfort. Erzähle mir, was du gespürt hast.«

»Das kann man nicht mit Worten beschreiben. Am Anfang war es Wahnsinn. Dann bin ich geflogen, geschwebt. Ich bin geschwebt wie ein Fötus im Leib meiner Mutter.«

»Das ist Zauberei. Fähig zu sein, den Körper zu befreien und die Seele treiben zu lassen. Willkommen in der Welt der Zauberei.«

Makhulu Mamba massiert Davids Körper und schließt die Bisse an seinem Körper mit einer brennenden Salbe. David staunt. Wer hat mir diese kleinen Wunden beigebracht? Waren das Schlangenzähne oder eine Frau?

»Das ist die Impfung, die deinen Körper unverwundbar macht wie ein Panzer.«

»Stimmt das? Kann ein Körper gepanzert sein?«

»Aus den portugiesischen Maschinengewehre kamen Blumen am 25. April.«

»Das erscheint mir alles unwirklich, phantastisch!«

»Was du phantastisch nennst, war für uns die beste Art, dich zu uns zu rufen. Du bist gekommen. Du hast gesiegt. Du hast überzeugt.«

»Und mein Problem?«

»Alle Beweise dessen, was sie dir vorwerfen, sind verschwunden an einen magischen Ort. Unsere Gesandten arbeiten mit großem Sachverstand an deinem Fall. Das Geld, das du in Verwahrung genommen hast, ist jetzt deins. Du hast es dir verdient.«

David lächelt ungläubig. Makhulu fährt mit seiner irren Rede fort.

»Wir öffnen Wege, verschließen Wege. Wir beschützen. Bestrafen. Erheben die Stellung unserer Mitglieder. Unserer Bruderschaft gehören Millionäre an. Diktatoren jeder Politikrichtung aus aller Welt. Die Mächtigen über alle zentralen Bereiche des Lebens. In unserer Welt gibt es keine räumlichen und keine zeitlichen Barrieren, und wir verständigen uns mit jeder Welt, die uns in den Sinn kommt. Wir kontrollieren die Gedanken unserer Gegner. Wir sind die, die dem Urteil der Urteile entkommen sind, denn wir entdecken die Frucht des Lebensbaumes und leben auf ewig.«

»Und wie kam es zu deiner Berufung, Makhulu Mamba?«

»Ich habe den Weißen getötet, der mein Herr war. Von da an haben alle Wege, die ich gegangen bin, hierher geführt.«

Makhulu Mamba hält inne, sein Hals schnürt sich zu. Wie sein Sohn spricht er nicht gern von seiner Vergangenheit. Zwei dicke Tränen rinnen aus dem alten Gesicht. Er trocknet sie nicht und versteckt sie nicht. Er hebt die Stimme und spricht weiter mit Würde.

»Von nun an werde ich dir die Geheimnisse der Lebewesen beibringen, die Geheimnisse der Tiere und der Pflanzen. Ich werde dich die Geheimnisse der Knochen lehren, des Gehirns und des Blutes. Noch ein paar Lektionen, und du wirst die großen und kleinen Geheimnisse kennen. Du wirst das Feuer befehligen, den Regen, die Erde, die Luft.«

David schaut auf seine kurzen Arme. Können menschliche Arme die Zügel der Welt halten? Er taucht ein in einen Traum. Er sieht sein Bild im Blau des Himmels spiegeln. Er reitet ein goldenes Pferd. Er sieht sein Gesicht golden, auch die Wolken sind golden. Er spürt, wie seine Lungen von einer goldenen Brise erfrischt werden. Vor seinen Augen wird alles zu Gold, sogar die Düfte der Natur werden golden.

Ich habe gesiegt.

Ich habe sogar die Löwen besiegt.

Gehört mir nun die Welt?

XXIX

Nach einer Woche kehrt David nach Hause zurück. Vor der Haustür hält er an und holt noch einmal Luft. Seine Seele ist voll Freude über die Heimkehr. Seine Angst kommt gleich danach. Der David, der vor Tagen aufgebrochen war, ist nicht derselbe, der zurückkommt. Nun hat er zwei Identitäten, zwei Realitäten, die im selben Raum nebeneinander leben werden.

Im Haus sieht er Licht, Töne, Bewegung. Er atmet tief ein, öffnet die Tür und tritt ein. Vera ist wie versteinert beim Anblick ihres Mannes, der aussieht wie die Verkörperung eines Überlebenden vom Ende der Welt. Sie lässt ihre Augen über die Koffer schweifen und bekommt eine Gänsehaut.

»David!«

»Was ist?«

»Willkommen. Kann ich dir mit den Koffern helfen?«

»Komm mir nicht zu nah.«

»Wie du aussiehst! …«

»Ich bin Goldsucher.«

»Und hast du welches gefunden?«

»Lass mich in Frieden.«

Die Kinder kommen, um den Vater mit Küssen zu begrüßen und werden grob zurückgestoßen. David merkt, dass er ungerecht ist. Brutal. Er flucht. Er selbst wird noch brutaler behandelt vom Schicksal und vom Leben. Er hat das Unerträgliche ertragen, damit die Familie zu essen und keine Sorgen mehr hat.

Er nimmt seine Koffer und geht zu den Räumen im hinteren Teil des Hofes. Er öffnet die Tür, tritt ein und stellt die Koffer ab. Er schließt sich ein, lässt sich auf dem bequemen Stuhl nieder und klagt über die verlorene Zeit. So viel Anstrengung für die

Reinheit des Himmels, und hier sitze ich nun in der tiefsten der Tiefen. Wenn ich gewusst hätte, dass das Leben mich für die Zauberei bestimmt hat, hätte ich mich beizeiten darauf vorbereitet und eine Ehefrau gewählt, die meiner Situation gewachsen ist. Ich hatte Kulturen angenommen, Ideologien, Glaubensrichtungen. Ich hatte Schlösser auf Sand gebaut, und nun beginnen sie zusammenzubrechen. Es ist so schwer, das Leben zu ändern!

Er rückt Tisch und Stühle beiseite, um Platz zu schaffen. Dann öffnet er seinen schweren Koffer. Er holt eine Schlange heraus, ein Käuzchen und einen menschlichen Schädel. Eine Frage kommt ihm in den Sinn: Wessen Schädel mag dies sein?

Er ruft sich die Vorschriften der Religion des Makhulu Mamba in Erinnerung. Schlangenmassage jeden frühen Morgen. Zaubersprüche. Anrufungen. Im Dunkeln zischen, um die Schlange anzuregen. Zwei lebende Hühner pro Woche, um sie zu ernähren. Das Käuzchen wird die Flügel ausbreiten, kurz umher fliegen und sanft rufen, wenn es Futter bekommt. Wenn es krank wird oder traurig, wird der Tag schlecht. Es muss mit Maismehl gefüttert werden, zerstoßenem trockenem Fisch und getrockneten Krabben.

Der psychologische Test ist mit Bravour bestanden, nun kommt die Stunde der wirklichen Prüfung. Ob er genügend Mut hat für die Jagd auf sein Opfer?

Er verlässt das Hinterhaus und geht ins Bad. Er betrachtet den Körper mit seinen winzigen Tätowierungen. Ich bin zerfurcht. Gezeichnet. Gebrandmarkt. Die Heiler hinterlassen gerne Zeichen ihres Wirkens auf dem Körper ihrer Kunden. Etwa aus Rache? Er denkt an seine Frau und an seine Geliebten. Ich muss fortan bekleidet mit ihnen schlafen.

Er zieht seinen Pyjama an und geht ins Zimmer. Er denkt nach. Ich brauche eine Gefährtin, um den ersten Teil des Gelübdes zu erfüllen. Vera zu einer Gläubigen machen? Das würde nichts bringen. Die Gehilfinnen sollten Jungfrauen sein und in einem entsprechenden Ritual eingeführt werden. Eine Jungfrau als Dienstmädchen einstellen würde auch wenig bringen. Sie hätte nicht die nötige Freiheit, um das Geheimnis zu wahren, in diesem Haus voller Kinder.

Er denkt an die Götter seines neuen Glaubens. Sie sind zornig und rachsüchtig. Sie strafen alle, die ihre Gelübde nicht halten. Er hat ganze drei Tage, um das Problem zu lösen.

Vera kommt ins Zimmer und macht Licht. Sie setzt sich auf das Bett und möchte reden.

»Dir geht es nicht gut, gesundheitlich.«

»Das bildest du dir ein.«

»Viel ist passiert, während du fort warst.«

»Was?«

»Clemente. Seine Gesundheit verfällt zusehends. Es sieht aus wie Zauberei, Besessenheit, ich weiß nicht, was ich machen soll.«

»Ich bin kein Arzt, Vera.«

»David!«

»Halt die Klappe.«

»In deiner Fabrik hat es gebrannt.«

»Gebrannt, bist du sicher?«

»Ich habe die Bilder aus dem Fernsehen aufgenommen. Die Nachrichten im Radio. Ich habe die Zeitungen aufgehoben. Schau!«

David konzentriert sich. Er liest, schaut, hört. Verheerender Brand vernichtet wichtige Dokumente in Lebensmittelfabrik. Als Ursache wird ein Kurzschluss vermutet. Verkaufsleiter erleidet schwere Verbrennungen und liegt im Koma. Nach einer mehrtägigen Abwesenheit hatte er eine Pressekonferenz einberufen, um einen Skandal aufzudecken. Anstatt über den Skandal zu berichten, wurden die Journalisten Zeugen des Brandes. Es wird vermutet, dass nichts mehr zu erfahren sein wird, da die gesamte Dokumentation sich in Rauch aufgelöst hat und derjenige, der die Vorwürfe aufgebracht hat, schwer verletzt ist.

David belebt sich, steht auf, bewegt sich, gestikuliert.

»Ich bin reich, wir sind reich.«

»Die Fabrik ist abgebrannt. Woher soll denn der Reichtum jetzt kommen?«

»Ach, entschuldige, ich wollte sagen, arm.«

»David, geht es dir gut?«

Bewegt greift David nach dem Telefon und ruft die Chefsekretärin an.

»Willkommen, Herr Direktor.«

»Erzähle mir alles, was du weißt.«

154

Die Sekretärin erzählt ihm alles, was sie gesehen hat. Sie erzählt von dem Verkaufsleiter, der sich bereits zum Generaldirektor des Fabrikkomplexes erklärt hatte.

»Erzähle mir genau, wo es gebrannt hat.«

»Die Büros der Geschäftsleitung, die Archive und verschiedene andere wichtige Dokumente. Die gesamte Geschichte des Betriebes ist verloren.«

»Wichtige Dokumente?«

»Ja, alle, die den Journalisten und dem Gericht präsentiert werden sollten.«

»Das tut mir leid.«

»Tut mir auch leid, Herr Direktor.«

David eilt ins Hinterhaus und spricht ein Gebet zum Lob der Götter des Makhulu Mamba, die magischen Urheber dieser großen Tat. Er kniet vor der Schlange nieder und betet, zischt. Er spürt den Drang, das Glück dieses Augenblicks mit irgend jemandem zu teilen. Seine Frau hat keinen Blick für das andere Gesicht der Welt, sie ist nichts und niemand, sie fliegt nicht und wird niemals fliegen.

Er spürt einen plötzlichen Drang, sich von Frau und Kindern zu befreien, um zu meditieren und auszuruhen. Er geht zurück ins Zimmer und legt sich hin. Clemente fängt an, wie immer zu schreien. Er brüllt. Sagt Dinge, die niemand versteht. Davids Anspannung wächst, und mit ihr wächst seine Lust, diesen Mund für immer zum Verstummen zu bringen, oder vielleicht, ihn den Göttern zu opfern.

Doch die Götter sind anspruchsvoll, sie akzeptieren keine Opfer, die man hasst. Was sie wollen, ist eine Jungfrau, auserwählt unter denen, die man am meisten liebt.

Er hört auf, nachzudenken und schläft ein.

XXX

David hat geträumt, er sei umringt von den schönsten Mädchen der Welt. Sie schritten an ihm vorüber, und er wählte, wie ein Bantu-König, eine von ihnen aus. Es war Suzy. Seine Gedanken sind finster, er ist zornig erwacht. Was macht sie denn in meinen

Träumen? Sie dringt in meine Welt ein, unterschwellig, wie alle Versuchungen. Selbst in meinen Wahn tritt sie ein, schleichend wie eine Schlange. Er versucht ihre Präsenz in seinem Unterbewusstsein zu deuten. Er verlässt das Bett und geht ins Hinterhaus, um die Götter zu grüßen und die Morgengebete zu sprechen. Das Käuzchen pfeift fröhlich, als es sein Futter bekommt. Der Tag wird gut werden, das ist das Signal. Er wendet sich der Schlange zu, die noch halb schläft und sagt ein paar magische Worte. Er entzündet ein Blatt Zeitungspapier und zischt. Das Tier entrollt sich und windet sich um seinen Körper. David spricht seinen Wunsch des Tages. Götter, ich habe Eure Botschaft erhalten. Meine Tochter ist noch klein und noch nicht bereit. Sie ist noch ein Kind. Sie ist das, was ich am meisten liebe, nehmt diesen Wahnsinn von mir. Dann entzündet er die Kerzen und betet wie ein Wahnsinniger. Er verabschiedet sich von den Haustieren, geht ins Bad, wäscht sich und parfümiert sich. Geht zurück ins Schlafzimmer und denkt nach. Denkt lange nach. Ob diese verrückt gewordenen Götter meine Gebete erhört haben? Ich habe ein Gelübde zu erfüllen. Wie soll ich das tun, wenn überall Kinder umherlaufen und spielen? Er findet einen Ausweg, weckt seine Frau.

»Vera!«

»Was ist?«

»Ich möchte dir einen Vorschlag machen.«

Vera reibt sich die Augen, noch voller Schlaf, überrascht.

»Einen Vorschlag?«

»Ja. Ich möchte, dass du mein Verhalten von gestern vergisst. Ich denke, du solltest die Kinder nehmen und einen Ausflug machen. Clemente braucht eine andere Umgebung, um seine Neurosen auszukurieren.«

»Du bist gestern erst angekommen und willst schon wieder allein sein?«

Vera antwortet mit bitterer, trauriger Stimme.

»Bitte, du weißt ganz genau, dass diese Lösung für alle das beste ist.«

»Ich verstehe dich nicht.«

»Du musst nichts verstehen, denn jetzt befehle ich dir. Geh!«

»Wohin denn?«

156

»Nach Swaziland. Und bleib das ganze Wochenende dort. Ich muss allein sein, um über das Leben nachzudenken.«

Er eilt in die Fabrik. Besichtigt die abgebrannten Gebäude, um sicher zu sein – er sieht und glaubt wie der Heilige Thomas. Er atmet tief durch und flüstert: Meine Feinde sind gedemütigt. Die Beweise, die mich belasten, sind verbrannt. Das ganze Vermögen ist sicher in meiner Hand.

Wie ein fröhlicher Vogel streift er durch die Fabrik. Hält hier und dort inne. Hält ein Schwätzchen. Die Gesichter der Arbeiter legen die Maske des Hungers ab und lächeln. Er träumt. Ich bin beliebt, und die Arbeiter jubeln mir zu. Sie hatten Sehnsucht nach mir. Sie sprechen. Jeder erzählt, was geschehen ist, jeder auf seine Weise. Sie übertreiben, dramatisieren, verharmlosen. Einige Arbeiter reden ihn mit Herr Direktor an. Andere mit Chef. Andere nennen ihn schlicht Bruder. Aber er mag es, Chef genannt zu werden. Mit dem gestohlenen Geld kann er eine ganze Fabrik wie diese kaufen. Er geht zurück ins Büro.

Die Chefsekretärin begrüßt ihn zärtlich.

»Sie sind schmal geworden, Herr Direktor. Ihre Haut ist so sanft. Benutzen Sie eine Schlangencreme?«

»Rede keinen Unsinn, Cláudia!«

»Unsinn? Als Sie verschwunden sind, hatte ich den Verdacht. Als ich Sie kommen sah, war ich sicher. Das Feuer war zu merkwürdig, um echt zu sein. Der Schlag war sehr gut vorbereitet, der ganze kriminelle Vorgang ist verbrannt, und nichts ist übrig, das Sie belasten könnte. Das war das Werk eines mächtigen Zauberers. Eine andere Erklärung gibt es nicht.«

David antwortet nicht. Er lächelt und umarmt sie kräftig. Er lebt auf. Diese Frau liebt mich, sie versteht mich. Sie hat mir immer geraten, in der Erde zu scharren, um die Geheimnisse des Seins auszugraben. Sie hat mir Wahrheiten gesagt, die ich davor niemals gehört hatte. Wie recht sie hatte!

»Wie geht es dir, Cláudia?«

»Ich freue mich für Sie. Für alles.«

»Du siehst gut aus. Anders. Du hast zugenommen. Du bist warm wie eine Schwangere.«

»Ach, Herr Direktor, ich bin schwanger, das ist wahr. Aber machen Sie sich keine Gedanken, noch heute lasse ich abtreiben.«

»Das nicht, es ist ein Verbrechen.«

»Ein Verbrechen?«

»Dieses Kind gehört dir nicht. Es ist ein Segen Gottes. Welches Recht hast du, ihm das Leben zu verkürzen?«

Die Chefsekretärin bricht aus in ein taubes Gestammel und dankt den Engeln für diesen Segen der Liebe. David befiehlt ihr, mit der Elf-Uhr-Maschine zu ihrer Familie zu reisen.

XXXI

Nach der morgendlichen Runde kehrt David nach Hause zurück, entschlossen, seine Einsamkeit zu nutzen. Er durchstreift das ganze Haus, um sicherzugehen, dass er alleine ist. In ihrem Zimmer liest Suzy in einem Walt Disney Comic.

»Suzy?«

»Hallo Papa.«

»Du bist nicht weg. Warum?«

»Ich wollte nicht.«

»Das hättest du sagen sollen. Jetzt habe ich die Fahrkarte umsonst gekauft.«

»Niemand hat mich gefragt.«

David zittert, schwankt. Makhulu Mamba, dieser verfluchte Priester, hat meine Gebete nicht erhört. David denkt an das Gelöbnis, das er nicht erfüllt hat, an die Rache, die kommen wird, an die Schlange, den Schädel des unbekannten Toten. Ich werde versagen, ich werde ein Totenschädel sein, dein Gespenst, und alles wegen meiner aufmüpfigen Tochter. Er atmet tief ein. Ach, verflixte Geister, Götter der schwierigen Wünsche! Er geht an die Bar und trinkt einen Whisky. Wird ruhiger. Zieht sich in sein Zimmer zurück und fällt in einen Halbschlaf.

Er erwacht mit leuchtenden Ideen und macht eine Liste der Mädchen, die er kennt, Töchter von Freunden, Nichten, Patenkindern, Cousinen. Ein Glück, dass Suzy nicht mit ihrer Mutter gefahren ist. Sie wird der Köder sein. Er wird eine ihrer Cousinen einladen, um bei ihr zu sein in der Nacht.

Siebzehn Uhr. Suzy telefoniert mit ihrer Tante. Ich möchte, dass meine Cousine heute nacht bei mir schläft. Ich bin alleine, meine Mutter ist verreist. Die Tante sagt, die Cousine sei nicht zu Hause, sie sei zur Großmutter gefahren und komme erst Sonntagabend zurück. Sie ruft verschiedene Nichten an, und die Antwort ist immer dieselbe. Nicht da, kann nicht, will nicht.

Neunzehn Uhr. David ruft die Sekretärin an und bittet sie, ihre jüngere Schwester vorbeizubringen. Sie ist erst zwölf. Aber sie ist hübsch, Jungfrau, das genügt. Die Sekretärin wundert sich über das Anliegen, stimmt dann aber zu aus Angst um ihre Stelle. Sie soll um zwanzig Uhr kommen.

Zwanzig Uhr. David schaut auf die Uhr. Ruft die Sekretärin an, bedankt sich für ihre Bereitschaft, bittet sie aber, nicht zu kommen, er will ausgehen. Er geht in sein Zimmer und kleidet sich mit seltener Eleganz. Dann ruft er seine Tochter und befiehlt:

»Bring schnell das Abendessen. Ich muss weg.«

Während die Tochter den Tisch deckt, starrt David auf den Fernseher, und der Film, der dort läuft, brennt sich in sein Hirn. Suzy ruft ihren Vater zu Tisch. Er ist taub, antwortet nicht einmal, ist abwesend, er sieht einen Film über den eigenen Wahnsinn. Nun schaut Suzye auch auf den Bildschirm. Lacht. Vergnügt sich. Der Film ist witzig. Auf dem Tisch wird das Essen kalt.

»Vater, das Essen wird kalt.«

»Ach, ja. Ich komme schon, aber mach mir noch einen Tee.«

»Nach dem Essen.«

»Ich will jetzt Tee und zwar schnell, sonst komme ich zu spät.«

Die Uhr zeigt einundzwanzig Uhr. Suzy steht in der Küche und kocht Tee. Kurz darauf kommt sie mit einem Tablett und stellt es vor ihrem Vater ab.

»Bring noch eine Tasse.«

»Für wen?«

»Los, Mädchen, leiste deinem alten Vater Gesellschaft. Ich weiß, du magst keinen Tee, aber tue es für deinen Vater, ja?«

Sie geht zurück in die Küche. David öffnet die Kanne und gibt ein Pulver hinein, rührt mit dem Löffel um und schließt den Deckel wieder. Die Tasse kommt, und zusammen trinken sie den heißen Tee.

»Der Tee riecht seltsam«, bemerkt Suzy. »Heute morgen hat er noch nach gar nichts gerochen. Der Geschmack ist auch seltsam, er hat noch nie so geschmeckt.« Sie trinkt einen Schluck und noch einen und noch einen. »Dieser Tee aus was weiß ich was riecht schlecht, aber er schmeckt gut. Ich hätte gerne noch eine Tasse.«

»Nein, Tochter. Das reicht. Jetzt lass uns essen. Ich muss weg.«

Aber David steht nicht auf, weder um auszugehen, noch um zu Abend zu essen. Beide richten ihre Blicke wieder auf den Fernsehschirm. In Suzys Augen beginnen die Bilder im Kreis zu tanzen. Sie spürt ein Kribbeln im Kopf, Schwindel, Verwirrung.

»Vater.«

»Was ist?«

»Dieser gute Tee, was hat er mit mir gemacht?«

Suzy kämpft gegen aufsteigende Hitze, die ihr Beklemmungen macht. Sie hört ein Summen. Stimmen. Musik. Ihr Körper schwankt, zittert, tanzt. Sie wirft sich auf den Boden und wälzt sich herum. Steht wieder auf mit unglaublicher Kraft und reißt sich die Kleider vom Leib. Sie brennen ihr auf der Haut.

David spürt einen Kloß im Hals. Auch er leidet, aber er hilft ihr nicht. Die Götter brauchen diesen Schmerz, dieses Opfer, damit das Schicksal sich vollzieht. David hält den Anblick nicht aus. Er zittert vor Angst, vor Erregung, vor irgendetwas anderem, das er nicht erklären kann. Auf seinen Armen trägt er die Tochter ins Hinterhaus. Der Raum ist bereit für das Ritual. Im brennenden Ofen glüht der Weihrauch, es ist stickig. Er legt seine Tochter auf die Matte. Zischt. Die göttliche Schlange verlässt ihren Korb und windet sich um die Tochter, eine brutale Massage. Mit den Zähnen reißt sie kleine Wunden, in die die Medizin gegeben wird, die den Körper unverwundbar macht. Suzy lässt sich weder Schmerz noch Vergnügen anmerken und schläft einen Schlaf der Engel.

In Suzys reglosem Körper öffnen sich die Augen. Ganz ruhig. Sie schaut sich um und bekommt einen vagen Eindruck von ihrer Umgebung. Schaut den Vater an. Lächelt. Niest und hustet. Der Raum ist von Rauch angefüllt, dass man kaum atmen kann. David facht das Feuer neu an, legt Kohlen und Weihrauch nach. Die Geister sind Kinder des Feuers, sie mögen Hitze und Flammen.

David umarmt seine Tochter und fliegt mit ihr zu den endlosen Paradiesen. Sie schlafen ein, träumen und erwachen wieder.

Er fabuliert. Leib Gottes, Blut Gottes. Erlösung. Mein Körper, mein Blut. Lösung. Ich habe das Blut meines Blutes getrunken, um den Lauf des Lebens in Schwung zu bringen.

Inzest ist Heilung. Opfer. Die unfruchtbare Frau schläft mit ihrem Vater, um das Gen der Fruchtbarkeit wiederzuerlangen, das bei der Zeugung verloren ging. Der unfruchtbare Mann schläft mit seiner Mutter, um die Zeugungskraft wiederzuerlangen, die er bei der Geburt im Mutterleib zurückgelassen hat. Kranke schlafen mit Bruder oder Schwester, um den bösen Geist zu verscheuchen und den Engel des Todes auszutreiben. Väter und Kinder paaren sich in Fruchtbarkeitsritualen für die Erde, das Vieh, im Namen von Gesundheit, Reichtum und einem langem Leben, seit Anbeginn der Zeit. Inzest zu heroischer Größe erhoben und zum Heiligtum in den Krönungsriten der Bantu-Könige. Adam aß den Apfel der Eva, Mutter, Schwester und Tochter, und das Leben vervielfachte sich.

XXXII

Tage vergehen, Wochen vergehen, und das Leben verändert sich in Veras Welt. Es braucht nur die Sonne aufzugehen, und ihre Augen füllen sich mit Tränen. Die Nächte bieten ihr auch keine Ruhe mehr, sondern Einsamkeit und Leiden. Sie braucht nur Davids Schritte zu hören, und schon denkt sie an Geschrei und Beschimpfungen. Weit weg ist die Zeit des Lachens und des Lächelns. Geblieben ist die Zeit der Bitternis und der Dornen. David hat alle Türen des Vergnügens verschlossen, und nun gibt es nicht einmal mehr Sex. David hat sich von allen Vaterpflichten zurückgezogen. Suzys Stimme ist streng geworden. Sie liest keine bunten Heftchen mehr sondern verbringt Stunden vor dem Spiegel und bewundert ihre fraulichen Züge.

An diesem Morgen erwacht Vera mit starken Kopfschmerzen. Sie steht aus dem Bett auf, will eine Tablette nehmen. Dabei stößt sie auf Unterlagen von ausländischen Banken, die auf Davids und Suzys Namen ausgestellt sind. Als sie die Ziffern entschlüsselt, kann sie nicht glauben, was sie sieht. Wo kommt das viele Geld her? Warum in Suzys Namen und nicht in dem von Clemente, dem Sohn und Erstgeborenen? Welche mysteriösen Geschäfte haben Vater und Tochter zu verbergen?

Vera nimmt die Papiere und geht damit in Suzys Zimmer. Sie fragt.

»Dein Vater ist gestern verreist. Weißt du, wohin?«

»Hat er sich nicht verabschiedet?«

»Nein. Diese Papiere, was haben sie zu bedeuten?«

Suzy wirft der Mutter einen durchdringenden Blick zu. Sie macht zwei Schritte auf sie zu und entreißt ihr die Dokumente.

»Kümmere dich um deine eigenen Angelegenheiten.«

»Warum behandelst du mich so, warum?«

»Ich bin genau so Frau wie du, siehst du das nicht?«

Vera spürt einen Schmerz, der ihren Körper befällt wie ein saurer Regen. In einem einzigen Aufblitzen sieht sie den Lauf der Vergangenheit. Den Schmerz der Geburt. Die Nächte des Wachens. Die Wiegenlieder, damit das Kind ruhig schläft. Sie war so klein, so sanft und so schutzbedürftig. Nun steht sie da, provozierend mit ihren Schlangenaugen. So behandeln sich nur Frauen, die um denselben Mann streiten. Hündinnen, die am selben Knochen nagen. Mutter und Tochter gehen so nicht miteinander um.

Ein plötzlicher Schwindel, und sie stürzt sich auf die unverschämte Tochter. Gibt ihr eine schallende Ohrfeige. Die Tochter erhebt ihre Hand gegen die Mutter, und der Streit entbrennt. Das Hausmädchen trennt die beiden und bringt Vera in ihr Zimmer.

»Bring mich zu einem Seher«, sagt Vera zum Hausmädchen. »Ich brauche Hilfe, sofort. Ich ersticke.«

»Und wenn Ihr Mann das herausfindet?«

»Soll er doch!«

»Und Ihre Religion, wie steht es denn damit?«

»Das Christentum spricht vom Leben im Himmel, und ich leide hier auf der Erde alle Qualen des Lebens. Es gibt Leute, die gehen zum Heiler, und das löst ihre Probleme. Das will ich auch versuchen.«

»Aber Frau Vera!«

»Ich habe keine Macht über nichts auf dieser Welt. Ich möchte die Strategie der Schlange anwenden und dem Beispiel der Eva folgen, der Sünderin. Von nun an soll der Verrat meine Kraft sein. Kein blinder Gehorsam mehr. Los, bring mich zu einem Seher!«

Die beiden Frauen fahren bis zu den staubigen Gassen der Vorstadt. Sie erreichen ihr erstes Ziel. Halten an, steigen aus. Vera taucht ihre blitzblanken Schuhe in den losen Staub. Die armen Frauen beobachten sie durch die Bambuszäune ihrer Häuser. Sie flüstern. Und fragen sich: Was will denn die hier?

Sie betreten den Hof eines Hauses, und Vera schaut sich um. Eine strohbedeckte Hütte. Eine Einfriedung aus Plastik, Blech und Karton. Viel Armut. Der Seher ist ein Alter mit einem Gesicht so angenehm wie eine weiche Brise.

»Wie kann ein alter armer Mann wie ich einer so großen Dame behilflich sein?«

»Ich suche mein Schicksal.«

»Vorhersagen?«

»Ja.«

Der Alte wirft die Muscheln. Studiert sie. Sein Lächeln verlischt, und das weiche Gesicht spannt sich an. Vera spitzt ihre Ohren und den Verstand. Bereit für alles, was da kommen mag, für jede Wahrheit, jede Lüge.

Der Alte erhebt seine Stimme und spricht:

»Im Fallen der Muscheln die Straße des Missgeschicks. Reichtum schafft Armut. Ich sehe viel Traurigkeit, viele Tränen und einen Krieg ohne Ende.«

Vera wartet gespannt auf die Entschlüsselung des Rätsels. Doch statt einer Erklärung holt der Alte die Muscheln wieder zusammen und verstaut sie am Boden eines Ledersäckchens.

»Bitte, erklären Sie mir.«

»Ich bin alt, und Sie sind wehrlos. Ich fühle mich so schwach, dass ich es nicht fertig bringe, dir die Wahrheit zu sagen. Du musst einen Seher finden, der stärker ist und mutiger als ich.«

»Ich habe so viel Hoffnung in diese Begegnung gelegt. Ich will zahlen, was nötig ist. Aber bitte, sagen Sie mir, was Sie sehen.«

»Nicht alle Wahrheiten sind dazu angetan, gehört zu werden.«

In Veras Augen sind Nebel und Düsternis. Bilder des Krieges legen sich auf ihr Unterbewusstsein. In ihrer Seele Enttäuschung, Verzweiflung. Sie zahlt und verlässt das Haus ohne ein Wort des Abschieds. Sie steigt in den Wagen und hält das Lenkrad ohne

Kraft, ohne Hast, auf der Suche nach einem neuen Seher. Diesmal finden sie eine Frau. Dick, redselig, mit einem spitzbübischen Ausdruck im Gesicht. Vera ist sie sympathisch. Sie fasst Vertrauen. Frauen sprechen dieselbe Sprache im Glück und im Leiden. Sie stellt eine ganze Reihe Fragen. Die Seherin erzählt, statt zu antworten, die schönsten Geschichten der Welt.

»Sag mir, was die Knochen erzählen«, verlangt Vera voll Ungeduld.

»Erzähle mir erst von deinem Mann. Wie ist er?«

Vera fragt sich nach dem Grund dieser Frage, denn sie meint, sie stelle hier die Fragen. Sie antwortet knapp.

»Er ist wohlhabend, ernährt seine Familie mit dem Besten, was es gibt.«

»Wirkliche Nahrung gibt Gesundheit und Leben, doch in deinen Augen sehe ich weder Gesundheit noch Leben. Dein Problem ist sehr ernst, und was dich tötet, ist nicht weit weg, sondern hier, in der Tiefe deines Schoßes. *A wu dlhawi kule, u dlhawa kola, xivanza nyongueni!*«

»Wo?«

»In den Händen, die dich umarmen. Im Mund, der dich küsst. In den Seelen, die dein Blut saugen, deinen Saft.«

»Wie?«

»Suche die Wahrheit in dir selbst. In denen, die dich lieben und die dich umgeben. Dieser Zauber kommt nicht von außen.«

»Mir fehlt die Kraft. Hilf mir.«

»Dein Problem braucht Kräfte, die ich nicht habe. Suche einen guten Heiler. Du wirst einen finden. Die Knochen sagen es. Und es wird eine Frau sein.«

Vera verabschiedet sich von der Seherin, und die Suche geht weiter. Sie stürzt mit Körper und Seele in die Welt der Esoterik. Redet mit Meistern der Magie, mit Schülern, mit Anfängern und auch Heilern, die sich zur Ruhe gesetzt haben. Sie besucht Geomanten, Kartenleger, Handleser. Sie geht zur Zigeunerin auf dem Markt und befragt die Kristallkugel. Sie besucht den Chinesen in seinem Laden und fragt nach den Linien des I Ching. Sammelt all die Schlüsselworte jeder Session. Sammelt Bilder, Symbole, Farben. Alle sprechen von Schwärze, Trauer und Tränen. Alle sprechen von Feuer, Zerstörung und Asche, als ob alle Systeme der

Zukunftsdeutung in dieser Welt sich zu einer Stimme vereinigt hätten zur Diagnose ihres Schicksals.

Aus Verzweiflung war sie zu den Sehern gegangen, und nun ist sie ergriffen von den Entdeckungen des Tages. Jedes System der Deutung birgt Wahrheiten und Geheimnisse. Sie begreift, dass die Lüge und die Falschheit der Scharlatane eine Strategie des Überlebens ist.

Eine der Heilerinnen, die sie aufsuchte, hatte keine Vorhersagen gemacht, es war nicht ihr Gebiet. Sie hatte ihr aber eine Salbe aus dem Sekret von Hundeaugen gegeben, die sie vor dem Schlafengehen auftragen sollte und dazu einen Rat: Erkenne mit eigenen Augen die Wurzel deines Problems. Wenn du etwas entdeckst, besuche mich vor Sonnenaufgang. In wenigen Worten hatte sie die Eigenschaften der Zaubercreme erläutert. Hundeaugen erreichen Welten, von denen der Mensch keine Vorstellung hat. Hunde schnüffeln. Sehen. Bellen, wenn Zauberei im Raum ist. Sie wittern Gefahr. Geben Laut. Hundeaugen fürchten die Nacht nicht, sie stellen sich ihr. Skeptisch und angeekelt und mit einer Gänsehaut hatte Vera die Creme entgegen genommen.

Erschöpft von der Suche kehrt sie nach Hause zurück. Geht ins Bad, um sich zu erfrischen. Es wird Nacht. Sie wäscht das Gesicht und trägt ihre neue Creme auf. Setzt sich ins Wohnzimmer, als gehörte sie nicht dort hin. Die Kinder springen auf ihren Schoß, brüllen, singen. Vera nimmt sie nicht wahr. Clemente erzählt, was er den Tage über erlebt hat. Sie hört ihm nicht zu. Sie döst und schläft ein. Träumt, sie sei umringt von Schlangen. Sie sieht Suzy und David, wie sie den Tanz der Schlangen hinter dem Haus tanzen. Sie versucht sich zu nähern, doch da schlingt sich eine Furcht erregende Schlange um ihren Körper, erdrückt sie. Vera stößt einen tödlichen Schrei aus und erwacht. Entsetzt öffnet sie die Augen. Dieser Traum war so deutlich, dass er fast wahr war. Veras Gedanken eilen den Geheimnissen entgegen, die Vater und Tochter gut verschlossen in der hinteren Ecke des Hofes verbergen.

Sie steht auf und streift durch das Haus. Die Kinder schlafen ruhig. Sie geht in Suzys Zimmer. Die Person, die sie dort sieht, ist keine glückliche Jugendliche, sondern auf dem Bett liegt eine Hexe mit unförmigem Gesicht. Ihr stehen die Haare zu Berge.

Meine Tochter ist eine Hexe. Sie war schon immer eine, erst heute habe ich es herausgefunden. Sie geht ins Zimmer von Großmutter Inês, und auch ihr Gesicht ist verändert. Wie, kann sie nicht entschlüsseln.

Vera geht zum Fenster. Sieht Landschaften, die sie nie zuvor sah, neue Farben und neue Bilder, als hätte die Natur sie mit magischen Augen beschenkt. Sie fasst Mut und geht in den Hof hinter dem Haus, um die Nacht zu genießen. Ihre Nase erfasst einen seltsamen Geruch. Kalt und beunruhigend. Sie verfolgt den Geruch, der aus dem Hinterhaus kommt. Hier leben Tiere, stellt sie fest. Die Wände des Hauses werden durchsichtig, und sie bemerkt den riesigen Korb. Wem gehört er? Was ist drin?

Sie spürt eine Ruhe und weiß nicht woher. Kehrt zurück in ihr Zimmer und schläft einen kurzen Schlaf. Sie will alle Schritte der Tochter überwachen und herausfinden, was sie im Morgengrauen tut.

Um vier Uhr morgens schleicht Suzy aus ihrem Zimmer und geht auf Zehenspitzen zum Hinterhaus. Sie öffnet die Tür. Tritt ein. Vera verfolgt sie. Sie riecht verbranntes Papier. Rauch. Ein Zischen. Worte. Litaneien. Kichern. Seufzen. Sie legt ein Auge ans Schlüsselloch und sieht alles: Die Tochter, die Schlange, den Totenschädel, die glückliche Eule auf ihrem Morgenflug.

Zurück in ihrem Zimmer weint Vera um ihr Unglück. Die Seher hatten Recht. Reichtum ist Elend. Es verrät dich nur der, dem du am meisten vertraust. Es hasst dich nur der, der dich liebt. Es verzaubert dich nur der, der die Wurzel kennt, an der deine Nabelschnur vergraben wurde.

Vera lehnt sich gegen die Wand und singt leise das Lied der Verzweiflung:

A ni dlhawi kule
Ni dlhawa kola
Xivandza nyongueni!

XXXIII

Zauberei. Die untergründigen Wege, die sie nimmt, um ihre ahnungslosen Opfer zu überrumpeln. Ihre verheerenden Folgen, als Zufälle getarnt, große und kleine Unfälle, Missgeschicke des Alltags. Der Gesang der Eulen bei der makabren Zeremonie. Vera erhebt sich vom Bett und schaut sich um. Schönheit sieht sie nun keine mehr und auch keinen Glanz. Der Leuchter an der Decke sieht aus wie die tausendköpfige Schlange. Die Räume ihres Hauses wirken wie Katakomben und Folterkammern. Die Schubladen, die Schränke nehmen die Gestalt von Beinhäusern an, deren Tote zerfallen sind im Laufe der Zeit. Sie geht zum Spiegel und betrachtet sich. Entdeckt Augenringe einer Schlafwandlerin, verloren im Nachtleben der Welt. Sie legt sich auf den Rücken und legt sich die Hände auf den Bauch, versucht, einen Dialog zu führen mit der Kreatur. Sie stammelt. Wie kannst du, mein Leib, Schatten hervorbringen statt Licht. Wie konntest du mir als Preis einen wahnsinnigen Sohn geben und eine Tochter, die eine Hexe ist?

Leib, mein Leib, was hast du aus mir getan? Während sie die Antwort auf ihre Fragen abwartet, schlürft sie, Tropfen für Tropfen, Essig und Galle aus den schrecklichsten Winkeln der Hölle.

Vera schließt ihre Augen und schlummert ein, um ihre Verzweiflung in den Schlaf zu wiegen. Sie hört, wie die Tür aufgeht. Jemand betritt das Zimmer und schleicht darin herum. Es sind wohl die Kinder, die ihre Nähe suchen, denkt sie. Eine Stimme ruft. Die Stimme ist wie ein Säbel, das Unwetter brüllt in der Kälte des Morgens. Sie erwacht und sieht eine schwarz gekleidete Gestalt mit einem langen Schal. Eine schwarze Hexe. Wo ist sie hergekommen?

»Vera!«

Sie antwortet mit schläfriger Stimme.

»Was ist?«

»Vera, geht es dir gut?«

Es ist ihre Schwiegermutter, auf ihrem traditionellen Kontrollbesuch, den sie immer macht, wenn ihr Sohn außer Haus ist. Der Anblick der alten Dame, noch dazu in diesem Moment, weckt uralten Hass, Streitigkeiten und Eifersucht zwischen Schwiegertochter und Schwiegermutter.

»Was willst du hier?«

»Warum liegst du so da?«

»Wegen deinem Sohn!«

»Was hast du? Was ist passiert?«

»Er ist ein Verbrecher!«

Die Alte wetzt schon die Zunge, um ihre Schwiegertochter mit schwiegermütterlicher Peitsche zu züchtigen.

»Wie wagst du es, so mit mir zu sprechen? Bist du verrückt geworden?«

Vera nutzt die Gelegenheit, alte Rechnungen zu begleichen. Sie brüllt. Die Worte sprudeln aus ihr heraus wie Blutgerinnsel in tödlichem Erbrechen. Sie sagt alles, was sie denkt, was sie fühlt, was sie weiß. Vom Luxus, in dem sie leben. Darüber, was man verdient, und was man ausgeben kann. Sie redet über das Geld im Ausland. Von der Komplizenschaft zwischen Vater und Tochter. Von Clementes seltsamer Krankheit.

Die Schwiegermutter trifft all dies unvorbereitet. Sie versucht, etwas zu erwidern. Sie kann es nicht. Stattdessen brüllt sie unzusammenhängende Worte, versucht, sich zu verteidigen, doch dann beruhigt sie sich schnell.

»Woher weißt du das alles?«

»Ich habe alle Spezialisten der Magie aufgesucht, auf der Suche nach der Wahrheit.«

»Seher?«

»Ja. Ich suche das Gleichgewicht, das mir aus den Händen geglitten ist.«

»Höre nicht auf diese Leute, Vera. Sie lügen. Sie zerstören.«

»Diesmal haben sie nicht gelogen, Mutter. Alle haben die Wahrheit gesprochen, ich habe es überprüft. Sie haben mir die Augen geöffnet. Ich spüre, wie der schwarze Schatten Tag für Tag größer wird. Ich habe Angst um das Glück meiner Leute, Mutter, ich habe Angst.«

Veras Stimme verliert den anfangs noch kriegerischen Ton. Nun klingt sie wie ein Klagegesang. Ein Hauch der Seele. Eine Herausforderung, ein Seufzen. Und ihre Augen ergießen sich schließlich in Tränen.

Die Schwiegermutter wittert Bruchstücke der Geschichte, wie jemand, der Geheimnisse wittert. Sie hört auf zu sprechen und hört zu. Vera ist eine Schwiegertochter vom alten Schlag, sie brüllt keine Schimpfworte auf Teufel komm raus. An ihren Worten ist etwas dran. Es steckt ein Geheimnis in diesen Worten. Vera spürt, dass sie an eine alte Wunde in der alten Seele gerührt hat. Sie umarmt ihre Schwiegermutter und versucht, sie zu beruhigen. Vergeblich. Es ist wie Öl auf brennenden Kohlen. Sie erschrickt.

»Vera.«

»Ja, Mutter.«

»Verzeih mein Verhalten bis heute. Los, erzähle mir alles noch einmal. Erzähle mir alles. Verschweige mir nichts.«

Vera erzählt alles bis ins Kleinste.

»Ich höre das Rufen der Eule und den Gesang der Schlange sehr deutlich. Die Geschichte wiederholt sich, meine Vera.«

Vera erbebt, als hätte ein Zauberstab ihr den übelsten Streich versetzt.

»Sie wiederholt sich? Und wann war das erste Mal?«

»Ich spreche mit dir jetzt als Frau und nicht als Schwiegermutter. Ich und du wurden vom Schicksal in diese Familie verschleppt. Aus Liebe gingen wir denselben Weg. Die Unterhaltung, die wir gerade führen, habe ich vor über vierzig Jahren mit meiner Schwiegermutter geführt.«

»Aber was ist wirklich los?«

»Es ist so schwer, sich an diese Vergangenheit zu erinnern, Vera. Ich erzähle es dir später. Jetzt lass mich ein wenig ausruhen, ich habe mich für heute zu sehr angestrengt. Bitte sag niemandem auch nur ein Wort davon, wer immer es auch sei. Bis bald.«

»Mutter, du hast nur von deinem Elend gesprochen und hast meines ganz vergessen. Lass mich nicht alleine, bitte!«

»Ich habe mehr gesagt, als ich hätte sagen dürfen. Du hast meine Seele durch diesen alten, schmutzigen Mund strömen lassen. Nun ist es genug!«

Vera senkt den Kopf und verdeckt ihr Gesicht. Sie ist traurig. Die Unterhaltung endet auf dem Boden der Tatsachen, genau wie im Märchen. Die Schwiegermutter setzt wieder ihr überhebliches, strenges Gesicht auf. Vera begleitet sie bis zur Tür, und sie verabschieden sich mit einem kühlen, distanzierten Kuss, wie zwei Unbekannte.

Die Alte geht zwei Schritte und kehrt wieder um.

»Nein, ich gehe noch nicht. Ich kann dich so nicht alleine lassen. Ich will bei dir sein, wenn die Nacht kommt, damit du keine Albträume bekommst.«

Das Dienstmädchen bringt das Frühstück, die beiden Frauen essen mit Genuss und Appetit. Sie reden. Suzy liest bunte Zeitschriften. Clemente malt und zeichnet. Die Kinder bitten die Mutter, ihnen eine Geschichte zu erzählen.

Ihre Erinnerung sucht in der Phantasiewelt ihrer Kindheit nach einer gefälligen Geschichte, nach einer unterhaltsamen, lehrreichen Fabel. Ihre Seele treibt auf den Wogen der Zauberei. Ihr Unterbewusstsein sucht nach einer Geschichte über Zauberei. Die Geschichte handelt von einem gewissen Makhulu Mamba, der mit einem einzigen Zahn Knochen und Knorpel zermalmt. Sie erzählt. Sie wiederholt. Pfeift. Singt. Die Kinder begleiten sie.

Oh Makhulu Mamba!

Suzys Augen heben sich von der bunten Zeitschrift weg, sie springt erschrocken auf.

»Mutter, hör auf damit!«

Vera hört nicht auf. Sie singt in immer schnellerem Rhythmus, ihre Stimme klingt begeistert, hypnotisiert. Die Kinder jubeln.

»Mutter, bitte!«

Suzy steht auf und versucht, die Mutter zum Schweigen zu bringen, doch auf einmal stürzt sie. Wirft den Kopf hin und her im Rhythmus des Gesangs. Sie spürt ein Jucken tief in der Seele und beginnt, ihre Kleider zu zerreißen. Ihr Körper wird von Millionen unsichtbarer Ameisen bevölkert.

Oh Makhulu Mamba!

»Mutter!«

Ihre Augen treten aus ihren Höhlen, streifen durch den Raum und nehmen den Ausdruck tiefsten Wahnsinns an. Ihr Mund verzerrt sich, und das Gebiss eines Vampirs tritt zutage. Ihre Finger werden zu Krallen. Mit wilden Schritten bewegt sie sich hin und her. Der Teufel ist in ihren Körper gefahren und reitet sie, verursacht das rhythmische Beben der Besessenen um Mitternacht. Sie knurrt. Rülpst. Gähnt. Schüttelt ihren Körper im Rhythmus der Trommeln vom Ende der Welt. Das Feuer in ihrer Seele entzündet sich, und sie zerreißt ihre Kleider, um Kühlung zu erlangen. Sie legt sich auf den Boden, kriecht. Ihr Körper bewegt sich mit der Geschmeidigkeit der Schlangen. Sie fällt zum ersten Mal in Trance.

Auch die alte Schwiegermutter wird vom Gesang hypnotisiert. Sie klatscht und wiederholt den Refrain dieses alten Gesangs. Erinnert sich an ihren Mann und seinen hochmütigen Blick, an die Zeiten des Schreckens und der heimlichen Lust. Jede heiße Musik weckt im Körper die Lust zu tanzen. Sanfte Musik bezaubert und lässt die Seele in die Ferne des Traums schweifen. Trommeln, Gesänge, Zauber, Beschwörung erwecken die Geister zum Leben. Die alte Schwiegermutter erlebt noch einmal die Wunder des Okkulten, gerät in Trance. Stürzt. Der Gesang führt zu unvorhersehbaren Reaktionen. Vera hört auf zu singen, und ihr Albtraum verfliegt ebenfalls, wie durch ein Wunder.

Im Wohnzimmer tritt Stille ein. Die Kinder sind vor Schreck bereits in die sicheren Ecken des Hauses geflüchtet. Vera versucht, Großmutter und Enkelin, die beiden Opfer der Magie, wieder zum Leben zu erwecken, wie eine Sanitäterin auf dem Schlachtfeld.

Sie zittert angesichts des Entsetzens, das sie selbst hervorgerufen hat. Dank der magischen Gesänge fallen alle Masken. Das Schlagen der Trommeln lässt die Geister erwachen. Die Besessenen der Ndau-Geister behaupten dies jedenfalls. Doch es sind die einfachen Sätze, die finstere Mächte auf den Plan rufen. Abrakadabra. Sesam, öffne dich. *Ndawuwe*. Oh *ndingue*, oh Makhulu Mamba!

Die Schwiegermutter, die wieder erwacht ist, wird einem Verhör unterzogen.

»Du bist auch in Trance gefallen, liebe Schwiegermutter. Welche Rolle spielst du in dieser ganzen Geschichte?«

Die Alte hebt die Hände und verdeckt ihr Gesicht. Ihre Maske hat sich unter der Magie des Gesangs aufgelöst. Die Wahrheit kommt ans Licht, leicht wie Öl auf dem Wasser. Sie wischt sich mit der Hand über die schweißnasse Stirn. Sie ist ertappt, es ist besser, sich zu ergeben und sich von dem verfluchten Geheimnis zu befreien, das sie seit drei Jahrzehnten hütet.Sie verdeckt ihre Augen und spricht über die bittere Vergangenheit.

»Mein verstorbener Mann ist eines Freitag morgens aus dem Haus gegangen und hat sich aufgemacht nach Mambone, dem

Land der großen Mysterien. Dann ist er wieder zurückgekommen. Er war sehr erregt. Angespannt. Er hat die Koffer abgesetzt und hat seiner Mutter etwas anvertraut. Ich war neugierig, habe das Ohr an die Tür gelegt und alles gehört. Er sagte: Mutter, du hast deinen Leib aufgerissen, um mich zum Menschen zu machen. Zerreiße dich abermals, damit in mir der Prophet des Lebens entstehen kann. Die Mutter antwortete mit einem Nein nach dem anderen, die ganze Diskussion über. Ich konnte hören, wie Möbel gerückt wurden. Einen fallenden Körper. Streit. Schreie. Weinen. Mir schien, meine Schwiegermutter würde erwürgt und bin in Ohnmacht gefallen. Als ich wieder erwachte, hörte ich Flüstern. Seufzer. Meine Schwiegermutter sprach ganz leise, und mein Mann lachte. Das Unglaubliche geschah. Meine Schwiegermutter unterzeichnete den Pakt mit den Kräften des Teufels. Das war der Anfang unseres Reichtums. Das goldene Zeitalter im Haus begann mit diesem Moment. Geld floss in Strömen. Beförderungen, traumhafte Feste und Glück ohne Ende. Viel Seide und viele Spitzen. Und im selben Augenblick begann auch die Zeit der Trauer. Ich bekam einen Schimpansen zum Mann. Unsere Kinder begannen zu sterben. Eins jedes Jahr, wie Vögel an Newcastle-Fieber. Übrig geblieben ist David.«

Die Alte unterbricht ihre Erzählung, vielleicht um Atem zu schöpfen. Aber Vera hört schon nicht mehr zu. Ihr Geist ist auf einen verzweifelten Flug ins Innere der Savanne gegangen, voll von Schimpansen und Schlangen. Am ganzen Körper spürt sie Schmerzen, Schweiß, Zittern, Erregung, Wut. Orientierungslos schaut sie sich um. Sie ringt nach Luft, ihre Kehle schnürt sich zu. Sie versucht zu schreien, doch ihr gelingt nur ein Schnarchen, als hätte sich die Schlange aus dem Hinterhaus um ihren Hals geschlungen.

Voller Verachtung und Angst blickt sie ihre Schwiegermutter an. Sie spürt eine Welle der Wut aufsteigen und explodiert.

»Wie konntest du das hinnehmen, wie nur?«

»Die Arme der Frau sind lange Flügel, sie bedecken die Schande des Heims. Eine gute Ehefrau zu sein bedeutet, den Schein zu wahren und die Schande der Familie zu decken.«

»Und du hast deine eigenen Kinder geopfert im Tausch gegen Honig, Seide und Spitzen.«

»Ich hatte keine Wahl. Ich bin aus dem Nichts gekommen. Ich wusste weder wohin ich gehen, noch wo ich bleiben sollte. Dieses Haus zu verlassen, hätte bedeutet, zur Prostituierten zu werden und der Verzweiflung anheim zu fallen. In meinem Elend habe ich das kleinere Übel gewählt. Ich habe widerstanden. Die Form zu wahren und meine soziale Stellung, das war alles, was ich getan habe.«

Aus Veras Mund hagelt es tadelnde Worte. Du warst feige. Du hast dich zur Komplizin gemacht, du hast es gedeckt, hast es angenommen und nicht verurteilt. Die Schwiegermutter erklärt:

»Die Gerechtigkeit steht auf der Seite der Macht, liebe Vera. Seit zwanzig Jahren werden die Rechte der Frau propagiert, doch nicht einmal heute kannst du vor Gericht ziehen, um die Rechte deiner Suzy einzuklagen, denn es gibt kein Gesetz, das sie schützt. Wenn du den Mund aufmachst, riskierst du, bestraft zu werden, lächerlich gemacht zu werden vor der ganzen Gesellschaft. Die männliche Macht kennt keine Grenzen. Ein Sohn bekommt Macht über den Körper und das Leben der eigenen Mutter. Es ist besser, heimlich vorzugehen, im Schatten, wie eine Schlange.«

»Jetzt komm mir nicht mit diesen Sprüchen. Du bist eine Hexe und basta!«

»Ich bin eine angeheiratete Hexe. Ich dachte, ich sei schon keine mehr. Ich habe mich an die Kirche geklammert, als Rettungsanker, und nun muss ich feststellen, dass alles vergeblich war.« Die Alte seufzt. »Ach, ihr Götter, ach, ihr Toten! Kommt denn in dieser Familie nicht wenigstens eine Generation heil davon? Es sind doch uralte Schulden. Sie haben sie nicht gemacht, die armen Kinder. Die nicht eingelösten Gelübde haben die Vorfahren geleistet und nicht diese armen Kinder. Warum müssen immer die Kinder für die Fehler ihrer Eltern bezahlen?«

»Und weiß David das alles?«

»Du kannst sicher sein, dass er es nicht weiß. Du bist der erste Mensch, dem ich mich anvertraue, seit ich Witwe bin.«

»Und an was ist dein Mann gestorben?«

»An der Rache der Geister. David, dein Mann, war ihnen versprochen. Sein Tod hätte das Ende der Generation bedeutet und das Ende des Familiennamens. Er war das letzte Kind, das übrig war. Wir mussten sein Leben erhalten. Sein Vater hat sich für den Sohn geopfert. Es war ein Tod voller Rätsel, voller Zauber.«

»Und David tut nun genau dasselbe. Warum das alles?«

»Schau dich um. Wertlose Menschen, die Reichtum anhäufen, Ansehen und Ruhm. Gute Menschen, die von Wasser und Brot leben und betteln müssen. Das Leben ist Barbarei, Piraterie, Verlogenheit. Alles, was unter der Sonne glänzt, verbirgt ein Geheimnis. Reichtum ist das Kind der Hexerei.«

Diese Erklärung hat ihre Logik, muss Vera einsehen. Die Geschichte der Menschheit besteht aus Plünderungen, Kriegen, Eroberungen. Menschliches Blut errichtet Imperien. Elend. Schmerz. Trauer. Nur wer auf den Gefühlen der anderen herumtrampelt, kommt nach oben. Die Menschheit ist ein Dschungel, in dem nur das Recht des Stärkeren gilt.

»In diesem Haus werde ich gegen die Hexerei ankämpfen, das schwöre ich dir.«

»Ich beneide deine Kraft. Ich bin auf deiner Seite. Kämpfe für dich und das Glück deiner Leute. Für den verfluchten Reichtum habe ich Kinder, Mann und Familie verloren. War es dies wert?«

Es ist Zeit schlafen zu gehen. Vera zieht sich in ihr Zimmer zurück, doch der Schlaf will nicht kommen. Immer wieder wühlt sie in den Erinnerungen des Tages. Das Gespräch mit der Schwiegermutter. Das Verhalten ihrer Tochter. Das Leben, das sich im Feuer einer anderen Welt verbrennt. Ein unheimliches Szenario zeichnet sich in ihrem Kopf ab, mit Bildern, die kommen und gehen, scharf wie Fotografien.

Das Gespräch am Abend.

Davids Vater im Körper der eigenen Mutter.

Die Schwiegermutter und der Schimpanse.

Suzy und die Schlange.

In diesem makabren Szenario fehlt nur noch sie, das nächste Opfer.

XXXIV

In Veras Schlaf ist Gewitter, Brüllen, Donner. Die Wasser aller Meere erheben sich und umarmen das Feuer der Erde in Flammen. Dumezulu, der Drache des Himmels, peinigt die Erde mit Lanzen aus Feuer. Der Wind pfeift beharrlich und lässt Regen niederprasseln in einer Jahrhundertflut. Schlaftrunken geht Vera ans Fenster, um dem Ende der Welt beizuwohnen. Sie erwacht. Es gibt keinen Drachen, keinen Regen, kein Gewitter, und die Natur nimmt weiter ihren Lauf. Eine Stimme ruft nach ihr. Mutter! Doch sie hört nicht, ihre Ohren reisen noch durch den Albtraum. Mutter! Jetzt hört sie die Stimme aus der Ferne, auf den Wellen des Feuers, das ihr Stück für Stück alle Kraft raubt.

Sie kehrt in die Wirklichkeit zurück und rennt barfuß in das Zimmer ihres Sohnes, der zittert.

»Clemente!«

Ihre Hände umarmen das verängstigte Kind. Kein Wort kommt aus ihrem Mund. Nur Schluchzer. Tränen. Ihre Finger wischen den Schweiß weg, der Clemente über den Körper rinnt. Sie schaut in das Gesicht ihres Sohnes. Seine Augen sind nicht wie sonst. Heute wirken sie tiefer und erschrecken sie. Sie sehen aus wie die Augen eines Mediums. Seheraugen.

»Die Albträume, wie immer?«

»Diesmal ist es schlimmer. Eine Schlange schleicht um das Haus. Eine Eule fliegt durch den Raum. Der Geist eines Menschen geht durch den Garten. Mutter, ich will hier weg.«

In Veras Blick flackert ein Licht, das die Blindheit aller Tage verscheucht.

»Mein Sohn, sieh mich an. Wir sind vom selben Blut, und du kommst aus meinem Leib. Ich war blind, und du hast klar gesehen. Meine Augen, die an die gewöhnlichen Dinge gewöhnt waren, konnten nicht mehr sehen als die Oberfläche. In meiner Welt der Resignation sah ich in deinem Vater meinen Helden, meinen Heiligen, meinen König und Prinzen. Heute habe ich begriffen und schwöre: Ich werde alles in Bewegung setzen, um diesen Wahnsinn zu besiegen. Du wirst sehen.«

»Ich ziehe mit dir in diesen Kampf, Mutter.«

Mutter und Sohn umarmen sich und beweinen ihre neue Verbundenheit.

Der aufkommende Morgen treibt Vera zu einem neuen Besuch bei der Heilerin mit ihren magischen Cremes. Eilig zieht sie sich an und treibt auch die Schwiegermutter zur Eile. Sie hetzt das

Auto mit Windgeschwindigkeit durch die Stadt und rast davon, ohne auf irgendein Verkehrszeichen zu achten. Die Frau ist da und erwartet sie.

Vera kehrt ihr Innerstes nach außen und legt die ganze Angst ihrer Seele dar. Sie enthüllt alle Albträume, die sie in der Nacht heimsuchen und in eine Wahnsinnige verwandeln. Sie lüftet die Schleier all ihrer Geheimnisse und entblößt vor der alten Heilerin den Kern ihres Schmerzes. Sie sagt alles, was sie sieht, was sie denkt, sich erhofft und woran sie leidet. In ihren Mundwinkeln wächst leichter Schaum, denn die Worte kehren den Müll von der Seele und vertreiben das Böse.

Auf dem Gesicht der Alten zeigt sich ein leuchtendes Lächeln, kennzeichnend für jemanden, der schon alle Probleme dieser Welt erlebt hat. Es gefällt ihr, dass die Patientin sich ausheult und allen Schmerz ihres Herzens dem Grau der Erde übergibt, in der alles Tote schließlich begraben wird.

»Hm! … es ist ein Zauber der Ndau, der dich tötet. Nur ein Nguni kann dich retten.«

»Wieso Ndau?«

»Ach, die hochmütigen Ndau. Sie sind so von sich überzeugt, dass sie sich für Götter halten. Sie sind mutig wie Löwen, rachsüchtig wie Büffel, unbarmherzig und zerstörerisch wie Feuer und das Wasser des wilden Flusses. Ihr Reich ist die Erde. Sie mögen das Grün, die Sonne und die Farbe des Feuers. Ihnen gehört die Kraft der Wiederauferstehung, die *Mpfukwa*. Ihnen gehört die Macht des Zaubers und aller finsteren Dinge. Sie sind gefürchtet für ihre Wut und den Zorn ihrer Rache. Ihre Geister besitzen den Körper der Auserwählten gepaart mit der Gewalt des *Mandiqui*, das schlimmere Krämpfe hervorruft als Epilepsie. Sie sind die Herren der Erde, und selbst als Tote reisen sie noch in andere Dimensionen. Sie sind unbesiegbar. Doch ein Nguni besiegt den Ndau.«

»Wer sind diese Ngunis?«

»Mutige Edle«, erklärt die Alte verzückt. »Sie sind elegant und eitel und tragen auf dem Kopf eine Federkrone, um die Schönheit ihrer inneren Welt herauszuputzen. Sie sind mutig und friedlich und greifen nur den an, der sie herausfordert. Sie sind mächtige Heiler und vertreiben den Zauber als pulten sie Läuse. Sie beherrschen den Himmel und das Gewitter. Sie beherrschen die Erde. Sie haben ihre Götter im Meer und in der Sonne. Sie mögen das Blau und den Himmel.«

Von Tränen überströmt fixiert Vera das Gesicht der Alten, den Ausdruck in ihrem Gesicht, und erinnert sich an Momente, an Ereignisse, als seien diese Augen ein Bildschirm, über den ein historischer Film flimmert. Sie fühlt sich fern von den Ndaus, und noch ferner von den Ngunis, sieht nur Fabeln, Erinnerungen aus der Vergangenheit, die sich in ihrer Gegenwart spiegeln. Wie kann man nun diese unerreichbaren Ngunis rufen?

Ungeduldig bitten Vera und ihre Schwiegermutter um die Magie, um Formeln und Lösungen. Sie brennen darauf, dass die Muscheln sich zu dem Fall äußern.

»Bittet mich nicht um etwas, was ich nicht geben kann. Ich bin Mbizombolo, die *Nhangarume*, und der Krieg ist nicht mein Gebiet. Ich habe kein *Mandiqui*, falle nicht in Trance und werfe auch keine Muscheln. Ich mache kein *Kufemba*, verscheuche keine bösen Geister und deute keine Träume. Ich habe keinen Umgang mit Geistern. Mein Fachgebiet ist der Körper. Ich heile durch Pflanzen.«

»*Nhangarume*?« fagt Vera erstaunt.

»Ja. *Nhangarumes* sind friedliche Kräuterheiler. Die anderen sind, wie ich bereits sagte, kriegerische Geister.«

»Es gibt also keine Hoffnung für mich und meinen Clemente?«

»Dein Sohn ist besessen. Er ist der typische Nguni. Ich habe Arzneien, um seine Anfälle zu behandeln. Ich rate dir aber, ihn zu einem Nguni-Meister zu bringen, zur Initiation. Die Zeit ist reif, die Geister zu entdecken.«

Die Heilerin schaut ihre Klienten an. Unerschütterlich und ruhig. Sie lacht. Tadelt.

»Junge Leute gehen mit der Magie um, als gingen sie ins Kino. Sie fürchten sie nicht. Hexerei ist aber keine Tanzveranstaltung, sondern hat mit Angst und Schrecken zu tun. Sie reißt Generation um Generation in neue Schulden, Versprechungen und Gelöbnisse hinein, die schwer zu erfüllen sind.«

»Gibt es keine Möglichkeit, dies zu beenden?«

»Eine Hexerei zieht die andere nach sich. Sie ist ansteckend. Dein Mann hat den Weg beschritten und dich mit hinein gezogen. Sogar die schlafenden Geister eures Sohnes sind vor ihrer Zeit wach geworden. Nun ist deine Stunde gekommen, von Höhle zu Höhle zu laufen, von Straße zu Straße auf der Suche nach dem Glück, das ihr habt entwischen lassen.«

»Worüber lachst du, alte Frau?« fragt Vera voller Sorge.

»Ich lache über die Natur der Dinge. Über euren Fall. Eure Ehe ist brüchiger als ein Spinnennetz. Einer steht mit dem Rücken zum anderen und betrügt ihn. Der Mann sucht die Magie. Die Frau verscheucht sie wieder. Vater und Tochter in schwarzer Magie. Mutter und Sohn in weißer Magie. Friede und Armut gegen Krieg und Reichtum. Die Gerechtigkeit siegt immer.«

»Ich will diesen Mann nicht mehr.«

»Liebes Kind, die Kokosnuss reibt sich von innen auf. Du musst da sein, um das Böse von der Wurzel her zu vergiften. Solche Dinge kann man nicht aus der Ferne heilen. Du bist gefangen in diesem Haus, wie die Wurzel des Feigenbaums in der Erde. Die Hörner bis zum Tode zu tragen ist das Schicksal des Stieres. Für die Kinder zu leiden ist das Schicksal der Frau.«

»Ich halte das nicht mehr aus!«

»Den Feind zu vertreiben, der sich in der Mitte des Lebens eingerichtet hat, braucht eine lange Zeit des Kampfes und der Opfer. Du brauchst die Strategie der Maus. Von innen her nagen. Das Gebäude zerstören, bis es einstürzt.«

»Ich weiß nicht, was sein wird, wenn er zurückkommt. Wie soll ich ihm entgegen treten?«

»So wie er dir entgegen tritt. Falsch. Lächle, auch wenn dir zum Heulen ist. Tue so, als sei nichts geschehen und bewaffne dich und bereite dich vor auf den großen Überfall.«

Die Heilerin bereitet die Arzneien für Clemente zu und beschreibt Vera den Weg zu einem mächtigeren Heiler.

»Sucht nach Xinhanga, das ist ein berühmter Heiler. Folgt dem Weg nach Osten. Es sind sechzig Minuten zu Fuß. Eine Straße gibt es nicht. Am Ende werdet ihr einen großen Canho-Baum sehen und einen kleinen Karapabaum. Falls ihr euch verlauft, fragt nach dem berühmten Xinhanganzima!«

Sie kehren zurück nach Hause, und Vera lässt die Schwiegermutter stehen, wie eine Last. Schwiegermütter sind Rivalinnen und keine Komplizinnen. Schwiegermütter sind ein Fluch, Zauberei und alles Schreckliche der Welt. Der Schwiegermutter zu vertrauen heißt dem Verrat Tür und Tor zu öffnen.

Sie entscheidet sich, das Hausmädchen zu ihren mysteriösen Erkundungen hinzuzuziehen. Sie ist eine einfache Person, die sehr viel weiß und sehr erdverbunden ist. Vera ruft sie und befiehlt ihr, die Arbeit ruhen zu lassen und ihr zu folgen.

»Begleite mich zu den Wurzeln meines Seins. Hilf mir, den Frieden zu suchen, den ich nicht habe.«

»Schon wieder, warum?«

»Nur dir kann ich vertrauen. Ich bin niemandes Tochter, und im Moment habe ich auch niemanden sonst. Ich bin die Tochter eines Vaters, dessen Name nicht auf den Steinen des Lebens steht. Ich bin die Tochter einer Hure im Ruhestand und habe meinen Vater nie kennen gelernt. Woher komme ich? Nicht einmal ich weiß es. Ich bin ein schlafwandelndes Wesen ohne Vergangenheit und ohne Zukunft. Wir beide sind Frauen, hast du mir einmal gesagt. Reich oder arm, gebildet oder unbelesen, wir sind im Leiden gleich. Wir weinen und stöhnen gleich, in der Liebe wie im Schmerz. Bitte hilf mir.«

Sie brechen auf. Die Dienerin denkt an den Kochtopf, den sie auf dem Herd gelassen hat. An den Wasserhahn, den sie nicht zugedreht hat über dem Spülbecken in der Küche. Sie denkt an die Reaktion des Hausherrn, wenn er zurückkommt und die Vertraulichkeit und den Verrat entdeckt. Sie denkt an ihre Arbeitsstelle und an die Kinder, die sie ernähren muss.

Ein heftiger Wind kommt auf, als die beiden Frauen vorbeiziehen auf der Suche nach dem Leben. Sie suchen den Nguni-Heiler, der Zauberkräfte beseitigt wie Läuse. Sie erreichen einen Pfad und lassen das Auto stehen. Veras hochhackige Schuhe versinken im Staub, in den Pfützen, im Geröll. Die Frauen aus den Hütten begaffen sie und bemerken: Die sind nicht von hier. Das sind Touristinnen. Leute von hier tragen keine solchen Schuhe. Vera fragt an jeder Ecke nach Xinhanganzima, und überall antwortet man ihr: da drüben. Und da drüben deutet man dann weiter nach Osten: da drüben!

Xinhanganzima begrüßt sie mit ruhiger Stimme. Doch Vera reagiert heftig. In zornigen Worten sagt sie, was sie will: Zauberei, Bäder, Schutz, Gegenzauber. Sie hat keine Lust mehr, alle ihre Sorgen auszubreiten und am Ende gesagt zu bekommen: Ich kann dein Problem nicht lösen.

Der Heiler hört ruhig zu. Es ist immer so. Der Schwerkranke hat es eilig, den Krebs los zu werden, der ihn aufzehrt. Dann sagt er: »Beruhige dich und ruhe dich aus. Der Heiler verschreibt die Heilmittel.«

Vera ist enttäuscht. Sie spürt, dass die Lösung ihres Problems weder schnell noch einfach sein wird. Vielleicht im nächsten Mond. Vielleicht in der nächsten Regenzeit. Vielleicht nie.

Der Alte studiert die Knochen und sagt Worte, die Vera erschrecken aber auch erleichtern.

»Es ist ein schwieriger Fall, aber er ist lösbar. Es braucht einen starken und fähigen Arm. Meine Hände sind kurz, und ich erreiche nur das, was die Götter mir gestatten.«

»Können Sie es nicht wenigstens versuchen?«

»Ich möchte kein Schwindler sein und und auch kein Scharlatan. Ich möchte dir etwas vorschlagen, was aufrichtiger ist und sicherer. Ich sehe die Lösung für dich auf einem Berg.«

»Berg?«

»Hast du dir schon einmal einen Berg angesehen? Hoch, überlegen, still. Und auch geheimnisvoll. Auf Bergen erhalten die Propheten des Lebens ihre Unterweisung und Inspiration. Die Könige errichten ihre Paläste auf der Höhe. Die Eremiten steigen hinauf, schöpfen dort Liebe und Kunst und meditieren. Auch du wirst hinauf steigen, um dein Licht zu entdecken und deinen Schatten.«

Es tut gut, Xinhanganzima zuzuhören, muss Vera erkennen. Er sagt, dass die Welt der Toten voller Ruhe ist und voll Perfektion. Er sagt, die Reise in die Vergangenheit sei eine Straße der Risiken, der Treppen, Dornen, Opfer und sogar der Bitterkeit. Er sagt, der Weg auf den Berg würde lang und hart werden und Glauben verlangen, Opfer und Gehorsam.

»Ich bin nur Medium eines kleineren Geistes, eines jüngeren Geistes. Meine Geister stasmmen vom Ende des 19. Jahrhunderts. Wir müssen uns eines viel älteren Geistes bedienen.«

»In welchem Jahrhundert haben denn die Geister gelebt, die mich bedrücken?«

»Das ist schwer einzugrenzen. Die Knochen hier sagen, sie seien alt, sehr alt. Mit Sicherheit aus dem sechsten. Jahrhundert. Wenn es so ist, dann kann nur eine Seele aus dem selben Jahrhundert dich retten.«

»Wo aber kann ich Geister aus dieser Zeit finden?«

»Ich werde dir helfen zu suchen. Ich kenne einige auf dem Land, wo man wegen des Krieges nicht hinkommt. Einige sind in das Umfeld der Städte gezogen. Du musst warten können. Wenn ich sie finde, sage ich dir Bescheid.«

Vera streckt die Hand aus und übergibt ihm ihre Visitenkarte.

»Hier ist meine Adresse.«

»Die brauche ich nicht. Ich habe andere Kommunikationsmittel. Wir Spiritisten benutzen die Telepathie und den Traum. Ich werde in dein Bewusstsein eindringen, um dich zu informieren. Nun geh nach Hause und warte auf meine Nachricht.«

»Telepathie?«

Vera schaut das Dienstmädchen an, den Heiler und sucht nach Bestätigung. In den Gesichtern erlischt das Lächeln. Die Hoffnung löst sich auf. Die Lösung wird kommen, ja, irgendwann nach meinem Tod. Veras Geist taucht ein in die schwarze See und tanzt im Kreis. Die Bäume, die Häuser, die Menschen und alle Dinge drehen sich im Kreis. Eins hinter dem anderen. Ihre Knie versagen den Dienst. Sie fällt. Fällt in Ohnmacht.

Als sie wieder zu sich kommt, verlässt sie Xinhanganzima und beginnt ihr Leben als Pilgerin. An den Tagen danach durchstreift sie die Vorstädte, Dörfer, Hütten, wie eine Schlafwandlerin auf der Suche nach dem Geist aus dem sechsten Jahrhundert. Sie sucht alte Leute auf und fragt nach diesem Geist. Die aber kennen nicht einmal das Wort Jahrhundert, wissen nicht, was es bedeutet und auch nicht, wozu es gut sein soll. Die Jüngeren staunen und lachen sie aus. Das einzige, was sie sehen, ist eine Verrückte, die nach einer verlorenen Reliquie sucht. Kann man einen Geist verlieren?

XXXV

Nach wochenlangem Aufenthalt im Krankenhaus feiert der Verkaufsleiter seine Genesung. Die Familie und seine Freunde haben sich in seinem Haus versammelt zu einem kleinen Empfang. Ihr Willkommensgruß umspielt seine Seele mit guten Gefühlen. Er fühlt sich geliebt, geschmeichelt, gemocht. Alle singen gemeinsam ein Friedenslied. Die bewegten Stimmen schwellen an. Der Verkaufsleiter träumt. Macht Pläne. Nie wieder werde ich mich der Zauberei bedienen. Nie wieder. Er schaut seine Kinder an, seine Frau und alle anderen, die ihn umgeben und lächelt: Es ist schön, wieder ins Leben zurückzukehren. Er denkt an David, seinen Generaldirektor. Wir waren mehr als Freunde. Wir haben uns gegenseitig gestützt, um Welten und Träume zu errichten. Heute hat das Leben uns auf entgegengesetzte Gleise gestellt. Er bedauert das und beschließt, alles zu tun um zu verhindern, dass ihre Wege sich kreuzen.

Die Nacht kommt. Der Schlaf des Verkaufsleiters ist das Erwachen in eine andere Dimension des Lebens. Er träumt, er hätte Flügel und flöge in den Himmel. Er schaukelt hin und her auf der Suche nach dem Haus Gottes. Doch anstelle von Gott sieht er fliegende Schatten. Das müssen die Engel ein. Die Schatten verfolgen ihn in rasendem Flug. Sie wirken bedrohlich und verwandeln sich in Wind, in Unwetter, in einen Wirbelsturm, der ihn in einen nie gekannten Taumel mitreißt.

»Erwache und sprich. Wenn die Sonne erwacht, wird deine Zunge wachsen und verletzen. Erwache und sprich!«

Der Verkaufsleiter hört die Stimme, die ihm wie ein Fluch klingt. Er versucht den Ton der Stimme zu erkennen. Die Art der Stimme. Er versucht an die Quelle der Stimme zu gelangen, doch seine Glieder gehorchen ihm nicht. Er hebt die Augen zum Himmel und sieht, wie die Hände der Schatten wie Arme eines Tintenfisches wachsen. Er zittert vor Angst.

»Erwache und sprich!«

Der Verkaufsleiter erkennt die Stimme. Der stumme Schatten verändert seine Form und wird zum Menschen. Es ist Makhulu Mamba, der aus dem Verborgenen auftaucht und ihn unsanft aus dem Schlaf reißt und zur mystischen Nachtwache zwingt.

»Du hast keine Kette mehr in diesem Leben. Entledige dich dieses Körpers, dieser Hülle. Befreie deine Seele und folge den Befehlen deines Herrn, ewiger Sklave.«

Die Angst wird größer und wieder kleiner. Doch dieselbe

Angst wird zur Kraft in der Nähe des Todes. Niemand übergibt seine Seele ohne Widerstand. Das Leben ist nur ein Hauch.

»Ich habe dir klare Anweisungen gegeben, als du weggegangen bist. Statt deinem Generaldirektor zu dienen, hast du die Zunge gebraucht, um ihm zu schaden. Ich habe Feuer gesandt und dich gebrannt, du Verräter. Jetzt bin ich gekommen, um dich zu holen.«

Der Verkaufsleiter tritt zwei Schritte zurück und brüllt. Nein! Seine Frau erwacht und sieht ihren Mann im Schlaf gestikulieren. Sie möchte ihn aufwecken. Dann tut sie es doch nicht. Man sagt, jemanden aus einem Albtraum zu wecken, kann töten. Sie wartet, bis der Albtraum vorbei geht. Aber er geht nicht vorbei. Er wird schlimmer. Sie eilt ins Nebenzimmer und ruft ihren Schwiegervater.

»Vater, hilf mir.«

»Was ist?«

»Komm!«

Der Alte antwortet noch ganz schlaftrunken. Die Schwiegertochter zieht ihn am Arm, zwingt ihn zur Eile, denn es ist dringend. Sie kommen gerade noch rechtzeitig um zu sehen, wie der Körper des Verkaufsleiters sich windet wie eine sterbende Schlange. Seine Arme und Beine bewegen sich in der Luft wie die Rückenflosse eines Haifischs im Todeskampf. Schreie. Seufzer. Ein Schwall von Worten prasselt herab wie ein Windstoß. Ai! Oh! Tötet mich nicht! Ich will nicht sterben! Der Verkaufsleiter redet bereits mit einer anderen Welt.

»Ich brauche dich, um Staub aufzuwirbeln. Wach auf und geh! Geh, rette deinen Generaldirektor aus großer Gefahr. Lösche das Feuer des Streiks, der sich ankündigt. Ebne ihm den Weg. Räume die Dornen weg. Entferne die Arbeiter einen nach dem anderen. Flüstere den Winden aller Himmelsrichtungen seine Unschuld, denn er ist der König und du bist der Diener.«

Der Verkaufsleiter will kein Gespenst sein, er will ein Mensch sein. Er ballt die Fäuste und kämpft, aber seine Hiebe treffen kein Ziel. Makhulu Mamba ergreift ihn an den Schultern und gräbt seine Finger in den mageren Hals. Der Verkaufsleiter stammelt unzusammenhängende Worte und versucht zu schreien, doch seine Stimme versagt. Er hört alle möglichen Geräusche und Töne. Donner. Trommelschlag. Lichter in allen Farben tanzen in konzentrischen Kreisen. Er befreit sich und versucht aus den Klauen des Makhulu Mamba zu entkommen. Er rennt. Überquert Brücken, Täler und Berge. Durchquert den Raum. Der schwarze Vogel kreuzt seinen Flug und durchbohrt seine Brust mit einer Lanze.

Schwiegervater und Schwiegertochter hören das Delirium seines Todeskampfes. Enthüllungen. Geheimnisse. Seltsame Worte, die zu Stein gefrieren. Sie sind erschüttert. Im Kopf einen Sturzregen an Fragen, die wie Säure brennen. Der Mann erbricht weitere entsetzliche Geheimnisse. Erstaunen. Sie bemühen sich, in die Welt des Albtraums einzutauchen. Doch sie sehen nur schwärzeste Dunkelheit. Verzweiflung. Es ist, als verfolge man im Fernsehen die Liveübertragung eines Todes, ohne eingreifen zu können. Sie fühlen sich wie ohnmächtige Zuschauer ihres eigenen Unglücks.

Der Schwiegervater sammelt die Worte auf, die lose wie Hagel fallen. Er webt sie zu einem Umhang, untersucht das Gewebe. Dieser Albtraum ist eine Abrechnung blutiger Schulden. Rache. Feindschaft. Was musste mein Sohn sich auch auf diese Dinge einlassen?

Der Verkaufsleiter beginnt zu schwitzen, zu weinen und zu schreien. Plötzlich stürzt er selbstmörderisch vom Bett auf den Boden. Sie versuchen ihn aufrichten. Er umarmt seine Frau mit verzweifelter Kraft und erstarrt. Der Wind umarmt seine Seele und nimmt sie mit bis zu den verborgensten Höhlen der Zeit. Der Schmerz bringt in die Gesichter das Raunen der Tränen. Der Flug der Seele in Richtung Ewigkeit muss schmerzhaft sein.

Die ungeübten Hände der Frau versuchen eine Wiederbelebung. Herzmassage. Mund-zu-Mund-Beatmung. Luft. Kaltes Wasser. Der Verkaufsleiter öffnet die Augen und verabschiedet sich.

»Ich werde sterben. Lebt wohl.«

Der Krankenwagen kommt, und es folgt das medizinische Ritual. Abklopfen. Abhören.

»Das Herz schlägt noch, er lebt, er ist nur ohnmächtig. Wir bringen ihn ins nächste Krankenhaus.«

Der alte Vater schüttelt ablehnend den Kopf.

»Das lohnt sich nicht mehr. Er ist schon fort, seine Seele wurde herausgerissen, er ist nicht mehr.«

»Das Herz schlägt noch, es gibt noch Hoffnung«, sagt der Arzt.

»Ein frisch gefällter Baum hat auch noch Saft. Der hier ist nicht gestorben, er ist aufgebrochen zu denen, die ihn bedrängen. Hier ist nur noch die Hülle geblieben.«

»Vater, verliere nicht die Hoffnung«, sagt die Schwiegertochter.

»Das war kein gewöhnlicher Kampf sondern das Duell zweier Schlangen. Dagegen gibt es keine Medizin. Sie sind Arzt, Sie haben keine Ahnung davon. Nur ein Heiler könnte sich um so etwas kümmern.«

»Die Schlangen kämpfen, und der Kampf endet erst, wenn eine verendet«, sagt der Alte im Krankenwagen. »Die Siegerin eilt zu einem verborgenen Ort und sammelt verschiedene Kräuter, um die andere wiederzubeleben und sie dann in ihren Bau zu schleppen. Eine Schlange tötet nie eine andere Schlange. Der Mann hier ist nicht gestorben. Er ist nur in den Bau der Siegerschlange geschleppt worden.«

Der Arzt schenkt dem Alten ein bitteres Lächeln und amüsiert sich über die Geschichte.

»Mein Sohn war eine Schlange und ist als Schlange gegangen. Ich kenne Heiler, die ihn wieder zum Leben erwecken könnten, doch die sind weit weg. Er hat sein Schicksal selbst gewählt. Er hat sein Bett selbst gemacht und seinen Sarg. Er wird niemals in Frieden ruhen, niemals!«

»So spricht man nicht über einen Kranken«, fleht ihn seine Schwiegertochter an.«

»Oh doch! Ich habe viele solcher Fälle gesehen. Die jungen Leute lassen sich auf das Okkulte ein und basteln sich schließlich ihre eigenen Albträume. Warum musste er sich nur auf so etwas einlassen?«

Das Herz des Verkaufsleiters hört auf zu schlagen, und der Arzt wird unsicher. Die Wunden des Mannes waren verheilt, der Körper war gesund, keine Grippe, kein Fieber, nicht einmal Bluthochdruck. Er war glücklich, als er wieder bei der Familie war. Nichts erklärt diesen plötzlichen Tod. Dieser Tod hat etwas Magisches, glaubt jetzt auch der Arzt. Im Krankenhaus stellt er den

Totenschein aus. Erklärt plötzlich auftretendes Fieber zur Todesursache und bringt den Fall in Ordnung. Zum Glück ist die Medizin so leistungsfähig, dass sie sogar Erklärungen für Zauberei findet.

XXXVI

Die Fabrik steht wieder da wie in guten alten Zeiten. Die Produktionszahlen sind besser denn je. In der Nachtschicht wird gearbeitet und gesungen. Wenn der Gesang abklingt, reifen die Streikpläne. Dann wird der Strom abgestellt. Das beunruhigt niemanden. Dass der Strom ausfällt, ist normal in diesem Land im Die Arbeiter entzünden Kerzen und warten, dass der Stom wiederkommt. Ein rätselhafter Wind löscht die Kerzen und taucht die Fabrik in vollkommene Dunkelheit. Ein Licht taucht aus dem Nichts auf und wird größer, wie die Lichter eines Autos, das sich nähert. Es beleuchtet, blendet, entstellt.

Die Gedanken der Arbeiter wandern ins Reich der Phantasie. Woher kommt dieses Licht, das stärker leuchtet als die Sonne. Das riecht nach Magie, nach Wahnsinn. Da steckt Zauberei dahinter.

Das Bild des Verkaufsleiters, der vor über sechs Monaten gestorben ist und beigesetzt wurde, entsteht in der Luft in aller Deutlichkeit. Hinter ihm formlose Wesen mit Fackeln. Schreie der Angst entweichen den Lippen, und die Arbeiter werden zu einer eingeschüchterten Masse in führungsloser Bewegung. Sie fliehen. In alle Richtungen. In blinder Hast, die sie an den Abgrund ihres Lebens führt. Nahrungsmittel fliegen herum, Werkzeuge, Instrumente. Kisten werden auf die Maschinen fallen gelassen. Auf ihrer chaotischen Flucht werfen die Arbeiter alles um. Die gesamte Produktion dieser Nacht wird vernichtet. Die Arbeiter verletzen sich gegenseitig auf der Flucht.

Sie suchen Schutz in der Bar an der Ecke und warten, dass der Morgen kommt und es heller wird. Ihre Gedanken schwirren durch die Luft und suchen nach Antworten. Das war kein Traum und kein Albtraum. Es war eine schreckliche Wahrheit, deren Konsequenzen keiner von ihnen ermessen kann. Sie versuchen, sie zu ergründen. Auch der stärkste Mann wird zum Feigling angesichts der Macht der Zauberei.

Es wird Morgen. Polizei, Justizbeamte, Journalisten durchstreifen die Fabrik, um Zeugen des Unglaublichen zu werden. Die Arbeiter hören entrüstet, was in den Morgennachrichten im Radio gesagt wird: Arbeiter zerstören ihre eigene Fabrik wegen eines Gespenstes. Und ihnen wird klar, welch bittere Wahrheit sie erwartet.

David erscheint um sieben Uhr morgens in der Fabrik, in Begleitung des Justitiars. Er lässt alle Leute der Nachtschicht antreten. Schimpft, brüllt, entlässt sie wegen Trunkenheit und Zerstörung von Firmeneigentum. Er ruft den Produktionsleiter und gibt ihm die Schuld für die Ereignisse der Nacht. Er leitet ein Disziplinarverfahren gegen ihn ein und entlässt ihn wegen Nachlässigkeit und schlechter Organisation der Arbeitsabläufe.

Er ruft den Chef der Buchhaltung und verlangt einen Schadensbericht. Der Bericht kommt. Er liest. Er lächelt. Dann bittet er um einen Bericht über die Finanzsituation der Fabrik. Der Chef der Buchhaltung hat nicht alle Daten zur Verfügung. Die meisten Unterlagen sind dem Feuer zum Opfer gefallen. David brüllt, schimpft, klagt. Wie konnten sie denn verbrennen, wenn doch alle wichtigen Unterlagen in einem feuerfesten Tresor aufbewahrt worden sind? Er leitet ein Disziplinarverfahren ein und entlässt den Chef der Buchhaltung wegen Nachlässigkeit, verletzter Sorgfaltspflicht und Unfähigkeit.

Die Stimmen der entlassenen Arbeiter betteln um die Gnade des Herrn Direktor. Diejenigen, denen das Glück noch gewogen ist, verschließen ihre Seelen gegenüber dem Wimmern der Kollegen. Sie fürchten um ihr eigenes Schicksal.

David dreht ihnen den Rücken zu und geht in sein Büro, die Siege des Tages zu feiern. Er preist die magische Macht des Makhulu Mamba. Drei seiner Rivalen hat er beseitigt. Die übrigen sind unnütze Teile, die dennoch seinen leuchtenden Pfad verdunkeln. Er muss sie los werden.

Er ruft die Chefsekretärin in das zweite Büro, und sie lässt sich anstecken vom Glück ihres Direktors, ihres Geliebten und Ehemannes, dessen dritte Frau sie ist. Er öffnet eine Flasche Champagner und füllt zwei Gläser. Die Sekretärin trinkt einen Schluck, und ihr wird schlecht. Er hebt ihren Rock, um sich in ihr zu erleichtern. Doch dieser Bauch ist ein gefüllter Korb, in den er einmal die Frucht gelegt hat, die nun heranreift. Der Gedanke, den Platz mit dem Kind, das heranwächst, zu teilen, gefällt ihm nicht. Er ruft ein Bordell an und lässt sich eine kleine pausbäckige ganz schwarze Hübsche reservieren. Die Schwarzen sind heißer.

Ein Teil der Maschinen ist wegen eines Gespenstes zerstört worden, und die Produktion steht wieder still. Die Wut wächst unter den Arbeitern, die im Hof der Fabrik herumsitzen. Sie möchten etwas tun, denn Müßiggang ist nicht gut. Sie organisieren Spiele, bis es wieder Arbeit gibt, bis der Lohn kommt. Die Frauen haben mehr für die Kunst übrig. Sie singen und tanzen. Andere Arbeiter sitzen in der Bar vor dem Fabriktor, trinken Bier und reden über Fußball und Politik. Sie lachen sich ins Fäustchen, doch alle Fröhlichkeit endet in Klagen.

»Früher waren Streiks gut. Gegen den Kolonialismus zu kämpfen und für die Freiheit, das hat sich gelohnt. Heute macht es keinen Spaß. Es ist schwer, gegen den neuen Chef zu kämpfen, er ist ein Landsmann, ein Bruder.«

»Wer denkt denn hier an Streik? Und was bringt es denn? Wie viele Streiks haben wir schon gemacht, und was hat es gebracht? Wir haben uns umsonst abgerackert. Die Polizei hat ihre Wut an uns ausgelassen. Unsere Kollegen sind verletzt worden, misshandelt. Schon wieder ein Streik, wozu? Lasst uns eher ein Feuerchen machen, damit das Feuer alles Böse dieses schlechten Lebens verschlingt. Lass uns lieber diese Gespensterhöhle verlassen und anderswo Arbeit suchen.«

»Dieser Direktor ist ein Teufel. Es gibt Gerüchte, dass er irgendwo eine neue Fabrik gekauft hat. Mit welchem Geld denn? Wie konnte er so schnell reich werden? Wir haben ihn kommen sehen. Er hatte eine Hand vorne und eine hinterm Rücken. Er ist groß und fett geworden. Jetzt hat er eine neue Fabrik. Wie kann ein Reicher Geld haben für alles, was er nur will, und wir verhungern hier?«

»Weißer, Schwarzer, Kolonialist, Landsmann, alle sind gleich und alle stehlen. Die Ungerechtigkeit gibt es überall in der Welt und ihr stehen alle Grenzen offen. Sie hat Status. Sie braucht keinen Pass und auch keinen Ausweis. Man spricht heute so viel von Globalisierung, doch die Welt war schon immer globalisiert. In den Kriegen, den Verbrechen, der Missachtung der Rechte der Armen.«

»Wir Arbeiter sind Lämmer. Wir werden geschoren, damit sie im nächsten Winter Mäntel haben. Wir sind der Pfeffer, mit denen die Politiker ihre Reden würzen. Kräuter für die Büffel. Stimmvieh. Arbeitsbienen für die Königin.«

Die Arbeiter reden sich müde. Geben ihr Geld aus für Bier. Gehen an die nächste Ecke, um irgendein hausgemachtes Bier zu trinken und warten ab, bis die Nacht kommt, um irgendeine nichtsahnende Frau zu überfallen, die mit den Taschen voller Münzen von ihren Geschäften an der Ecke nach Hause geht.

David folgt den Arbeitern bis in die Bar und ruft sie zur Ordnung. Während der Arbeitszeit in die Bar zu gehen ist verboten. Er brüllt sie an, beleidigt sie und nennt sie Säufer. Sie reagieren.

»Säufer? Ist Trinken was böses? Und was bleibt uns denn vom Leben außer dem Bösen? Sie, Herr Direktor und ihresgleichen, haben alles ausgelaugt, was in uns gesteckt hat. Wir Armen werden jeden Tag ärmer, und Sie werden jeden Tag reicher. Sie haben doch alle Anstrengungen, unser Leben zu verbessern, zunichte gemacht. Sie sind ein Dieb, ein Hexer. Sie schicken uns Geister, wenn Sie wollen. Schmeißen uns raus, wenn Sie wollen. Lassen Sie uns wenigstens trinken, um die Trauer zu dämpfen, die Sie verursacht haben.«

Wütend ordnet David ein Disziplinarverfahren gegen alle Arbeiter an, die in der Bar waren. Er entlässt sie wegen Ungehorsams, Trunkenheit und Missachtung der Arbeitsgesetze.

Die Frauen werden es leid zu singen und zu tanzen. Ihr Magen produziert keine Kraft mehr für den Tanz. Sie verlassen die Fabrikbühne und gehen an die nächste Ecke, um Bonbons zu verkaufen, Holzkohle oder Sex.

David ruft sie zu einer Versammlung zusammen und zieht sie zur Verantwortung. Er sagt, ihre Lebensführung sei einer Arbeiterin und Mutter nicht würdig, und sie verwandelten sich in Huren. Er beleidigt sie. Sie wehren sich. – Huren?

»Aber Sie waren es doch, die uns vor langer Zeit schon zu Prostituierten gemacht haben. Sie haben unseren Schweiß und unsere Körper ausgelaugt, unsere Seelen und unsere Träume.

Lassen Sie uns das verkaufen, was wir haben, um Brot zu verdienen. Unsere Töchter gehen schon nicht mehr zur Schule. Sie stehen auf der Straße, um über die Runden zu kommen. Sie stehen am Hafen und warten auf die Seeleute; andere sind in den Luxushotels und bieten ihre Dienste den edlen Besuchern an, die Tag für Tag aus den Bäuchen der Flugzeuge gespien werden. Unser Söhne rauchen *Soruma*, um den Hunger zu betäuben, und üben sich im Messerstechen und im Schießen um zu töten. Sie haben keine Angst vor dem Tod. Sie sind schon von Ihnen, Herr Direktor, getötet worden. Sie verbreiten Angst unter unschuldigen Bürgern, um mit Gewalt das Brot zurück zu bekommen, das Sie ihnen geraubt haben.«

Eine der Frauen ereifert sich: »Meine Tochter ist im Gefängnis. Sie wird der Prostitution angeklagt, wegen Ihnen, Herr Direktor. Doch sie ist keine Nutte. Sie ist Jungfrau, eine Heilige, die Reinheit selbst. Sie hat noch nie aus Lust mit einem Mann geschlafen. Sie hat nie erfahren, was Liebe ist. Sie macht das, um Vater und Mutter zu ernähren, die ohne Lohn arbeiten, und um ihre Geschwister zu ernähren, die vor Hunger sterben. Sie opfert ihr Leben für die Familie. Opfert ihre Träume, um die Träume der Familie zu ernähren. Opfert ihre Jugend, damit das Leben nicht stirbt. Sie wird an Männerkrankheiten sterben, und Sie sind schuld, Herr Direktor. Jetzt sitzt sie im Gefängnis. Wenn sie rauskommt, gilt sie als vorbestraft. Sie wird nie wieder eine anständige Arbeit bekommen, einen anständigen Mann, ein anständiges Leben. Das Glück meines Hauses wurde zerstört. Durch Ihre Schuld, Herr Direktor.«

David spürt einen Stich im Herzen. Er denkt an seine eigene Tochter. Dieselbe Geschichte. Dasselbe Schicksal: das Leben geben für die Rettung der Familie. Er erinnert sich an den Tag, als er sie zur rituellen Initiation gedrängt hatte. Sie war schwach und wehrlos. Er hatte Augen und Ohren allen Gefühlen gegenüber verschlossen, um sie zu opfern, als Sünderin. Er würde gerne sagen, dass jeder Reichtum seinen Preis hat. Der Aufstieg hat einen Preis. Er würde gerne sagen, dass auch er die Träume seiner Tochter geopfert hat. Das Schicksal der Tochter umgeleitet hat. Im Blut seiner Tochter gebadet hat, um sich vor seinen Männersünden zu retten. Dass er auf ihrem Körper einen beweglichen Altar errichtet hat, um an das Glück zu gelangen, an Vermögen und ein langes Leben. Er wird traurig.

Er zieht sich in sein Büro zurück und lässt die Frau rufen, die ihn beschimpft hat. Er stellt ihr einen großzügigen Scheck aus und bittet sie, nicht darüber zu reden. Sagt, es sei, um die Tochter aus dem Gefängnis zu holen. Sagt, es sei aus Freundschaft, Mitleid, Solidarität. Er lügt. Die Rede der Frau hat ihn gezwungen, die Hand auf sein eigenes Herz zu legen und die Tragweite seiner Taten zu erkennen. Doch es ist zu spät um umzukehren.

Er ruft den Justitiar der Firma und weist ihn an, gegen alle versammelten Frauen Disziplinarverfahren einzuleiten. Er entlässt sie wegen unmoralischem Verhalten und mangelndem Arbeitseinsatz.

Die Fabrik löst sich auf. Bald wird sie privatisiert.

XXXVII

In seiner Lieblingsecke dichtet David Lobeshymnen auf sich selbst. Das Leben meint es gut mit mir. Ich bin hartnäckig und aggressiv in meinen Geschäften. Ich habe Erfolg. Das heiße, starke Blut habe ich von meinem verstorbenen Vater geerbt. Ich bin ein großer Investor.

Er denkt an die Fabrik, die er soeben eröffnet hat und an die Vorkehrungen, die er treffen muss, damit seine Konkurrenten sie nicht ruinieren, seine Arbeiter sich nicht beschweren, damit sie wächst und seine Feinde ihn fürchten.

Er denkt über sich nach. Ehefrauen hat er schon drei. Vera, die ihn in der Öffentlichkeit vertritt. Cláudia, seine Lust und sein Schild, die ihn vor den Angriffen des Feindes warnt. Mimi, die ihm Glück bringt. Sein Verhältnis zu Suzy ist ein rein Spirituelles. Sie ist die Wurzel des Lebens, die aus den tiefsten Tiefen der Erde guten Saft holt.

Er denkt an Vera, seine erste Frau. Er denkt an die Kinder. Wie wäre ihr Leben, wenn sie eines Tages die Mutter verlören? Er denkt an Clemente und an seine Krankheit. Wenn er weg wäre, wäre dies eine Erleichterung für alle. Man muss ihn weit fort bringen.

Er denkt an seine Schutzgötter. Ich muss sie beschenken, so wie sie mich beschenken. Diese grausamen Götter verlangen nach Blut. Dennoch werde ich alles opfern, um das die Götter mich bitten, auch wenn ich dazu ein Lamm meiner Herde aufgeben muss.

Trotzige Tränen rinnen über sein fettes Gesicht, nehmen die Trauer vorweg. Er sucht Halt in der Geschichte der Welt. Tröstet sich. Das Opfer des Lebens ist so alt wie die Erde. Der einzige Sohn wird gekreuzigt, um die Welt von den Sünden zu erlösen. Es wird Leben geopfert zum Ruhm des Kaisers. Für die Einheit der Nation. Für die Fruchtbarkeit des Bodens und der Rinder. Für die Ernte. Damit es regnet. Damit die Geschäfte gut laufen. Damit die Liebe nicht stirbt.

Er ruft Suzy zu sich und befiehlt heimlich: Pack deine Koffer für die große Reise.

XXXVIII

In Veras Traum ist eine Gestalt ohne Gesicht, die sie in ein anderes Universum geleitet. Sie sieht einen Berg. Eine sehr grüne Landschaft. Eine Straße. Einen gewundenen Weg. Wenn sie friedlich träumt, steigt sie den Berg hinauf, doch sobald sie den Gipfel erreicht, endet der Traum. Sie erwacht plötzlich. Die tödliche Spannung lässt sie jede Anstrengung unternehmen, um das Rätsel des Traums zu entschlüsseln. Aber wer ist dieses Wesen ohne Gesicht, das in die Tiefe meines Bewusstseins dringt und mit mir durch so wunderbare Welten fliegt, um mich dann traurig zurückzulassen? Vera findet es heraus und lächelt: Xinhanganzima! Er ist es, und er weist ihr den Weg, den Weg auf den Berg. Gestern habe ich oft an ihn gedacht. Ich bin eingeschlafen in Gedanken an ihn. Er hat meinen Ruf gehört und ist gekommen. Telepathie?

Vera steigt ins Auto und macht sich auf den Weg, auf die Suche nach dem Leben. Sie fährt und denkt laut: Xinhanga hat telepathische Wellen ausgesandt, er ruft mich, ich komme. Irgendetwas sagt mir, dass ich vor Sonnenuntergang die Lösung finde, die ich suche.

Im Herzen der Vorstadt erwartet Xinhanganzima Vera voll Ungeduld.

»Du bist gekommen.«

»Ja, ich bin gekommen.«

»Ich habe die Person gefunden, die du suchst.«

»Wie heißt sie?«

»Moya.«

Vera lächelt. Noch glücklicher jetzt. Moya ist ein Geist. Frische Luft. Wind, der dunkle Wolken bringt und die Erde fruchtbar macht. Leben, Hoffnung, Bewegung. Wind, der alle Unwetter des Universums bringt und vertreibt.

»Wo lebt sie.«

Xinhanga erklärt. Fünfundsiebzig Kilometer Asphaltstraße. Nach Süden. Durch den Ort. An den Wasserfällen vorbei. Auf den höchsten Bergen links der Grenze.

»Dort ist es heiß, der Krieg tobt. Wie komme ich dort hin?«

»Bete. Rufe alle Geister deines Vaters, deiner Mutter, alte Geister, Geister der Gegenwart, Götter des Krieges und des Friedens. Sie sollen dir Regen schicken auf die Straße des Feuers.«

Vera tritt an den Fuß des Karapabaums, den Altar der Götter der Erde. Sie kniet nieder. Spricht. Betet mit Inbrunst. Die Morgenbrise kühlt die Erde. Die Hoffnung kehrt zurück, und sie bekommt wieder Lust zu siegen.

Sie kehrt nach Hause zurück und nimmt Clemente als Begleiter mit. Als Zeuge. Er ist alt genug, sich der Probleme der Familie anzunehmen. Er ist ein Mann und muss das lernen, damit er nicht eines Tages Dinge erlebt, deren Ursache er nicht kennt.

Mutter und Sohn verlassen ohne Zwischenfälle die Stadt und wagen sich in das Land hinaus, das einst friedlich war, doch nun von wütenden Kriegern erobert wurde, die Dörfer zerstören in der Hoffnung, Frieden und Freiheit aus der Asche des Lebens retten zu können.

Sie erreichen das Dorf, die erste Etappe. Am Markt an der Ecke gibt es Brot, Kekse und Erfrischungen. Sie halten an und kaufen, denn sie sind hastig aufgebrochen und haben keinen Proviant dabei. Sie essen. Sie reisen ohne Orientierung und wissen nicht, wie weit der Weg noch ist. Sie kaufen mehr Kekse, mehr Brot und Mineralwasser. Sie fahren weiter.

Eine Bergkette tut sich vor ihren Augen auf. Wie erkennen wir den Berg, den wir suchen. Der höchste? Der entfernteste?

Sie nähern sich einer jungen Frau mit einem Kind auf dem Rücken. Die Frau errät, was sie wollen. Reiche Leute fahren nur aufs Land hinaus, wenn sie einen Heiler suchen. Sie richtet das Wort an die Fremden.

»Ihr wollt auf den Berg?«

»Weißt du, wo das ist?«

»Mit dem Auto kommt man nicht hin. Ich glaube, es ist besser, ihr ruht euch ein bisschen aus und stellt das Auto irgendwo unter.«

»Ist es weit?«

»Nein, nicht so weit. Das Problem sind die Steigungen und die Abhänge.«

»Weißt du, wo wir das Auto lassen können?«

»Nein, das weiß ich nicht. Ich glaube, es gibt nichts.«

»Und jetzt?«

»Wenn ihr mir etwas bezahlt, könnt ihr euer Auto bei mir zu Hause abstellen, und ich passe darauf auf. Solche Autos ziehen Begehrlichkeiten an, und es gibt viele Gauner in der Gegend.«

Sie parken den Wagen und machen sich auf einen endlosen Fußmarsch. Stundenlang laufen sie durch die Landschaft mit ihren grünen Kräutern, ihrer Ruhe und ihrer Frische. Bewundern die Hügel und Berge, die immer höher werden, je näher sie ihnen kommen. Der Wind erfrischt. Die Vögel singen von Solidarität und erleichtern den Marsch. Die beiden Wanderer begegnen einer Frau, die einen schweren Korb auf dem Kopf trägt. Die Frauen begrüßen sich, beide zeigen das gleiche Erstaunen. In beiden Mündern dieselbe Frage. Wohin gehst du? Die eine verlässt gerade den Busch, um auf dem Dorfmarkt ihren Lebensunterhalt zu verdienen. Die andere verlässt die Stadt, um im Busch das Leben zu suchen. Vera entschließt sich, alles zu kaufen, nur um der armen Frau zu helfen. Sie hat jetzt Bananen, lebende Hühner, Hirsekörner, Tabak, alles Dinge, die sie überhaupt nicht braucht. Sie nutzt die Gelegenheit, um nach dem Weg auf den Berg zu fragen, und die Frau weist ihr mit einem Lächeln die Richtung.

»Dort entlang.«

Der Marsch wird beschwerlich mit so viel Gepäck. Was sollen

wir mit all diesen Sachen? Verschenken? Wem denn, in dieser menschlichen Wüste? Sie gehen, ruhen und gehen weiter. Der Berg scheint unerreichbar.

»Lass uns umkehren, mein Sohn. Was wir suchen, finden wir nicht. Und das schlimmste ist, wir wissen nicht einmal, was wir suchen. Wir haben uns von Geschwätz leiten lassen. Wir haben einem Mythos gehuldigt, den es nie gab.«

»Lass uns dort in jenem Schatten ausruhen, Mutter. Ich bin neugierig, was uns am Fuß des Berges erwartet. Ich war noch nie in so einer Gegend.«

Veras autoverwöhnte Füße halten lange Fußmärsche nicht durch. Sie schleppt sich bis zu dem Baum. Mutter und Sohn setzen sich. Plötzlich hören sie ein Lied im Wind. Es ist eine alte Stimme, müde und verbraucht. Das Lied erzählt von dem Berg und ruft auf zum Marsch für das Leben und das Glück. Vera und Clemente entdecken die Alte, die singt. Warum hält sie sich hier allein auf? Wurde sie von ihrer Familie ausgesetzt mitten im Krieg? Sie gehen der Frau entgegen, und die hört auf zu singen. Sie lächelt.

»Willkommen im Paradies«, sagt die Alte.

»Dürfen wir uns hierher setzen, zu Ihnen?«

»Natürlich. Leisten Sie mir Gesellschaft. Ich habe schon lange keinen Besuch mehr bekommen. Und wohin führt Sie Ihr Weg?«

»In Richtung Zufall. Wir wissen nicht, wohin wir gehen.«

»Wer weiß schon in diesem Leben, wohin er geht? Und was ist das Leben anderes als ein großer Zufall?«

Clemente ist begeistert. Er freut sich an allem: an den Pflanzen, der Stille, der Kühle und dem Gefühl der Freiheit.

»Aber wie sind Sie ausgerechnet hierher gekommen?«

»Wir möchten den Berg hinauf.«

»Wozu?«

»Wir suchen Lösungen für einige Probleme, die uns bedrücken. Wir suchen die ältesten der ältesten Geister. Aus dem sechsten oder siebten Jahrhundert. Aus dem ersten. Oder gar keinem.«

»Und warum so alte?«

»Man sagt, sie seien stärker, vielleicht!«

Die Alte lacht vergnügt.

»Nicht das Alter gibt die Kraft. Es gibt uralte Geister, die schwach sind, und junge, die stark sind. Es gibt alte Geister voller Habgier und Bosheit und neue, die aufrichtig sind.«

»Und Sie, sind Sie vielleicht die Person, die wir suchen?«

»Natürlich nicht. Sagen wir, ich bin eine Art Wächterin dieser Wege. Ich werde Ihnen helfen, dorthin zu kommen, wenn Sie schwören, dass es einem guten Zweck dient.«

»Schwören?«

»Schwören, ja. Alle menschlichen Taten müssen auf einem Gelübde beruhen. Das ist *Ntumbunuco*, die Natur.«

»Und wissen Sie zufällig etwas über den Geist, den wir suchen?«

Die Alte kommt in Fahrt und erzählt Geschichten aus der Zeit, in der die Tiere sprachen. Sie erzählt von den Bergen, die Leben geben und Leben nehmen. Von den Bergen, die die Liebe schützen und den Hass bestrafen. Von den Bergen, die den Hungernden speisen. Beim Aufstieg kann es passieren, dass ein Bündel Bananen auftaucht, sagt sie, ein gebratenes Huhn, ein gedeckter Tisch mit den Speisen der Götter. Diese Geschenke sind aber nur für diejenigen bestimmt, die reinen Herzens kommen. Sie erzählt vom Wasser der Berge, das alle Krankheiten der Welt heilt. Von den Höhlen des Vergessens, die dem Gerechten alle Bitternis nehmen und den Bösen das Gedächtnis auslöschen, so dass sie schließlich sterben, ohne den Weg nach Hause wiederzufinden. Sie erzählt von der Seele der Steine. Von der Sprache der Steine. Von den Steinen, die sprechen wie Donner. Von den magischen Steinen auf einigen Bergen, die denjenigen Macht, Schutz, Mut und Entschlossenheit geben, die das Glück haben, sie zu besitzen. Von Steinen, die aufbauen. Von Steinen, die zerstören. Erzählt von alten Kriegern, die ihre Kraft in den Bergen erlangten. Von Regengöttern, die in den Bergen leben neben den Wolken. Erzählt von Menschen, die auf dem Boden des Berges ihre Notdurft verrichten, ohne um Erlaubnis zu fragen und zur Strafe ein anderes Geschlecht annehmen. Ich war ein Mann, sagt sie und lacht, ich wurde bestraft und wurde zur Frau.

Clemente und Vera lachen vergnügt über die Geschichten. Ihre Erschöpfung verschwindet wie durch ein Wunder, und an die Stelle tritt das dringende Verlangen, die Rätsel des Berges zu entschlüsseln und die Abenteuer dieser unbekannten Welt zu erleben. Vera bedankt sich bei der Alten und schenkt ihr all die Nahrungsmittel, die sie gerade erst gekauft hat. Sie schenkt ihr auch den Tabak.

»Mir reicht der Tabak. Ich esse weder Brot noch Fleisch. Ich lebe von der Luft, vom Wasser und von den Wurzeln des Feldes.«

Vera öffnet ihre Handtasche, holt ein Seidentuch hervor und schenkt es der Alten.

Mutter und Sohn beginnen mit dem Aufstieg. Clemente rennt und hüpft wie ein frisch entwöhntes Zicklein, während Vera mit dem Korb auf dem Kopf langsam den schwindelerregenden Rücken des Berges erklimmt. Aus dem Nichts kommt ein Wind auf, der nur die beiden erfasst. Vera kann keinen Schritt mehr nach vorne tun. Sie stürzt. Der Sohn eilt der Mutter zu Hilfe und hält sie fest. »Dieser Wind hat etwas Seltsames«, sagt Clemente, »er hat nur uns erfasst, die Pflanzen nicht.« Der Wind hört auf, der Fußmarsch geht weiter. Das wilde Heulen der Wölfe und das Weinen der Hyänen vereinen sich nun zur Sinfonie dieses Weges.

Mutter und Sohn bleiben hart. Gehen weiter. Treffen auf eine Bande Affen, die sich durch die Zweige schwingen. Sie halten ein in ihrem Spiel und stürzen sich auf die Wanderer wie bewaffnete Wegelagerer. Tasten ihre Körper von oben bis unten ab wie Polizisten, die etwas in den verstecktesten Ritzen des Körpers suchen. Diese Affen haben etwas Seltsames an sich. Sie sind Verwandte der Menschen, sie misshandeln nicht und töten nicht. Sie stürzen sich auf die Füße der beiden Wanderer und spielen mit ihren Schuhen. Während Vera vor Angst zittert, hat Clemente seinen Spaß daran, holt die Bananen aus dem Korb und verschenkt sie. Mutter und Sohn ziehen ihre Schuhe aus, damit die Affen sie nicht weiter belästigen. Die Affenbande erfindet ein neues Spiel. Die Tiere rennen hin und her und spielen vergnügt mit ihren neuen Spielzeugen.

Der steile Weg ist voll Dornen und Geröll. Vera und Clemente kommen dennoch voran. Halten an. Klettern. Halten an und klettern weiter. Ihre nackten Füße leiden. Clemente hat schon einen blutigen Zeh und hinterlässt auf dem Weg eine Blutspur. Weiter vorn wird der Weg von einer Schlange versperrt. Sie bewegt sich, als ihre Beute näher kommt. Mutter und Sohn umarmen sich.

Zittern. Vera bereut und betet. Das ist der Berg des Schreckens und nicht der Wunder, wie ihr gesagt worden war. Doch Clemente hört auf zu zittern und lächelt. Nimmt der Mutter den Korb ab, holt die lebenden Hühner heraus und bietet sie der ausgehungerten Schlange an. Die Schlange verschlingt den Happen, schleicht sich fort und macht den Weg frei. An dieser Schlange ist etwas Seltsames. Sie ähnelt einem Bettler am Straßenrand.

Ein paar Schritte weiter treffen sie auf einen Schwarm unbekannter Vögel, die entsetzlich singen. Clemente greift in den Korb, holt die Hirse hervor und verteilt sie über den Boden. Mutter und Sohn sehen zu, wie die Vögel die Körner aufpicken und dann abheben. Diese Vögel fliegen merkwürdig. Normale Vögel stellen sich Reisenden nie in den Weg.

Wenige Meter vor dem Ziel denkt Vera erschöpft ans Aufgeben. Aber aufgeben, das hieße zurückkehren zur alten Angst. Hieße den Profit preisen und das Leben gering schätzen. Hieße scheitern im Kampf gegen die Schmach. Hieße die Kinder in den Klauen eines Wahnsinnigen lassen. Besser, sich bis zum Ende dieses Weges zu schleppen.

Sie erreichen den höchsten Punkt des Berges. Sie sehen bellende Hunde, rennende Katzen, Töpfe, Teller, Schüsseln. Gackernde Hühner.

Aus einer Höhle, versteckt zwischen Büschen, taucht jemand auf und begrüßt sie. Vera erlebt eine weitere Überraschung. Die Frau, die vor ihr steht, ist eine gewöhnliche Frau, sehr gewöhnlich, nicht alt, nicht jung. Einfach gekleidet wie die Frauen vom Land. Aber warum lebt sie in den Höhlen, wenn dort unten, nur wenige Kilometer entfernt, die Zivilisation blüht? Vera ist zutiefst enttäuscht. Die Person, die sie vor sich hat, ist zu jung, um im sechsten Jahrhundert gelebt zu haben. Vera tritt näher. Streckt die Hand aus zur Begrüßung. Die Frau lächelt, weicht dem Körperkontakt aus.

»Mein Name ist Moya, ich bin Seele, Wind und Geist. Ich lebe auf den Bergen und über dem Wasser, denn ich mag das Licht und das Meer. Von diesem Aussichtspunkt sehe ich die andere Hälfte des Regenbogens, die in der Tiefe der Erde steckt. Ich bin das Blau und die Tochter Gottes.«

Die Frau spricht mit ihrer Stimme und ihrem Körper, und ihr

Profil wirkt fließend, zeitlos, wie eine im Raum schwebende Seele.

»Aber wie ist es euch gelungen hierher zu kommen?« fragt sie.

»Wir haben gesucht. Gefragt. Es war ein schwieriger Aufstieg mit so vielen Angst einflößenden Tieren.«

»Wie gut. Ich habe euch erwartet, ich wusste, dass ihr heute kommt. Es steht geschrieben in den Linien des Schicksals, dass wir uns heute hier und zu dieser Stunde treffen würden. Doch bevor wir weiter reden, möchte ich euch danken für die Geschenke, die ihr mir geschickt habt.«

»Geschenke?«

»Ja. Die Schuhe, den Tabak, die Hühner, das Getreide und das Tuch.«

»Aber! …«

»Die Tiere, die ihr getroffen habt, sind meine Wächter. Sie kamen zu mir mit allem, was ihr ihnen geschenkt habt und haben eure Ankunft angekündigt.«

Mutter und Sohn wechseln verblüffte Blicke und senken den Kopf: »Den Tabak hat die Alte geraucht, wir haben es gesehen. Die Hühner hat die Schlange gegessen. Wir haben gesehen, wie die Affen die Bananen geschält und gegessen haben. Das Getreide haben die Vögel aufgepickt.«

Die Frau erhebt sich, geht in eine Ecke und bringt den Korb mit allen Geschenken. Vera schaut die Frau an. Wie sie sich bewegt. Sie hat einen wallenden Gang, fließend wie der Wind. Als hätte sie keinen Körper. Als hätte sie keine Knochen. Sie ist der Begrüßung ausgewichen, als Vera ihr die Hand entgegen gestreckt hatte, weil sie keine wirkliche Gestalt hat. Sie kann nur ein Trugbild sein, eine Projektion aus den verborgenen Winkeln des Bewusstseins. Sie hat eine süße Stimme, die bezaubert, beruhigt und müde macht.

»Ich sehe in euch mutige Menschen, fähig zu jeder Art Opfer zum Wohl aller. Ihr habt die Schlange besiegt, die Eulen besiegt, die Angst besiegt und den Weg frei gemacht. Ach, könnten doch alle Menschen sich frei machen von unbegründeten Ängsten, von künstlichen Gefühlen, ihren Geist stärken im Sinne des Universums, so wie die Berge in die Höhe wachsen. Schaut auf die Natur. Der Baum ist glücklich, ein Baum zu sein, der Berg ist glücklich, ein Berg zu sein. Der Mensch aber will Tier sein, Stein, Gott, er will alles sein, nur nicht Mensch. Das ist schade.«

Vera hat es eilig, der Frau zu erzählen, was sie fühlt, was sie bedrückt. Doch die lässt ihr keinen Raum. Spricht. Fragt nicht. Nickt. Scheinbar weiß sie alles, kennt alles, liest die Gedanken der Menschen wie aus einem offenen Buch.

»Wir haben viel zu besprechen, doch vorher müsst ihr ausruhen.«

Sie gibt ihnen Wasser, um zu trinken und sich zu waschen. Breitet eine Matte im Schatten aus.

Mutter und Sohn schlafen erschöpft ein und erwachen erst kurz vor Sonnenuntergang. Die Frau leiht Vera einen Spiegel.

»Du siehst etwas schlampig aus, meine liebe. Geh in dein Zimmer und kämme dich.«

Vera und Clemente werden in verschiedene Höhlen geführt. Vera beginnt sich zu kämmen vor einem gewöhnlichen runden Spiegel. Sie sieht ihr erschöpftes Gesicht und lächelt. Der Spiegel bestätigt ihr, dass es keine schönere Frau auf der Welt gibt als sie.

Ihr Gesicht beginnt sich zu verändern. Bekommt Falten, verformt sich und nimmt die Gestalt einer Schlange an. Das Schlangengesicht zerfällt, und der Spiegel bleibt leer. Spiegelt dann ihr Gesicht als alte Frau. Sie zittert. Schreit. Was hat das zu bedeuten? Was ist das für ein Spiegel? Und was sind das für teuflische Bilder?

Sie versucht, den Spiegel loszulassen, ihn weit wegzuwerfen, ihn zu zerbrechen, doch sie stellt fest, dass etwas sie zurückhält. Sie schaut weiter in den Spiegel. Ihr Körper zittert krampfartig wie ein Bambusrohr im Wind.

Es erscheint die Gestalt einer nackten Frau. Sie reißt die Augen auf und erkennt, es ist ihr Bild. Clemente erscheint, ebenfalls nackt, und sie beide gehen davon, Hand in Hand. Vera ist entsetzt. Nackt an der Seite meines Sohnes, nein, mein Gott! Sie denkt nach und beruhigt sich. Nacktheit bedeutet nicht unbedingt Liebe oder Sex. Auch Geburt, Tod, Religion.

Die Bilder bewegen sich in sternloser Nacht, und die schwarzen Wolken rasen auf die Horizonte des Todes zu. In dem schwarzen Gewölbe schlängelt es beängstigend, der himmlische Drache erscheint. Öffnet den Mund und schickt Gewitter, die tödlicher sind als die Bomben einer *Mirage* oder eines Überschall-fliegers. Mutter und Sohn rennen hin und her, suchen Zuflucht. Finden keine. Verzweifelt schauen sie zum Himmel. Sie sehen ein furchtbares Monster, das im Himmel des Spiegels erscheint. Sehen zwei Augen. Eine lange Hand, die ihnen eine brennende Fackel entgegen schleudert. Vera kämpft, als stünde sie am Rande des Todes. Im entscheidenden Augenblick ergreift Clemente einen Stein und schleudert ihn gegen das Monstrum, das in kleine Glassplitter zerfällt. Die Bilder der Sintflut verlöschen. Im kleinen Spiegel erscheinen die Abbilder der kleineren Kinder. Sie spielen. Verändern sich langsam. Werden dünner. Ihr Fleisch verschwindet, und sie werden zu Skeletten, die sich bewegen.

Schließlich erscheint Suzy mit einer Goldkrone auf dem Kopf. Sie sitzt auf einem Thron aus Gold und hält ein goldenes Zepter. Ihr Leib ist geschwollen, sie ist schwanger. Doch ihr Uterus ist aus Glas. Man erkennt ein Gewirr von kleinen Schlangen, fröhlich der Geburt entgegen wuseln.

Vera schließt die Augen und schreit. Hört auf zu schreien und schaut erneut in den Spiegel.

Die Bilder des Schreckens verlöschen, und der Spiegel ist wieder ein Spiegel wie immer.

Sie erwacht aus ihrem Albtraum und schaut um sich. Es ist Nacht geworden. Doch im Inneren der Höhle glänzen die leuchtenden Wände wie Kristall. Vera bekommt keine Luft. Verlässt die Höhle und sucht die Kühle der Nacht.

Sie sucht einen Platz, setzt sich, zum ersten Mal als Eremitin. Sie braucht keine Seher mehr für falsche Erklärungen, die Visionen des Spiegels sind leicht zu erklären. Sie ist der Mittelpunkt des Universums, und alle Kräfte laufen in ihr zusammen. Sie hat eine lange Reise gemacht auf der Suche nach sich selbst. Sie hat sich gefunden. Sie selbst ist die Wurzel und die Lösung.

Nun versteht sie Clementes Albträume. Der dunkle Himmel, das Gewitter. Der Regen. Die Blitze. Der stürzende Körper. An einem Gewittertag werden die ersten Opfer gebracht. Wer wird es sein?

Clemente war nie verrückt gewesen. Was wie Albträume oder Wahnsinn erschien, war die Trance eines Mediums. Der Geist, der in ihn gefahren war, hatte versucht, Botschaften zu übermitteln, die niemand verstand. Und doch war die Nachricht bei ihren Empfängern angekommen. Hatte sie nachdenken lassen. Forschen. Kämpfen. Begreifen. Auf den Berg steigen lassen, um die Lösung zu finden.

Im Inneren der Höhle entzündet die Frau ein Feuer. Sie lädt Vera ein, sich daran aufzuwärmen, die Nacht ist sehr kalt. Doch Vera spürt nur Hitze. Große Hitze. Sie braucht allen Regen der Welt, um die Flammen zu löschen, die sie verschlingen.

»Komm.«

Vera gehorcht. Steht auf und geht. Tritt ein in die rätselhafte Höhle, die vom Feuer erwärmt wird.

»Erzähle mir von dir«, sagt die Frau. »Erzähle mir auch von den Deinen.«

»Ich bin ein Wesen ohne Seele. Und ich habe ein Ungeheuer geheiratet.«

»Ein Ungeheuer?«

»Ja, ein wirkliches Ungeheuer.«

»Du bist mutig. Ich wäre nie imstande, den Mann, den ich liebe, mit so harten Worten zu belegen.«

»Ich weiß nicht mehr, ob ich ihn liebe. Er lässt mich durch so viele Leiden gehen. Er hat mich so lange betrogen, doch seine Maske ist gefallen. Er ist das Schlimmste, das ich je kennen gelernt habe in meinem Leben.«

»Du nennst also den Mann, der dich geliebt und zum Altar geführt hat, ein Ungeheuer? Wie würdest du diejenigen nennen, die das Blut ihrer Opfer trinken, die Millionen Tiere und Menschen enthaupten, verstümmeln, mit Pfeil und Bogen, mit Maschinengewehren, Bajonetten und Messern? Was sagst du zu denen, die Feuervögel bauen, die über die Meere fliegen, über Täler und Berge, endlos Feuer speien und die Welt in einen ewigen Vulkan verwandeln? Wie nennst du diejenigen, die die Welt zwingen, Feuer als tägliches Brot zu schlucken, und im Namen der Globalisierung die Völker dazu bringen, ihre Götter aufzugeben und den Geboten des Gottes der Technologie, der Atombomben, der Stalinorgeln zu folgen. Herren über das Ende der Welt und das Schicksal der Menschen auf dem gesamten Planeten? Was denkst du dann über jene, die unsere *Mutundos* verbrannt haben und unsere *Magonas* und uns weisgemacht haben, dass im Leib der

Mutter nur Dunkelheit und Zauberei herrscht, und die unsere Kinder gelehrt haben, Handgranaten zu essen, weil *Macate*, *Matapa* und *Chima* Nahrung für minderwertige, unterentwickelte Mägen von Analphabeten sei. Die neue Generation ernährt sich von Gewaltvideos zum Frühstück. Sie essen einen Teller voll Antipersonenminen zu Mittag, und zum Abendbrot gibt es Granatsplitter. Was sagst du zu denen, die lehren, dass es Reinheit sei, sich nicht fortzupflanzen und den Körper der Frau nicht zu berühren, und die ihr Leben wie ausgesetzte Hunde beenden, weil sie die Karriere und den Beruf vor das Weiterbestehen des Lebens stellen? Du schimpfst über diesen deinen Mann, deinen Schwarzen. Was aber sagst du zu deinen schwarzen Vorfahren, die ihre Brüder verkauft haben, die in den Ozeanen Europas und Amerikas verloren gingen, im Tausch gegen Schnaps, Tücher, Glasperlen, überflüssigen Kram, der keine Muschelschale wert war? Wie beurteilst du die Männer, die das Volk dazu aufrufen, die Hacke liegen zu lassen und die Aussaat des Brotes, und es stattdessen lehren, die Saat des Teufels zu säen – Panzerminen und Antipersonenminen, die ewig im Boden lauern, um die Körper derer zu verstümmeln, die sie legen, die ihrer Kinder und Enkel und aller Generationen, die noch geboren werden? Wie nennst du diejenigen, die dich gelehrt haben, gen Himmel zu schauen und dort Erlösung zu suchen, während sie dir Land und Tradition rauben und dich im Elend zurücklassen, um dir dann ein Almosen zu geben, das von deinem eigenen Schweiß erarbeitet wurde? Die dir Lehrstunden erteilen in einfacher Technologie, um etwas gegen die Armut zu tun im Namen ihrer humanitären Hilfe? Sag mir ehrlich, was hältst du von denen, die dir die Zivilisation bringen und dich zwingen, die Natur zu verlassen, weil sie so wild ist, und die dich dafür in ein Paradies aus Zement und Sternenhimmel stecken, um dann selbst die Reichtümer des grünen Paradieses auszukosten, das du ausgeschlagen hast? Was hältst du von denen, die in der ganzen Welt im Namen des Friedens die Jugend zu weltweiten Kriegen anstacheln, ihnen das Leben nehmen, die Füße abhacken, die Hände, die Augen, sie vollkommen nutzlos wie Schlangen umherkriechen lassen, ohne Träume und Hoffnung? Was hältst du von denen, die tagtäglich Menschen in die Verzweiflung treiben im Namen der Freiheit, der Ordnung und des neuen Bewusstseins? Und was hältst du von denen, die im Namen von Religion oder Rasse Krieg führen und Blutbäder anrichten, um Menschen auszurotten, die der Schöpfer auf die Welt gebracht hat für das Gleichgewicht der Natur? Verglichen mit all diesen Dingen ist die Zauberei deines Mannes ein harmloses Kinderspiel. Seine Macht reicht nicht über die Familie hinaus und die kleine Firma, die er leitet. Es wäre schlimmer, wenn er Macht über eine Nation oder ein ganzes Reich hätte. Dieser Zauberer ist noch klein, und du bist gerade rechtzeitig gekommen. Alles fängt einmal klein an.«

Die Frau greift nach dem Tabakbehälter und nimmt eine Prise. Atmet tief ein, denn sie hat eine große Reise durch das Universum gemacht. Draußen vertreibt der Tag das Morgengrauen, und die Vögel auf den Zweigen stimmen die Sinfonie der Ewigkeit an. Veras Augen streifen durch den Raum und die Wände der Höhle entlang. Das Gesicht der Frau sieht aus wie das eines Menschen, der in einem fernen Paradies gelebt hat und dem Augenblick der Schöpfung beiwohnen konnte.

Vera bricht das Schweigen und spricht von ihrer Angst. Spricht ihre Wünsche aus. Bekräftigt ihre Entschlossenheit, alles zu tun, um das Böse zu vertreiben, das sie zermürbt. Spricht von der Rückkehr zu den Wurzeln. Von der Anrufung der Toten. Von Magie und Zauberei.

»Ich habe so viele Gefahren überwunden auf der Suche nach dem Geist aus dem sechsten Jahrhundert, der Lösung meiner Probleme.«

Die Frau lacht.

»Ja, du hast eine Reise in die Vergangenheit unternommen, auf der Suche nach dir selbst. Die Vorfahren sind da, um geliebt und geachtet zu werden. Sie beschützen uns. Aber wir sollten nicht übertreiben. Die Obsession für die Toten ist typisch für alle, die den Kampf um das Leben fürchten. Die Natur hat uns Kräfte gegeben, um unser Leben zu meistern. Die Toten waren Menschen wie wir. Sie haben um ihr Überleben gekämpft, manchmal siegreich, manchmal haben sie verloren. In den Ahnen sollten wir Kraft und Anregungen suchen, um zu widerstehen und zu siegen.«

Vera ist verwirrt. Wer ist diese Frau überhaupt, die alle Geheimnisse des Universums enthüllt, ohne offensichtlich je eine Schule besucht zu haben? Sie erscheint wie ein zeitloses Bildnis, das durch den Raum gleitet, ohne Anfang und Ende.

»Wie werden wir das Böse vernichten, das uns zerstört?«

»Ich werde euch in einen Uterus aus Wasser stecken. Dich und die Deinen. Doch das Feuer des Himmelsdrachens ist sehr stark, und es wird zum Kampf kommen. Der Sieg hängt ab von eurem Mut und eurer Geschicklichkeit. Wenn der Donner grollt, werdet ihr gegen den Drachen kämpfen in einem ungleichen Kampf. David gegen Goliath. Das wird die erste Stufe sein. Dieser Krieg verlangt Ausdauer, denn er wird lang werden und schwierig.«

Clemente bleibt am Eingang der Höhle stehen. Ein Stein löst sich von der Decke und ergibt sich der Schwerkraft. Fällt. Clemente streckt die Hand aus und fängt ihn auf. Lächelt. Ein einfacher Stein. Doch als er ihn hält, fühlt er, wie sich in Körper und Geist eine unbeschreibliche Kraft ausbreitet. Er schließt die Augen und hält den Stein fest in der Hand.

»Der Stein ist gut, Mutter.«

»Magst du ihn?« fragt die Heilerin.

»Sehr.«

»Zum Glück. Verliere ihn nicht. Solange du ihn hast, bist du frei von allen Gefahren der Welt, und kein Zauber kann dir etwas anhaben. Niemals. Beschütze mit ihm deine Mutter und deine Geschwister.«

»Was ist das für ein Stein?«

»Ein Stein, den ich in den Bergen des Wussapa erhielt.«

»Wussapa?«

»Ja, in Dombe, wo sich der Schrein aller Götter der südlichen Bantu befindet.«

Die Heilerin besinnt sich auf ihre Arbeit und gibt Vera Anweisungen.

»Dieses Stück Wasser sollst du den Deinen zu trinken geben, um alle Türen des Bösen zu verschließen. Nimm diese Portion Bergsand, dieses Kraut und dieses Stück Wurzel. Gib sie in einen Eimer Wasser und bade alle deine Kinder, deine Großmutter und deine Schwiegermutter. Das ist die erste Stufe. Suzy wird ihre Behandlung zu gegebener Zeit erhalten.«

»Das ist alles?«

»Das ist alles. Kehrt heim in Frieden, und niemand wird Verdacht schöpfen. Bleibt ruhig wie immer.«

»Und wenn es nichts nutzt, darf ich dich dann wieder aufsuchen?«

»Das werdet ihr nicht brauchen. Wenn ihr Schwierigkeiten habt, ruft mich. Ich bin in wenigen Sekunden bei euch. Ihr werdet mich nicht sehen, denn ich bin Wasser und Wind. Bin die einfache Luft, die ihr atmet. Kehrt heim in Frieden, denn alles wird gut.«

»Wann soll ich bezahlen?«

»Es geht hier um Leben. Leben hat keinen Preis.«

Vera ist überrascht. Keine Knochenorakel, kein Blut, weder von Hähnen noch von Hühnern. Kein *Kufemba*, kein Preis. Nur ein Stein, ein einfacher Stein gegen alle Kräfte des Bösen. Wasser. Etwas Sand. Unbelebte Wesen gegen die Kraft des Menschen. Vera lernt ihre große Lektion: Das Bewusstsein ist die mächtigste Waffe gegen die Zauberei.

XXXIX

Diese Nacht steige ich auf in die Arena des Todes. Diese Nacht werde ich in einer erregenden Orgie einige schwache, minderwertige und schattenlose Arten ausrotten.

Über vierhundert Kilometer entfernt von Makhulu Mambas Haus kommandiert David eine Armee nackter Männer in den Wald der Geheimnisse. Suzy hat er dabei, seine Adjutantin, um sie in die Geheimnisse der Nacht einzuweihen. Sie erreichen das erste Ziel. Sie sprechen Zauberformeln. Besiegen den Körper, besiegen das Gewicht, besiegen die Schwerkraft. Nehmen den Zustand der Unsichtbarkeit an. Fliegen und dringen ein in das Undurchdringliche, in die verbotene, höhere Sphäre, wie wahrhaftige Herren der Welt.

»Makhulu Mamba Nwamilambo, Dumezulu, sorge dafür, dass diese Nacht die wunderbarste aller Nächte der Welt werde.«

David bebt vor Erregung, als er sich bereit macht, das Blut zu holen, das sein Imperium schützen wird. Als teuflischer Jäger lässt er einen markerschütternden Schrei los. Dann deutet er ein kannibalisches Lächeln an, die Aussicht auf Blut lässt ihn sabbern, seine Brust und sein Bauch werden ganz nass.

»Heute erhebe ich meine Lanze zur ersten Jagd im menschlichen Wald, zur Erfüllung meines großen Gelöbnisses. Meine Stunde ist gekommen, das erhabene Festmahl der fleischfressenden Götter auszurichten, die unbesiegbar sind im Kampf. In dieser mondlosen Nacht werde ich die ersten zwei vernichten, denn der Herr der Unterwelten gab mir die Macht, die Leichtsinnigen zu bestrafen, die wie Tote schlafen.«

Wer glaubt, der Mensch sei nur dazu geschaffen, auf dem Boden zu wandeln, der täuscht sich. Mit dem Baum des *Mpfukwa* erblüht der Mensch und fliegt ohne Flügel durch die Nacht und herrscht. Die Nacht wurde geschaffen für die vollkommenen Menschen. Wer schläft, wird nichts weiter sein als eine Maus, ein Frosch, ein verkrüppeltes, unvollkommenes Wesen, und ein lustloses Leben führen.

»In dieser Nacht werde ich über das Feuer tanzen, umringt von allen Edlen des Reiches der Nacht. Ich werde eine majestätische Orgie zu Ehren meines Sieges feiern und gleichzeitig mit allen Frauen der Welt schlafen, auch mit meiner eigenen Mutter, in dieser Nacht des großen Geistes, der Nacht des Dumezulu. Noah hat in der großen Überschwemmung nur Paare gerettet. Ich werde aus der großen Sintflut des Blutes, die in Kürze durch meine Lanze entstehen wird, mein Reich errichten, und bei der Eröffnungszeremonie der neuen Weltordnung werde ich das Festmahl mit einer Flut von Wein begießen.«

Das Ritual der Anrufung geht zu Ende. David hält die Lanze und fliegt in Begleitung seiner Eskorte von mutigen Männern. Es ist Nacht, alles schläft. Es wird fette Beute geben und keinen Widerstand.

Ein scharfes Grau bedeckt den Himmel mit Sorgen. Die Welt brütet einen Fluch aus, der heutige Donner wird jemanden töten.

»Vera, mein Engel, hörst du diese Getrappel aus der Ferne, hör' nur. Wie spät ist es?«

»Liebe Schwiegermutter, was ist los? Geht es dir gut?«

»Ich habe Angst, ich friere, mir ist schwindelig.«

»Was ist das für eine Angst? Was für ein Schwindel ist das?

Gerade ging es dir doch noch gut. Soll ich dich zu einem Arzt bringen?«

Vera versucht herauszufinden, warum es der Schwiegermutter schlecht geht. Sie findet nichts. Die Zeit der Rivalität und der Spannungen ist vorbei, sie sind Freundinnen geworden, Vertraute sogar. Die plötzliche Veränderung im Kopf und die Angst ohne Grund müssen mit dem Alter zu tun haben.

Die alte Schwiegermutter phantasiert, fabuliert. Steht auf und geht zum Fenster. Sieht nichts. Sie verliert das Gleichgewicht, ihre zittrigen Füße halten sie nicht mehr und werfen sie zu Boden. Vera eilt ihr zu Hilfe.

»Ich hole einen Arzt.«

»Nein, belästige niemanden mit so einer Kleinigkeit. Das geht vorbei. Aber wie spät ist es?«

»Einundzwanzig Uhr.«

»Einundzwanzig. Wie schrecklich! Wir haben geplaudert und nicht auf die Uhr geschaut. Geh schnell nach Hause zurück, Vera, die Kinder sind ganz alleine. Geh sofort nach Hause zurück.«

»Aber wovor diese Angst? Warum soll ich dich jetzt allein lassen, in diesem Zustand?«

»Sei still und höre auf mich. Das Getrappel ist näher gekommen. Stimmen, die singen. Trommeln. Es hört sich an wie ein Marsch, eine Kapelle, ein Aufmarsch, hörst du es nicht?«

Vera geht ans Fenster und versucht, etwas zu hören. Sie sieht nur den grollenden schwarzen Himmel und den Boden, der vom Weinen der Märtyrer nass wird.

»Ich sehe nichts, nur den Regen.«

»Was auch immer es ist, ich rieche Blut in der Luft, Tod und Tränen. Einundzwanzig Uhr! Die Stunde, in der die Hexenmeister sich auf das rauschende Fest vorbereiten. Du hast gesagt, David und deine Tochter sind verreist. Weißt du, wo sie sind, Vera?«

»Ich weiß nur, dass sie eilig aufgebrochen sind. Sie haben gesagt, sie wollten Vieh zu irgendeiner Feier bringen.«

Ein gewaltiges Donnern ertönt. Die Alte erzittert.

»Das war eine Bombe«, sagt die Alte. »Dinge des Teufels, der Feind umzingelt uns. Er wird unser Leben beherrschen, wir werden bald tot sein, Vera!«

»Ich verstehe nicht, wie ein einfacher Donner dich so verwirren kann.«

»Ich spüre, die Todesstunde ist gekommen!«

»Was für eine Todesstunde denn? Das ist ein Donner wie so viele andere!«

»Das ist nicht der Donner der Schöpfung sondern der Zerstörung.«

Die Alte packt ihre Schwiegertochter an den Schultern und schüttelt sie mit verzweifelter Kraft. Ihre Augen treten aus den Höhlen, sie wirkt wie eine Wahnsinnige. Ob sie Visionen hat? Hellsehen kann? Die Geschichte der Menschheit ist voll von Wahnsinnigen, die die Zukunft voraussagen. Ist sie auch so ein Fall? Wieder ist Donner zu hören, lässt die Alte in völlige Panik verfallen.

»Es ist nichts, Mutter, du wirst sehen, es geht vorbei.«

»Kann sein. Clemente und ich sind die einzigen in dieser Familie, die diese Angst haben, denselben Wahnsinn.«

Plötzlich sieht Vera klar. Clemente. Die Bilder im Spiegel. Die Träume. Die Albträume. Die Reise durch die Zeit. Davids und Suzys Abwesenheit. Sie verlässt die phantasierende Schwiegermutter und ruft nach Clemente, doch der antwortet nicht, ist bereits in eine andere Dimension des Lebens entrückt. Sie zieht ihn am Arm und schleift ihn zum Auto. Er scheint besessen, doch heute spricht er keine unzusammenhängenden Worte und brüllt auch nicht wie sonst. Seine rechte Hand krampft sich wie eine Faust um den Wussapa-Stein, wie ein Soldat in Alarmbereitschaft, der den Angriff des Feindes erwartet.

Sie fährt so schnell sie kann, es ist Abend und kein Verkehr auf der Straße. Sie überfährt gelbe Ampeln und rote, hat es eilig anzukommen, sie muss zu Hause sein, bevor ein Unglück geschieht. Es vergehen fünf Minuten. Zehn Minuten. Die Entfernung beträgt nur fünf Minuten, mit der Uhr gemessen. Heute dauert es, bis sie nach Hause kommt. Warum? Sie bemerkt nicht, dass sie eine Straße ohne Ziel eingeschlagen hat, ahnt nicht, dass sie wie eine Verrückte auf ihr eigenes Schicksal zurast, das sie am Ende der Straße erwartet. Vera nimmt den Fuß vom Gas, bremst. Schaut sich nach allen Seiten um, will herausfinden, wo sie sind. Alles ist schwarz. Hier und da weiße Quader aufgereiht. Kreuze.

Wir befinden uns auf der Ebene der Stille, wo Menschen den endlosen Schlaf schlafen. Aber wie bin ich hierher gekommen?

Mimi hat Schmerzen im Bauch und windet sich im Bett. Ihr riesiger Bauch bewegt sich unregelmäßig. Nur mit Mühe schleppt sie sich zum Bad. Setzt sich auf die Toilette, und anstatt Urin kommt eine zähe Flüssigkeit mit Blutspuren darin. Eine Welle der Angst lässt sie erschauern. Mein Gott, jetzt geht die Geburt los. Die Frucht der Liebe wird nun das Licht der Welt erblicken. Ich bin alleine. Wo ist mein Mann, um mir die Hand zu halten in dieser besonderen Stunde?

David ist ein Mann, der die Tradition hoch hält, ja. Um diese Zeit muss er zu Hause sein, die Wärme der Familie genießen, seine Liebe den Kindern der Ehefrau geben, denn sie sind mehr seine Kinder als der Bastard, der da geboren wird. Warum hat er mich die ganze Woche nicht besucht, wo er doch wusste, dass es die letzten Tage vor der Geburt sind? Warum tut er so, als liebt er mich, um mich dann zu verlassen, wenn ich ihn am meisten brauche, warum?

Sie spürt den ersten Schlag der Liebe, die erste Eifersucht. Taucht ein in das Dilemma aller Frauen, die versuchen, mit einem verheirateten Mann ihr Heim zu bauen. Doch schnell tröstet sie sich mit dem Bild des Mannes, der ihr Schutz gibt, Brot und Unterkunft. Sie vergisst David und überlegt, zu Fuß zur Klinik zu gehen. Sie macht zwei Schritte zur Tür und verliert das Gleichgewicht, weil wieder der Schmerz kommt. Sie heult auf, und ihr wird klar, dass sie allein nirgendwo hingehen kann. Sie schleppt sich zum Telefon und wählt die erste Nummer, die ihr einfällt. Auf der anderen Seite sagt man ihr, dass David verreist und seine Frau nicht zu Hause sei. Dann ruft sie Tante Lúcia an, doch auch die ist nicht da. Mit letzter Kraft entschließt sie sich, Davids Sekretärin um Hilfe zu bitten. Sie hassen sich, was normal ist bei Frauen, die mit demselben Mann schlafen. Die Sekretärin antwortet verächtlich: »Was willst du?«

»Ich sterbe. Das Baby kommt. Ich bin allein. Bring mich ins Krankenhaus.«

Die Sekretärin macht eine Pause und denkt: Sie ist allein, wie ich. Dasselbe wird mit mir geschehen, wenn mein Kind kommt.

Sie beschließt, ihre Eifersucht zu vergessen. Die Person, die sie um Hilfe bittet, ist eine Kriegswaise, ein Opfer des Lebens, das am Flussufer aufgelesen wurde von einem reichen Mann.

»Ist gut, ich komme. Versuche wenigstens die Tür aufzumachen. Wie witzig«, lacht sie, »das wird ein schöner Anblick. Eine Schwangere in der letzten Woche begleitet eine andere Schwangere in den Kreisssaal, und beide sind schwanger von demselben Mann. In ein paar Minuten bin ich da. Halt aus.«

Vera versucht, dem finsteren Ort zu entkommen. Sie versucht, wieder anzufahren, doch das Auto bremst abrupt, ohne ersichtlichen Grund. Es gelingt ihr, den Wagen wieder anzulassen, doch er bleibt erneut stehen und reagiert auf nichts mehr. Sie denkt rasch nach, bemüht sich zu verstehen. Erst hat sie sich auf dem Nachhauseweg verfahren, ohne nachvollziehbaren Grund, ist mitten auf dem Friedhof gelandet. Ihr Mercedes, neuestes Modell, Luxusausführung mit ausgezeichnetem Kundendienst, hatte noch nie eine Panne, und es ist nicht das erste Mal, dass sie das Auto fährt. Sie denkt an die Verzweiflung der Schwiegermutter. Clementes Anfall. Das nie dagewesene Gewitter. Alles Merkmale schwarzer Magie. Sollte die entscheidende Stunde gekommen sein?

Sie schaut sich um in der Natur, die in unerschütterlicher Ruhe schläft. Nichts bewegt sich. Nichts treibt im durchsichtigen Wind. Sie schaut zum Himmel und sieht helle und dunkle Flecken auf dem grauen Hintergrund. Die Flecken nehmen phantastische Formen an und scheinen sich einem bestimmten Ziel zuzubewegen. Vielleicht ein UFO, denkt Vera. Womöglich besuchen uns intelligente Wesen von einem anderen Planeten oder aus anderen Dimensionen des Universums. Sie versucht Mut zu schöpfen in Clementes Umarmung und spürt, wie hart und kalt er ist, als ob seine Seele den Körper verlassen hätte. Mein Gott, nein!

Ein gewaltiger Donner gefolgt von einem taghellen Blitz verändert die Welt und blendet ihre Augen. Sie spürt, wie ihr Körper erstarrt und gefriert. Zur Salzsäule, wie Loths Frau, weil ihre Augen Zeugen der Zerstörung wurden. Sie spürt sich in einen schrecklichen Abgrund fallen, gezogen von okkulten Tentakeln.

Die Windschutzscheibe des Mercedes wird zum Bildschirm, auf dem die Insassen des Autos eine schauerliche Projektion erleben. Mutter und Sohn erblicken eine sich dahin schlängelnde riesige Wolke. Erst hat sie die Form eines Hundes. Verändert sich und hat nun die Gestalt eines Löwen. Eines Drachen. Aus dem abscheulichen Kopf des Drachen treten zwei Lichter hervor, zwei Sterne, vielleicht auch zwei wertvolle Diamanten aus der Halskette des Teufels. Der Drache aber hat das Gesicht eines Menschen. Vera und Clemente erkennen es. Nein, das kann nicht sein. Aus dem Maul des Tieres kommt ein Feuerstrahl und genug Licht, um das ganze Universum in Flammen zu setzen. Die Vordertatze des Drachens schleudert eine Feuerlanze in Richtung des Bildschirms, auf dem Mutter und Sohn den entsetzlichen Film anschauen.

»Mutter, siehst du auch, was ich sehe?«

»Diese Hand, die Feuer in unsere Richtung schleudert, ist die Hand deines Vaters, nicht wahr?«

Clemente umklammert den Stein, bereitet sich vor auf den ungleichen Kampf. Wer wird siegen?

»Wer auch immer du sein magst, mich bekommst du nicht, nicht mich und nicht die, die ich liebe«, stößt Clemente hervor.

David springt und läuft, er beherrscht die Geheimnisse der Dunkelheit und der Wolken, taucht ein in die Welt der Extase und des Absurden. Er spürt, dass er längst kein einfacher Mensch mehr ist, sondern ein Supermann, mit dem Recht Leben zu geben und zu nehmen. Wenn Gott ein allmächtiger Schöpfer ist, wird er der unbändige Zerstörer sein, der Blut in Gold verwandelt. David denkt an die Worte, die ihn in der Nacht des Gelöbnisses ermutigt haben:

Besiege mich
Besiege auch die Löwen
Und die Erde wird Dir gehören

Doch die Lanze, die er soeben zur Erde geschleudert hat, erreicht ihr Ziel nicht. In dem Augenblick, in dem sie ihr erstes Opfer durchbohren soll, prallt sie gegen einen Stein und zerbricht wie durch ein Wunder. David gerät in Panik. Er hat seinen Aufstieg zum Menschengott gefeiert, lange bevor alle Taten vollbracht waren. Vera, der belanglosen Frau mit dem Hirn einer Henne, ist es mit Hilfe der verfluchten Geister seines verrückten Sohnes gelungen, ihn zu übertrumpfen und eine diamantene Schutzschicht über sich und die Kinder zu legen.

Die Welt wird niemals mir gehören. Ich bin besiegt. Bei allen Flüchen, im Reich Dumezulus zählen die Besiegten nicht. Im Wortschatz jener Welt gibt es keine Worte wie Mitleid, Menschlichkeit, Solidarität, man kennt nur die Worte Sieg, Eroberung, Gemetzel, Geld, Diamant, Dollar, Pfund Sterling, Opfer und Götter. Ich habe den Thron verloren. Ich bin kein König mehr, bin Opfer. Meine arme Tochter, auch du wirst sterben. Weil ich nicht mehr der sein wollte, der ich bin, bin ich geworden, was ich nie sein wollte: ein Opfer. Das unaufschiebbare Festmahl der Götter wird auf Kosten meines eigenen Körpers gehalten. Ich bereue. Ich habe gewagt, aber nicht gewonnen. Ich werde sterben und meine liebste Tochter mit in den Tod reißen.

»Doch woher kam dieser mächtige Geist, der meine Opfer unter einen Wasserbogen gestellt hat, der die Dunkelheit besiegt, das Feuer des Himmelsdrachens in ein Strohfeuerchen verwandelt, das im Lufthauch verlöscht. Wer ist das?«

Suzy findet sich in ihrem Schweigen nicht mit der Niederlage des Vaters ab, und noch weniger damit, dass sein Leben zu Ende gehen soll. Spricht dem Vater Mut zu und legt ihm eine neue Lanze in die Hand.

»Feigling! Steh auf und kämpfe! Die Mutter, Oma und Clemente sind nicht die einzigen Wesen in deiner Reichweite. Schau hinauf in die Unendlichkeit und siehe die Bilder, die sich auftun! Du hast unendliche Mittel! Steh auf und kämpfe, du großer Held!«

David schöpft wieder Mut und hebt die Augen voller Vertrauen. Sein Auge trifft auf das Bild einer alten Karre, die durch den Regen rollt. In dem schwarzen Gewölbe des Himmels sind Bilder zu sehen, die vom Boden her aufsteigen. Zwei Frauen, beide schwanger, versuchen die Grenze der Unsichtbarkeit zu überwinden, die der heftige Regen errichtet.

Verfluchter Regen! Warum muss er gerade jetzt in dieser Notlage fallen? Die Sekretärin atmet tief ein und verflucht den Moment, in dem sie beschlossen hat, dieser armen Seele zu helfen.

Ihr Volkswagen bewegt sich aus der Unterstadt heraus und versucht die steile Straße zu erklimmen, die zur Tür des Krankenhauses führt. Die Fahrt ist schwierig, der Regen fällt heftig, die Straße ist glatt, die Reifen sind abgefahren. Die Steigung ist beträchtlich, der Motor alt und die Anspannung riesig.

Mimi sitzt mit geöffneten Beinen, und der Kopf des Babys ist schon zu sehen. Sie brüllt wie am Spieß, es sind sicher die Schmerzen. Doch sie zeigt mit dem Finger durch die Windschutzscheibe zum Himmel. Jetzt sieht es die Sekretärin auch. Eine riesige Hand schleudert ihnen ein Feuer entgegen.

»Mimi, bin ich verrückt geworden?«

»Ich auch. Ich sehe Davids Hand, die uns tödliche Lanzen entgegen schleudert. Ich erkenne die Narbe am Mittelfinger. Den schwarzen Strich am Daumen. Den goldenen Ring mit dem Drachenkopf. Und warum macht er das mit uns, warum?« fragt Mimi.

»Meine Mutter sagte wohl: Ein Bastard in der Familie der Zauberer ist Fleisch für den Hund.«

In Panik lässt die Sekretärin das Lenkrad los, und das Auto beginnt führerlos auszubrechen. Fährt in den Straßengraben und überschlägt sich. Der Sturz reißt Mimis Arme ab, reißt ihr den Leib auf, aus dem das Kind, bereits tot, weit heraus geschleudert wird. Der Kopf der Sekretärin wird zertrümmert, und das ungeborene Kind streckt den Kopf hinaus, atmet den Duft der neuen Weltordnung und stirbt ohne einen Laut oder ein Weinen.

Das grausame Gefolge bejubelt den Sieg, während David um seine frisch gefallenen Opfer herum tanzt. Anstelle von zwei Opfern hat David gleich vier dargebracht: zwei junge, hübsche Frauen und zwei Kinder in der Stunde ihrer Geburt.

Vera und Clemente sind zu Hause. In Sicherheit.

»Wir haben einen schrecklichen Albtraum durchgemacht. Geht es dir gut, Clemente?«

»Besser denn je. Ich spüre, dass ich meine erste Aufgabe gemeistert habe. Endlich habe ich meine Identität entdeckt.«

»Aber was für ein schrecklicher Traum!«

»Du nennst dies alles einen einfachen Traum?«

»Ich glaube lieber, dass all das, was wir bisher erlebt haben, nur Phantasie ist. Glaubst du, dein Vater sei fähig, dir Feuerlanzen entgegenzuschleudern?«

»In dem Moment, wo ich mir über mich selbst klar geworden bin, wusste ich, dass mein Vater meinen Tod will. Die Visionen, die wir beide hatten, sind genau die, die ich in Gewitternächten immer hatte.«

»Aber du hast von einem verkrüppelten Kind gesprochen, das vom Himmel fällt. Das hat nichts mit dem zu tun, was mit uns passiert ist.«

»Es hat Tote gegeben, doch.«

»Wie, wo?«

»Während du die Augen geschlossen hattest und weggeschaut hast von den schrecklichen Bildern, die im Himmel zu sehen waren.«

»Und wer waren die Menschen?«

»Irgendwann wirst du es erfahren.«

»Aber ist es fair, einen Menschen des Mordes zu bezichtigen, der nicht einmal dabei war?«

»Mord durch Hexerei kann man auf tausend Arten tarnen.«

XL

Clemente hält Zwiesprache mit seiner Seele, die ihn zur Tat animiert. Nur wer bewaffnet ist, kann handeln. Er geht zur Mutter, umarmt sie und teilt ihr seinen Entschluss mit.

»Mutter, ich will Gott als Heiler dienen.«

Vera ist überrascht. Staunt mit offenem Mund.

»Was?«

»Ich will alle Geheimnisse der Magie und des Gegenzaubers kennen lernen. Für mich, für dich, für die ganze Familie.«

»Bist du verrückt geworden?«

»Überall herrscht die schwarze Magie. Überall gibt es rituelle Verbrechen, Inzest, Verstümmelungen, Tod und Verzweiflung. Leute aus allen sozialen Schichten suchen Schutz in schwarzer

Magie, um im Leben aufzusteigen, und dafür opfern sie ihre Verwandten, Freunde und sogar Unbekannte.«

Vera fühlt sich verantwortlich für diese Entscheidung. Sie geht mit sich ins Gericht. Tadelt sich. Eine gute Mutter sollte ihre Kinder nicht auf dunkle Pfade führen. Der Besuch bei der Frau auf dem Berg hat Clementes Gedanken negativ beeinflusst. Sie versucht ihn umzustimmen.

»Heiler zu sein bedeutet Dinge zu leben aus einer Zeit, die der Wind längst verweht hat. Bedeutet nein zu sagen zur Wissenschaft, verstehst du das nicht?«

Veras Ängste sind begründet. Heiler zu sein ist schmachvoll für unsere entfremdeten Köpfe. Es bedeutet den Umgang mit Wissen und Traditionen, die seit der europäischen Inquisition verbannt zu sein scheinen. Es bedeutet, Sein und Wissen eines verachteten Volkes wiederzuerlangen. Es bedeutet, das Wissen über Leben und Tod zu beherrschen. Es bedeutet, heimlich aufgesucht zu werden von Leuten, die ihre Identität nicht preisgeben, aber an ihre Wurzeln gelangen wollen, wenn das Leben sie drückt. Es bedeutet das Risiko, von den Herrn der Welt angefeindet und verurteilt zu werden.

»Mutter, wenn die, die sich im Himmel um das Leben kümmern, einen Platz an der Sonne bekommen, warum werden dann die angefeindet, die sich um das Leben auf der Erde sorgen? Man hat uns beigebracht, selbst unsere Hautfarbe abzulehnen. Unser Sein und unser Wissen wurden zu Folklore vor unseren eigenen Augen.«

»Überlege es dir gut, Clemente.«

»Du wärst sehr glücklich, wenn ich mich entscheiden würde, Arzt zu werden. Aber ich will *Nyanga* werden. *Nyangas* und Ärzte kämpfen gemeinsam für die Gesundheit der Welt. Du wärst noch glücklicher, wenn ich mich entscheiden würde, Pfarrer zu werden. *Nyangas* und Pfarrer sind Medien, die vermitteln zwischen den Göttern und Menschen, beide kämpfen für den Fortbestand des Lebens. Es gibt keinen Grund gegeneinander zu kämpfen wie feindliche Soldaten in unsichtbaren Uniformen.«

Vera hat keine Worte mehr. Blickt ihren Sohn an, abwesend wie ein Stein.

»Ich will ein Missionar der Geister sein. Die gute Nachricht predigen, damit sich die Menschen nicht wie Blinde in die Abgründe der Magie hineinziehen lassen. Ich werde im Radio sprechen, im Fernsehen und in Schulen, damit alle in Momenten der Verzweiflung den richtigen Schlüssel finden. Nach meiner Ausbildung werde ich einen großen Tempel errichten, die Tore öffnen, um alle zu trösten, die leiden.«

»Deine Namen verraten deine Persönlichkeit. Du bist wirklich Clemens, der Barmherzige. Und Mungoni, der Krieger!«

»Eine Ausbildung zum Heiler dauert drei bis fünf Jahre, so lange wie jede Universitätsausbildung, wo auch immer in der Welt. Du wirst stolz auf mich sein, das schwöre ich. Bete für mich. Ich gehe fort, bevor die Sonne untergeht. Lebe wohl.«

»Wohin gehst du?«

»In die Berge. Ich komme bald zurück, die Zeit geht schnell vorbei.«

Dieser Aufbruch schmeckt nach Geburtsschmerz. Es ist schwer zu erleben, wie sich ein Kind abnabelt. Und da ist immer die Angst, dass dem Kind auf dem Weg etwas passieren kann, ohne dass es richtig vorbereitet ist auf das Leben, ohne Sicherheit, ohne Ausbildung.

David erhält einen Abschiedsbrief mit wenigen Worten. Er macht ein besorgtes Gesicht, doch im Grunde lächelt er. Es ist gut, wenn das Kind fort geht, es stört nur.

XLI

Ans Fenster gelehnt sucht Vera den Schlüssel zum Glück, verloren in den entlegensten Winkeln des Horizonts. Sie unterdrückt ihren Schmerz und die Tränen. Träumt. Die Schwiegermutter beobachtet jeden ihrer Schritte.

»Guten Morgen, meine Vera!«

Die Stimme trifft auf Veras aufgewühlte Seele wie ein Tropfen frischen Wassers.

»Hast du gut geschlafen, meine Vera?«

Die Spannung weicht aus ihren Muskeln, aus ihrem Körper. Sie schließt die Augenlider und taucht ein in ihr Innerstes, und die Tränen laufen ihr aus den geschlossenen Augen. In ihrer Seele ist es schwarz. In ihrer Seele hat sie eine Wunde, so groß wie die Welt. Die Schwiegermutter hält ihre Hand und streichelt sie. Sie öffnet die Augen und richtet sie auf das Meer, auf die Unendlichkeit. Sieht Schwärme von Möwen im Himmel fliegen. Segel, die sich im Wind blähen. Frauen beim Krabbenfischen.

»Von den hundert Schafen Christi ging eines verloren«, sagt die Schwiegermutter. »Er verließ die Herde, um das verlorene Schaf zu suchen, über Täler und Höhen. Und hat es gefunden. Hat sich nicht gehen lassen, weil er es verloren hatte. Von den vier Kindern, die du hast, ist eines fortgegangen, auf die Suche nach einem Weg, während ein anderes vom Weg abgekommen ist. Die Suche nach dem verlorenen Schaf ist jetzt dein Lebenssinn. Los, zaubere ein Lächeln in dein Gesicht. Decke einen seidenen Mantel über die Fäulnis, die dein Leben zerstört und lass niemanden es sehen. Gib der Welt keinen Grund, über dich zu spotten. Geh auf die Straße und spiele mit den Kindern und verschließe die Augen gegenüber der beißenden Wirklichkeit.«

»Das ist so schwierig, Mutter!«, antwortet Vera mit bitterer Stimme.

Es ist schwierig, ja, bestätigt die Schwiegermutter. Das Heim, das sind manchmal zwei feindliche Seelen, verbunden durch ein Gelöbnis. Sie hassen sich, teilen Dach, Bett und Tisch. Zwei Wege, zwei Sichtweisen auf die Welt, zwei gegensätzliche Schicksale, die sich aufopfern und versuchen, den jeweils anderen von seiner Version der Welt zu überzeugen.

»Wasche diese traurige Maske ab, die deine Seele hinabzieht. Schaue auf das lachende Kind. Auf die erblühende Blume. Auf die tanzenden Blätter. Auf das Leben, das vorüberzieht. Besiege die Traurigkeit und lächle, meine Vera!«

Vera lächelt. Mann und Mutter wissen um den Verrat des jeweils anderen, doch beide bemühen sich, die Tatsachen zu übersehen, die so offensichtlich sind.

David hat seine Frau betrogen, seine Kollegen, die Arbeiter und seine eigene Tochter. Er ist bereit wie niemals zuvor, die Welt zu betrügen. Veras einziger Verrat bestand darin, Heiler aufgesucht zu haben, um familiäre Probleme zu lösen. Veras Verbrechen wiegt schwer, denn Frauen sollten auf Treue spezialisiert sein und Männer auf den Verrat.

218

Auf Veras Weg verlöscht das Licht. Wie eine Schnecke lebt sie in ihrem Haus und versagt sich ihrer gesamten Umgebung. Sie benützt kein Parfum mehr, keine Creme, keine Seide, geht nicht mehr zum Frisör. Ihre Garderobe wurde schon lange nicht mehr erneuert. Sie fühlt sich am Rande des Wahnsinns. Nimmt ab.

»Ich würde am liebsten zu einer Waffe greifen«, sagt Vera, »ein Beil, und diesen Zoo hinter dem Haus zertrümmern und dem ganzen Spuk ein Ende bereiten.«

»Und was gewinnst du damit?«, erwidert die Schwiegermutter. »*Mutundos* und Ndau-Tempel zerstören ruft Wut unvorstellbaren Ausmaßes hervor. Wir wollen keine neuen Opfer.«

»Ich würde dieses Übel so gerne besiegen.«

»Sieg ist Gewalt. Es lohnt nicht. Überzeugen ist besser als Siegen. Wer überzeugt ist, begräbt seine Waffen und gibt den Krieg auf. Der Besiegte widersteht, schöpft neue Kraft und rächt sich.«

Das Hinterhaus zerstören, hieße Symptome zu beseitigen und die Ursachen, dornige Wurzeln, belassen, damit sie in der nächsten Saison wieder ausschlagen. Es gibt im Leben keinen Sieg. Der Sieg wird nicht von Sterblichen erlangt. Es gibt im Leben keine Errungenschaften. Die Illusion der Errungenschaft ist ein verlockendes Spiel, das die Menschen, seit es die Welt gibt, spielen. David schreitet, getrieben von Idealen der Eroberung und der Errungenschaften, in großen Schritten zur Macht. Hat eine Fabrik gekauft, Ländereien, Besitztümer. Die Politik ist sein neuestes Ziel. Wahlen stehen vor der Tür, und er träumt von einem Platz an der Sonne, im Parlament oder der Stadtverwaltung. Er bereitet neue Rituale vor und neue Opfer an die Götter des Sieges. Vera verzweifelt Tag für Tag mehr.

»Mutter, wie kann ich dieses Übel besiegen?«

»Bete. Bete oft. Bete im Morgengrauen und am Abend. Bete in deinen Träumen, wenn du wach liegst, in deinen grüblerischen Phasen. Bete. Schöpfe Kraft in der Macht der Beschwörung. Das Gebet hat befreiende Wirkung, wusstest du das, Vera?«

XLII

Eine Frau hat drei lange Tode und ein kurzes Leben, sagt Oma Inês. Im ersten und im letzten Tod tragen Braut oder Leiche weiß, mit Spitzen und Seide; Schleier aus Tüll bedecken das Gesicht. Bei beiden Toden fließen viele Tränen, werden viele Lieder angestimmt, große Gefühle gezeigt. Es gibt Blumen in allen Farben und Küsse, adieu für immer, Liebe meiner Seele. Der zweite Tod kommt, wenn der Körper der Frau zum Samen wird, zur Erde hinabsteigt und sich aussät, anschwillt, zerbirst und blutet, sich vervielfältigt in anderen Wesen und eine neue Seinsberechtigung bekommt. Ich lebe nur für die Kinder, sagen die Mütter, ich existiere nicht selbst.

Leben hat die Frau nur im Mutterleib und in der Kindheit der Träume, sagt die Schwiegermutter. Hatte, denn nun hat sie es nicht mehr. In dieser Zeit der Technologie zeigt sich im Ultraschall bereits das Geschlecht des Fötus. Und die Mütter verbannen die weiblichen Föten aus dem Universum des Uterus. Treiben ab. Geben den kleinen Wesen einen gnadenvollen Tod, um ihnen, als echten Aktivistinnen des Friedens, den Kummer des Morgen zu ersparen.

Doch die Gesellschaft verurteilt die Abtreibung und sieht in ihr ein Verbrechen. Welches Recht hat die Welt, eine Frau zu verurteilen, weil sie einen Schmerz verhindern will, den nur sie spürt und erlebt?

Der Planet Erde befindet sich in einem Konflikt ohne Ende. Das Leben hat Männer und Frauen zu ewigen Gegnern gemacht, die sich in der Arena des Lebens bekämpfen. Wir leben im Atomzeitalter, die Welt steht vor dem Auseinanderbrechen. Und noch ein Hinweis an den Schöpfer: Wenn er einst Eden wieder aufbauen muss, sollten alle Wesen perfekt sein, auch die Menschen. Sollten Hermaphroditen sein. Männer und Frauen im selben Wesen, um höchste Perfektion zu erreichen und mit ihr den Frieden, den alle ersehnen, ohne Konkurrenz, ohne Enttäuschungen oder den Kummer der Liebe.

Aber es ist schön, Frau zu sein, sagt Vera im Wahn, den Schmerz der Geburt zu spüren. Das Neugeborene an die Brust zu legen. An der Vermehrung der Menschheit teilzuhaben. Wäre

Mutterschaft nicht schön, gäbe es keinen Schmerz, und das Leben ist nur angenehm, weil es den Tod gibt.

XLIII

Heute ist es zwölf Monate her, seit Clemente von zu Hause fortgegangen ist, um Heiler zu werden. Nie hat er von sich hören lassen. Wo mag er sein, mein Gott, dieser Sohn, der nie auch nur eine Postkarte mit sehnsuchtsvollen Grüßen geschickt hat? Vera nimmt ein Blatt Papier und schreibt ein Gedicht: Clemente, wo auch immer du seist, wisse, dass ich dich sehr liebe. Sie erinnert sich an schmachtende Briefe der Vergangenheit, sucht eine Flasche, steckt das Gedicht hinein, verschließt sie mit einem Korken. Macht sich fertig, um ans Meer zu fahren, um die Botschaft den Wellen zu übergeben, die sie in die geheimsten Winkel der Welt tragen sollen, wo Clemente sich aufhält.

Oma Inês erwacht mit Sehnsucht nach dem Meer. Sie bittet Vera, sie an den Strand zu bringen, zum Beten. Vera tut ihr den Gefallen und sie gehen zu Fuß. Auf dem Weg spricht sie über die Wunder des Meeres.

»Das Meer ist eine Welt, Vera. Im Meer gibt es Leben. Gibt es Berge, Pflanzen, Wind und Fische. Es gibt menschliches Leben in der Tiefe. Im Meer lebt Gott. Das Meer ist ein Paradies. Das Meer ist blau, nicht wahr, Vera?«

»Ist es.«

»Blau ist meine Lieblingsfarbe.«

»Ach ja?«

»Ja, und weißt du warum?«

»Nein.«

»Blau ist die Farbe des Adels. Es ist die höchste Farbe der Natur. Es ist die Farbe der Wassergeister. Gott ist blau, weißt du, Vera?«

Vera gefällt dieser Vergleich. Im blauen Himmel lebt der Gott der Weißen, und im blauen Meer der Gott der Bantu. Kein Zweifel, Gott ist blau. Sie lacht. Großmutter Inês ist immer so. Sagt unzusammenhängende Dinge. Erzählt Witze. Spricht Wahres und Erdachtes wild durcheinander. Scherze. Sie feiert das Leben mit ihrem Lächeln. Hat ihre eigene Art, die Schönheit des letzten Lebensalters zu genießen.

»Ich dachte, Gott sei weiß.«

»Weder weiß noch schwarz sondern blau. Worüber sprachen wir gerade?«

»Über das Meer.«

»Ja, das Meer. Das Meer zieht mich an, es ruft. Das Meer wiegt und tötet. Das Meer empfängt und spuckt aus. Es beruhigt. Die Meeresbrisen erfrischen Körper und Geist, heilen Nervenkrankheiten und beruhigen. Was wäre unser Leben bloß ohne das Meer.«

»Ich weiß nicht, ich weiß nicht.«

»Meine Brüder haben sich in die Wellen des Meeres geworfen wie in die Arme einer Mutter und haben ewige Ruhe gefunden. Bei uns zu Hause ist das Meer Bett und Grabstätte zugleich. Es gab keine Grabsteine.«

In Veras Erinnerung erscheinen Geschichten von Geistern, die aus dem Wasser kommen. Von Menschen, die auf dem Grund der Flüsse oder des Meeres leben. Von Ritualen am Strand, um Menschen zu retten, die die Wellen verschleppt hatten. Von Leuten, die das Meer verehren und ihm Allmacht und Allgegenwart zuschreiben. Am Ufer der Meere und der Flüsse werden die meisten Initiations-Zeremonien abgehalten. Taufen. Feiern zur spirituellen Reife. Seebestattungen. Geister des Meeres. Seeungeheuer. Krokodile des Sambesi, die wie Menschen sprechen, Menschen fressen als Opfer und Menschen verschleppen für ihre Rituale des Wassers. Stämme, die keinen Fisch essen, weil Fische die Geister verkörpern. Ngungunhana aß keinen Fisch. Viele Changanes und Ngunis essen keine Meeresfrüchte, weil alles, was aus dem Meer kommt, heilig ist.

Vera und Inês erreichen das Meer. Die Alte zieht ihre Schuhe aus und taucht in das seichte Wasser ein. Spricht Worte des Vergnügens, die nur sie versteht. Ihre schleppende, müde Stimme hallt in den Wellen wieder.

Plötzlich erregt sich die Alte.

»Vera, Vera, ich sehe nichts. Die Sonne hat sich plötzlich verdunkelt. Ich sehe nur noch Nacht, das graue Meer und die Sterne.«

Vera eilt der Großmutter zu Hilfe, die im Wahn ins Tiefe hinaus läuft.

»Vera, hörst du dieses Trommeln aus der Tiefe des Meeres? Siehst du die weißen Tücher, die auf den Wellen zum Trocknen ausgelegt sind? Siehst du die Leute, die auf hoher See um das Feuer tanzen?«

»Oma, lass uns nach Hause gehen.«

»Sie sprechen über Clemente, Vera. Sie rufen Clemente. Sie bringen Nachricht von Clemente.«

»Sie?«

»Die Ngunis. Sie sind es, ich erkenne sie.«

Vera kämpft, um die Alte zurückzuziehen, die sich ins Meer gestürzt hat. Die Alte ist stärker, als sie dachte. Sie ruft um Hilfe. Zwei Fischer sehen es und helfen ihr. Die Alte ist in Trance geraten. Opfer ihrer eigenen Beschwörungen.

Zu Hause und wieder in Sicherheit, bittet Vera Großmutter Inês, ihr von den Visionen am Meer zu erzählen.

»Clemente lebt und wird auf den Meeresboden gehen. Die Ngunis rufen ihn.«

Vera erinnert sich an die Vergangenheit der Familie von Oma Inês. Leute, die im Meer gestorben sind. Verschwunden im Meer. Leute mit Geistern des Meeres. Leute, die behaupteten, viele Jahre am Meeresgrund gelebt zu haben. Die Worte der Alten sind Wahn, könnten aber auch Prophezeiung sein.

Die Alte spricht über die Geheimnisse des Meeres. Lehrt Vera die magischen Worte der Beschwörung der Meeresgötter. Erzählt alle Geschichten über das Leben am Meeresgrund.

Vera kehrt zum Meer zurück und nähert sich der Wasserlinie. Wirft die Flaschenpost, und die Wellen nehmen sie mit. Übt die Worte, die sie soeben gelernt hat. Brüllt sie. Plötzlich spürt sie einen starken Schmerz in der linken Körperhälfte, als sei sie von einem Knüppel getroffen worden. In ihrem Hirn funkeln Sterne. Die Sonne verschwindet vor ihren Augen, und die Nacht kommt und der Mond. Veras Augen öffnen sich zu nie geahnten Horizonten. Sie sieht Feuer, Tänze, Bewegungen und Kleidungsstücke, die auf den Wellen trocknen. Und sie sieht das Bild ihres Sohnes auf dem Meeresgrund, wie er von Liebe und von Sehnsucht spricht.

»Clemente!«

Sie rennt in Richtung des Sohnes, um ihn in den Arm zu nehmen und die Sehnsucht zu stillen. Rennt auf der Straße des Wassers, als sei es schwarzer Asphalt. Die Fischer lassen ihre Arbeit liegen und eilen der Frau des reichen Fettsacks zu Hilfe, die sich ertränken will. Sie fesseln sie und bringen sie nach Hause. Vera ist endgültig verrückt geworden.

XLIV

Clemente sitzt am Ufer eines Sees und begeht den ersten Jahrestag seiner spirituellen Initiation. Er schaut in die Runde. Ein ländliches Dorf. Einfache Häuser aus Lehmziegeln und Stroh. Vögel im Tanz eines fröhlichen Liedes. Blaues Wasser fließt ruhig dahin. Die Frische der Natur. Er befindet sich in einem Dorf von Meistern und Schülern. Eine Akademie. Ein Kloster. Alle seine Kollegen bekommen Besuch von Freunden und der Familie, die stolz ist auf die Ausbildung ihrer Kinder. Nur er nicht. Die Welt, aus der er kommt, verachtet ihr eigenes Wissen, ihre eigenen Bildungsinstitutionen. Doch er ist gerne hier, weil er geliebt wird und geachtet.

Es war ein Jahr des Lernens und der Anpassung an das Leben. Niemals zuvor hatte er sich vorstellen können, in einer Hütte ohne Komfort oder Elektrizität zu leben. Holz zu hacken wie ein Bauer. Barfuß zu gehen. Mit der Hand zu essen. Schlafen zu gehen und zu erwachen mit den Vögeln. Sich am Feuer zu wärmen, wenn man friert. Er spürt, dass die Mühe sich gelohnt hat. Er hat entdeckt, dass der Reiz des Lebens in den einfachen Dingen steckt. Früher wäre es ihm nie in den Sinn gekommen, seine höhere Bildung aus dem Gedächtnis zu bestreiten, ohne Kompendien zu benutzen oder Handbücher. In der Welt der großen Magie ist Schrift nicht gestattet, denn ein Zauberbuch in den falschen Händen kann eine Gefahr sein für das öffentliche Wohlergehen.

Clemente fühlt sich bestätigt in seinen Studien. Weiß schon viel über die magische Welt der Ndau. Kennt bereits ihre Sprache, die Riten, die Symbole und Zauberformeln. Hat den Busch durchstreift und die Seele der Tiere und Pflanzen kennen gelernt. Hat die Seele der Steine und des Wassers entdeckt. Hat mit Auszeichnung die Lektionen über die großen und kleinen Wahrheiten, die großen und kleinen Geheimnisse gelernt. Das kommende Jahr wird dem Studium der Nguni gewidmet sein, in der Schule auf dem Boden des Meeres.

Sich selbst am Meeresgrund vorzustellen, lässt ihn schaudern, an den Auftrieb seines Körpers zu denken, so leicht wie ein Fisch. Er denkt an die Kälte. Er wird frieren. Er denkt an die Algen, die er wird essen müssen. An die Höhlen unter Wasser, wo er wird leben müssen. An die Haie, vor denen er wird fliehen müssen. An das Salz, das seine Haut ohne Schuppen verbrennen wird.

Die Meister der Geister sagen, dass jeder Mensch ein Fisch ist, da er aus dem Ei, dem Leib, dem ozeanischen Mutterkuchen entsteht. Auf dem Grund des Meeres zu leben ist nichts Besonderes, sagen sie, sondern eine Rückanpassung des Körpers an das Leben im Mutterleib, dessen Formel zu den großen Geheimnissen gehört, die niemals verraten werden dürfen.

Clemente denkt an seine Familie. Wenn ich zum Meeresgrund aufbreche, werde ich zwei Jahre lang Sehnsucht haben. Er denkt an den Vater, der fett geworden ist. An die kleinen Geschwister, die gewachsen sind. An die Mutter, die so lange psychisch vergewaltigt worden ist, bis sie verrückt wurde. An Suzy, die Nacht für Nacht sexuell benutzt und missbraucht wurde.

Er blickt auf sein eigenes Bild, das sich im See spiegelt. Ein Schleier trübt seine Sicht. Er reibt sich die Augen, um besser zu sehen und spiegelt sich wieder. Sieht den Vater, der brüllt und blutet. Sieht Suzy in Panik die Straße entlang laufen. Sieht die Urgroßmutter, die ihn anlächelt. Sieht seine Mutter, die aus der Tiefe des Sees auftaucht und ihm mit offenen Armen entgegen rennt. Er taucht unter, der Mutter entgegen, von Sehnsucht gezogen. Ruft nach ihr. Der spirituelle Meister eilt ihm zu Hilfe, taucht und rettet ihn vor dem Ertrinken. Bringt ihn zurück ans Land und belebt ihn wieder.

Clementes Bewusstsein kehrt in die Wirklichkeit zurück. Er erinnert sich an seine Albträume an Gewittertagen. Er erinnert sich an die Visionen, die er und seine Mutter hatten, dank der übernatürlichen Kräfte, die ihnen die Frau auf dem Berg geliehen hatte. Irgend etwas Schlimmes wird geschehen. Verzweifelt ruft er nach Hilfe.

»Meister, was haben diese Visionen zu bedeuten?«

»Dass es Zeit ist zu handeln. Lauf, geh und rette das Glück, das dir in der Blüte deines Lebens gestohlen wurde. Steh auf und bewaffne dich für diesen Krieg. In dieser Nacht wird der Feind einen Schlaf schlafen, der nie mehr endet. Geh!«

Clemente springt auf und macht seine Waffen fertig. In einen Beutel steckt er Korallen, Muscheln, Seesterne, Knochen prähistorischer Fische, Tran, Wurzeln und Blätter von Wasserpflanzen. Er nimmt Landtiere mit, deren Namen nicht genannt werden düren. Er trägt auch eine kurze Lanze aus der Zeit der Krieger Shakas. Im Herzen spürt er Begeisterung, Mut und die Gewissheit des Sieges.

Er tritt an den Fuß des heiligen Baumes und betet: »Geister der Erde und des Meeres, Geister des Vaters und der Mutter, erwacht. Herrin der Berge, Herrin aller Macht, komme mir zu Hilfe. Götter des Himmels und der Erde, alte und neue Verstorbene, helft mir, gebt mir den Sieg in diesem Krieg.«

Die Herrin des Berges taucht auf wie eine Brise und flüstert ihm sanft zu: »Die Zeit ist gekommen, die Frucht ist nun reif. Geh, alle Geister sind mit dir. Sag allen Gottlosen, was sie nicht gern hören. Reibe ihnen Pfeffer in die Augen und lehre sie sehen, was sie nicht sehen können. Ändere die Richtung ihres Lebens und zeige ihnen die Vernunft und ihr eigenes Hundegesicht und das Gesicht des Verrats. Die guten Geister kämpfen für den gerechten Menschen. Bringe als Trophäe den Kopf des Tyrannen.«

XLIV

Clemente verlässt Sábie gegen fünfzehn Uhr. Er geht zu Fuß den weiten Weg unter der Sonne auf dem staubigen Pfad bis zur Straße. Er hält einen Lastwagen an und fährt bis zum Busbahnhof. Anstatt eines Busses kommt ein weiterer Lastwagen, der Menschen geladen hat, Tiere, Brennholz und Kohle. Es macht Clemente nichts aus, dass es unbequem ist.

Er steht vor seiner Haustür. Er schwitzt. Eine plötzliche Kälte lässt seine Knochen erstarren. Es ist die Angst. Er atmet tief ein und bekommt wieder Mut. Er schaut auf die Uhr. Es ist kurz vor Mitternacht, und alles ist still. Der Wachmann schleicht um alle Ecken des Hauses. Kaum dreht er ihm den Rücken zu, klettert Clemente über das Gitter und dringt ein wie ein Dieb. Der Hund wird unruhig, er spürt, dass irgend etwas geschieht, doch statt zu bellen wedelt er mit dem Schwanz und verkriecht sich in seiner Ecke. Der Wachmann stoppt vor dem Tor. Von hinten bläst ihm Clemente ein weißes Pulver entgegen. Der Mann dreht sich um, versucht zu sehen, was los ist. Er sieht gerade noch eine Gestalt und begreift, dass es ein Einbruch ist, aber er kann nichts tun, denn ein plötzlicher Schwindel lässt ihn stürzen, und er fällt um wie ein Sack.

Clemente hastet in eine Ecke und entzündet Holzkohle, die er glühend in vier kleine Tonschüsseln verteilt. Er gibt Weihrauch dazu, der abbrennt und einen gewaltigen Rauch produziert, als hätte eine Nebelschwade plötzlich das reichste Haus in der Straße erfasst. Ein Schüsselchen stellt er im Osten auf, für die Geister der Lebenden. Eine andere im Westen, für die Geister der Toten. Die anderen zwei im Norden und im Süden für die abwesenden Geister und die anwesenden.

Er verteilt die Korallen, die Muscheln, die Meeressteine und die Seeigel über den gesamten Garten. Er geht zum Fuß des Baumes und entzündet ein Holzfeuer. Er kniet nieder und betet. Hält einen schwarzen Hahn in der Hand, das Symbol der großen Schlachten. Hebt ihn an die Stirn und trennt mit bloßen Händen Kopf und Körper voneinander. Spricht Gebete, Zauberformeln, Beschwörungen, während sein Körper vom Blut überströmt wird. Aus dem lodernden Feuer erhebt sich die schwarze Mamba und zischt in Siegerpose. Aus jeder Muschel, jedem Stein erheben sich Gestalten, gewinnen Form und Bewegung. Es sind Nguni-Krieger, Götter der Erde, des Meeres, des Waldes, des Himmels, der Unterwelt, die seinen Ruf gehört haben und zum Kampf gekommen sind.

Er geht zur Küchentür und öffnet sie ohne Probleme. Geht den Korridor entlang. Steckt unter den Türen des Vaters, der Urgroßmutter und der Brüder hindurch die Droge, die sie den Schlaf der Steine schlafen lässt. Er tritt in das Zimmer von Suzy, die ruhig schläft. Bläst ihr die Droge des Schlafes in die Nase. Sprüht eine reinigende und beschützende Lösung über ihren Körper, die jeden Zauber beseitigt. Kämmt ihr die Haare mit einem Kamm aus Seeigelstacheln, um ihr Hirn zu waschen und den Wahnsinn aus ihrem Geist zu vertreiben. Er besprengt ihr Gesicht mit der reinigenden Flüssigkeit. Suzys Augen glühen auf wie Lichter, die seit Jahrhunderten schliefen. Er zwingt sie, die Flüssigkeit zu trinken, die all den Zauber fortspült, den sie hatte schlucken müssen.

»Clemente!«

»Sprich leise!«

»Wo warst du die ganze Zeit?«

Die beiden Geschwister umarmen sich zärtlich und voller Sehnsucht. Clemente erzählt von seinen Abenteuern. Sagt wunderbare Dinge, die sie niemals zuvor sagen hörte. Spricht über Liebe, Leidenschaft, Träume. Redet vom Meer, von den Bergen und von endlosen Abenteuern.

»Erzähle mir von dir, Suzy. Erzähle mir deine Träume, deine Pläne, von deiner Liebe, deiner Leidenschaft.«

Suzy erwacht. Sie kann sich kein genaues Bild machen von ihrem Leben. Ihr wird heiß und kalt. Sie schämt sich. Ekelt sich vor sich selbst. Entdeckt in sich die Schlange aus dem Paradies, die ihre eigene Schöpferin hintergangen hat. Sie spürt ihren Körper brennen in einem unsichtbaren Feuer. Ihr Leben ist leer, ohne Träume und ohne deren Verwirklichung, voll von grausamen Geschichten.

»Clemente, sag mir. Wie konnte ich so weit kommen?«

»Du warst das Opfer. Du hast keine Schuld. Du bist gezwungen worden, du bist minderjährig.«

»Was für einen Vater haben wir nur, Clemente?«

»Suzy, meine Suzy. Ich würde dich gerne in eine Welt bringen, in der es keine Bosheit gibt, wo du schlafen kannst, träumen und leben, denn ich verstehe, was du bist, wer du bist, was du sein möchtest. Ich würde dich gerne befreien von allen Albträumen dieser Welt.«

»Ich will hier weg.«

»Fliehe. Geh zu Großmutter Júlia und verstecke dich. Später bringe ich dich an einen sicheren Ort.«

»Jetzt?«

»Bald. Wenn die Sonne aufgeht, laufen wir fort. Jetzt schlafe, es ist schon spät.«

Clemente sagt noch ein paar Worte, die sie einschlafen lassen, und Suzy schläft wie ein Stein. Er schaut auf die Uhr. Es ist fast zwei Uhr morgens, die Zeit, in der die Zauberer von ihren nächtlichen Ausflügen heimkehren. Heute wird das Haus verschlossen sein, und niemand wird hereinkommen. Clemente geht ins Gästezimmer, um ein wenig auszuruhen und seine Stunde abzuwarten. Vera liegt in ihrem Fixierbett. Angebunden, geknebelt, damit sie nicht ausreißt, nachts wenn alle schlafen. Sie schläft einen unruhigen Schlaf, das sieht man an ihrem Gesicht. Clemente stöhnt vor Schmerz und bindet sie los. Er behandelt ihren Körper, damit die Zauber fort gehen.

»Meine Mutter! Angebunden wie Vieh. Du bist das nächste Opfer!«

Vera antwortet nicht, sie steckt in ihrem irren Traum. Sie hört nur eine Stimme, die ihr ins Ohr flüstert.

»Wach auf, Mutter und höre die Geheimnisse meines Herzens. Ich komme von weit her, bringe Glück und Frieden an meiner Speerspitze mit. Als ich beschlossen habe, Gott als Heiler zu dienen, sah ich die Farbe deines Gesichtes: Rot. Müde. Ablehnend. Mutlos. Ich habe gelernt, Wege zu ebnen und Dornen wegzufegen. Hier bin ich, Mutter, um die Mission zu Ende zu bringen, die du begonnen hast.«

Als seine Stimme verklingt, wecken die Leere und die Stille Veras Sinne auf. Sie hat das Gefühl, zurückzukehren aus einer Welt ohne Geschichte, ohne Erinnerung.

Vier Uhr früh. Clemente klopft an die Tür des Vaters. David wacht auf und schaut auf die Uhr. Er hastet in Suzys Zimmer.

»Wach auf, es ist Zeit. Was ist in dich gefahren, dass du heute so lange schläfst?«

»Ich bin spät eingeschlafen.«

»Warum?«

»Ich habe nachgedacht. Ich habe auf einmal Lust bekommen, so zu leben wie alle Leute. Einen Freund zu haben, zu heiraten. Kinder haben.«

»Heiraten? Bist du nicht glücklich hier?«

»Du hast die Frau geheiratet, die du wolltest. Hast die Kinder bekommen, die du wolltest. Du lebst so wie du es möchtest.«

David ärgert sich. Solche Sprüche hatte er nicht erwartet am frühen Morgen.

»Ist in Ordnung. Wenn du eines Tages beschließt zu heiraten, bringe mir keinen Weißen als Schwiegersohn an. Ein Schwarzer muss es schon sein, und zwar einer, der unsere Traditionen versteht.«

»Weder schwarz noch weiß. Ich hätte gern einen *Monhé*, nur um zu sehen, wie es ist.«

»Was ist in dich gefahren, warum tust du das?«

»Ich hätte gerne mein eigenes Leben.«

David brüllt Suzy Schimpfworte entgegen, die sie mit Tränen in den Augen erwidert. Sie schaut ihn an und erschrickt. Der liebenswerte Mann von vor ein paar Stunden ist zum Gespenst geworden, zu einem Furcht erregenden Monstrum.

»Von Heirat habe ich aus Spaß geredet, und du greifst mich derart an. Ich habe die ganze Zeit in dieser Welt des Schweigens und des Gehorsams gelebt, undurchsichtige Dinge getan, die nichts mit meinem Alter zu tun hatten. Was ist das für ein Vater, der mich nicht träumen lässt?«

»Wenn du nicht gehorchst, enterbe ich dich.«

»Sprich mir nicht von Erbe, Vater, denn dieses Geld gehört mir nicht. Du hast auf meine Kosten gehandelt, hast mich benutzt. Du hast alles erreicht, was du wolltest, weil du deinen Altar auf meinem Körper errichtet hast. Mach keine Scherze, Vater. Drohe mir nicht. Sobald die Sonne aufgeht, gehe ich zur Bank und hebe so viel Geld ab, wie ich will. Heute ändere ich mein Leben.«

David greift auf seine männlichen Stärken zurück. Er greift sie an. Suzy verteidigt sich wie eine Wahnsinnige. Spuckt, kratzt, blutet und kann sich befreien. Mit einer Porzellanfigur trifft sie den Kopf des Vaters, verletzt ihn. Verzweifelt flüchtet Suzy aus dem Haus und rennt die Straße hinab. David stürzt blutüberströmt hinter der Tochter her über die kalte Straße. Sie ist leicht, fliegt. David holt sie nicht ein. Clemente geht zum Hinterhaus und öffnet die Tür dieses Zoos.

Verstört kehrt David nach Hause zurück und eilt zu seinem morgendlichen Ritual. Ein wilder Krieger bewacht die offene

Tür. Er bekommt einen furchtbaren Schreck. Wer ist dieser Mann und woher kommt er? Er weicht zurück. Flieht. Er holt die Autoschlüssel und stürzt in die Garage. Er öffnet die Tür des Mercedes. Eine schwarze Mamba, die sich um das Lenkrad geschlungen hat, hebt drohend den Kopf. David versucht zu flüchten, doch der Kopf der Mamba fällt ihm in den Rücken wie die Peitsche eines Seepferdchens. Er lässt einen verzweifelten Schrei los. Mambas schlagen nicht, sie beißen. Was ist das für eine Mamba? Er stürzt nach links, nach rechts, ins Haus hinein, in den Garten. Die Schlange verfolgt ihn überall hin und peitscht ihn gnadenlos aus. In seinen Augen wächst sie noch und wird länger und länger, wird so lang wie die Welt. Er schreit, heult, weckt die Kinder und die Nachbarschaft, weckt die Neugier der Passanten auf der großen Straße. Bittet sie alle, ihn vor der Schlange zu retten. Vergeblich. Er will sein Grundstück verlassen und zu Fuß die Straße hinunter flüchten. Rennt zum Tor. Als er es öffnen will, hindert ihn ein starke Hand daran, zwingt ihn zurückzuweichen. Er öffnet seine rotglühenden Augen und sieht: Das Haus ist umzingelt von Nguni-Kriegern, wild wie Löwen. Mein Gott, wer hat diese Armee nur zusammengerufen, wer hat diesen Hinterhalt aufgebaut, diese Belagerung?

Er kann nicht mehr fliehen, seine Beine sind erschöpft. Er setzt sich in den Hauseingang. Beginnt zu phantasieren und beichtet mit lauter Stimme alle Diebstähle, Verbrechen, den Verrat, seine Pläne.

Im Hinterhaus steckt die Schlange ihren Kopf an die frische Luft und kostet die Freiheit. Die Eule genießt die Frische und fliegt glücklich um das Haus herum. Die Schlange schleppt auf ihrem Weg den Totenkopf, ihren Gefährten, bis in den Haupteingang, wo David seinen Schmerz beweint.

Die Arbeiter der Frühschicht gehen vorbei und schauen. Sie wundern sich nicht. Machen ihre Bemerkungen. Wo zu viel Reichtum ist, sind Geheimnisse und Rätsel. Die Frauen, die über die große Straße ziehen, halten an, schauen, flüstern, denken sich so manches, schreien, schimpfen. Genießen das Schauspiel und entschlüsseln uralte Rätsel. Auf der einen Seite die Schatztruhe des Lebens und auf der anderen die des Profits. Welche möchtest du haben? Das Leben ist mehr wert als der Profit.

Aus allen Himmelsrichtungen kommen Menschen herbeigelaufen, um dem Schauspiel beizuwohnen. Nach wenigen Augenblicken ist der Palast von Vera und David umringt von einer wütenden, hysterischen Menschenmenge, die den Tod des Zauberers verlangt. Die Arbeiter der bankrotten Fabrik bewaffnen sich mit Stöcken und Steinen und sind entschlossen, mit eigenen Händen zu richten. Niemand verbietet es einem Bürger Haustiere zu halten, sagt der Polizeichef. Es gibt auch kein Gesetz, das es verbietet, ein gefährliches Tier zu erschlagen, wenn es die öffentliche Ordnung stört, sagt das Volk. Lasst uns wenigstens die Schlange töten.

Die Leute rücken in den Vorgarten ein, in den Garten hinter dem Haus. Die Polizei verteilt Schläge, um Ordnung zu schaffen, doch die Wirkung bleibt aus. Menschen bluten, im Tumult verletzt. Schreie. Sirenen. Krankenwagen schaffen Verletzte weg. Der Polizeichef fordert Verstärkung an. Das Überfallkommando wird gerufen, um die allgemeine Hysterie in Schach zu halten und Opfer zu vermeiden; in dem Geisterhaus sind Alte und Kinder. Das Überfallkommando kommt schnell und setzt Tränengas ein, um das Durcheinander aufzulösen. Die wütende Menge zerfetzt die Schlange in wenigen Sekunden. Das Käuzchen piepst verzweifelt und verschwindet in den Bäumen. Zurück bleibt nur der Totenschädel mit seinem ewigen Lächeln. Die Menge zerstreut sich, die Wut ist gestillt.

XLVI

Auf ihrer Veranda erlebt Vera lichte Momente. Den Aufmarsch der Menschen verfolgt sie mit einem triumphierenden Lächeln. In ihren irren Phantasien führt sie Zwiesprache mit Clemente, der Frau auf dem Berg, der Köchin, dem Gärtner. Feiert den aufgehenden Morgen. Alles entsteht und alles vergeht, und was nicht vergeht, ist geheimnisvoll. Natürliche Probleme brauchen keine übernatürliche Lösung. Wer den Reichtum liebt, erklimmt den Himmel auch auf Holzbeinen, denn er hält Sterne für Diamanten. Und wenn er enttäuscht zu Boden stürzt, trösten wir ihn lachend mit dem Ausdruck des Schmerzes.

Clemente geht voller Verzweiflung auf seinen Vater zu. Umarmt ihn.

»Mein Clemente!«

»Lieber Vater!«

Sie umarmen sich heftig, übermannt von Gefühlen. Sie weinen. Lassen sich los. Erkennen sich wieder. Die schweigenden Augen beider versuchen zu begreifen, zu erklären oder zu erraten, was in der Seele des anderen vorgeht.

»Willkommen zu Hause, mein Sohn. Du bist an einem so schlechten Tag gekommen!«

»Ich bin gekommen, als ich erfahren habe, was passiert ist. Ich bin gekommen um zu sagen, dass ich dich verstehe. Dass ich dich achte und bewundere. Ich verstehe auch Mutter und Suzy. Ich bin gekommen, um zu sagen, dass ich alles vergebe. Alles!«

»Wo warst du?«

»Ich habe studiert. Ich lerne Magie. Ich möchte mich auf Abwehrzauber spezialisieren.«

»Hast du etwas mit all dem hier zu tun?«

»Ich bin Mungoni, du weißt das. Ich komme von weit her. Ich bin die Verkörperung der Nguni-Geister. Ich habe die Waffen Dumezulus benützt, den Donner, um all die zu bestrafen, die die Wut der Götter herausfordern.«

David kann nicht glauben, was er da hört. Es ist zu erniedrigend für einen Vater, vom Sohn bestraft zu werden. Die Maske der Arroganz kehrt zurück in sein Gesicht. Aus der Tiefe seiner Seele steigt vernichtendes Feuer auf. Seine Brust ist ein Kessel voll Wut, der kurz vor dem Zerbersten steht.

»Du hast mich verraten!«

»Ich habe dich befreit!«

Das Bewusstsein des Bösen fällt auf seine Schultern mit dem Gewicht der Welt. Dieser Soldat, mit dem er streitet, ist sein eigener Sohn. Ein Sohn, der dem Vater verzeiht. Der die Mutter liebt. Der die Geschwister beschützt. Der die Rolle des Vaters einnimmt und mit Zähnen und Klauen über das Glück der Familie wacht. Dieser Sohn kommt nicht von mir, er kommt aus dem Blau des Himmels, von oben. David atmet tief ein und befreit seine Wut wie einen Ballon, dem die Luft ausgeht. Er muss nur noch um Vergebung bitten.

»Du bist zur rechten Zeit gekommen. Du machst mich stolz und glücklich. Die Familie braucht dich, Clemente, lass sie jetzt nicht im Stich. Kümmere dich um sie, wie du es immer getan hast.«

»Was sollen diese Abschiedsworte, Vater?«

»Die Zauberei hat meinen Traum genährt. Die Zauberei hat ihn begraben. Ich bin am Ende meiner Herrschaft.«

David beginnt zu faseln und wirft sich in die Arme des Sohnes, wie ein verlorenes Kind.

»Mein Clemente, du hast dich auf die Dinge des Lebens und des Todes spezialisiert, sag mir, ob irgendeine Wahrheit in dem steckt, was ich jahrelang geglaubt habe. Erzähle mir über die Berufung zum Spirituellen. Gibt es so etwas? Mein Großvater ist bei spiritistischen Handlungen gestorben. Mein Vater auch. Ich spüre, dass auch ich so sterben werde. Makhulu Mamba, mein oberster Priester, hat sieben Töchter getötet. Ich hatte mich darauf vorbereitet, deine Mutter zu töten im kommenden Vollmond.«

»Vater, dein Konflikt lässt sich in nur drei Worten erklären: Natur, Gut und Böse. Jeder muss sich entscheiden zwischen dem Gewinn oder dem Leben, so wie es seiner Natur entspricht.«

David lässt einen Moment Stille einkehren, um wieder Atem zu schöpfen. Dann schaut er auf das Fenster und klammert sich in verzweifelter Angst an den Sohn.

»Clemente, mein Clemente, siehst du auch, was ich sehe? Hörst du, was ich höre? Hörst du?«

»Ja, Vater.«

Eine Geisterarmee stellt sich am hellichten Tag der Natur entgegen. Allen voran Makhulu Mamba auf seinem mondfarbenen Pferd, Pfeil und Bogen im Anschlag, zum Angriff bereit.

»Verteidige mich, mein Sohn, bevor das Schlimmste passiert.«

»Es ist eine starke Armee, Vater.«

»Sie werden aus mir ihren *Xigono* machen. Ich habe versagt. Ich werde ein Sklave der Nacht sein. Holz schleppen, das Haus putzen, wenn die Menschen schlafen, das wird meine Ewigkeit sein. Mein Sohn, tu etwas für mich! Bist du nicht gekommen, um mir zu helfen?«

»Ich bin gekommen, um dein Begräbnis zu erleben, so wie es

mir die Geister anvertraut haben. Ich würde gern das Schicksal seinen Lauf nehmen lassen, doch die Situation rührt mich. Wer im Übernatürlichen lebt, bekommt auch einen übernatürlichen Tod und die Ewigkeit. *Xigono* zu werden ist dein Schicksal, Vater, aber ich werde eingreifen, um dir das bittere Ende zu ersparen.«

David schaut wieder zum Fenster und erstarrt. Makhulu Mamba richtet Pfeil und Bogen in tödlicher Absicht auf ihn, die Trommeln schlagen lauter und lauter, begrüßen die Ankunft eines neuen Mitglieds der Schattenarmee. Clemente lässt seinen Vater los, der wie ein Sack zu Boden stürzt. Er steckt die Hand in die Tasche. Ein paar Zentimeter vor seinem Ziel bricht der Pfeil wie durch ein Wunder in Stücke. Er ist gegen einen Stein geprallt. Gegen den Wussapa-Stein, der Clemente und Vera bereits in der Nacht des Dumezulu vor dem Tode bewahrte. Die Armee des Makhulu Mamba zerstreut sich angesichts des unverwundbaren Zieles.

Clemente kniet nieder und beugt sich schützend über seinen sabbernden Vater. Auf seinen Armen trägt er ihn in sein Bett. Unter den gelassenen Blicken der Mutter tut Clemente sein Möglichstes, um den verängstigten Körper wieder zu beleben.

Verzweifelt klammert sich David an seinen Sohn und haucht seinen letzten Seufzer.

Ich habe gesiegt.

Habe die Löwen besiegt.

Und dachte die Welt gehörte mir.

Aber ich habe mich selbst nicht besiegt. Meine inneren Löwen, die mein Gewissen verschlangen. Jeder Sieger wird von seinen eigenen Verbrechen geschlagen. Die Welt wird niemals den Menschen gehören.

XLVII

»Er starb vor Angst in einem Zustand vollkommenen Wahnsinns«, berichtet Clemente seiner Schwester Suzy.

»Die Leute sollten feiern, denn bald wird ein Hund zu Grabe getragen.«

»Du bist immer noch wütend, liebe Schwester. Alles, was dein

Vater getan hat, tat er, um das Leben besser zu machen. Und er hat es für uns getan. Welche Schuld hat er, dass er auf seinem Weg dem Teufel begegnete?«

»Ich bewundere dich, Bruder. Du kannst verzeihen, wie ich es nie können werde.«

»Du wirst ihm mit der Zeit verzeihen. Du hast ihn geliebt. Wahnsinnig, als Vater und als Mann, seit deiner frühesten Kindheit. In seiner Vorstellung und in seinem Glauben ist er nur seiner Bestimmung gefolgt.«

Glossar

A wu dlhawi kule, u dlhawa kola, xivanza nyongueni – Was dich tötet, ist nicht weit entfernt, sondern hier bei dir (Verrat übt nur der, dem du vertraust)

Angónia – Stadt in der Provinz Tete

Assimilado – »Assimilierte/r«. Rechtsstatus im portugiesischen Kolonialsystem, nach dem Afrikaner von 1954 an unter bestimmten Voraussetzungen (Portugiesische Sprachkenntnisse, regelmäßiges Einkommen usw.) den Status des »Eingeborenen« überwinden und portugiesischen Staatsbürgern gleichgestellt werden konnten. Erst 1961 erhielten alle Mosambikaner de jure das portugiesische Bürgerecht.

Bantu – Sprachfamilie in Zentralafrika, zu der fast alle in Mosambik gebräuchlichen afrikanischen Sprachen zählen; auch als ethnische Gruppenbezeichnung verwendet.

Cabo Delgado – Nördlichste Provinz Mosambiks; Provinzhauptstadt: Pemba

Caju-Baum – *Cajueiro*, Cashew-Baum. Botanischer Name *Anacardium giganteum*. Ursprünglich aus Südamerika stammender Baum mit roten oder gelben sehr vitaminreichen Früchten, die zudem an der Spitze die bekannten Cashew-Nüsse tragen.

Candomblé – Afro-brasilianische Religion mit Ursprung in der Religion der Yoruba (Westafrika).

Canhi → *Ncanhi*. Frucht des → *Canho*(Ncanho)-Baumes. Aus ihr wird ein alkoholisches, sehr wohlschmeckendes Getränk zubereitet, das auch rituelle Bedeutung hat und daher nicht verkauft werden darf.

Canho-Baum – Botanischer Name *Sclerocarya birrea*. → *Canhi*

Capulana/s – Ein als universelles Kleidungsstück verwendbares gemustertes Tuch, das als Wickelrock, Umhang oder Tragetuch zur traditionellen Kleidung der Frau in vielen afrikanischen Gesellschaften gehört.

Changane – Volk in Mosambik, u.a. in der südlichen Provinz Gaza; linguistische Untergruppe der Tsonga.

Chima – Dicker Maisbrei

Chope – Volk in Mosambik, u.a. am Küstenstreifen der südlichen Provinzen Gaza und Inhambane.

Dombe – Eine Gegend in der westlichen Provinz Manica

Dumezulu – Donnergott in Schlangengestalt

Gaza – Provinz im Südwesten Mosambiks

Erzulie – Voodoo-Göttin der Liebe und der Elementargewalten

Esu (*Exu*) – Gott der Wegkreuzungen und der Wege im → *Candomblé*

Halacavuma – Schuppentier; Pangolin. Säugetier der zoologischen Ordnung *Pholidota*. Nach einem in Mosambik verbreiteten Volksglauben lebt der *Halacavuma* im Himmel und kommt zur Erde herab, um den Häuptlingen die Zukunft vorauszusagen.

Hamba kufuma – Opfer anlässlich der Krönungszeremonie

Imbondo-Baum (*Imbondeiro*) – Baobab. Botanischer Name *Adansonia digitata*.

Inhambane – Provinz an der Küste von Südmosambik

João de Deus (1830-1896) – Portugieischer Pionier der Volkserziehung. Seine kleine Lesefibel *Cartilha Maternal* war in Portugal und den Kolonien lange ein Standardwerk und wird noch heute in einigen Schulen verwendet.

Karapabaum (*Mafurreira*) – Ein Baum aus der Familie der Mahagonibäume. Botanischer Name *Trichilia emetica*

Kufemba – Aufspüren und Verscheuchen von bösen Geistern

Kuyambala mavala, kuveleka wukossi – Sich kleiden ist Farbe und Phantasie, Kinder zu haben ist Reichtum.

Lobolo – Brautpreis; Zeremonie, in der der Brautpreis entrichtet wird; Heiratsversprechen in Verbindung mit der Entrichtung eines Brautpreises.

Macate – Maisbrot

Magona/s – Kalebasse/n mit spirituellen Salben.

Makhulu-Mamba – Menschenfressende Schreckensgestalt aus Kinderliedern und Ammenmärchen.

Mamba – Auf Bäumen lebende Giftschlange aus der Gattung der *Dendroaspis*

Mambo – König in einigen Sprachen Zentralmosambiks

Mambone – Stadt in der Provinz Inhambane

Mandiqui – Zittern in Trance

Manhiça-Bahn – Bahnverbindung zwischen Maputo und dem ca. 80 km westlich und nahe der südafrikanischen Grenze gelegenen Manhiça. Früher ein wichtiges Transport- und Kommunikationsmittel, heute, obwohl noch in Betrieb, in ihrer Bedeutung von der Nationalstraße Nr. 1 abgelöst.

Manica – Provinz im westlichen Zentral-Mosambik an der Grenze zu Zimbabwe; Provinzhauptstadt: Chimoio

Maputo – Hauptstadt Mosambiks im äußersten Süden des Landes gelegen

Massinga – Küstenstadt in der Provinz Inhambane

Matapa – Maniokblätter

Matutuine – Stadt in der Provinz Maputo

Mhamba – Opfer

Mirage – Kampfflugzeug französischer Bauart, das im Krieg von der südafrikanischen Luftwaffe eingesetzt wurde

Missanga/s – Glasperlen, Kleinkram

Monhé – Umgangssprachliche Bezeichnung für indischstämmige Mosambikaner

Monomotapa – Bezeichnung der Portugiesen des 16. Jahrhunderts für den König der Makaranga. Der letzte Monomatapa ließ sich 1561 christlich taufen, um seinen Missionar nur wenige Tage später zu töten.

Mpfukwa – Wiederauferstandener Geist / Wiederauferstehung

Msaho – Festival in der Sprache der Chope. Gemeint ist das Festival der traditionellen Timbilaspieler in → Zavala; Timbila ist ein hölzernes Xylophon.

Mungoni – Geist der Nguni

Munhandzi – Karapaöl. Bitteres Öl aus der Frucht des Karapabaums (port.: *Mafurreira*; bot. Name: *Trichilia emetica*)

Mundau – Geist der Ndau

Mutundo – Truhe eines Heilers

Nampula – Provinz im Norden Mosambiks

Ncanhi (*Canhoeiro*) – *Sclerocarya birrea / Spondias birrea* (Ronga)
→ Canho-Baum

Ndau – Volk in Zentralmosambik, vor allem in den Provinzen Sofala und Manica, zwischen Indischem Ozean und Zimbabwe

Ndawuwe – Danke

Ndingue – Groß

Ndomba/s – Rituell genutzte Hütte/n, Tempel

Ngalanga – Ein Tanz

Nguanisse – Verbreiteter Eigenname, in diesem Fall der eines Geistes

Ngungunhana – König des Gaza-Reiches, der 1895 auf die Azoren deportiert wurde.

Nguni – Ethnische Gruppe im südlichen Afrika, zu denen u.a die Zulu, die Xhosa, die Swasi und die Ndebele gehören. Die mosambikanischen Nguni wurden von den Zulu aus Südafrika nach Norden vertrieben. Die Nguni, ursprünglich eine sesshafte bäuerliche Bevölkerungsgruppe, schlossen sich in beweglichen kriegerischen Einheiten zusammen, um durch Eroberungen ihr Überleben zu sichern. In den 1820er Jahren unterwarfen die Nguni fast die gesamte Region zwischen Limpopo und Sambesi. Ihr Königreich zersplitterte allerdings bald, was zur Gründung des Gaza-Königreiches in der Limpopo-Gegend und mehrerer kurzlebiger Nguni-Staaten nördlich des Sambesi führte. Nguni leben heute hauptsächlich in den Provinzen Niassa, Tete und im Südwesten der Provinz Maputo.

Nhancuave/s – Novizin/nen

Nhangarume/s – Kräutergeister

Niassa-See – Großer Binnensee zwischen Malawi und der Provinz Niassa; Malawi-See

Ntumbunuco – Natur

Nyanga/s (*Nyamussoro/s*) – Wahrsager/innen, Seher/innen, Heiler/innen

Nyamayavu – Fleisch für die Mahlzeiten der Zauberer

Nwamilambo – Mythische Schlange, Drache

Ogun – Gott des Eisens, Herr der Schmiede und Landleute, Gott der gerechten Kriege im brasilianischen → *Candomblé*

Oshum (*Oxum*) – *Orisha* der Liebe, des frischen Wassers, der Süße und des Reichtums

Pemba – Provinzhauptstadt der nördlichen Provinz Cabo Delgado

Piripiri – Scharfe Soße; Roter Pfeffer

Polana – Stadtteil von Maputo

Quimbanda – Spielart der afro-brasilianischen Spiritualität, die eher der schwarzen Magie entspricht.

Ronga – Volk in Südmosambik, u.a in der Gegend um Maputo

Sábie – Ort an der Grenze zu Südafrika

Shaka – (ca. 1788-1828) Feldherr und geistiger Vater der Zulu-Nation.

Soruma – Cannabis

Tchowa – Hyänenschwanz

Tete– Provinz in Mosambik, grenzt an Malawi, Sambia und Zimbabwe

Tsonga – Volk in Südwest-Mosambik

Umerziehungslager – Gefangenenlager für Anhänger des faschistischen Kolonialsystems; Deportationslager für politische Gefangene

Wussapa – Ein kleiner Fluss in der Region → Dombe, dem mythische Bedeutung zugeschrieben wird.

Xangô – Gott der Blitze und des Donners, Symbol männlicher Stärke und Beschützer der Gerechten im brasilianischen → *Candomblé*

Xigono – Gespenst

Xihuhuro – Wirbelwind

Xingombela – Tanz der Verliebten

Zambésia – Provinz in Zentral-Mosambik. Provinzhauptstadt: Quelimane

Zavala – Ort und Distrikt an der Küste der südlichen Region Inhambane. Traditioneller Ort der Timbila-Orchester und des entsprechenden Festivals.

25. April – Tag der portugiesischen »Nelkenrevolution« (1974). Das Datum gilt als Synonym für die Befreiung Portugals und der Kolonien vom Faschismus.

Michael Kegler
Nachwort

»Ich würde gerne phantastische, wunderbare Literatur schreiben.
Denn dann müsste ich keinem Schema folgen, müsste nicht groß
recherchieren. Ich müsste mir nur irgend etwas aus einer anderen, außerirdischen Welt ausdenken und aufschreiben. Doch
wenn ich an das Außerirdische zu denken beginne, sage ich mir
wiederum: Es gibt wichtigere Dinge, die aufgeschrieben werden
müssen, es gibt Dinge, die es wert sind, festgehalten zu werden,
es gibt Dinge, die nur ich bezeugen kann.«

Diese Aussage aus einem Interview mit Michel Laban (Michel
Laban: *Moçambique, encontros com escritores*, Bd. 3, Porto 1998)
könnte man zu einer der Leitlinien der Literatur Paulina Chizianes erklären. Irgendwie scheint es, als habe die Autorin mit
Das siebte Gelöbnis versucht, sich diesen Traum von einer phantastischen Literatur zu erfüllen. Doch über die Nonchalance, nicht
zu recherchieren und stattdessen wunderbare Welten der Ima-
gination zu erfinden, verfügt sie nicht, trotz aller Sehnsucht. Die
Realität ist nicht danach, und so wird Paulina Chiziane bei aller
Erzählfreude und Lust am Phantastischen auch in diesem Roman
wieder zur Chronistin und Anklägerin der mosambikanischen
Gesellschaft.

Das siebte Gelöbnis ist eine Abrechnung mit den Mechanismen der
Macht und deren Mythen, in denen Paulina Chiziane die Ursache
für viel seelisches und materielles Elend sieht. Dies ist schon in
ihren Romanen *Liebeslied an den Wind* und *Wind der Apokalypse* so,
wo Tradition und der Rückgriff auf eine vermeintlich gute alte

Zeit zum mörderischen Opium für das Volk werden. Nun geht sie auch mit den Mythen der »neuen Zeit« ins Gericht, mit der Korruption und Machtgeilheit einer neuen Elite, deren Genossen zu Bossen werden, die Globalisierung predigen statt der proletarischen Solidarität der Revolutionszeit; während der Zug der Arbeiterinnen und Arbeiter, von der Autorin eindrucksvoll und fast theatralisch in Szene gesetzt, weiter über die geschundene Erde trottet, der es ebenso gleichgültig wie den Arbeiterinnen und Arbeitern ist, welche Geister über sie hinwegziehen.

Das zweite ewige Drama, das Paulina Chiziane als roten Faden auch in diesen Roman einwebt, ist das familiäre. Vor allem das Elend der Frauen – in der traditionellen wie in der vermeintlich »modernen« Gesellschaft. »Paulina Chiziane gibt als Schriftstellerin und Frau mit ihren Büchern Millionen von Frauen eine Stimme, die unterdrückt sind, unter der Polygamie leiden, minderjährig heiraten müssen oder Opfer des Glaubens an Zauberei werden – es sind meistens Frauen, die zum Opfer von Zauberritualen werden. Ohne ihre Bücher würde niemand das Problem dieser Frauen wahrnehmen«, urteilt ihre Schriftstellerkollegin Lília Momplé.

Im Schicksal der Frauen bei Paulina Chiziane spiegelt sich, wie in einem Brennglas, der Zustand der gesamten mosambikanischen Gesellschaft. Besonders eindrucksvoll wird dies in *Das siebte Gelöbnis* in den Bordell-Szenen: am Beispiel von Tante Lúcia, die angesichts des nahenden Endes des Krieges ihren finanziellen Ruin fürchtet, oder Mimi, deren Überlebenschance einzig darin besteht, dass sie sich vergewaltigen lässt. In seinem moralisch-alkoholischen Rausch vergleicht David, der Vergewaltiger und Kunde, schließlich den Verkauf sexueller Dienstleistungen mit dem Verkauf körperlicher Arbeitskraft. Als marxistisch vorgebildeter Unternehmer weiß der betrunkene Tyrann vermutlich recht genau, was er sich da zusammenreimt. Und so, wie er die Frauen ohne Rücksicht auf jede Moral benutzt, ablegt oder opfert, so schindet und betrügt er seine Arbeiter und entlässt sie mit einem Federstrich, wenn er sie nicht mehr gebrauchen kann. Die Frauen selbst sind in diesem Roman Opfer und Täterinnen – nicht selten in einer Person –, und wenn Vera ihre hochhackigen

Schuhe mehrmals in den knöcheltiefen Staub der Straße tauchen muss, um ihrem Ziel näher zu kommen, so ist das mehr als ein ironischer Seitenhieb auf die Damen der »besseren Gesellschaft«.

Das Idyll, das Paulina Chiziane dem entgegen setzt, die Mächte des Guten in einer solidarisch-unverdorbenen Natur, weitab von den Verwerfungen einer gewalttätigen Gesellschaft und eines alles vernichtenden Krieges ist jedoch fragwürdig und so zwiespältig wie Chizianes eigenes Verhältnis zu Tradition und Religion. Am Ende des beschwerlichen und kathartischen Weges der entfremdeten Vera zu ihren mythischen Wurzeln steht dann auch keine Erlösung, nicht die romantische Freiheit der Berge, sondern eine Rede: die Brandrede der Frau in der Höhle. Utopia ist eine Erkenntnis. Jedoch keine beruhigende. David ist ein Monstrum, monströs aber sind primär die gesellschaftlichen Verhältnisse. Die Geschichte der Menschheit ist eine Abfolge von Gräueln. Ein Menschenopfer, die Erbsünde, ein Massaker mehr oder weniger fällt da kaum ins Gewicht. Die gute Fee aus den Bergen entpuppt sich als Zynikerin mit politischem Weitblick.

Nach *Wind der Apokalypse*, ihrem »Bürgerkriegsroman«, dessen Entstehen für die Autorin ein schmerzlicher Prozess war, hatte sie mehrfach erklärt, nie wieder derartige Szenen beschreiben zu wollen. Auch das erklärt vielleicht ihr Ausweichen in die Magie, in eine etwas entrücktere Realität. Ein Buch über Zauberei sollte der neue Roman werden, über afrikanische Gottheiten und Glaubensvorstellungen, aber auch über die Macht des Mystischen über das Soziale. Das ist die eine Seite. Auf der anderen steht Paulina Chizianes ironischer Umgang damit, ihre Erdverbundenheit und ihr Drang zur Entmystifizierung, die sie mit Akribie und einem ganz eigenen Humor betreibt: David, das Monstrum, der bis fast ins Groteske überhöhte Herrscher über Leben und Tod, ist bei genauerem Hinsehen nichts als ein trauriger Wicht, und sein Schutzpatron, Makhulu Mamba, nichts als ein Kinderschreck aus mosambikanischen Ammenmärchen.

Doch niemand erkennt, dass das Drama dieses Romans die Geschichte des Kaisers ohne neue Kleider ist. David wird nicht von den Mächten des Guten vernichtet, sondern von den Geistern, die er selbst rief. Clemente, der gern selbst David gewesen wäre im Kampf gegen den väterlichen Goliath, kann höchstens ein wenig nachhelfen. Sein Stein aus den Bergen des Wussapa kann Lanzen abwehren, den Popanz besiegen wird er mit seinem Gegenzauber nicht.

So reiten die Legionen der Angst und der Einschüchterung weiter. Und weiterhin werden auch die Arbeiterinnen und Arbeiter die Straße am Haus ihres ehemaligen Direktors entlang ziehen, mit gesenktem Kopf auf dem Weg in die Fabrik. Ihr kurzer Aufstand ist schnell verpufft und auch das triumphierende Lächeln auf Veras Gesicht längst wieder erloschen.

Der Löwe ist tot, doch »Die Welt wird niemals den Menschen gehören«, sagte David in einem letzten Moment der Erkenntnis.

Auch im Nachkriegs-Mosambik ist noch lange kein Platz für nette Geschichten aus außerirdischen Welten.